DuMont's Kriminal-Bibliothek

Michael Innes, eigentlich John Innes Mackintosh Stewart, geboren 1906, studierte in Edinburgh und Oxford. Von 1930 bis 1935 lehrte er an der Universität von Leeds, ehe er für einige Jahre nach Australien an die Universität von Adelaide ging. 1949 kehrte er nach England zurück und unterrichtete bis zu seiner Pensionierung 1973 am Christ Church College in Oxford. Neben seiner Lehrtätigkeit publizierte er eine Reihe von Kriminalromanen, die heute zu den Klassikern ihres Genres zählen.

Herausgegeben von Volker Neuhaus

Michael Innes

Zuviel Licht im Dunkel

DuMont Buchverlag Köln

Die Deutsche Bibliothek – CIP-Einheitsaufnahme

Innes, Michael:
Zuviel Licht im Dunkel / Michael Innes. [Aus dem Engl. von Manfred Allié]. – Köln: DuMont, 1994
(DuMont's Kriminal-Bibliothek; 1049)
ISBN 3-7701-2499-5
NE: GT
Vw: Stewart, John Innes Mackintosh [Wirkl. Name] → Innes, Michael;
Mackintosh Stewart, John Innes [Wirkl. Name] → Innes, Michael;
Innes Mackintosh Stewart, John [Wirkl. Name] → Innes, Michael

Umschlagmotiv von Pellegrino Ritter
Aus dem Englischen von Manfred Allié

Die der Übersetzung zugrundeliegende englischsprachige Originalausgabe erschien 1936 unter dem Titel »Death at the President's Lodging« im Verlag Gollancz, London
Satz: Boss-Druck, Kleve
Druck und buchbinderische Verarbeitung: Clausen & Bosse, Leck

Printed in Germany ISBN 3-7701-2499-5

Notiz

Die gestandenen Akademiker der Colleges von Oxford und Cambridge zählen zweifelsohne zu den moralischsten und vernünftigsten Menschen, die es gibt. Sie tun nichts Abwegiges, nichts Unbedachtes, Überstürztes. Denkt man an sie, so stellt man sich gelehrte, weltentrückte, zerstreute Menschen vor, liebenswert und von entwaffnender Unschuld. Sie sind, wie Ben Jonson es ausgedrückt hätte, Gestalten, die eine Komödie sich suchen würde. Es ist viel einfacher, ihnen einen Schubs in Richtung Humor zu geben als eine Wendung zum Melodramatischen. Sie haben eine ganz eigene Art, sich der immer ein wenig schwerfälligen Psychologie zu widersetzen, die Detektivgeschichten meist fordern. Und das ist schon allein deswegen ein Jammer, weil ihr Habitat, also die physische Umgebung, in der sie reden, essen und schlafen, einen so prachtvollen Rahmen für die Finten und Raffinessen jenes Genres abgibt.

Einen einzigen Flecken auf englischem Boden gibt es zum Glück, wo diese besonnenen und tugendhaften Männer auf beklagenswerte Weise die Fassung verlieren, an dem sie all jene Symptome der Gereiztheit, Ungeduld, Leidenschaft und Unfreundlichkeit an den Tag legen, die der Romancier für seine Arbeit braucht. Es ist nur zu gut bekannt, daß ein Mann aus Oxford oder Cambridge, wenn er nicht »hinauf« oder »hinunter« fährt, sondern »hinüber«, genauer gesagt, wenn er von Oxford nach Cambridge oder von Cambridge nach Oxford reist, eine Gegend durchqueren muß, die der wahren akademischen Ruhe auf merkwürdige Weise abträglich ist. Diese Gegend liegt, und niemand kann sagen warum gerade dort, etwa auf halbem Wege zwischen den beiden altehrwürdigen Stätten der Gelehrsamkeit und nicht weit von dem ansonsten ganz und gar harmlosen Flecken Bletchley. Die Oberflächlicheren unter den naturwissenschaftlichen Geistern, die es gewohnt sind, die offensichtliche materielle Beschaffenheit der Dinge zu erforschen, führten schon vor Zeiten an, daß die Erklärung dieses Faktums in gewissen ökonomischen Schwächen des Bahnhofs *Bletchley Junction* zu suchen sei. Die Wartezeiten dort seien so lang, darauf lief diese Erklärung letzten Endes hinaus, und der Komfort so dürftig – wer werde da nicht ein wenig ärgerlich?

Doch das ist nun Vergangenheit. Als ich zuletzt im Zug durch *Bletchley Junction* brauste, schien es mir ein kleines Paradies. Außerdem neigt mein literarischer Geschmack zu metaphysischeren Erklärungen. Ich male mir lieber aus, daß auf halber Strecke zwischen den beiden gegensätzlichen Polen Theben und Athen der Äther in Aufruhr ist; denn die Luft ist dem Gelehrten nichts Süßes, Flüchtiges. Und ich habe mir ausgemalt, daß, wenn jene Oxforder Scholaren, die vor Hunderten von Jahren ihre Sezession wagten, nach Bletchley gezogen wären, vielleicht dort jene Universität entstanden wäre, die ich mir für meine Geschichte wünschte, oder zumindest das College ... Jeder, der bei der Lektüre von Kapitel 10 eine Landkarte zur Hand nimmt, wird sehen, daß ich dieser Idee treu geblieben bin. St. Anthony's, ein fiktives College, gehört zu einer fiktiven Universität. Und seine Gelehrten sind reine Erfindung, ohne tieferen Sinn und ohne jeden Mantel einer vorgeblichen Realität (hüte dich, literarisch gebildeter Leser!), mit dem sie ihre Blöße bedecken könnten. Wir haben es hier mit Gespenstern zu tun, mit schieren Ausgeburten der Phantasie.

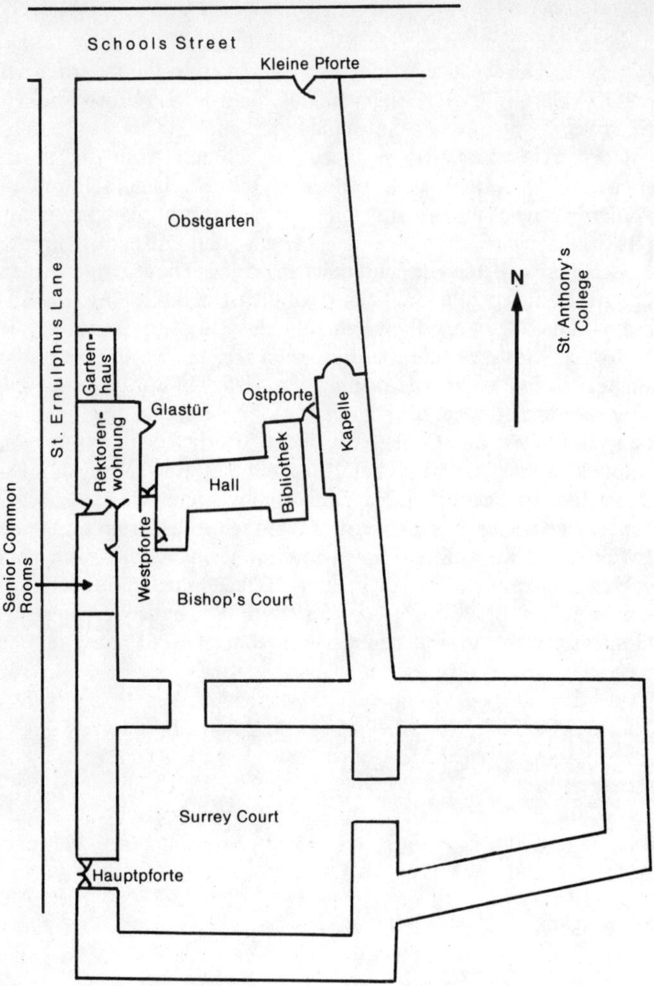

Schools Street
Kleine Pforte
Obstgarten
St. Ernulphus Lane
N
St. Anthony's College
Garten-haus
Glastür
Ostpforte
Rektoren-wohnung
Kapelle
Bibliothek
Hall
Westpforte
Senior Common Rooms
Bishop's Court
Surrey Court
Hauptpforte

Kapitel 1

I

Das Leben eines Akademikers birgt, wie Dr. Johnson einmal gesagt hat, kein großes Risiko, auf außergewöhnliche Weise zu Tode zu kommen. Doch war dies eine Ansicht, die Lehrkörper und Studentenschaft des St. Anthony's College ganz und gar nicht teilen konnten, als sie eines unfreundlichen Novembermorgens erwachten und erfuhren, daß ihr Rektor, Josiah Umpleby, in der Nacht einem Mord zum Opfer gefallen war. Es war ein ebenso faszinierendes wie bizarres Verbrechen, gelungen und hochdramatisch dazu. Gelungen, weil niemand wußte, wer es begangen hatte. Und dramatisch der makabren und extravaganten Phantastik wegen, mit der, wie sich rasch herumsprach, der Täter seine Tat in Szene gesetzt hatte.

Das College war in Aufruhr. Hätte Dr. Umpleby sich selbst erschossen, dann hätte die gute Erziehung verlangt, daß man sich allseits zurückhielte und übermäßige Neugier unterdrückte. Doch Mord, und geheimnisumwitterter Mord dazu, das erlaubte, fand man, unverblümte Erregung und Spekulation. Um 10 Uhr am Vormittag nach dem Ereignis wäre es auch für den zerstreutesten Professor, der es gewohnt war, mit nach innen, auf die Frage des historischen Sokrates gewandtem Blick durch die Höfe zu trotten, offensichtlich gewesen, daß die Stille von St. Anthony's aufs gröbste erschüttert war. Die großen Collegetore waren geschlossen. Alle, die kamen oder gingen, mußten die ungewohnte Unannehmlichkeit einer genauen Musterung durch den Ersten Pförtner und einen uniformierten Polizisten über sich ergehen lassen. Vom Nordfenster der Bibliothek aus konnte man einen weiteren Uniformierten erkennen, der das Arbeitszimmerfenster des Rektors bewachte, dessen Vorhänge fest zugezogen waren. Die zahlreichen Aufgänge, durch die die mittelalterliche Universität die Einführung des Korridors lange hatte hinausschieben können, waren erfüllt vom athletischen Schritt der *Undergraduates,* die hinauf- und hinabsprinteten, um das Unglück mit Freunden zu diskutieren. Kurz vor 11 Uhr wurde ein Zettel ausgehängt, zwar unaufdringlich, doch entgegen aller Gewohnheit an der Außenwand, der Undergraduates von anderen Colleges informierte, daß an diesem Tag in St. Anthony's keine Vorlesungen stattfinden würden. Am Mittag verkündeten die örtlichen Zeitungen es auf ihren Plakaten, und in keiner anderen Stadt wäre der Wortlaut so diskret gewesen wie hier: *Rektor von St. Anthony's unerwartet verstorben.* Denn in den Zeitungen selbst wurde der Vorfall sehr wohl beim Namen genannt: Dr. Umpleby war durch einen Schuß getötet worden, wie man vermutete vorsätzlich und von unbekannter Hand. Den ganzen Nachmittag über hatte ein müßiggängerisches Grüppchen Einheimischer, das sich am oberen Ende der St. Ernulphus Lane herumdrückte, zu der langen Reihe von Tudorfenstern mit ihren flachen Bögen und grauen Pfeilern hinaufgeschaut, hinter denen sich eine so aufregende Lokaltragödie ereignet hatte. Und inzwischen wurde die lokale Tragödie als landesweite Neuigkeit verbreitet. Um halb fünf hatten Hunderttausende in Pimlico, in Bow, in Clerkenwell, in den wie Pilzen wachsenden Londoner Vorstädten und im Gewimmel der Gassen von Westminster ihr Wissen über eine ihnen so ferne Universitätsstadt um einen neuen Namen erweitert. Die Spätausgaben brachten dieses Publikum auf den Stand derer, die vor Ort herumlungerten, denn dieselbe lange Reihe von Tudorfenstern schmückte nun die Titelseiten. Um 7 Uhr traf das Vierfache des üblichen Kontingents dieser hauptstädtischen Gazetten in Rufweite von St. Anthony's ein. Und damit war es mit der klösterlichen Abgeschiedenheit des Colleges endgültig vorbei.

Weit her ist es mit der Ruhe jener Universität im zwanzigsten Jahrhundert ohnehin nicht mehr. Tag und Nacht schreit das gewaltige Menschenheer Londons in einer Entfernung von sechzig Meilen nach Proviant. Tag und Nacht verschickt es seine eigenen Produkte. Und Tag und Nacht erdröhnen die altehrwürdigen Straßen, über die so viele Generationen von Gelehrten und Dichtern in meditativer Ruhe geschlendert sind, vom Lärm des modernen Verkehrs. Bei Tag ist die Stadt selbst einer der größten Übeltäter. Innerörtliche Busse und eine unübersehbare Zahl von Automobilen der *Undergraduates* strömen durch die engen Straßen und verstopfen sie. Nachts beschränkt sich der Verkehr jedoch auf die Hauptverkehrsader, gleichmäßig, erbarmungslos, mit kurzen Pausen dazwischen, die gerade nervöse Erwartung zulassen, rumpeln und donnern die nächtlichen Schwerlastwagen und Kofferwagen des modernen Kommerzes durch die Stadt. Tag und Nacht, während der endlose Strom vorüberfließt, erzittert und seufzt der graue, mürbe gewordene Stein, wie er sich in seiner sanften Rundung von Brücke zu Brücke erstreckt, als träfe die Erde der Schlag eines gewaltigen Hammers.

St. Anthony's ist bei alldem glücklich davongekommen. Als einziges unter den Colleges, die an den Ort dieses Getöses heranreichen, hat es zur Straße hin einen weitläufigen Garten, seinen berühmten Obstgarten. In der Abgeschiedenheit hinter einer vier Meter hohen Mauer, die von hoch aufstrebenden ornamentalen Gittern gekrönt ist, verläuft eine weite Rasenfläche, dicht mit Apfelbäumen bestanden, bis hin zur ersten und gewichtigsten Gruppe von Collegegebäuden: Kapelle, Bibliothek und die *Hall* mit dem großen Saal. Hinter diese, die wie ein großer Schirm wirken, in den Bishop's Court, dringt der Straßenlärm kaum noch vor. Und dahinter wiederum reicht der älteste Teil des Colleges, der mittelalterliche Surrey Court mit seinem hohen Torbogen in *Early English*-Gotik, fast bis hinunter zu der unverletzten Stille der Flußwiesen König Alfreds. Auch heute noch hat die uralte Stadt ihre verträumten Winkel.

Im großen Obstgarten hatten sich allerdings zuzeiten alles andere als stille Ereignisse zugetragen. Die *Undergraduates* von St. Anthony's hatten darin ihren Unfug getrieben, Jagd auf einen lebenden Fuchs veranstaltet, im Schutze der Dunkelheit eine kapitale hochtragende Sau hineingeschmuggelt. Seit langem schon wurde deswegen der Obstgarten zur Nacht verschlossen. Die jüngeren Mitglieder des Colleges hatten nach 22.15 Uhr keinen Zutritt mehr. Für die ranghöheren Mitglieder, die *Fellows,* gab es Schlüssel. Für vier von ihnen, deren Wohnung im Obstgarten lag, war der Schlüssel sogar unabdingbar. Und zu dem auf so eigentümliche Weise des Nachts abgeschlossenen Obstgarten öffnete sich die Glastür des Arbeitszimmer, in dem man Dr. Umplebys Leiche entdeckt hatte.

II

Um Viertel nach zwei war der große gelbe Bentley die Auffahrt von New Scotland Yard hinuntergeglitten. Er hielt an dem Tor von St. Anthony's, als eben ein Dutzend Glocken vier Uhr schlugen. Selten, ging es Inspektor John Appleby durch den Kopf, war er mit einer solchen Eile ausgeschickt worden, in einem mutmaßlichen Mordfall jenseits der Grenzen der Metropole zu ermitteln. Und die Tatsache, daß er im imposantesten Fahrzeug des Yards anreiste, war ein deutliches Zeichen dafür, daß illustre Mächte tätig gewesen waren: An jenem Morgen hatte der Dekan von St. Anthony's in aller Eile einen Besuch beim Vizekanzler gemacht; der Vizekanzler hatte nicht weniger eilig den Lordkanzler von England angerufen, der gleichzeitig Oberhofmeister der Universität war; der Lordkanzler hatte unverzüglich mit dem Innenminister Kontakt aufgenommen ... Gut möglich, dachte Appleby, als er aus dem Wagen sprang, daß die örtlichen Behörden den Eindruck haben, die Zentralbehörden hätten ihn ihnen ein wenig überstürzt vor die Nase gesetzt. Deshalb war er erleichtert, als er, nachdem ein verschüchtertes Dienstmädchen ihn in das Eßzimmer des verstorbenen Rektors geführt hatte, sah, daß die örtlichen Behörden in der vergleichsweise harmlosen Form seines alten Bekannten Inspektor Dodd Gestalt annahmen.

Diese beiden Männer boten einen interessanten Kontrast - nicht so sehr den Kontrast zweier Generationen, obwohl Appleby volle zwanzig Jahre jünger war, als den zweier Epochen englischen Lebens. Dodd war schwer, langsam, einfacher Herkunft, mit einem Dialekt von solcher Reinheit, daß ein Sprachkundler die Pfarre hätte nennen können, in der er geboren war, und stand für ein England, das in seinem Innersten noch ländlich war und in dem ein Verbrechen, wenn es denn geschah, geradlinig und gewalttätig war und weniger die Wissenschaft und das detektivische Geschick forderte als den beherzten physischen Einsatz. Er hatte sich eine Routine zugelegt, doch im Grunde war er ohne Bildung und ohne Spezialisierung. Er verließ sich auf eine energische, wenn auch nicht allzu feinfühlige natürliche Gewitztheit. Er bewahrte sich in seinem geistigen und sprachlichen Idiom Kraft und Individualität. Appleby wirkte im Vergleich zu ihm auf den ersten Blick blaß, seine Persönlichkeit halb ausgelöscht durch lange, disziplinierte Studien, wie ein Chirurg, dessen ganze Individualität sich in einer einzigartigen Operationstechnik konzentriert hat. Denn Appleby war das gelungene Produkt einer ›fortschrittlicheren‹ Zeit als der Epoche Dodds; einer Zeit, in der unsere Kultur ihre Elemente durch immer feinere Zergliederung vervielfacht und neben zahllosen anderen hochspezialisierten Produkten auch den hochspezialisierten Verbrecher und den hochspezialisierten Verbrechensbekämpfer hervorgebracht hatte. Trotzdem war Appleby mehr als nur das gründlich ausgebildete Produkt einer modernen Polizeischule. Eine nachdenkliche Art und ein wacher Verstand, Ausgeglichenheit ebenso wie Energie, das mochten die Zeugnisse einer grundlegend aufgeschlosseneren Erziehung sein. Letzten Endes war das Beeindruckende an Appleby eine gebildete und doch noch ungebundene Intelligenz, ebenso wie es etwas Traditionsgebundenes, Bodenständiges war, was die Erscheinung Dodds prägte.

Die Wahrscheinlichkeit war groß, daß die beiden Männer aneinandergeraten würden; bei etwas gutem Willen war es ebenso wahrscheinlich, daß sie gut miteinander auskommen würden. Und nun sprang Dodd trotz seiner zweihundert Pfund und einer ganz untypischen Müdigkeit, hatte er doch seit dem frühen Morgen an dem Fall gearbeitet, mit echter Herzlichkeit auf, um seinen Kollegen willkommen zu heißen.

»Der Detektiv trifft ein«, sagte er, nachdem sie sich begrüßt hatten, mit einem tiefen Glucksen, »und der Dorfpolizist übergibt die Leiche mit allen mißdeuteten Indizien, die er bisher gefunden hat.«

Indem er dies sagte, wandte Dodd sich zu dem Schreibtisch um, auf dem ein Stapel von Papieren Zeugnis von dem Fleiß ablegte, mit dem er den Tag über gearbeitet hatte. Neben dem Stapel lag auf der einen Seite ein eilig skizzierter, aber durchaus klarer Lageplan des Colleges. Auf der anderen Seite standen noch die Überreste eines Käsebrotes und ein akademischer Zinnkrug mit Bier, Erfrischungen, deren er, wie es gegen 3 Uhr Dr. Umplebys Bediensteten gedämmert hatte, vielleicht ein wenig bedürftig sein würde.

»Das Bier von St. Anthony's«, sagte Dodd, »ist eine der angenehmen Seiten dieses Falles. Der Dorfpolizist ist ratlos, aber wenigstens bekommt er einen Krug Bier.«

Appleby lächelte. »Der Dorfpolizist hat seine Arbeit gründlich getan«, antwortete er, »jedenfalls wenn er noch derselbe Dorfpolizist ist, mit dem ich vor ein paar Jahren zu tun hatte. Im Yard spricht man noch heute von Ihren Ermittlungen bei der Sache mit den Autoschiebern. Wissen Sie noch?«

Dodd bedankte sich für das Kompliment, das in dieser Erinnerung lag, damit, daß er nun keine Zeit verschwendete. Er zog für Appleby einen zweiten Stuhl heran und legte den Stapel Papiere in die Mitte. »Ich war ein wenig unter Druck heute«, sagte er unvermittelt, »und deshalb ist das, was ich hier habe, nur von begrenztem Wert. Da hapert es hinten und vorne, aber es wird uns helfen, uns zu orientieren. Es war mehr als genug zu tun, und der erste am Tatort muß sich zunächst einmal einen Überblick verschaffen, das finden Sie doch auch? Ich habe in aller Eile Dutzende von Aussagen aufgenommen. Jede einzelne hätte mich auf die Spur von jemandem bringen können, der eben im Begriff ist, das Land zu verlassen. War aber nicht der Fall. Das Ganze ist von vorne bis hinten ein Rätsel, Appleby. Mit anderen Worten, es sieht aus, als ob es ein Fall für Sie wäre, nicht für mich.«

Dodds wohlgesetzte Rede war durchaus ernst gemeint, wenn auch nicht gänzlich uneigennützig. Gestärkt vom Collegebier, hatte er die letzte Stunde mit Nachdenken verbracht, und je mehr er nachgedacht hatte, desto weniger hatte ihm das, was dabei herauskam, gefallen. Ja, er war vor diesem Fall zurückgeschreckt, zu dem er keinen Zugang finden konnte, und seine Gedanken waren abgeschweift zu einem anderen, den er bald abzuschließen hoffte. Schon seit längerem ermittelte er in einer größeren Einbruchsserie in den Vorstädten, und der erschütternde Fall Dr. Umpleby, dessen Dringlichkeit außer Frage stand, verhinderte nun, daß er persönlich eine Festnahme leitete, von der er erwartet hatte, daß sie ihm großes Ansehen einbringen würde. Er erläuterte Appleby seine Lage, und die beiden einigten sich, daß letzterer im Augenblick den Fall St. Anthony's so weitgehend wie möglich übernehmen solle. Als sie sich darüber erst einmal verständigt hatten, breitete Dodd seinen Lageplan des Colleges vor Appleby aus und machte sich daran, ihm die Tatsachen zu erläutern, so weit sie ihm bekannt waren.

»Der tödliche Schuß traf Dr. Umpleby gestern abend um 11 Uhr. Das ist der erste von mehreren Umständen, die aus der Sache einen regelrechten Bilderbuchmord machen. Sie kennen das ja, der Gutsherr wird allein in seinem Hause mitten im Schneesturm ermordet. Und all die phantasievollen Variationen dieses Themas: Ozeandampfer auf hoher See, Unterseeboote, Fesselballons, verschlossene Zimmer, die nicht einmal einen Schornstein haben. Und sehen Sie, ungefähr in diese Kategorie fallen auch St. Anthony's und Colleges überhaupt, jeweils abends nach halb zehn. Da haben Sie Ihr Unterseeboot.« Mit diesen Worten nahm Dodd den Lageplan zur Hand und fuhr mit einem massigen Finger energisch rund um die Gebäude von St. Anthony's. »Aber in diesem College hier«, fuhr er fort, »geht es noch weiter.« Diesmal beschrieb sein Finger einen kleineren Kreis. »In diesem College haben wir ein Unterseebot *im* Unterseeboot. Um halb zehn wird die Außentür des Colleges vor der Welt verschlossen. Und dann, um Viertel nach zehn, schließen sie einen Teil des Colleges noch einmal von dem übrigen ab. Und das ist doch wirklich das reinste Bilderbuch, finden Sie nicht auch? Niemand gelangt nach halb zehn in das College oder verläßt es, ohne daß der Pförtner es weiß, *mit gewissen Ausnahmen.* Niemand ist seit halb zehn gestern abend und dem jetzigen Zeitpunkt hineingelangt oder hat es verlassen, ohne daß wir davon wissen, *mit denselben möglichen Ausnahmen.* Und nach 22.15 Uhr kann niemand vom Hauptteil des Colleges, dem Unterseeboot, in den zusätzlich abgeschlossenen Obstgarten hier gelangen, das Unterseeboot im Unterseeboot, und wiederum *mit denselben möglichen Ausnahmen.* Nur daß«, und hier klang plötzlich heftige Verärgerung in Inspektor Dodds Stimme mit, »keine von diesen Ausnahmen aussieht wie ein wahnsinniger Mörder! Und deshalb müßte derjenige, der *das* angerichtet hat«, Dodd wies mit dem Daumen in Richtung Nebenzimmer, »noch hier auf dem Gelände sein. *Ich* habe ihn nicht gefunden, Appleby. Von den Männern, die in diesem College leben, ist einer vernünftiger und untadeliger als der andere.«

»Warum muß es unbedingt ein Wahnsinniger sein?« fragte Appleby.

»Das will ich damit nicht gesagt haben«, antwortete Dodd nüchtern. »Der Hokuspokus da drin hat mich allerdings einen Moment lang aus der Fassung gebracht«, sagte er, und wiederum wies er zum Nebenzimmer. »Sie werden gleich sehen, was ich meine«, fuhr er ein wenig grimmig fort, »aber im Augenblick geht es mir um diese Ausnahmen. Die Ausnahmen, das werden Sie sich schon gedacht haben, sind einige *Fellows* des Colleges, aber bei weitem nicht alle. Sie haben Schlüssel, Schlüssel, die in zwei Arten von Schlössern passen. Sie können damit das College durch die kleine Tür hier in der Schools Street betreten oder verlassen. Und Sie sehen, wo sie, wenn sie da hineinkommen, landen. Sie landen direkt im Obstgarten, dem Unterseeboot im Unterseeboot. Mit demselben Schlüssel können sie vom Obstgarten auf das übrige Collegegelände kommen. Und wenn ich Ihnen gleich die Fakten darlege, wird Ihnen sofort aufgehen, daß der Mörder Dr. Umplebys offenbar einen solchen Schlüssel hatte. Und das«, fügte der Inspektor trocken hinzu, »ist zweifellos der Grund dafür, daß *Sie* in solcher Eile hinzugezogen wurden.«

»Ich verstehe jedenfalls, worauf Sie hinauswollen«, sagte Appleby, nachdem er einen Moment den Lageplan studiert hatte. »In einem normalen College wäre, wenn des Nachts ein Mord geschieht, jeder verdächtig, der dort war, aber in diesem speziellen Falle liegen die Dinge so, daß für *diesen* Mord offenbar nur eine Handvoll möglicher Täter in Betracht kommt, nämlich diejenigen, die einen Schlüssel zu jenem Obstgarten besaßen oder sich ihn verschaffen konnten. Denn die Schlüssel, das wollen Sie mir doch sagen, nicht wahr, verschafften jenen speziellen Zugang zu Dr. Umpleby, den die Umstände offenbar erforderten.«

»So ist es«, bestätigte Dodd mit einem Nicken. »Und Sie werden die Bestürzung verstehen, die an St. Anthony's herrscht.«

»Natürlich darf man nicht vergessen, daß es mit Schlüsseln so eine Sache ist. Meist sind sie einfacher zu stehlen als ein Scheckbuch und weit einfacher zu kopieren als eine Unterschrift.«

Dodd schüttelte den Kopf. »Schon, aber Sie werden gleich sehen, daß das noch nicht alles ist. Die Umstände dieses Falles sind wirklich außerordentlich schräg.«

Die beiden Männer betrachteten einen Moment lang schweigend den Plan. »Tja«, sagte Appleby endlich, »das wäre also unsere Bühne. Nun wollen wir uns die Personen und die Handlung ansehen.«

III

»Ich fange mit den Personen an«, bemerkte Dodd; »genauer gesagt, fange ich da an, wo ich heute morgen auch anfangen mußte, mit einer Liste von Namen.« Während er das sagte, wühlte der Inspektor in seinen Papieren, als suche er nach einer bestimmten Notiz. Dann besann er sich, wie es schien, eines Besseren, gab sich einen Ruck, legte als Zeichen seiner Konzentration die Stirn in Falten und fuhr, den Blick starr auf seine großen Schuhe gerichtet, fort.

»Ich nenne Ihnen die *Fellows,* die gestern zum Abendessen im College waren. Außer dem Rektor war da der Dekan, ein gewisser Ehrwürdiger Reverend Tracy Deighton-Clerk.« Es lag eine unbestimmbare Schärfe in der Art, wie der Inspektor diesen Namen aussprach. »Und dann noch Mr. Lambrick, Professor Empson,

Mr. Haveland, Mr. Titlow, Dr. Pownall, Dr. Gott, Mr. Campbell, Professor Curtis, Mr. Chalmers-Paton und Dr. Barocho.«

Appleby nickte. »Deighton-Clerk«, wiederholte er, »Lambrick, Empson, Haveland, Titlow, Pownall, Gott, Campbell, Curtis, Chalmers-Paton – und ein Ausländer, den habe ich mir nicht merken können. Erzählen Sie weiter.«

»Barocho«, sagte Dodd. »Und wie der Zufall es wollte, war nur ein einziger *Fellow* nicht da. Ein gewisser Ransome. Wie ich höre, gräbt er derzeit irgendwelche Altertümer in Zentralasien aus.« Wiederum schwang in Dodds Tonfall ein stillschweigender Vorwurf dafür mit, daß der Tod Dr. Umplebys ihn zwang, mit Menschen umzugehen, die ihm so fremd waren. »Nicht daß ich irgendeinen Beweis hätte, wo dieser Ransome steckt«, fuhr er mißtrauisch fort. »Das ist nur das, was alle sagen.«

Appleby lächelte. »Das Unterseeboot scheint ja gut bemannt zu sein«, sagte er. »Wenn Sie jetzt gleich noch eine Liste von ein paar hundert *Undergraduates* aus Ihrem Schuh ziehen, oder wie viele es sein mögen, dann würde ich, glaube ich, doch das Gutshaus vorziehen. Oder den Ballon in der Stratosphäre, in dem selten mehr als zwei Leute sind.« Doch während er das sagte, blieb sein Blick auf den Lageplan geheftet, und sogleich fügte er hinzu: »Aber der springende Punkt ist wohl, daß die *Undergraduates* nicht in Frage kommen?«

»Für meine Begriffe kommen sie das nicht«, antwortete Dodd; »jedenfalls ist es *unwahrscheinlich,* daß sie in Frage kommen, ebenso wie die Bediensteten und so weiter. Wie Sie selbst sehen aus einfachen Gründen der Topographie. Die Namen, die ich Ihnen aufgezählt habe, könnten also von Bedeutung sein. Und nachdem wir nun den Schauplatz und die handelnden Personen haben, wird es wohl Zeit für die Handlung und den Zeitplan. Der zeitliche Ablauf der Dinge, soweit ich ihn bisher ermitteln konnte, ist folgender:

Das Abendessen war gegen acht Uhr zu Ende, jedenfalls der Teil, der in der *Hall* stattfand. Doch der Professorentisch, also Rektor, Dekan und *Fellows,* begab sich wie üblich geschlossen in seinen *Common Room.* Etwa eine halbe Stunde lang saßen sie im Kleinen Salon beisammen und ließen sich, nehme ich an, noch ein wenig Extranachtisch und Portwein schmecken. Gegen halb neun zogen sie dann immer noch gemeinsam in den Großen Salon nebenan weiter. Dort gab es Kaffee und Zigaretten, was alles noch immer genau der täglichen Routine entsprach, und man plauderte bis gegen neun Uhr. Dr. Umpleby verabschiedete sich als erster: Er verließ seine Kollegen durch eine Tür, die direkt in seine eigene Wohnung führt. Und wenn wir dem Glauben schenken wollen, was man uns erzählt, hat keiner von ihnen ihn danach noch einmal lebend gesehen.

Tja, von da an begann der *Common Room* sich zu leeren, und um halb zehn waren alle fort. Lambrick, Campbell, Chalmers-Paton haben Familie und waren um halb zehn unterwegs nach Hause. Die anderen begaben sich alle auf ihre Zimmer im College. Das heißt alle mit Ausnahme von Gott, der stellvertretender Proktor ist und hinausging, um ein Auge auf die Straße zu halten.

Um 21.30 Uhr wurde dann abgeschlossen. Der Pförtner verschloß den Haupteingang. Das ist der Augenblick, könnte man sagen, in dem das Unterseeboot abtauchte: Von da an bis zum jetzigen Augenblick kann niemand St. Anthony's ungesehen betreten oder verlassen haben, *es sei denn, er hatte einen Schlüssel.*«

Appleby schüttelte den Kopf zum Zeichen, daß er nicht ganz einverstanden war. »Ich würde von vornherein diesen Schlüsseln mißtrauen«, sagte er, »und Ihrem Unterseeboot traue ich auch nicht. In einem großen, weitläufigen Gebäude wie diesem gibt es vielleicht ein halbes Dutzend inoffizieller Eingänge oder Ausgänge.«

Doch Dodd ließ sich nicht beirren. »Das mit dem Unterseeboot, das klingt vielleicht, als hätte ich es aus einem Roman, aber ich glaube, es trifft die Sache schon. Über so etwas muß man sich unauffällig vergewissern, und manche Colleges würden staunen, wenn wir ihnen zeigten, wie viele Schleichwege es dort gibt. Aber ich habe mich heute in St. Anthony's gründlich umgesehen, und es ist *wasserdicht.*«

Appleby nickte zum Zeichen, daß er ihm diesen Punkt vorläufig zugestand. »Also gut«, sagte er, »der Rektor ist in seiner Wohnung, die Herren Akademiker in ihren Zimmern, die *Undergraduates* in den ihren, und die große weite Welt ist im wahrsten Sinne des Wortes ausgeschlossen. Wie geht es nun weiter?«

»Noch mehr werden ausgeschlossen oder eingeschlossen«, antwortete Dodd, ohne zu zögern. »Drei Türen wurden vom Butler des Rektors verschlossen. Er verschloß die Vordertür der Wohnung zum Bishop's Court, er verschloß die Hintertür, die auf die St. Ernulphus Lane hinausführt, und er verschloß die Tür zwischen der Rektorenwohnung und dem *Common Room,* das heißt also die Tür, durch die der Rektor kurz zuvor gekommen war. Das war gegen zehn Uhr. Und um 10.15 Uhr war auch das letzte Schloß verriegelt. Der Pförtner sperrte das Tor zum Obstgarten zu.«

Bisher hatte Dodd den Sachverhalt aus dem Gedächtnis vorgetragen. Nun hielt er inne und reichte Appleby ein Bündel Notizen. »Sie sollten es sich durchlesen«, sagte er. »Man braucht eine Weile, bis man das alles im Kopf hat.«

Appleby studierte die Notizen sorgfältig und sah, wobei er sich seine Bewunderung deutlich anmerken ließ, daß Dodd in seinem mündlichen Bericht in nichts von diesen Notizen abgewichen war. Er blickte auf, als er sich die Namen und Daten eingeprägt hatte, und Dodd kam nun zum Höhepunkt seiner Erzählung.

»Als Dr. Umpleby den *Common Room* verlassen hatte, begab er sich sogleich in sein Arbeitszimmer. Um halb elf brachte ihm Slotwiner, sein Butler, einen Nachttrunk, wie er es offenbar regelmäßig tat, und zog sich dann in seinen Anrichteraum am anderen Ende des Flurs zurück. Slotwiner hat den Flur während der nächsten halben Stunde mehr oder weniger im Auge behalten, und er sagt, auf diesem Wege habe niemand das Arbeitszimmer betreten und niemand sei herausgekommen. Mit anderen Worten, zu jener Zeit gab es nur *eine* Möglichkeit, das Arbeitszimmer zu betreten oder zu verlassen, und zwar durch die Glastür zum Obstgarten.«

»Hinaus in den sicher verschlossenen Obstgarten«, murmelte Appleby.

Dodd griff die Andeutung, die in dieser Bemerkung steckte, sogleich auf. »Ganz genau. Ich glaube, das ist unser erstes Indiz dafür, daß wir es von Anfang an mit einer so unnatürlichen Situation zu tun haben. Da wäre nun also der Butler, Slotwiner, in seinem Anrichteraum. Das ist nur eine winzige Kammer, und normalerweise wäre er nach unten gegangen, wo er neben der Küche ein eigenes Zimmer hat. Doch offenbar pflegte an diesem Wochentag Mr. Titlow, das ist der *Senior Fellow,* abends zu einer kurzen Besprechung der Collegegeschäfte beim Rektor vorbeizukommen. Er kam stets um Punkt 11 Uhr, reichlich spät für einen Besuch, finde ich, aber sie hatten es wohl so eingerichtet, damit sie beide nach dem geselligen Beisammensein im *Common Room* noch zwei Stunden arbeiten konnten. Wissen Sie, ich glaube, auf ihre Weise arbeiten diese Burschen eine ganze Menge. Also, Slotwiner wartete oben, um Titlow einzulassen. Er mußte die Haustür aufschließen, also die Vordertür, die auf den Bishop's Court führt, denn er hatte sie ja, wie Sie sich erinnern werden, um 10 Uhr zusammen mit den beiden anderen Türen verschlossen, wie es in Dr. Umplebys Haushalt üblich war. Wie immer traf Titlow mit dem Glockenschlag elf ein, und er und Slotwiner wechselten eben ein paar freundliche Worte auf dem Flur, als sie den Schuß hörten.«

»Den Schuß, der zweifellos«, sagte Appleby, »aus dem Arbeitszimmer kam, wo Umpleby angeblich *solus* saß.«

»Ganz genau. Und er war *solus,* genauer gesagt seine Leiche, als Titlow und Slotwiner ins Zimmer gestürzt kamen. Umpleby war erschossen worden. Es war, wenn wir den beiden glauben wollen, nirgends eine Waffe zu sehen. Doch die Glastür zum Obstgarten stand halb offen. Nun, Titlow und Slotwiner oder einer von beiden, ich weiß nicht welcher, begriff überraschend schnell, was das bedeutete. Es war ihnen klar, daß es Mord war, und es war ihnen klar, welche Rolle der Obstgarten dabei spielte. Wenn der Mörder dorthin geflohen war, mußte er noch dort draußen sein, sofern er nicht, aber auf diese Idee kamen sie nicht, einen Schlüssel zu den Toren hatte.«

Diesmal nahm der Inspektor einen Bleistift und zeigte die entsprechenden Stellen auf dem Plan. Sehr sorgsam erläuterte er noch einmal, worauf es ankam. »Sie werden selbst sehen, wie eindeutig das ist«, sagte er, »wenn Sie sich dort draußen umsehen. An diesen drei Seiten wird der Obstgarten entweder durch eine außerordentlich hohe Mauer eingefaßt oder durch eine Kombination aus Mauer und Gitterstäben, die sogar noch höher ist. Die vierte Seite hat die Rektorenwohnung hier am einen Ende und die Kapelle am anderen, mit *Hall* und Bibliothek dazwischen. Dieser Gebäudekomplex trennt den Obstgarten vom Bishop's Court, und es gibt nur zwei Durchgänge: einen zwischen Kapelle und Bibliothek und den anderen zwischen *Hall* und Rektorenwohnung. Der einzige andere Ausgang vom Obstgarten ist eine kleine Pforte, die hinaus auf die Schools Street führt. Und alle drei Ausgänge waren natürlich verschlossen. Aus dem Obstgarten ohne Schlüssel zu entfliehen war unmöglich.

Und deshalb, sehen Sie, glaubten Titlow und Slotwiner, sie hätten den Mörder in der Falle. Sie kamen nicht auf die Idee, er könnte hinauskommen, weil sie nicht auf die Idee kamen, er hätte vielleicht einen Schlüssel zu jenen drei Toren. Und sie kamen nicht auf die Idee, er hätte vielleicht einen Schlüssel, weil sie nicht auf die Idee kamen, es könnte ein *Fellow* des Colleges sein.

Ich würde vermuten, daß Slotwiner die Initiative ergriff. Er ist ein alter Soldat und wußte, was in einem Notfall zu tun ist, während Titlow, wie es scheint, eher eine verträumte Seele ist. Aber Titlow ist kein Feigling. In dem Zimmer sah es aus, daß es einen grausen konnte, und trotzdem hielt er aus und bewachte die Glastür, während Slotwiner hinaus auf den Flur zum Telefon lief und den Pförtner, einen Arzt und uns verständigte. Ich war noch auf der Wache und arbeitete an Berichten über meinen laufenden Fall, und was ich von Slotwiner zu hören bekam, genügte, um zehn Minuten später mit allen Männern, die ich zusammentrommeln konnte, hier vor der Tür zu stehen. Slotwiner und Titlow waren noch im Arbeitszimmer, und einer der beiden Pförtner hielt ebenfalls Wache. Wir haben den Obstgarten durchkämmt, als gälte es, eine schwarze Katze zu finden. Wir haben eine Kette gebildet und uns von einem Ende zum anderen vorgearbeitet, wir haben die Kapelle auf den Kopf gestellt und das Häuschen mit Wohnungen gegenüber, wir sind auf jeden Baum geklettert. Außer dreien von den vier *Fellows,* die in dem Häuschen im Obstgarten wohnen - Titlow ist der vierte - und die dort in ihren Zimmern waren und nichts von allem gehört hatten, fanden wir niemanden. Wir haben bei Tageslicht natürlich noch einmal alles durchsucht, und die Tore werden nach wie vor bewacht.«

Dodd hielt einen Moment inne, und Appleby erkundigte sich: »Gestohlen wurde nichts?«

»Keinerlei Anzeichen. Geld, Uhr und so weiter waren noch bei der Leiche. Einen Punkt gibt es allerdings, der vielleicht noch von Bedeutung sein könnte.« Dodd nahm einen kleinen, in Seidenpapier gewickelten Gegenstand und warf ihn seinem Kollegen zu. »Umplebys Taschenkalender, den er auch, wie es sich gehört, in der Tasche hatte. Da haben Sie eine Menge zu studieren, nur für den heutigen Tag nicht. Die Blätter für die letzten beiden Tage und für heute und morgen hat jemand herausgerissen . . . Und nun kommen Sie mit.«

IV

Die beiden Männer verließen das Eßzimmer des ermordeten Rektors, überquerten den Flur und gingen einen schmalen Gang entlang, an dessen Ende ein schneidiger Konstabler die Tür zum Arbeitszimmer bewachte. Er salutierte, trat zur Seite und betrachtete Appleby mit der unverhohlenen Neugier eines Mannes vom Lande, während Dodd einen Schlüssel aus der Tasche zog, die Tür aufschloß und sie mit einer Art verhalten dramatischer Geste aufstieß.

Das Arbeitszimmer war ein breiter, gut proportionierter Raum mit einem großen offenen Kamin gegenüber der einzigen Tür und mit Fenstern auf beiden Seiten: Nach links ging eine Reihe kleiner Fenster hinaus auf die St. Ernulphus Lane, die wie alle Erdgeschoßfenster an den Außenwänden des Colleges vergittert waren; rechts lag die schmale Terrassentür, die jetzt von schweren Vorhängen verdeckt war, doch mit Blick, wie Appleby wußte, auf den Obstgarten. Das dunkel möblierte, mit Büchern vollgestopfte Zimmer wurde teils vom trüben Licht des Novemberabends, teils von einer einzelnen elektrischen Stehlampe erhellt. Auf halbem Wege zwischen Glastür und Kamin, auf dem Rücken der Länge nach ausgestreckt, lag die Leiche eines Mannes - groß, hager, im Smoking. Mehr als das sah man nicht, denn sein Kopf war in den stumpfen, schwarzen Stoff eines akademischen Talars gehüllt, als habe jemand die übliche Geste der Ehrfurcht vor den Toten verhöhnen wollen.

Doch nicht dieser Anblick ließ Appleby ein wenig zurückschrecken, als er ins Zimmer trat. Nun verstand er, warum Dodd von einem Wahnsinnigen gesprochen hatte. Von der mattdunklen Eichentäfelung über dem Kamin grinsten zwei hastig mit Kreide skizzierte Totenköpfe ins Zimmer. Gleich neben dem so grotesk verhüllten Haupt des Rektors lag ein weiterer Totenschädel. Und auf dem Boden um ihn herum waren in kleinen Häufchen Menschenknochen verstreut.

Eine ganze Weile stand Appleby in diesen Anblick versunken da; dann ging er hinüber zur Terrassentür und zog den Vorhang zurück. Die Abenddämmerung war hereingebrochen, und der uralte Obstgarten wirkte geheimnisvoll wie ein finsterer Wald. Das einzige, was diese Illusion störte, war rechts von ihm die graue Front von *Hall* und Bibliothek, Stein auf behauenem Stein, die sich nach oben im Dunkel der Buntglasfenster verlor. Unmittelbar vor ihm, eine verschwommene Silhouette vor dem stumpfen östlichen Himmel, ragten die Giebel der karolinischen Kapelle mit ihren kühnen Arabesken auf. Es kam Nebel auf. Der Dunst zog über den makellos gepflegten Rasen, umspielte die Bäume, löste die verschwimmenden Konturen von Torbogen und Wand.

Und hoch über College und Stadt erklang, gedämpft wie ein Requiem für den jüngst Ermordeten, die uralte Melodie der Vesperglocken.

Kapitel 2

I

Eine Weile blickte Appleby noch auf die zusehends düsterer werdenden Schatten hinaus. Ohne sich umzudrehen und fast wie im Selbstgespräch unternahm er dann einen ersten Versuch, den Fall selbst in den Griff zu bekommen.

»Um 22.15 Uhr wurde dieser Innenhof hier, der Obstgarten, verschlossen. Nach diesem Zeitpunkt gab es für jeden, der darin war und hinauskommen wollte, und jeden, der von draußen hineinwollte, nur zwei Möglichkeiten. Die erste Möglichkeit: mit Hilfe eines jener Schlüssel, die einige *Fellows* besitzen; damit konnte man entweder durch eines der beiden Tore zwischen dem Obstgarten und dem Bishop's Court in den anderen Teil des Colleges gelangen oder durch die kleine Pforte, die in die Schools Street führt, hinaus in die Außenwelt. Die zweite Möglichkeit war diese Glastür hier, durch dies Arbeitszimmer hindurch und zu einer der Türen der Rektorenwohnung hinaus, durch die Haustür auf den Bishop's Court, durch die Tür zum *Common Room* indirekt ebenfalls auf diesen Hof oder durch die Hintertür auf die St. Ernulphus Lane und wiederum in die Außenwelt.

Um 22.30 Uhr war Umpleby nach Aussage des Butlers noch am Leben. Zwischen jenem Zeitpunkt und 11 Uhr ging, wiederum nach Aussage des Butlers, niemand durch den Flur vom Arbeitszimmer zum Bishop's Court oder zur St. Ernulphus Lane oder umgekehrt.

Um 11 Uhr hörte man, wie der Butler und Titlow aussagen, einen Schuß aus dem Arbeitszimmer. Sie kamen sofort hier herein und fanden Umpleby tot. Dann, sagen die beiden, behielten sie den Weg durch das Arbeitszimmer ununterbrochen im Auge, bis Sie kamen und übernahmen. Und Sie ließen ihn überwachen, bis Sie Arbeitszimmer, Obstgarten und alle Gebäude, die an den Obstgarten grenzen, gründlich durchsucht hatten.

Dies vorausgesetzt, haben wir eine recht eindeutige Situation. Wenn Umpleby zu der Zeit und an dem Ort erschossen wurde, von denen wir ausgehen, und von anderer Hand als seiner eigenen, dann war der Täter *entweder* eine der drei Personen, auf die Sie bei Ihrer Durchsuchung stießen, *oder* eine vierte Person, die einen Schlüssel hatte. Diese vierte Person könnte wiederum *entweder* eine derjenigen gewesen sein, die rechtmäßig Schlüssel besitzen, oder ein Unbekannter, der sich einen solchen Schlüssel unrechtmäßig verschafft hat. Daraus ergeben sich zwei Fragen, die vorab geklärt werden müssen: zum einen die nach dem Alibi jener, die rechtmäßig im Besitz eines Schlüssels sind, sowie, als Fortsetzung dessen, die Frage nach dem Verhältnis dieser Personen zu Umpleby; zum zweiten die Frage nach dem Verbleib der existierenden Schlüssel, die Geschichte jedes einzelnen und die Frage, wie wahrscheinlich es ist, daß er in letzter Zeit entwendet und kopiert worden sein könnte.«

Appleby sprach, als er sich dies kurzgefaßte und komplizierte Resümee zurechtlegte, mit einem Anflug von Widerwillen. Er traute weit weniger als Dodd dem, was nach Bilderbuchfall roch, und er mißtraute auch den Schlußfolgerungen, die sich aus den auffällig eindeutigen Umständen, unter denen Umpleby offenbar ermordet worden war, ziehen ließen. Wie Dodd bereits scharfsinnig angemerkt hatte, hatte die Sache etwas geradezu aufdringlich Künstliches, so als ob der Mörder alles darangesetzt hätte, ebenso klug wie bizarr, ebenso schrullig wie raffiniert zu erscheinen. Er war noch keine Stunde in St. Anthony's, und schon hatte Appleby das Gefühl, daß ihm seine Schritte aufgezwungen wurden, Schritte, die eine sorgfältige und wahrscheinlich mühsame Recherche der Taten und des Charakters einer kleinen, fest umrissenen Gruppe von Menschen erforderte. Genauer gesagt gab es für ihn zwei verschiedene Ansätze. Der erste war einfach: ›Die Umstände erfordern es, daß ich mich auf Soundso konzentriere.‹ Der zweite war ein wenig komplizierter: ›Die Umstände sind *mit Absicht so eingerichtet worden, daß ich glauben soll,* ich müsse mich auf Soundso konzentrieren.‹ Wenn er nun dem ersten Ansatz nachging, durfte er auf keinen Fall den zweiten aus den Augen verlieren.

Appleby zügelte seinen Argwohn, wandte sich wieder an Dodd und erkundigte sich: »Welche *Fellows* wohnen im Obstgarten? Welche davon haben Schlüssel? Wieweit haben Sie überprüft, wo jeder von ihnen gewesen ist, nachdem sich die Runde im *Common Room* gestern abend aufgelöst hatte?«

»Die vier, die im Obstgarten wohnen«, antwortete Dodd, »sind Empson, Pownall, Titlow und Haveland. Ihr Haus grenzt an dieses, doch es gibt keine Verbindungstür. Es liegt gleich hierhinter.« Dodd pochte ungerührt mit dem Finger auf einen der hingekritzelten Totenköpfe über dem Kamin des Ermordeten. »Das Gartenhaus ist ein zweistöckiges Gebäude mit je einer Zimmerflucht rechts und links vom Aufgang«, fuhr er präzise fort, »und die Belegung sieht so aus.« Nach kurzem Stöbern holte Dodd einen weiteren seiner mit solchem Fleiß erstellten Zettel hervor.

Obergeschoß: Empson, Titlow
Erdgeschoß: Pownall, Haveland

»Als wir kamen, waren Empson, Pownall und Haveland alle in ihrem Zimmer. Pownall im Bett, die beiden anderen bei der Arbeit. Was Titlow tat, wissen Sie. Nun zu den Schlüsseln; damit kommen wir zu dem wirklich außerordentlichen Faktor an diesem Fall. Die vier Personen, die im Obstgarten wohnen, haben alle Schlüssel. Da sie vom übrigen College abgeschlossen sind, brauchen sie die natürlich. Und man sollte denken, daß ihre Kollegen, damit sie sie ohne große Umstände erreichen und das College durch die kleine Pforte betreten oder verlassen können, ohne den Pförtner zu wecken, auch diese Schlüssel hätten. Aber nein. Wissen Sie, das ist schon ein ziemlich weltfremder Haufen.«

Appleby lächelte ein wenig grimmig. »Einer unter ihnen«, sagte er, »ist vielleicht doch – tüchtig.«

»Na ja, auf ihre Weise sind die meisten von ihnen tüchtig. Sie sind zum Beispiel nie geistesabwesend. Sie sind scharfsinnig und präzise, das muß man schon sagen. Nur daß dieser Scharfsinn, glaube ich, sich ganz und gar auf Dinge konzentriert, die weit abgelegen oder lange vergangen sind. Nehmen Sie zum Beispiel Professor Curtis. Er wohnt am Surrey Court. Ich habe ihn gefragt, ob er einen Schlüssel für die Tore habe. ›Tore, Herr Inspektor?‹ entgegnete er, ›Tore?‹ – ›Die Tore zwischen diesem Hof und dem Obstgarten‹, erklärte ich ihm. ›Ja, das stimmt‹, sagte er. ›Es heißt, die Torflügel stammten aus Cordoba. Der dritte Earl von Blackwood hat sie dem College gestiftet; er diente in Sidmouth's zweitem Kabinett.‹ – ›Aber haben Sie einen Schlüssel dazu?‹ fragte ich noch einmal. ›Meinen Schlüssel habe ich‹, antwortete er, ohne zu zögern, ›Ende April 1911 abgetreten.‹ – ›Ende April 1911‹, wiederholte ich, ein wenig aus der Fassung geraten. ›Ja‹, sagte er. ›Ende April 1911 war es. Empson hatte in jenem Jahr beide Cornwallstipendien errungen, und wir nahmen ihn daraufhin sofort als *Fellow* auf. Und seitdem hat er nichts mehr getan. Er wird einen sehr guten Rektor abgeben, keine Frage. Und Sie sagen, der arme Dr. Umpleby ist wirklich tot?‹ – ›Mausetot‹, antwortete ich, ›und Sie sind sich ganz sicher, daß Sie seit 1911 keinen Schlüssel mehr gehabt haben?‹ – ›Absolut‹, sagte er, ›ich habe meinen Schlüssel an Empson abgetreten. Ich weiß noch, wie mir damals durch den Kopf ging, was für eine gute Sache ein verschlossenes Tor zwischen Kollegen vielleicht sein würde. Wenn Sie einen Schlüssel brauchen, Inspektor, wird der Pförtner Ihnen sicher seinen leihen.‹«

Als Dodd mit diesem Bravourstück an Gedächtnisleistung fertig war, holte er ein weiteres Blatt Papier hervor. »Hier«, fügte er noch mit Nachdruck hinzu, »habe ich eine Aufstellung.« Er legte sie Appleby vor.

x	Deighton-Clerk	Bishop's
x	Empson	Obstgarten
x	Haveland	Obstgarten
x	Pownall	Obstgarten
x	Titlow	Obstgarten
	Barocho	Bishop's
	Campbell	*verheiratet;* Schools Street
	Chalmers-Paton	*verheiratet;* Vorstadt
	Curtis	Surrey
x	Gott	Surrey
x	Lambrick	*verheiratet;* Vorstadt

»Diejenigen, die einen Schlüssel haben«, sagte Dodd, »habe ich mit einem Kreuz versehen. Es scheint kein System dahinterzustecken. Lambrick zum Beispiel, der verheiratet ist und nicht im College wohnt, hat trotzdem einen Schlüssel, wohingegen Campbell und Chalmers-Paton, die in den gleichen Verhältnissen leben, ohne Schlüssel auskommen. Gott und der Dekan wohnen im College und haben einen; Curtis und Barocho wohnen ebenfalls im College und haben keinen. Soviel zur Verteilung der Schlüssel. Und nun zu ihrer Geschichte.« An dieser Stelle brach Dodd in ein unerklärliches Kichern aus. »Das erinnert mich an eine Erzählung, die ich neulich gelesen habe und bei der es um Schlüssel ging, um den Verbleib von Schlüsseln, wie Sie in Ihrer feinen Londoner Art das nennen. Es ging um den Schlüssel zu einem Safe; niemand konnte ihn gestohlen haben; es stand fest, daß er niemals in unbefugte Hände gekommen war. Und doch war er kopiert worden. Wissen Sie wie?«

Appleby lachte. »Ich glaube, ich kann es erraten. Aber ich denke mir, in unserem Fall werden wir wohl nicht nach weit hergeholten Tricks suchen müssen. Es könnte ohne weiteres in letzter Zeit ein Schlüssel entwendet und wieder zurückgesteckt worden sein.«

»Ja«, entgegnete Dodd; »in letzter Zeit, das ist genau der richtige Ausdruck.« Bei diesen Worten blickte er Appleby beinahe schelmisch an. Denn mit einem guten Gespür für dramatische Effekte hatte er sich den Höhepunkt seines Berichtes bis hierhin aufgehoben. *»Die Schlösser sind nämlich gestern morgen ausgetauscht worden.«*

Appleby stieß einen Pfiff aus. Als Dodd diese Nachricht gehört hatte, hatte er geflucht. Es war der Tropfen, der das Faß jener perversen Präzision, die das Markenzeichen des Mörders von St. Anthony's zu sein schien, zum Überlaufen brachte.

Dodd erklärte es kurz. Sie waren alle recht leichtfertig mit ihren Schlüsseln umgegangen. Für einen Gelehrten hat ein Schlüssel nicht den gleichen Stellenwert wie für einen Bankier, einen Arzt oder einen Geschäftsmann. Ein Gelehrter trägt seine Besitztümer zum größten Teil im Kopf bei sich, und für einen Professor ist ein Schlüssel nicht selten etwas, von dem er feststellt, daß er es verloren hat, wenn er einen Koffer öffnen will. Und diejenigen *Fellows* von St. Anthony's, die Schlüssel zu jenen Toren besaßen, die nun so plötzlich eine so tragische Bedeutung gewonnen hatten, waren lange genug sehr leichtfertig damit umgegangen, ohne daß jemand sich deswegen Sorgen gemacht hatte. Doch vor kurzem hatte es einen Skandal gegeben. Ein *Undergraduate* war bei einem verbotenen nächtlichen Ausflug in beträchtliche Schwierigkeiten geraten, und die Frage, wie er aus St. Anthony's hinaus- und wieder hineingekommen war, war nicht befriedigend geklärt worden. Der Rektor war überzeugt, daß er einen Nachschlüssel gehabt haben müsse. Er hatte neue Schlösser und Schlüssel für die fraglichen Tore kommen lassen. Der Austausch der Schlösser und die Übergabe der Schlüssel hatte erst am Morgen jenes Tages stattgefunden, an dem er umgekommen war.

Dodd fand, daß dieser Umstand, so außerordentlich er für sich genommen auch war, eine willkommene Vereinfachung des Falles war. Er würde ihnen vielleicht eine gewaltige Menge an mühsamen und schwierigen Nachforschungen ersparen; denn nichts, wie er bei den Befragungen hatte feststellen müssen, die er am Morgen bereits durchgeführt hatte, war schwieriger, heikler und anstrengender, als einer Reihe von Akademikern gezielte Fragen zu ihrem materiellen Besitz zu stellen. Außerdem grenzte es den Kreis der möglichen Verdächtigen allem Anschein nach auf das genaueste ein. Wenn Dodd zu jenem Zeitpunkt einen offiziellen Bericht zum Stand der Ermittlungen hätte einreichen müssen, dann hätte er riskiert, kategorisch dies zu versichern: Der Mörder Dr. Umplebys war in einer kleinen Gruppe von Personen zu suchen, die allesamt bekannt waren.

Und auch Appleby war bei seiner Bestandsaufnahme, während er rastlos und doch aufmerksam im Tatzimmer bald hierhin, bald dorthin ging, zu einem ersten definitiven Schluß gekommen. Detektivgeschichten erfreuten sich an Universitäten und sogar bei der Polizei großer Beliebtheit. Dodd, der noch soviel vom englischen Landleben in sich hatte, wo man Bunyan und die Bibel las, und der darüber hinaus ein Muster an tüchtiger, doch phantasieloser Polizeiroutine war, war ein schlagendes Beispiel. Mit seinem angeborenen Scharfsinn hatte er sofort bemerkt, daß die Situation, mit der sie es zu tun hatten, etwas Künstliches hatte. Aber er war durchaus geneigt (und eine so ungeheure Macht hatte, ging es Appleby durch den Kopf, das Wort), das Künstliche, das eindeutig *Fiktive* als ganz normal hinzunehmen. Und die Folge war, daß er Gefahr lief, das wichtigste *Warum?* dieses Falles zu übersehen: *Warum* war Umplebys Tod ein solcher Bilderbuchmord? Denn daß der Mord kunstvoll ausgeklügelt und in Szene gesetzt worden war, stellte nun keine Frage mehr dar: Die Tatsache, daß die Schlösser frisch ausgewechselt waren, ließ dies beinahe überdeutlich werden. Umpleby war unter raffiniert inszenierten Bedingungen umgekommen. Er war in einem literarischen Kontext umgekommen; ja, man konnte sogar sagen, in einem Gewirr aus literarischen Kontexten. Denn in dem Arrangement von Fakten, so hatte Appleby es sich in Gedanken dargelegt, das implizit auf *Soundso* wies, lag etwas Konstruiertes in der literarischen Tradition eines Sherlock Holmes und seiner Nachfahren, während das phantastische Detail der verstreuten Knochen von der weit weniger logischen Tradition des Schauerromans herkam. Irgendwo in diesem Fall war, wie es schien, ein Verstand am Werke, der sowohl dem Deduktiven wie auch dem Makabren verpflichtet war. Ein Verstand, konnte man sagen, der in der Manier Edgar Allan Poes dachte. Und Poe, fiel Appleby wieder ein, war bei den Intellektuellen groß in Mode, und St. Anthony's war ein intellektueller Ort.

Ein intellektueller Ort. Das war natürlich ein wichtiger Punkt, den man im Auge behalten mußte, wenn man von hier aus einen Schritt weiterdachte, wenn man versuchte, die Frage zu beantworten, deren sich Dodd vielleicht nicht hinreichend bewußt war: *Warum* war Umpleby umgebracht worden wie ein Gutsherr im Schneesturm? Zwei vorläufige Antworten konnte er geben: erstens, weil diese Art aus irgendeinem Grunde *nützlich* war; zweitens, weil diese Art im intellektuellen Sinne unterhaltsam war. Intelligenz hatte schließlich ihre morbiden Auswüchse.

Appleby gebot sich selbst Einhalt. Er begriff, daß er dabei war, aufs Geratewohl einen Zugang zu dem Fall auf einer menschlichen oder psychologischen Ebene zu suchen. Er wußte, daß es zwar seine Stärke, aber auch seine Schwäche als Detektiv war, daß er sich auf dieser Ebene wohler fühlte als auf der Ebene der Fenster und Türen und entwendeten Schlüssel. Das Arbeitsfeld des Kriminologen, pflegte er in seinen didaktischeren Augenblicken den Kollegen im Scotland Yard zu dozieren, seien nicht die Fingerabdrücke und Zigarettenstummel, sondern der menschliche Verstand, wie er sich im menschlichen Verhalten zur Analyse anbiete. Und an menschlichem Verhalten hatte er im vorliegenden Fall noch nicht das geringste studieren können. Man hatte ihn nicht mit lebenden Darstellern begrüßt, sondern mit einer Reihe von Fakten. Auch das genau wie im Bilderbuch, sagte er sich.

Als hätte er seine Gedanken erraten, wandte sich Dodd an ihn: »Sie werden wahrscheinlich jetzt einmal einen Blick auf das lebende Inventar werfen wollen.« Und als Appleby, unangenehm berührt von dem makabren Unterton, den diese Wendung in der Gegenwart dessen annahm, was einmal Josiah Umpleby gewesen war, sich von dem Fenster, zu dem er noch immer hinausgestarrt hatte, umwandte, begab sich sein Kollege ans andere Ende des Zimmers, um zu läuten. »Wir werden einen Zeugen befragen«, sagte er. Und damit kehrten die beiden Männer wieder zurück ins Eßzimmer.

II

Mr. Harold Tapp wartete nun schon eine halbe Stunde, um seine Aussage zu einem Mordfall zu machen, doch er war nicht im mindesten nervös deswegen. Er war ein aufgeweckter, selbstbewußter Bursche und machte ganz den Eindruck, als könne man sich auf ihn verlassen, und nach Dodds Auskunft galt er als ausgezeichneter Schlosser. Er brauchte nur wenig Anstoß, um einen mehr oder weniger zusammenhängenden Bericht über seine jüngsten Geschäftsbeziehungen mit St. Anthony's zu geben. Seine Aussage wurde mit großem Geschick von einem traurig dreinblickenden rundlichen Sergeanten protokolliert, den sie eigens zu diesem Zweck hatten kommen lassen.

»Heut' vor einer Woche«, sagte Mr. Tapp, »hab' ich den Auftrag vom seligen Dr. Humpleby bekommen. Genauer gesagt, und darauf kommt's doch an, nich' wahr? hab' ich ihn vom seligen Dr. Humpleby telefonisch bekommen.«

»Wenn wir nun *ganz* genau sein wollen«, sagte Appleby, »wissen Sie noch, ob Dr. Umpleby direkt am Apparat war, oder hat jemand anderes die Verbindung hergestellt, bevor Dr. Umpleby sprach?«

Tapp war sich seiner Sache sicher, und nur darum war es bei dieser Frage gegangen. Umpleby höchstpersönlich hatte den Schlosser verständigt, und dieser hatte sich sogleich zur Rektorenwohnung begeben. »Der selige Dr. Humpleby hatt' es nämlich eilig. Das war ihm furchtbar eilig, und er war ganz aufgeregt wegen dene Schlösser. Ich glaub nich', daß aufgeregt zuviel gesagt ist, so wichtig war ihm das. Er konnte 's gar nich' abwarten, bis die neuen Schlösser da waren. Hat mir auch erklärt, warum und wofür das überhaupt gemacht werden mußte, weil nämlich einer von den *Undergrads* war rausgekommen und so weiter. Hat's gar nich' abwarten können, der selige Dr. Humpleby.«

Appleby stellte fest, daß Mr. Tapp ihn mehr als erwartet interessierte.

»Naja, wissen Sie«, fuhr der Schlosser fort, »einen großen Auftrag kann man's nicht grad' nennen, aber ein ganz kleiner war's auch nich'. Also hab' ich gestern morgen vorgeschlagen als Termin, wo ich sie auswechsle, und der selige Doktor hat gesagt, das wär' in Ordnung. Hat sich auch sehr interessiert, wie die Arbeit gemacht wird, und bei dene Schlüssel, da war er sehr pingelig. Der wußte, was so'n Schlüssel wert ist, der selige Doktor. Zehn Stück sollten es sein, und alle an ihn persönlich. Und zehn Schlüssel hat er gestern morgen bekommen, gleich wie ich die Schlösser drin und ausprobiert hatte.«

»Wie hat er sie bekommen«, fragte Dodd, »und wie sicher haben Sie sie verwahrt?«

»Na ja, ich hab' die Arbeit alle selbst gemacht, wissen Sie, die ganze Woche hab' ich dran gesessen, montiert und den letzten Schliff gegeben. Und wenn ich nich' dran gearbeitet hab', dann waren die Pläne im Stahlschrank und die Schlösser und die Schlüssel auch. Ganz wie sich das gehört für 'ne erstklassige Schlosserarbeit. Nich' daß ich immer nur Aufträge für erstklassige Sachen bekomme, verstehen Sie. Aber das hier schon. Und entsprechend hab' ich's gemacht. Ich hab' die Schlösser gestern morgen eingebaut, und dann bin ich zu Dr. Humpleby persönlich gegangen und hab' ihm die zehn Schlüssel abgeliefert, wie bestellt. Und von dem Augenblick, wo ich zum erstenmal die Feile angesetzt hab', bis zu dem Augenblick, wo ich sie übergeben hab', hab' ich die Schlüssel behandelt, als ob sie 'n Beutel mit Goldsovereigns wären. Und die bekommt man ja heute kaum noch zu sehen«, schloß Mr. Tapp mit einer ein wenig abschweifenden Bemerkung seinen Bericht ab.

Einige weitere Nachfragen bestätigten, daß die Herstellung der neuen Schlösser und Schlüssel unter absolut diebstahlsicheren Bedingungen vonstatten gegangen war. Applebys Frage nach der ›Geschichte‹ erwies sich als leicht beantwortet. Er wandte sich nun wieder dem Punkt von Tapps Aussage zu, der ihn ganz besonders interessiert hatte. »Sie sagen, Dr. Umpleby sei wegen der Schlüssel besorgt gewesen, und er hätte Ihnen erklärt weshalb – etwas mit einem *Undergraduate,* nicht wahr? Wie besorgt war er? Würden Sie ihn als erregt bezeichnen? Hat ihn die Sache wirklich beunruhigt?«

Tapp antwortete, ohne zu zögern. »Beunruhigt, Sir, würd' ich nich' sagen, das wär' zuviel. Aber er hatt' es eilig, und aufgeregt war er – *das* schon.«

Appleby bewahrte die Geduld. »Beunruhigt nicht, aber aufgeregt. Ob Sie das wohl noch ein wenig deutlicher beschreiben könnten? Beunruhigt und aufgeregt, das ist doch für meine Begriffe so ziemlich das gleiche. Vielleicht können Sie mir noch deutlicher beschreiben, was Sie mit ›beunruhigt‹ meinen?«

Tapp überlegte eine Weile. »Also wissen Sie, Sir«, sagte er endlich, »mit aufgeregt würd' ich nich' gerade rappelig meinen, aber wenn ich rappelig sagen würd', dann wär' das *schon* beunruhigt. Ich hoffe, das macht es klar. Und Dr. Humpleby hat es *wirklich* eilig gehabt.«

Das war alles, was der Schlosser an Informationen zu liefern hatte, und nachdem er eine von dem schwermütigen Sergeanten erstellte, von allen Dialektspuren befreite Version seiner Aussage unterzeichnet hatte, entließen sie ihn.

»Wieweit sollte einem das zu denken geben«, fragte Appleby, »daß Umpleby dem trefflichen Tapp einen *Grund* für das Auswechseln der Schlösser nannte? Das leuchtet mir nicht ein, Dodd, finden Sie nicht auch? Das kommt mir ein wenig seltsam vor. Vielleicht ist es nichts weiter als das Befremdende an einem leicht befremdlichen Menschen. Vielleicht ist es nur ein winziger Unterschied zwischen Dr. Umplebys Verhalten und dem ganz gewöhnlichen Verhalten eines ganz gewöhnlichen Collegevorstands, das mir da aufgefallen ist, aber andererseits bin ich vielleicht auch etwas viel Weitreichenderem auf der Spur. Und das gleiche gilt für den zweiten interessanten Punkt, nämlich daß Umpleby, wie unser Freund es ausdrückte, ganz aufgeregt wegen dieser Sache gewesen sei; daß er auf der Skala von Aufregung und Rappeligkeit schon fast an der Grenze zum Beunruhigten stand.«

»Ich wüßte da etwas, was mir noch wichtiger vorkommt als das«, sagte Dodd mit todernster Miene. »*Es war ein Schlüssel zuviel.*«

Zum zweitenmal an diesem Nachmittag stieß Appleby einen Pfiff aus. »Schon wieder ein Punkt an Sie! Der Dekan, Empson, Gott, Haveland, Lambrick, Pownall, Titlow, einer für den Ersten Pförtner ... Hallo! Das sind nur acht. Dann gab es sogar zwei Schlüssel zuviel?«

Dodd schüttelte den Kopf. »Der Erste Pförtner hat einen für seinen Schlüsselbund bekommen und einen weiteren, der als Reserve in den Safe in der Pförtnerloge ging. Aber ein Schlüssel bleibt, von dem wir nicht wissen, was aus ihm wurde. Und das ist eine ärgerliche Komplikation.«

»Vielleicht hat Umpleby selbst einen Schlüssel behalten?«

Wiederum verneinte Dodd. »Das glaube ich nicht. Jedenfalls hat er nach Aussage des Dekans niemals einen gehabt. Er brauchte ja keinen. Er konnte aus seiner Wohnung sowohl in den Obstgarten als auch auf die beiden Innenhöfe gelangen. Und ebenso öffnete ihm seine eigene Hintertür den Weg auf die Straße. Und natürlich haben wir keinen Schlüssel bei seinen Sachen gefunden.«

»Ein Schlüssel zuviel«, murmelte Appleby. »Wissen Sie, diese Sache mit dem überzähligen Schlüssel gefällt mir. Das ist zum erstenmal eine undichte Stelle, und bisher hatte Ihr Unterseeboot wirklich unangenehm die Schotten dicht.« Doch er war mit seinen Gedanken nicht dabei, als er sprach, und wanderte auf und ab. Dann führte er Dodd mit einer plötzlichen Geste der Ungeduld zurück ins Arbeitszimmer.

III

Den schwarzen Talar, den man um den Kopf des Rektors geschlungen gefunden hatte, hatten die Polizisten, nachdem die Spurensicherung abgeschlossen war und der Amtsarzt den Tod festgestellt hatte, wieder so hingelegt, wie er vorgefunden worden war, und nun zog Appleby ihn vorsichtig zurück. Er war nur an einer Stelle blutverkrustet, und Appleby legte ihn auf einen Stuhl. Er betrachtete den ermordeten Rektor mit einiger Neugier. Umpleby hatte einen massigen und im Verhältnis zu seinem schmächtigen Körper unerwartet großen Kopf mit markanten Schädelknochen, einer imposanten, fleischigen Nase und ausgeprägtem Kinn. Der Mund, nun im Tode eingefallen, war im Leben streng gewesen; fest, fast mit einem Anflug von Grausamkeit; mit Sicherheit eher unerbittlich als gefühlvoll. Die Augen waren offen, und sie waren kalt und grau; die Züge waren gelassen, was einen merkwürdigen Gegensatz zu dem winzigen, doch erschreckenden Einschußloch mitten in der Stirn darstellte. Und der Tod hatte die Last der Jahre von dem bleichen Antlitz genommen: Es dauerte eine ganze Weile, bis Appleby erkannte, daß Umpleby ein alter Mann gewesen war. Im Augenblick untersuchte er ihn nicht, sondern nahm den Talar wieder auf, damit er von neuem als provisorisches Leichentuch dienen konnte. Dabei erregte etwas seine Aufmerksamkeit. »Ich nehme an, das ist nicht Umplebys Talar?« fragte er Dodd.

»Nein. Und er hat keinen Namen eingestickt. Aber ich muß gestehen, ich habe noch keine Erkundigungen deswegen eingezogen.«

»Da brauchen Sie sich, glaube ich, keine große Mühe zu machen. Er gehört Dr. Barocho.«

Eine Sekunde brauchte Dodd, bis er begriff. »Sie meinen, man sieht, daß es ein ausländischer Talar ist, kein englischer?«

»Ganz genau, und da liegt es auf der Hand, daß er Barocho gehört. Aber ich glaube nicht, daß Sie deswegen Ihre Handschellen zücken müssen. Doch nun zu den Leuten hier: Was haben sie getrieben? Wieweit, wenn wir dort anknüpfen wollen, wo wir stehengeblieben waren, haben Sie recherchiert, was sie gestern abend getrieben haben, nachdem die Runde im *Common Room* sich aufgelöst hatte?«

Appleby durchstreifte von neuem das Arbeitszimmer. Dodd wühlte, während er antwortete, wieder in seinen Papieren. »Im Lauf des Tages habe ich vorläufige Aussagen von allen aufgenommen, die in Frage zu kommen schienen, oder jedenfalls allen, die in Frage zu kommen schienen, bevor dieser verdammte zehnte Schlüssel ins Spiel kam. Einiges könnte man wohl als stichhaltiges Alibi für die Tatzeit gelten lassen; anderes nicht. Ich überprüfe das so schnell, wie die drei fähigen Männer, die mir zur Verfügung stehen, es schaffen. Das sind jetzt übrigens für die Dauer der Ermittlungen *Ihre* Männer. Einstweilen haben Sie hier Durchschläge der diversen Aussagen. Die sollten Sie an sich nehmen.« Mit diesen Worten legte Dodd einen kleinen Stoß Durchschlagpapier vor seinen Kollegen auf den Tisch, und er tat es mit einer Miene, die keinen Zweifel daran ließ, daß er damit symbolisch die Verantwortung an ihn übergab. Appleby nahm sich das erste Blatt vor.

»Slotwiner, George Frederick (54). Kam mit sechzehn Jahren als Küchenjunge in den Dienst des Colleges. Persönlicher Bedienter Dr. Umplebys, als dieser 1910 zum Dekan des Colleges gewählt wurde. Versieht das Amt des Butlers, seit Umpleby 1921 Rektor wurde.

10.30 Uhr abends. Brachte Getränke ins Arbeitszimmer, fand den Rektor arbeitend an seinem Schreibtisch und allein. Hatte von da an die Tür zum Arbeitszimmer aus seiner Anrichtekammer ständig im Blick.

11 Uhr abends. Überquerte den Flur und ließ Mr. Titlow zur Vordertür ein. Noch im Gespräch mit Titlow, als der Schuß fiel. Betrat zusammen mit Titlow das Arbeitszimmer und entdeckte Leiche. Kehrte zurück auf den Flur und verständigte telefonisch Arzt, Pförtner und Polizei. Kehrte zu Titlow in das Arbeitszimmer zurück und hielt dort Wache bis zum Eintreffen der Pförtner.

11.10 Uhr abends. Überbrachte Mitteilung von Titlow an den Dekan.

Bestätigt: Titlow.

Titlow, Samuel Still (51) . . .«

In diesem Augenblick wurden sie von einem lauten Klopfen an der Tür unterbrochen. Der melancholische Sergeant steckte seinen Kopf herein und verkündete mit trauriger Stimme: »Der Kammerdiener mit einer Nachricht!«

»*Butler,* wenn ich bitten darf, Schutzmann!« sprach mit diskret tadelnder Stimme eine in diskretes Schwarz gekleidete Gestalt im Hintergrund und fügte mit dem Anflug einer Verbeugung gegenüber Dodd hinzu: »Der Dekan läßt höflich ausrichten, Sir, wenn der Gentleman aus London eingetroffen ist, würde er sich freuen, ihn in seinen Räumlichkeiten zu begrüßen, sobald es ihm möglich ist.«

Appleby betrachtete George Frederick Slotwiner mit allem Interesse, das dem ersten Hauptakteur des jüngst stattgehabten Dramas, den er zu Gesicht bekam, zustand. Wenn Slotwiner tatsächlich Soldat gewesen war, dann waren davon wenig Spuren zurückgeblieben. Schmächtig und bleich, benahm und hielt er sich wie ein typischer ranghöherer Dienstbote. Er war offenbar ein wenig kurzsichtig und blickte durch die Gläser eines Zwickers hinaus in die Welt, und die Wirkung war ebenso erhebend wie verunsichernd; erhebend, weil sie die Gedanken des Betrachters unwillkürlich vom Butler zum Kämmerer lenkten und von da zum Majordomus und königlichen Kammerherrn; verunsichernd, weil man plötzlich das Gefühl hatte, daß die steife Haltung ihres Trägers weniger Ausdruck der Würde seines Berufes sei als Folge eines dauernden Balanceaktes auf seiner Nase. Während Appleby dieser Gedanke durch den Kopf ging, bedachte Slotwiner, der in seinem Inneren die Frage erörtert zu haben schien, ob es schicklich sei, sich eine Kenntnisnahme der Anwesenheit des Gentlemans aus London offen anmerken zu lassen, auch ihn mit dem Anflug einer Verbeugung, und nachdem er diesen ausgewogenen Kompromiß gefunden hatte, wartete er geduldig auf eine Antwort.

Appleby enthob ihn seiner Zweifel. »Meine Empfehlung an den Herrn Dekan«, sagte er, »ich werde in einer halben Stunde bei ihm sein. Vielleicht können Sie dann so freundlich sein, mich hinüberzuführen, wenn Inspektor Dodd nach Ihnen läutet.« Und als der Butler sich umwandte, um sich zurückzuziehen, fügte er unvermittelt hinzu: »Einen Augenblick noch. Wann hatte der Rektor in diesem Zimmer zuletzt eine Kerze brennen?«

Die Wirkung dieser Frage war bemerkenswert. Slotwiner fuhr mit einer ganz und gar unbutlerhaften Schnelligkeit herum und starrte Appleby an. Es war nicht zu übersehen: Er war verblüfft und verwirrt, verwirrter, als die Frage, die so plötzlich seinem sich abkehrenden Rücken über den verhüllten Leichnam seines Dienstherrn hinweg zugeworfen wurde, es rechtfertigen konnte. Doch einen Augenblick darauf wandelte sich sein Ausdruck in Erstaunen; und einen weiteren Augenblick darauf war er wieder ganz gefaßt.

»Der Rektor hat niemals Kerzen verwendet, Sir. Das Zimmer ist, wie Sie sehen werden, zureichend beleuchtet.« Bei diesen Worten schoß die Hand des Mannes zu einem Lichtschalter an der Tür vor, und die einzelne Stehlampe, die gebrannt hatte, bekam nun Verstärkung von einem halben Dutzend weiterer Lampen oben an den Wänden, die die Decke in ein strahlendes Licht tauchten. »Bei welchem Licht hat der Rektor in der Regel abends hier gesessen?« fragte Appleby weiter. »Schaltete er sämtliche Lampen ein oder nur die Stehlampe?«

Die Antworten des Butlers kamen nun ohne Zögern. Wenn er an seinem Schreibtisch oder in dem Lehnstuhl am Kamin saß, hatte Dr. Umpleby für gewöhnlich nur die Stehlampe brennen. Doch wenn er etwas in seinen Büchern nachschlug oder wenn er Gäste hatte, schaltete er die anderen Lampen dazu. Es gab einen Wechselschalter, und man konnte sie auch vom Kamin aus anmachen.

»Gestern abend um halb elf«, fragte Appleby als nächstes, »welche Lampen brannten da?«

»Sämtliche Lampen waren eingeschaltet, Sir. Der Rektor war dabei, am anderen Ende Bücher aus dem Regal zu holen, während ich im Zimmer war.«

»Und später, als Sie mit Mr. Titlow hier eindrangen?«

»Da brannte nur die Stehlampe.«

»Dr. Umpleby hätte also die anderen ausgeschaltet, als er wieder an seinen Schreibtisch zurückgekehrt war?«

»Das kann ich nicht sagen, Sir. Es ist denkbar.«

»Erzählen Sie mir, wie es dann mit den Lichtern weiterging.«

»Sir?«

»Ich meine, haben Sie oder Mr. Titlow sofort die anderen Lampen eingeschaltet, als Sie die Leiche fanden?«

Slotwiner zögerte. »Das kann ich nicht sagen, Sir«, antwortete er endlich. »Nicht mit Sicherheit, meine ich. Ich glaube, ich habe sie beinahe unverzüglich selbst eingeschaltet, doch in einem solchen Augenblick wäre das eine mechanische Handlung gewesen.

Bewußt kann ich mich dessen nicht entsinnen. Später brannten mit Sicherheit alle Lampen.«

Slotwiner, der den Eindruck hatte, daß er nun in aller Form verhört werde, sprach vorsichtig und mit allen Anzeichen äußerster Gewissenhaftigkeit. Doch Appleby brach ab. »Ich werde später Ihre ausführliche Aussage einholen. Jetzt nur noch eine Frage.« Er hatte sich halb abgewandt, so als ob der wichtige Teil der Unterhaltung vorüber sei. Plötzlich fuhr er herum und blickte den Butler durchdringend an. »Ich wüßte gern, warum meine Frage nach den Kerzen Sie so erschreckt hat.«

Doch diesmal bewahrte Slotwiner vollkommene Ruhe. »Ich muß sagen, ich kann es mir selbst kaum erklären, Sir«, entgegnete er. »Wenn ich so sagen darf, die Frage - Fragen *überhaupt,* Sir - kam ein wenig überraschend. Doch ich bin nicht im Stande, Ihnen eine Erklärung für mein Verhalten zu geben. Es wird Ihnen nicht entgangen sein, daß ich äußerst verstört war. Wenn ich versuchen darf, in Worte zu fassen, was mir durch den Kopf ging, als Sie das Wort an mich richteten, Sir, so würde ich es als ein Gefühl der Verwirrung bezeichnen. Und ich war verwirrt, weil ich nicht wußte, warum ich verwirrt war.« Slotwiner überlegte eine Weile. »Es kann nicht der offensichtliche Inhalt Ihrer Frage gewesen sein, Sir, denn ich bin mir vollkommen sicher, daß niemals in der Rektorenwohnung Kerzen Verwendung fanden. Dr. Umpleby mochte sie nicht, und bei all den alten Wandtäfelungen hätte ich mit Sicherheit nicht zugelassen, daß die Dienstboten sie verwenden. Wenn ich es so klar ausdrücken soll, wie ich vermag, Sir, dann möchte ich es ein wenig theoretisch formulieren und sagen, daß Ihre Frage einen *latenten* Gehalt hatte. Das Lauernde, das darin lag, war außerordentlich irritierend.« Und nach diesem Triumph wissenschaftlicher Begrifflichkeit bedachte Slotwiner Appleby mit einem weiteren Anflug einer Verbeugung und schwebte - levitierte wäre vielleicht der richtige Ausdruck - zum Zimmer hinaus.

Dodd stieß ein Glucksen aus, das etwas Übermütiges gehabt hätte, wäre sein Blick nicht im selben Augenblick auf das gefallen, was vor dem Kamin ausgestreckt lag. »Da sehen Sie, daß Sie unter die Akademiker gefallen sind. Wenn Sie so ein Geschwätz von einem Butler zu hören bekommen, was meinen Sie wohl, wie dann erst der Dekan klingt, hm?«

Das Lächeln, mit dem Appleby antwortete, war eher nachdenklich als fröhlich. »›Das Lauernde, das darin lag, war außerordentlich irritierend‹«, zitierte er. »Wissen Sie, Dodd, das ist ein interessanter Mann, und er hat da etwas Interessantes gesagt. Übrigens«, Appleby warf seinem Kollegen einen unschuldigen Blick zu, »was halten Sie denn von der Sache mit der Kerze?«

Dodd blickte ihn verblüfft an. »Was für eine Kerze?« fragte er. »Ich hatte keine Ahnung, worauf Sie hinauswollten.«

Zur Antwort nahm Appleby seinen Kollegen am Arm und führte ihn ans andere Ende des Zimmers, wo er vorhin seine scheinbar so müßige Runde gemacht hatte. Hier füllten die Bücherregale nicht nur die Wände, sondern ragten ins Zimmer hinaus und bildeten flache Nischen. In einer dieser Nischen befand sich ein Drehregal mit dem *Dictionary of National Biography;* in der zweiten stand, ähnlich untergebracht, das *New English Dictionary.* Beide schweren Nachschlagewerke waren einheitlich gebunden. Doch Appleby geleitete Dodd zur dritten der vier Nischen. Hier stand noch ein drittes drehbares Regal, und Dodd sah sich den vierzehn gewaltigen Bänden des Straßburger Athenaios gegenüber.

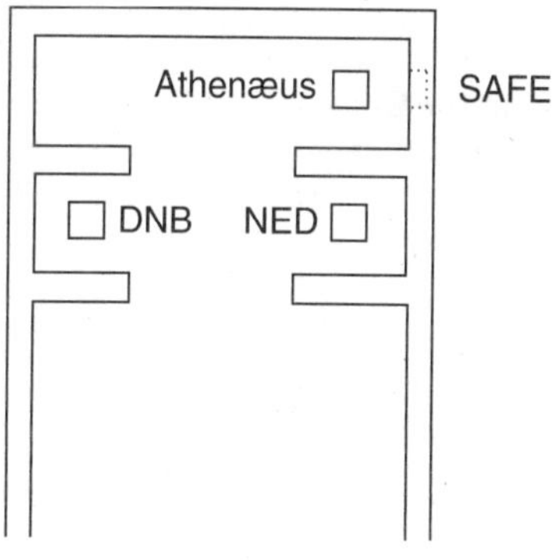

»Die *Deipnosophisten*«, murmelte Appleby; »Schweighäusers Ausgabe ... sehr unhandlich ... Dindorf ist kompakter – und da haben wir ihn ja auch.« Er wies in die Ecke des unteren Brettes, wo jenes ungeheure Sammelwerk in den drei handlichen Bänden der Leipziger Ausgabe zusammengedrängt stand. Dodd war ein wenig ratlos bei diesem philologischen Abrakadabra und knurrte mißtrauisch: »Die drei da unten stehen auf dem Kopf, wollten Sie darauf hinaus?«

»Immerhin, das ist gut beobachtet. Was meinen Sie, wie viele Bücher stehen hier im Zimmer - acht- oder neuntausend vielleicht? Schauen Sie sich mal um, ob Sie noch andere sehen, die auf dem Kopf stehen. Das ist ja nicht gerade die übliche Art für einen Gelehrten, seine Bücher ins Regal zu stellen.«

Dodd lehnte das Angebot ab. »Ich dachte, Sie hätten von Kerzen gesprochen. Ist das vielleicht alles ein kleiner akademischer Witz?«

Appleby richtete sich nach seiner Untersuchung des untersten Brettes wieder auf und zeigte sanft auf die polierte Oberfläche des bis in Brusthöhe reichenden Regals, vor dem sie standen. Einige Zentimeter von der Wand in der hintersten Ecke der Nische war ein kleiner Fleck von etwas über 1 cm Durchmesser, der aussah wie Kerzenwachs.

»Irgendein Reinigungsmittel«, sagte Dodd, »Bienenwachspräparat vielleicht. Unachtsamer Diener.«

»Ein Einbrecher, ein Amateur-Einbrecher mit einer Kerze?« schlug Appleby vor.

Dodd reagierte unverzüglich: Er verließ das Zimmer. Als er zurückkehrte, kniete Appleby neben der Leiche. »Sie hatten recht, Appleby«, verkündete Dodd eifrig. »Die Regale werden immer nur mit einer Art Möbelpolitur behandelt. Und sie sind erst gestern morgen poliert worden. Die Hausdienerin schwört, daß sie makellos waren, und sie ist eine sehr respektable ältere Dame.« Er hielt inne, und als er sah, daß Appleby mit seiner Inspektion der Leiche offenbar fertig war, sagte er: »Ich habe Ihnen auch etwas in der Ecke dort zu zeigen. Deshalb habe ich auch gleich die Ohren gespitzt, als Sie auf einen Einbrecher tippten. Wissen Sie, es ist nämlich nicht so, als ob wir uns um die neuntausend Bücher überhaupt nicht gekümmert hätten.« Er führte ihn zurück zu der Nische und wandte sich diesmal nicht dem Drehregal zu, sondern dem massiven, dicht mit Büchern bepackten Regal dahinter. Er faßte hinter etwas, das aussah wie eine gewöhnliche Buchreihe, zog kräftig daran und klappte die ganze Reihe mühelos heraus. »Attrappen, hinter denen manchmal in Bibliotheken Türen versteckt werden, stimmt doch, oder? Und schauen Sie sich an, was dahinter steckt.« Dahinter steckte, in die Wand eingelassen, ein recht ungewöhnlicher Stahlschrank in Form einer Schublade.

»Die Art Einbrecher, die mit einer Kerze herumhantiert«, meinte Appleby, »hätte bei so etwas keine große Chance. Wäre auch schwer zu finden gewesen, es sei denn, er hätte Bescheid gewußt. Obwohl Sie ja wohl auch nichts darüber wußten?«

Dodd hatte nichts darüber gewußt. Er hatte den Safe im Zuge einer gründlichen Durchsuchung gefunden. Zwar hatten sie die Tausende von Büchern nicht von den Regalen genommen, doch jedes so weit zurückgeschoben, bis es anstieß, um sich zu vergewissern, daß der Täter nicht seine Waffe irgendwo hinter den Büchern verborgen hatte. Er war jedoch sicher, daß dabei die kleine Athenaios-Ausgabe nicht auf den Kopf gestellt worden war. Er hatte das eigentümliche Drehregal persönlich untersucht - dabei aber, wie er zugab, den Wachsflecken übersehen - und festgestellt, daß es unnötig war, die Bücher herauszunehmen. Er selbst hatte die ganze Nische inspiziert und war dabei auf den versteckten Safe gestoßen.

Applebys Blick wanderte wiederum die endlosen Bücherreihen entlang, und bald hatte er sich einen Eindruck von der Bibliothek des Ermordeten verschafft. Doch es war die äußere Erscheinung der schweren Foliobände auf den unteren Brettern, Hunderte davon, die ihm seine nächste Bemerkung eingaben. »Da haben wir Glück gehabt, daß er mit einem Schuß in den Kopf getötet wurde, Dodd. Begreifen Sie, was für eine Menge Arbeit uns das erspart?« Und als er den verständnislosen Blick seines Kollegen sah, fuhr er fort: »Stellen Sie sich folgendes vor. Umpleby will sich das Leben nehmen. Aus diesem oder jenem Grund, einfach aus Gehässigkeit vielleicht, beschließt er, diesen Umstand zu verbergen. Tja, und da nimmt er irgendeines dieser Bücher hier, wahrscheinlich ein großes, vielleicht auch ein eher kleines«, hier tippte Appleby mit dem Finger auf einen massigen Band im Kronoktav, »und höhlt es innen ein wenig aus, gerade so viel, daß eine Automatik hineinpaßt. Er hält das Buch aufgeschlagen in der linken Hand, gleich neben seinem Standort im Regal. Dann setzt er die Pistole an die Stelle, zu der sorgfältige anatomische Studien ihm raten, drückt ab, legt die Pistole in das Buch, stellt das Buch an seinen Platz, stolpert ein paar letzte Schritte und sinkt gerade da nieder, wo Sie ihn sehen!«

Dodd folgte Applebys ausgestrecktem Finger und durchquerte den Raum zu der Stelle, an der der Leichnam lag. Das kleine runde Loch mitten in der Stirn des Ermordeten beruhigte ihn; trotzdem betrachtete er nun mit ganz neuen Augen die Reihen von Pergament, Steifleinen, Saffianleder, wie sie glommen, goldgeprägt, matt, schimmernd, fleckig - Rücken, die für ungefähr vierhundert Jahre Buchbinderkunst standen. Doch Appleby hatte sich mit einer Handbewegung, als habe er seine Zeit verschwendet, wieder dem Geheimsafe zugewandt. »Fingerabdrücke?« fragte er.

Dodd schüttelte den Kopf.

»Überhaupt keine?« horchte Appleby mit Interesse nach.

Doch diesmal nickte Dodd. »Doch«, sagte er, »ich fürchte schon. Umplebys eigene. Es war niemand dran, der das Bedürfnis gehabt hätte, ihn hinterher blankzuwischen. Wie es scheint, hat keiner den Safe angerührt. Eines ist allerdings seltsam, und zwar folgendes. Keine Menschenseele scheint etwas von dem Safe zu wissen. Ich habe jedem, der auch nur entfernt in Frage kam, schlaue Fragen gestellt – ›Haben Sie eine Ahnung, wo der Rektor seine Wertsachen aufbewahrte?‹, in dieser Art. Und dann habe ich ganz unverblümt gefragt. Slotwiner, die anderen Dienstboten, der Dekan, keiner will etwas von der Existenz dieses Safes gewußt haben. Und es gibt keinen Schlüssel. Er hat ein Zahlenschloß, und zwar ein reines Zahlenschloß, also keines von denen, wo die Kombination nur den Zugang zu einem Schlüsselloch öffnet. Der Sache weiter nachzugehen, hatte ich noch keine Zeit.«

Beim Stichwort Zeit warf Appleby einen Blick auf seine Taschenuhr. »Zeit für den Dekan«, sagte er, »und Sie haben sich Ihr Abendessen und eine Pause verdient. Wahrscheinlich muß der Tote jetzt abtransportiert werden?«

Dodd nickte. »Die Leiche kommt ins Schauhaus«, bestätigte er; »das Zimmer wird verschlossen und versiegelt, und der Schlüssel geht an Sie. Und Sie entscheiden, wann wir diese verdammten Knochen einsammeln kommen.«

Appleby gluckste. »Ich sehe schon, dieses Beinhaus hier verdirbt Ihnen den Appetit. Ich glaube, die werden uns noch eine Menge verraten.« Mit diesen Worten griff er sich ein Wadenbein und schwang es mit berufsmäßiger Abgebrühtheit in Richtung Dodd. Und mit einer Gedankenverbindung, die diesem tüchtigen Beamten nur hätte aufgehen können, hätte er Sir Thomas Brown studiert, murmelte er: »Was die Sirenen sangen, welchen Namen sich Achilles gab, als er sich verborgen hielt zwischen den Frauen . . .«

Das Wadenbein fiel mit einem leisen, trockenen Klappern zurück auf den Haufen, von dem es gekommen war, während Appleby abbrach und noch hinzufügte: »Und die andere Frage wird hoffentlich ebenfalls zu beantworten sein.«

»Die *andere* Frage?«

Appleby hatte sich schon zur Tür gewandt. »Wer, mein lieber Dodd, diese Knochen einst sein eigen nannte. Wir werden die Wächter konsultieren müssen.«

Kapitel 3

I

Der ehrwürdige Reverend Tracy Deighton-Clerk, Dekan von St. Anthony's, hatte, obwohl erst in mittleren Jahren, etwas, was an die großen Viktorianer gemahnte. Seine Züge waren zugleich außerordentlich energisch und außerordentlich wohlwollend und erinnerten, sogar bis hin zur Andeutung eines Backenbartes, an die Monumentalgemälde eines G. F. Watts. In seinem Benehmen trug er die Höflichkeit ein wenig dick auf, und bisweilen war er nicht ganz frei von jener gewagten Kombination aus Distanz und Charme, die vor etwa zwei Generationen jeder zu kopieren versuchte, der auch nur einen einzigen Blick auf Matthew Arnold geworfen hatte. Er sah sich gern in der Rolle des *ultimus Romanorum;* als letzten Vertreter einer klerikal geprägten, in Muße arbeitenden Universität, einer akademischen Gesellschaft, die nicht nur kultiviert, sondern auch ein Hort der schönen Künste war.

Der psychologisch interessierte Slotwiner, von dem es hieß, daß er sein Betragen in nicht geringem Maße nach dem Vorbild Mr. Deighton-Clerks modelliere, hätte vielleicht gesagt, daß sich in der *persona* des Dekans die episkopale Idee in letzter Zeit deutlich entwickelt habe. Ja, im Augenblick umgab ihn die episkopale Idee wie eine Aura, ein tröstender Halbschatten, der die verwirrende Situation einhüllte, in der er, wie er im eleganten Abendanzug des geistlichen Standes am Kamin seines Arbeitszimmers stand, sich befand.

Der Gegensatz zwischen diesem Zimmer und der düsteren und ein wenig bedrückenden Solidität der Wohnung des ermordeten Rektors hätte nicht größer sein können. Den zartgemusterten Aubussonteppich, auf den die *Undergraduates* instinktiv den Fuß mit einer Zaghaftigkeit setzten, als seien sie noch Schuljungen, umstanden in niedrigen weißen Regalen die cremefarbenen Pergamentbänder der Scholastiker und Kirchenväter. Die Wandvertäfelung war cremefarben, die feinen karolinischen Schnitzereien waren mit Gold verziert. Die eichenen Deckenbalken verliefen über Kreuz, und von den Feldern dazwischen schimmerten, seltsam genug und doch harmonisch, die zwölf Zeichen des Sternkreises in Blau und Silber herunter. Über dem Kamin hing versonnen in strenger Schönheit eine jener mathematischen Madonnen von Piero della Francesca, und das Blau ihres Kleides entsprach genau demjenigen der Deckenfelder. Es war ein heiterer Rahmen, und die übrige Möblierung war bewußt unauffällig gehalten. Mr. Deighton-Clerk und die Jungfrau Maria dominierten gemeinsam den Raum.

Der Dekan selbst war im Augenblick jedoch kaum in dominanter Stimmung. Er zweifelte, ob er weise gehandelt hatte. Das war ein Gedankengang, der ihm unangenehm war und den er sonst mied. Doch die Zweifel darüber, ob es richtig gewesen war, was er an jenem Morgen getan hatte, drängten sich ihm auf. Daß er darauf bestanden hatte, wegen dieser entsetzlichen Affäre einen Beamten von Scotland Yard hinzuzuziehen - zweifellos einen jener Detective-Officers, von denen man soviel Schlechtes hörte! Damit hatte er doch gewiß, um es vorsichtig auszudrücken, die Aufmerksamkeit weitester Kreise auf das College gelenkt?

Mr. Deighton-Clerks Blick wanderte allmählich hinauf zur Decke, als erwarte er sich Trost von seinem ganz privaten astrologischen Himmel. Eine gewisse Beruhigung war es schon, als sein Auge vom Krebs zur gespannten Gestalt des Schützen wanderte. Er hatte energisch gehandelt. Und war es nicht, doch dieser Gedanke durchschwebte nur seine entlegeneren Hirnwindungen, war es nicht die Fähigkeit zu energischem Handeln, die Beachtung finden würden, wenn das Thema der Berufung eines einfachen Gelehrten zur Sprache käme? In diesem Augenblick blieb der Blick des Dekans, der noch immer über die Dachbalken wanderte, beim Wassermann hängen, bei »dem Mann, der den Bottich gießt«, wie es im Verse heißt. Und es mochte eine gedankliche Verbindung zur *kalten Dusche* sein, die ihm das Unangenehme der Situation deutlicher vor Augen führte, als er es bisher gesehen hatte. In einen solchen *Skandal* verwickelt zu sein und im Rampenlicht der Presse zu stehen, landesweit, wie sie dieser Tage war! Nicht gerade das, was man jetzt brauchen konnte, dachte er grimmig; nicht gerade nützlich, ganz gleich, zu welcher Lösung die Polizei gelangen mochte. Daß es im engsten Kreise keine sensationellen Enthüllungen gab, darauf konnte er nur hoffen, darum konnte er beten. Und davon nun hatte er sich im Laufe des Tages fast ganz zu überzeugen vermocht. Als hätten die Fische einen Einwand gewagt, bekamen sie an dieser Stelle einen gestrengen Blick zu spüren. Wenn die Ermittlungen erst einmal voranschritten, würde kein Zweifel daran bleiben, daß ein Außenstehender das Verbrechen - ein Verbrechen in St. Anthony's! - begangen hatte, daß es vielleicht die sinnlose Tat eines Wahnsinnigen war.

Doch hier rührte sich die Waage. Es gab etwas, was gegen diese Hoffnung ins Gewicht fiel. Angenommen, dieser Detektiv war nicht gerade ein Muster an Diskretion, angenommen, ihm stand der Sinn danach, das Publikum zu unterhalten, dann dürften eine Zeitlang die unangenehmsten, wenn auch unwahrscheinlichen und unhaltbaren Theorien im Umlauf sein. Der unglückliche topographische Aspekt des Verbrechens, das hatte der Dekan auf den ersten Blick erkannt, ließ den Verdächtigungen an einer Stelle freien Lauf, an der jeder Verdacht absurd hätte sein sollen. Er runzelte die Stirn, wenn er an seine Kollegen als die Tatverdächtigen dachte. Wie würden sie es aufnehmen, wenn Polizisten, Untersuchungsrichter, Anwälte ihnen zusetzten? Und, da er schon bei der Frage war, wie würde er selbst es aufnehmen? Daß er und seine Kollegen bei vollem Verstand waren, daran konnte, dem Himmel sei Dank, kein Zweifel bestehen.

Diese Knochen! Sie zeugten von Wahnsinn. Als er sie gestern abend gesehen hatte, waren sie ihm ärgerlich gewesen. Er erinnerte sich mit einigem Unbehagen daran, daß das Gefühl des Ärgers angesichts der Knochen anfangs größer gewesen als das Entsetzen über den tragischen Vorfall. Es war ihm ärgerlich gewesen, weil er verblüfft gewesen war. Mr. Deighton-Clerk war nicht gern verblüfft, nicht einmal leicht erstaunt. Doch später war er, nicht gerade konsequent, zu dem Schluß gekommen, daß ein gewisser Segen darin lag: Gerade das Irrationale daran ließ das Verbrechen weniger als etwas Sinistres, Kalkuliertes erscheinen und mehr als etwas Phantastisches. Die Knochen waren eine Art Bollwerk zwischen dem Leben des Colleges in all seiner Gemessenheit und Vernunft und dieser ganzen abscheulichen Angelegenheit.

Und plötzlich - es war, als brüllten, stampften und stießen Löwe, Stier und Widder alle zugleich - begriff Mr. Deighton-Clerk, was für ein fadenscheiniger Gedanke das war. Das erste, was der Inspektor beim Anblick dieser Knochen vermuten würde, war eine

Art Bluff oder Ablenkungsmanöver. Das lag doch nun wirklich auf der Hand! Ja, wenn der Mann literarisch gebildet war, würde ihm vielleicht sogar das Phantastische daran auffallen, der kräftige Stich ins Irrationale, den ein intellektueller, kultivierter Verstand vielleicht gern mit einem sorgsam ausgeklügelten Verbrechen verband. Eine Mischung, ging es Mr. Deighton-Clerk durch den Kopf, die ein wenig an Poe gemahnte.

Nein, beschloß er, die Knochen waren doch nichts Gutes. Und plötzlich war ihm klar, daß sie ihn unterschwellig von Anfang an irritiert hatten. Sinistre, grausige Dinge. Da mußte es eine Verbindung geben zu etwas, das vergessen, verdrängt, nie bedacht in den Tiefen seines Bewußtseins verborgen lag. Er war nervös. Die Anklagebank, vernahm er den absurden Schrei seiner eigenen inneren Stimme, erwartet uns alle.

Mr. Deighton-Clerk gab sich einen Ruck. Er war entsetzlich müde. Mehr als müde noch, er war verunsichert. Das war ja nun auch wirklich eine entsetzliche, schockierende Angelegenheit. Mord, also eine menschliche Seele, die gänzlich unvorbereitet vor ihren Richter treten mußte, war immer etwas Schlimmes, ob er nun im College geschah oder in einer Bauernkate. Er war selten mit Umpleby einer Meinung gewesen, doch wie bedeutungslos schienen solch kleine Streitereien jetzt! Wie absurd die eine oder andere Entfremdung zwischen ihnen doch im Angesicht so plötzlicher und vollkommener Trennung war - der Trennung der Lebenden von den Toten! Der Dekan warf einen Blick auf seine Uhr. Nur noch eine halbe Stunde bis zum Abendessen, und Abendessen und *Common Room* würden eine einzige Qual werden.

Im selben Augenblick klopfte es an der Tür, und Mr. Appleby wurde angekündigt.

II

Die Nähe des Geheimnisvollen brachte, wie der Dekan feststellte, eine irrationale Verärgerung hervor. Wiederum war er nun ärgerlich, und wie es schien aus zwei höchst unangemessenen Gründen. Der Fremde, der eben zu ihm hereingeführt wurde, war bemerkenswert jung, und er wirkte ganz wie jemand, ja, er *war* ohne jeden Zweifel jemand, den Mr. Deighton-Clerk, der nach wie vor in solchen Begriffen dachte, als »vornehm« bezeichnet hätte. Doch auch wenn diese beiden Umstände unerwartet kamen, so waren sie vielleicht doch von Vorteil. Schon einen Augenblick später war der Dekan einige Schritte vorgetreten und hatte ihm die Hand geschüttelt. »Ich bin froh, daß Sie da sind, Mr. Appleby«, sagte er. »Ich bin sehr froh, daß es möglich war, Sie - ähm - für diese Ermittlungen«, der Dekan zögerte, »abzukommandieren. Nehmen Sie Platz.«

Appleby ließ erkennen, daß er die höfliche Absicht gebührend zu würdigen wußte, und ließ sich auf dem Stuhl nieder, der ihm angewiesen war und der ein wenig zu genau in der Mitte vor dem makellos ordentlichen Schreibtisch des Dekans stand. Es war nicht zu übersehen, daß Mr. Deighton-Clerk zumindest am Anfang das Gespräch zu führen gedachte. Er begann, wobei er eher bedachtsam als nervös mit dem Finger auf die Lehne seines Stuhles pochte, mit gleichmäßiger, recht kühler, doch angenehm modulierter Stimme zu sprechen.

»Sie werden schon festgestellt haben, unter welch außerordentlichen Umständen unser Rektor zu Tode gekommen ist«, hob er an. »Die gesamte Universität, das brauche ich wohl kaum eigens zu betonen, ist entsetzt, und es ist die Aufgabe des Colleges, auf jede erdenkliche Weise das zu unterstützen, was man, das ist nur zu offensichtlich, den Lauf der Gerechtigkeit nennen muß. Sobald ich die Tragweite dessen, was geschehen war, ermessen hatte, war mir klar, daß das College um seines eigenen guten Rufes willen die Initiative ergreifen mußte« - Mr. Deighton-Clerk wog seine Worte nachdenklich -, »und so unternahm ich denn unter Umgehung dessen, was, wie ich befürchtete, ein langer und umständlicher Amtsweg sein würde, ohne Umschweife Schritte, um uns sofortiger Unterstützung aus London zu versichern. Nichts könnte befriedigender sein, beruhigender, darf ich sagen, als die Promptheit, mit der von Ihrer Seite reagiert wurde. Wir vertrauen darauf, Mr. Appleby, daß Sie diese entsetzliche Angelegenheit aufklären werden.«

Der Dekan hielt inne, doch während Appleby sich noch eine Antwort zurechtlegte, fuhr er im selben formellen Ton fort. Seine bisherigen Worte waren offenbar nur eine Art Einleitung oder Vorrede gewesen, und nun hob er zu so etwas wie einer Ansprache an. Vielleicht, dachte Appleby, war es nur seine akademische Art, daß er daran gewöhnt war, ständig vorzutragen, vielleicht aber auch ein aufschlußreicher persönlicher Zug. Jedenfalls saß er in straffer Haltung da, respektvoll und aufmerksam.

»Ich möchte nicht sagen«, fuhr Mr. Deighton-Clerk fort, »daß diese Tragödie sich zu einem ganz besonders unglücklichen Zeitpunkt ereignet hat. Das wäre ein ausgesprochen unpassender Gedanke. Doch trotzdem werden Sie mich verstehen, wenn ich Ihnen sage, daß die Feiern zum fünfhundertsten Gründungstag des Colleges in nur zwei Monaten anstehen. Der Anlaß soll - ähm - auf verschiedene Weise begangen werden. Zum Beispiel ist bekannt, daß Dr. Umpleby in den Adelsstand erhoben werden sollte. Daß das College die Schwelle zu seinem sechsten Jahrhundert am Morgen nach dem gewaltsamen Tod seines Rektors überschreiten muß, ist natürlich schon für sich genommen beklagenswert. Aber es wäre nur um so bedauerlicher, wenn wir unter einem sich lange hinziehenden Rätselraten und Skandal zu leiden hätten. Und je länger Dr. Umplebys Tod unaufgeklärt bleibt, desto mehr Skandalgeschichten - so schockierend es auch sein mag, das zuzugeben - werden im Umlauf sein. Das, Mr. Appleby, weiß ich nur zu gut. Und meine Pflicht als kommissarischer Vorsteher dieses Hauses ist es, dafür zu sorgen, daß die Überlebenden weder in ihrem Seelenfrieden noch in ihrer Karriere und ihrem materiellen Stand auch nur ein Quentchen vermeidbaren Skandals oder Verdachts zu erleiden haben.«

Hier stockte Mr. Deighton-Clerk tatsächlich, vielleicht weil ihm zu Bewußtsein gekommen war, daß er in seiner ein wenig weitschweifigen Erklärung einige Worte mehr gesagt hatte, als ziemlich war. Applebys Antwort war kurz. Er sei sich der Tatsache vollkommen bewußt, daß aller Wahrscheinlichkeit nach abwegige und unverantwortliche Gerüchte kursieren würden. Ermittlungen in verschiedene Richtungen würden vielleicht unvermeidlich sein, doch bei allem, was er tue, werde er bestrebt sein, es mit der größtmöglichen Diskretion zu tun. Er hoffe, daß er dafür werde sorgen können, den Überschwang der Presse einzudämmen. Applebys taktvolle Rede, die er mit einer einladenden Pause abschloß, hatte die gewünschte Wirkung. Mr. Deighton-Clerk ergriff wieder das Wort. Und diesmal tat er den Schritt vom Allgemeinen zum Besonderen. Dr. Umpleby, erklärte er rundheraus, sei unter gewissen komplizierten Umständen ums Leben gekommen, die die Polizei würde deuten wollen. Doch eine stichhaltige Deutung müsse nicht nur mit den physischen oder mechanischen Fakten im Einklang stehen, sondern auch mit dem, was in einem übergeordneten Sinne psychologisch glaubhaft sei. Es sei offensichtlich, daß bei einem Mord in St. Anthony's der Täter nicht im Hause zu suchen sei.

Diese These wurde mit einem guten Maß an Verklausulierung vorgetragen, und Appleby konnte sie bis zu einem gewissen Grade gutheißen. »Ich stimme Ihnen zu«, sagte er, »daß die physischen Aspekte dieses Falles in keiner Weise zwingend sind. Sie könnten uns sehr in die Irre führen, könnten darauf angelegt sein, uns in die Irre zu führen. Zugegeben, sie weisen nicht mit Sicherheit auf eine bestimmte Person oder Gruppe von Personen. Es sind lediglich Faktoren in einer Gesamtsituation, über die meine Informationen bisher noch ausgesprochen unzureichend sind.« Appleby ließ das einen Moment lang wirken, dann fügte er hinzu: »Nehmen Sie doch nur die merkwürdige Geschichte mit den Knochen. Gut denkbar, daß sie ein Indiz für einen vollkommen irrationalen Aspekt dieses Falles sind. Ich erinnere mich da an einen ganz ähnlichen in Cumberland: ein wahnsinniger Mörder mit, wie man, glaube ich, sagt, neurotischen Zwangsvorstellungen. Ein Mann brach in ein ihm vollkommen fremdes Haus – ein Gasthaus, wie der Zufall wollte – ein und brachte jemanden um. Dann stellte er das ganze Haus auf den Kopf, schrieb seinen Namen mit Kreide an die Wand und ging nach Hause. In der Anstalt hat man bis heute nicht herausfinden können, ob er etwas davon weiß oder nicht.«

Daß Mr. Deighton-Clark, nachdem er sich erst vor kurzem seine Gedanken über die zu erwartende offizielle Einschätzung der Knochen gemacht hatte, dieser beruhigenden Anekdote vollauf Glauben schenkte, darf bezweifelt werden. Doch dies und Applebys Betragen ermunterten ihn, den Gedankengang weiter darzulegen, der ihm offensichtlich am Herzen lag. Der Mord an Dr. Umpleby, stimmte er zu, könne sehr wohl das Werk eines geistesgestörten Täters sein, ja, er könne sich gar keine andere Erklärung vorstellen. Und daß auch die Knochen darauf verwiesen, das halte er für ausgesprochen wahrscheinlich. Nicht daß er sich dessen gewiß sei: Die Knochen könnten ja auch eine Art Ablenkungsmanöver sein, eine Möglichkeit, die Mr. Appleby gewiß bereits bedacht habe, obwohl gerade das Naheliegende dieser Idee ihre Wahrscheinlichkeit bereits wieder ein wenig mindere. Doch einer Sache war sich der Dekan gewiß: In St. Anthony's gab es keine Umstände, keine Beziehungen, keine Personen, bei denen auch nur die geringste psychologische Wahrscheinlichkeit bestand, daß sie mit einem Anschlag auf das Leben des Rektors in Verbindung stünden. Die Taten und

Motive seiner Kollegen und seiner selbst mochten sehr wohl Gegenstand von Untersuchungen werden: Er für seinen Teil würde dem keinen Augenblick Steine in den Weg legen. Doch mit aller ihm zur Verfügung stehenden Autorität und im Interesse einer raschen Aufklärung des Verbrechens wolle er noch einmal seine einfache Überzeugung zum Ausdruck bringen, daß der Kern des Problems, sosehr die physischen Umstände auch das Gegenteil nahezulegen schienen, außerhalb der Grenzen von St. Anthony's zu suchen sei.

Beteuerte dieser Gentleman, fragte Appleby sich, zuviel? Oder versuchte er mit all seiner leidenschaftlichen Rede nur, sich selbst zu überzeugen? Und er war noch nicht fertig. Der Dekan hatte sich erhoben und stand nun mit dem Rücken zum Kamin; er hatte den Blick auf Appleby geheftet und hob von neuem an. »Mr. Appleby«, sagte er und sprach nun in einem persönlicheren Tonfall, als er ihn sich bisher gestattet hatte, »da ist noch etwas. Sie werden Ihren Mann, ob wahnsinnig oder nicht, vielleicht schon morgen finden. Oder Sie werden, wie gesagt, gezwungen sein, eine lange und umständliche Untersuchung bei uns allen anzustellen. Sollte das der Fall sein, so werden Sie vielleicht, ja *mit Sicherheit* auf beunruhigende Umstände stoßen. Und ich möchte in aller Deutlichkeit darauf hinweisen, daß bei solchen Umständen eine große Gefahr besteht, daß Sie sich täuschen. In einem College wie diesem gelten eigene Umgangsformen, und ich hoffe, daß es die Umgangsformen von Gelehrten und Gentlemen sind. Doch oberflächlich gesehen - ich wähle dieses Wort mit Bedacht -, gibt es Eifersüchteleien, Konflikte, Streit sogar - und das nicht selten. Wenn Sie auf dergleichen stoßen, möchte ich Sie um zwei Dinge bitten: zunächst, daß Sie das Gewicht solcher gelehrter Querelen sehr sorgsam gegen die ja beinahe unwägbare Tat des Mordes abwägen; zum zweiten, daß Sie jeweils die mögliche Tragweite bedenken, bevor Sie den Punkt weiterverfolgen und an die Öffentlichkeit treten.«

Das war Mr. Deighton-Clerks beste Rede, und er hätte es dabei bewenden lassen können. Doch er hatte noch etwas hinzuzufügen, und er tat es ohne Zögern.

»Ich will Ihnen ein Beispiel geben. Erst vor wenigen Tagen hatten Dr. Umpleby und ich das, was man wohl beinahe einen persönlichen Streit nennen muß. In aller Öffentlichkeit. Denken Sie darüber nach, und Sie werden ohne Zweifel zu dem Schluß kommen, daß Menschen wegen dergleichen Dingen keinen Mord begehen. Forschen Sie weiter nach, so wird zwar diese grundsätzliche Wertung unverändert bleiben, doch Sie werden auf einen kleineren Skandal stoßen, eine Angelegenheit, bei der ich es im Interesse des Colleges sehr ungern sähe, wenn sie an die Öffentlichkeit gelangte. Und so weiter. Sie werden selbst nur zu gut wissen, Mr. Appleby, daß in jeder menschlichen Gesellschaft eine eingehende Erforschung von Taten und Motiven die bedauerlichsten Folgen zeitigen kann. Natürlich stehe ich Ihnen für sämtliche Nachforschungen zur Verfügung, die Sie für nützlich erachten, und meine Kollegen, dessen bin ich gewiß, ebenfalls. Wie werden Sie denn nun vorgehen, Mr. Appleby?«

Doch Appleby, der innerlich dem Dekan zu der großartigen Art und Weise gratulierte, in der er einen kürzlichen Streit mit dem nun Ermordeten eingestanden hatte, bekam keine Gelegenheit zur Antwort. Ja, der Höhepunkt der Unterredung schien auf die Minute kalkuliert: Im selben Augenblick, in dem die Worte des Dekans verklangen, erscholl die Collegeglocke.

»Die Glocke ruft uns zum Abendessen, Mr. Appleby«, erläuterte der Dekan. »Ich fürchte, die weiteren Besprechungen werden wir auf morgen verschieben müssen - oder auf den späteren Abend, falls Sie das vorziehen sollten.« Und nachdem er offenbar einen Moment lang gezögert hatte, fügte er hinzu: »Darf ich fragen, ob Sie schon Vorkehrungen für Ihre Unterkunft getroffen haben? Sie werden zu allen Zeiten Zugang zum College wollen; ich frage mich, ob es Ihnen recht wäre, ob es zulässig wäre, wenn ich so sagen darf, in St. Anthony's zu wohnen? Wir würden Sie gern bei uns aufnehmen, wenn Sie das für praktikabel halten, und ich kann Ihnen eine ruhige Wohnung versprechen, von der aus Sie - ähm - operieren können.«

Appleby überdachte diesen unerwarteten Vorschlag kurz. Seine Vorgesetzten, da war er sicher, hätten nichts dagegen, daß er im College wohnte, wenn er es für den Ermittlungen förderlich hielt. Und eine Reihe von Vorteilen lag auf der Hand, nicht zuletzt der, daß er sich zu jeder Tages- und Nachtzeit frei im College bewegen konnte. Er nahm das Angebot dankbar an und erklärte, daß er direkt zu St. Anthony's gefahren sei und sein Koffer noch in der Pförtnerloge stehe. Er werde gern die Nacht im College verbringen und weitere Nächte, sollten die Ermittlungen dies erfordern.

Mr. Deighton-Clerk war mit sich zufrieden. Wiederum hatte er tatkräftig gehandelt. Es entsprach vielleicht nicht ganz den üblichen Regeln; doch schließlich ging es um eine Krise in der Geschichte des Colleges, die eine solche Maßnahme vollauf rechtfertigte. Er warf Appleby noch einmal einen Blick zu - der Mann war ein Gentleman, kein Zweifel - und wagte den Sprung. »Ausgezeichnet«, sagte er, »ein höchst befriedigendes Arrangement. Und nun werden Sie natürlich mit uns zusammen zu Abend essen. Ich wünschte nur, Sie kämen unter glücklicheren, ähm, weniger melancholischen Umständen an unseren *High Table.*«

Das war mehr, als Appleby erwartet hatte, und der Beamte in ihm machte Anstalten zu protestieren. Doch Mr. Deighton-Clerk, der bereits eine Nummer gewählt und etwas in ein elfenbeinfarbenes Telefon gemurmelt hatte, warf seinen Talar über. »Aber nein, ganz und gar nicht«, sagte er auf das hin, was er für den Grund von Applebys Einwänden hielt. »Es ist nicht erforderlich, daß Sie sich umkleiden. Einige *Fellows* werden sich nicht die Mühe gemacht haben. Mr. Haveland zum Beispiel wird gewiß nicht im Abendanzug kommen. Er zieht sich nie um. Dr. Umpleby ärgert sich immer - meine Güte!, der arme Dr. Umpleby ärgerte sich immer darüber. Ja, er hatte dem Wirtschafter aufgetragen, ihm täglich Bericht zu erstatten, wer zugegen war, und wenn Haveland in seinem Tweedanzug am Tisch saß, dann zog der Rektor es nicht selten vor, in seiner Wohnung zu speisen. Die beiden konnten sich nicht ausstehen, fürchte ich. Und nun, Mr. Appleby, lassen Sie uns hinuntergehen. Ich gehe voraus.«

Appleby folgte gehorsam, im Bewußtsein, daß er an Boden gewonnen hatte. Der Ehrwürdige Reverend Dekan, der während der letzten halben Stunde so gewählt und so korrekt gesprochen hatte, hatte sich tatsächlich zu einer Klatschgeschichte herabgelassen.

Kapitel 4

I

Einer der schönsten Romane aus dem Universitätsleben, die es gibt, ist *Zuleika Dobson,* jene amüsante Erzählung von Max Beerbohm, in der ein ganzer Schwarm von *Undergraduates,* der alle Hoffnung, jemals die Liebe der Heldin zu erringen, fahren läßt und sich in die todbringenden Wasser der Isis stürzt. Der ganz besondere Clou kommt, wie der Leser sich erinnern wird, zum Schluß. Das Leben geht unbeirrt weiter. Am Abend ziehen die Dons in die Speisesäle ihrer Colleges ein, als ob nichts gewesen sei, und sie dinieren am *High Table,* ohne jemals die verwaisten Bänke zu bemerken, an denen die Kohorten ihrer untergegangenen Studentenschaft einst gesessen hatten.

Diese Geschichte kam Inspektor Appleby in den Sinn, als er die *Hall* von St. Anthony's am Abend nach einem, wenn auch zahlenmäßig weniger schwerwiegenden akademischen Todesfall betrat. Die Belegschaft hatte sich bereits versammelt, als er von Mr. Deighton-Clerk auf das Podium geleitet wurde. Rund um den *High Table* standen in Talar und größtenteils im Abendanzug die *Fellows;* gewiß, mit ernster Miene, doch nicht ernster, als dieser feierliche Augenblick vor Beginn des Mahles stets verlangte. Zu Füßen des Podestes standen in langen Reihen diejenigen *in statu pupillari;* zwei Tische mit gewöhnlichen Studenten in den merkwürdig armen, verkümmert wirkenden Talaren ihres Standes; ein ebenso langer Tisch mit großzügiger gekleideten Stipendiaten; ein kurzer, gedrungener Tisch mit *Bachelors,* in vollständige Talare gehüllt. An einem Lesepult nahe dem *High Table* stand ein blauäugiger *Undergraduate* mit einem Engelsgesicht, dazu ausersehen, das Tischgebet zu sprechen, und tat sein möglichstes, seine unübersehbare natürliche Forschheit zu unterdrücken. Das geringfügige Flüstern im Saale verstummte, als der Dekan seinen Hut abnahm und sich feierlich zu dem Engelsgesicht hin verbeugte, das sich nun seinerseits ausgiebig, wenn auch nicht eben feierlich verbeugte und dann mit verblüffender Geschwindigkeit eine Flut von mittelalterlichem Latein verlas. Der Cherub verneigte sich; der Dekan verneigte sich; der Dekan nahm Platz; das College und Appleby mit ihm folgte seinem Beispiel; dem Ritual war Genüge getan. Doch es erhob sich nicht sogleich ein Stimmengewirr, wie es sonst der Fall gewesen wäre. Die Bewohner von St. Anthony's unterhielten sich, doch sie unterhielten sich sporadisch und leise. Der *High Table* bestimmte den Ton, und der Cherub gab ihn in gelegentlichen kurzen Bemerkungen seinem Nachbarn, dem ranghöchsten Stipendiaten, weiter. Die dahingegangenen Staatsmänner, Theologen, Poeten und Philosophen, die St. Anthony's im Laufe der Jahrhunderte hervorgebracht hatte, blickten von den hoch aufragenden, dunkel getäfelten Wänden hinunter auf ein Dekorum, das allerorts gewahrt blieb.

Appleby warf einen Blick in die Runde. Er zählte rasch ab und stellte fest: Sämtliche *Fellows* des Colleges hatten Wert darauf gelegt, zum Abendessen zu erscheinen. Wiederum Dekorum, dachte Appleby. Und ebenfalls Dekorum sprach aus der Tatsache, daß niemand ihn auch nur mit der mindesten Neugier zu betrachten schien; und das Dekorum, wußte er, verlangte auch von ihm, sich nicht zu auffällig in der Tischgesellschaft umzusehen. Er saß zur Rechten des Dekans; zu seiner eigenen Rechten saß, so hatte er aus einer gemurmelten Vorstellung erfahren, Mr. Titlow: mittleren Alters, gutaussehend, mit einer beginnenden Neigung zum Schwammigen, nervös. Und Titlows gegenwärtige Nervosität, das begriff er bald, war größtenteils einer chronischen Reizbarkeit und inneren Unruhe zuzuschreiben. Als einziger unter den Tafelgästen des Abends machte Titlow den Eindruck eines phantasiebegabten Mannes, eines Mannes, wie man früher zu sagen pflegte, von raschem Verstand. Wären von einem alten Porträt allein seine langen, kräftigen Finger erhalten geblieben, so hätte man sich den beweglichen Mund und das lebhafte Auge dazu ausmalen können. Was sie nicht verraten hätten, wäre die schwache Nase gewesen. Wenn man in seinen Zügen lesen wollte, brachte Appleby den Gedanken zu Ende, so mußte man Titlow für einen brillanten, doch unzuverlässigen Mann halten.

Direkt gegenüber Appleby saß Dr. Barocho, ein rundlicher, fröhlicher, strahlender Mann, der herzhaft und herzlich aß. Er war ein Ausländer wie aus dem Bilderbuch, der Fremde, der alles daranzusetzen scheint, als Fremder aufzufallen. Das hielt ihn jedoch nicht davon ab, gleichzeitig ein beredtes Beispiel für das Ausgereifteste zu sein, was es auf Erden gibt, nämlich die Kultur des Mittelmeerraumes. Dr. Barocho, sagte Appleby sich in seinen Gedanken, war von Geburt an Meister eines Faches, in dem seine Kollegen noch heute blutige Anfänger waren. Und sein Verstand funktionierte anders als der ihre. In einem freilich war Barocho offensichtlich nicht Meister: in der Sprache seiner Kollegen. Eben geriet er in die größten Verstrickungen, als er einfach nur erklären wollte, daß er seinen Talar verlegt habe. Würde es ihm den Appetit an der prachtvollen gegrillten Seezunge verderben, überlegte Appleby, wenn er wüßte, zu welchem Zweck dieser im Augenblick diente? Wahrscheinlich nicht.

»Sie haben nicht gesehen, Titlow, Empson, Pownall, bitte? Sie haben nicht gesehen, wo ich habe gelassen Talar, Pownall, gar nicht, Titlow, *no?*«

Die Frage wurde nicht allzu höflich aufgenommen. Ein Spötter, der sich als Professor Empson entpuppen sollte, sagte, man müsse direkt staunen, daß er seinen Kopf noch nicht verlegt habe, eine Bemerkung, die der Spanier prompt mißverstand. »Der Kopf, Sie sagen? Er ist tot!«, und mit ernster Miene bekreuzigte er sich im Glauben, daß von dem verstorbenen Dr. Umpleby die Rede sei. Dann schien ihm ein Gedanke zu kommen, und er wandte sich an Titlow. »Was ich fragen wollte. Sie sagen, Direktor von Haus, und das ist Direktor von Haus in Universität, College, *no?* Und dann sagen Sie Sprichwort, mein Haus ist mein Burg, und das ist auch Haus in Universität, Titlow, *verdad?* Aber ich frage Sie, ist Haus hier Burg, nennen Sie das sicher wie Burg?«

Das Problem schien weniger zu sein, daß Barocho anders dachte als die anderen, sondern daß er verschroben dachte, oder es war ihm danach zumute, diesen Eindruck zu erwecken. Mehrere Leute am Tisch warfen ihm nun jene Art von halb gereiztem wohlwollendem Blick zu, mit dem man einen altbekannten Sonderling bedenkt. Doch zumindest ein Gast am *High Table,* ein teilnahmsloser, unauffälliger Mann, der sich als Haveland erweisen sollte, hörte, soweit Appleby das beurteilen konnte, mit beträchtlicher Aufmerksamkeit zu. Der Spanier delektierte sich mittlerweile an den aberwitzigsten philologischen Spekulationen und Fragestellungen. Eine Weile war seine Stimme nur noch seinen nächsten Nachbarn vernehmlich und tauchte in dem wenigen an Konversation unter, das der *High Table* sich gestattete. Als die anderen Stimmen abflauten, brauste seine mit der Frage auf:

»Heißt es dann, er wird *aufgehängt,* oder sagt man *gehangen*?«

Titlow stellte sein Glas mit einem Knall auf den Tisch; ebenso abrupt führte Haveland das seine zum Munde. Man konnte nicht sagen, an wen von beiden die befremdliche Frage adressiert gewesen war. Hatten die runden unschuldigen Augen Barochos, fragte sich Appleby, in jenem Moment des Aufruhrs die seinen zu finden gesucht? Er hegte den Verdacht, der Spanier sei weder einfältig noch habe er es darauf angelegt, Anstoß zu erregen. Er hatte einfach ein Experiment durchgeführt. Warum?

Binnen Sekunden hatte Deighton-Clerk, sanft und doch unbeirrbar, das Regiment über den gesamten Tisch übernommen. Es schien, daß er für den Rest der Mahlzeit ebenso die verhaltene Konversation dirigierte wie die Pausen, die dazwischen eintraten. Er war offenbar fest entschlossen, dafür zu sorgen, daß es keinen weiteren Zwischenfall gab, und es gab auch keinen. Eine halbe Stunde nach Beginn des Abendessens und mit nicht einmal einem Anflug von Eile gegen Ende hin erhob sich der Dekan und murmelte ein kurzes Dankgebet. Stühle wurden zurückgezogen, Hüte ausgegeben, und die Gäste des *High Table* marschierten im Gänsemarsch zwischen den Reihen der *Undergraduates,* die sich erhoben hatten, hinaus. Das Abendessen war vorüber.

II

Die kleine akademische Kolonne schritt durch den schmalen Winkel des Bishop's Court, der die *Hall* von den *Common Rooms* trennte. In seinem instinktiven Bestreben, alle im Auge zu behalten, bildete Appleby die Nachhut. Zur Linken lag, von einer starken Lampe gut erleuchtet, der offene Durchgang vom Bishop's zum Surrey Court. Rechts, nicht weit weg, doch nur dann von einem Lichtstrahl erhellt, wenn die Tür zum *Common Room* sich öffnete, befand sich jenes problematische Tor, dessen Flügel um 10.15 Uhr am Vorabend verschlossen worden und es seitdem geblieben waren. Durch das kunstvolle Schmiedeeisen strömten eine samtene Schwärze und ein leichter, säuselnder Wind, der gewiß die Nebelschwaden um die unsichtbaren Stämme und Äste der Bäume im Obstgarten trieb. Keiner in der Kolonne, bemerkte Appleby, blickte in diese Richtung. Doch schon bald würde ein im verborgenen wartender Untergebener Dodds den Herren Empson, Titlow, Pownall und Haveland Einlaß gewähren müssen, wenn sie die Nacht in ihren eigenen Gemächern verbringen wollten. Es war, um es gelinde auszudrücken, ein merkwürdiges Verfahren, diese nächtliche Zweiteilung des Colleges mit Schlüssel und Schloß. Aber es war eine praktische Merkwürdigkeit, die vielleicht typisch für die ganze Institution war. Hatte jemand sie mit einer ebenso typischen intellektuellen Raffinesse zu nutzen gewußt? Mit dieser Frage beschäftigte sich Appleby, während er im Gefolge seiner Gastgeber den kleineren der beiden *Common Rooms* von St. Anthony's betrat.

Der Raum hatte jenes Flair von ein wenig heruntergekommenem Luxus, der für solche Orte so charakteristisch ist, aber er war durchaus gemütlich. Auf einer langen Mahagonitafel glommen im Licht der von Leuchtern in massivem Silber gehaltenen Kerzen das Rubinrot und Gold von Portwein und Sherry, glitzerten die Gläser, brachen sich die Farben der Obstschalen zu kleinen Regenbogen. Ansonsten wurde der Raum nur von einem gewaltigen Feuer in einem gewaltigen Kamin erhellt. Es tauchte die zahllosen Porträts längst verstorbener *Fellows,* die die Wände schmückten, in huschende Schatten, die die Lebenden mit einer Gesellschaft flüchtiger Gespenster umgaben, viktorianischer Gespenster, die aussahen wie Mr. Deighton-Clerk; Gespenster aus dem achtzehnten Jahrhundert, wie sie in Bibliotheken saßen, in Parks spazierengingen, sich in den Ruinen der Antike in Positur setzten; ein paar Gespenster aus dem siebzehnten Jahrhundert mit Gebetbüchern in der Hand. Die Berühmtheiten, die St. Anthony's hervorgebracht hatte, hingen in der *Hall;* dies waren die vergessenen Größen, angemessen verewigt im Miniaturformat. Es war wie ein Schwarm von Zeugen.

Einen Augenblick herrschte Durcheinander. Die Autorität Mr. Deighton-Clerks, der eben über die Schwelle des *Common Room* trat, oder besser gesagt die Autorität des verstorbenen Rektors, die nun ihm übertragen war, war hier gemäß einer unumstößlichen Tradition suspendiert. Mr. Titlow fiel die Aufgabe zu, die Sitzordnung am Tisch zu bestimmen. Doch Titlow war offenbar noch immer erregt, und es fiel auf, daß er seine Sache schlecht machte. Seine Gesten waren unbestimmt und widersprüchlich, und es herrschte ein allgemeines peinliches Zaudern und Zögern, bevor alle Platz genommen hatten. Appleby fand sich zu seiner Überraschung am Kopfende des Tisches plaziert, die einsame Gestalt Havelands ihm gegenüber am anderen Ende und der Lehrkörper in Zweierreihe zwischen ihnen.

Es war ein gewisses Maß an Verwirrung, das Mr. Deighton-Clerk um der Tradition willen hingenommen hatte, doch als die Sitzordnung erst einmal feststand, übernahm er wieder das Ruder. Er flüsterte Titlow etwas zu; Titlow und er flüsterten jeder für sich mit Bedienten; und Kristall und Karaffen, Obstschalen und Fingerschalen verschwanden unberührt. Es war ein ominöses Zeichen und brachte ein ominöses Schweigen hervor. Das Ritual des Nachtisches hatte sich in eine Zeremonie der Versammlung verwandelt. Die Bedienten hatten sich zurückgezogen, und der Dekan ergriff das Wort. Er sprach, wie Appleby auffiel, nun nicht mehr mit der ein wenig angespannten Förmlichkeit, die die ungewohnte Unterredung mit einem Polizisten früher am Abend bedingt hatte.

»Wir begrüßen heute abend in unserer Mitte Mr. Appleby von der Londoner Polizei. Mr. Appleby ist auf unser unmittelbares Ersuchen an das Innenministerium hin zu uns abkommandiert worden, und wir werden uns bemühen, ihn in jeder erdenklichen Weise zu unterstützen. Er wird im College in der Wohnung gegenüber der meinigen wohnen, bis die Angelegenheit aufgeklärt ist. Es ist uns wohl allen bewußt, daß darüber einige Zeit verstreichen kann. Es hat keinen Zweck, die Augen vor der Tatsache zu verschließen, daß der Rektor nicht nur unter erwiesenermaßen sinistren Umständen ums Leben kam, sondern darüber hinaus unter möglicherweise komplizierten. Mr. Appleby wird zweifellos mit jedem von uns einzeln sprechen wollen, um zu erfahren, was jeder, sofern überhaupt, ihm zu sagen hat.

Mr. Appleby, lassen Sie mich Ihnen meine Kollegen vorstellen. Zu Ihrer Linken Mr. Titlow, Dr. Gott, Professor Empson, Professor Curtis, Mr. Chalmers-Paton ...«

Und so machte der Dekan die Runde um den Tisch. Es war keine angenehme Prozedur, doch vernünftig und effizient, und Deighton-Clerk absolvierte sie, ohne auch nur einmal in seinem ernsthaften Ton zu schwanken. Appleby beschloß, daß es keine Vorstellung im eigentlichen Sinne war, und die Prozedur ging ohne Verbeugungen und ohne daß ein Wort gesprochen wurde vonstatten. Die meisten blickten, wenn ihr Name genannt wurde, Appleby unverwandt an; ein paar hielten ihren Blick auf den leeren Tisch vor sich geheftet. Nur Barochos Blick schweifte, wie derjenige Applebys, umher, und er lächelte jedem seiner Kollegen jeweils freundlich zu, so daß es den Anschein hatte, als hielte er diesen Aufruf der Namen für den Auftakt zu einem fröhlichen Gesellschaftsspiel.

Einen Moment lang herrschte Schweigen, dann ergriff plötzlich Haveland vom unteren Ende des Tisches das Wort. Er war ein blasser Mann mit beinahe ausdruckslosem Gesicht, doch das wenige, was er an Gesichtszügen besaß, zeigte eine Härte, die man nur als Anspannung oder Konzentration deuten konnte. Er trug, wie der Dekan vorausgesagt hatte, einen Straßenanzug, einen Anzug, der in seinen hellen und doch klaren Farben und seinem nonchalanten Schnitt ästhetisches Feingefühl demonstrierte. Doch die Hände waren leblos und die Stimme kalt, dünn, teilnahmslos wie sein Gesicht. Er richtete seine Worte an den Dekan.

»Ich verstehe wohl recht, daß Sie nicht vorschlagen wollen, Mr. Appleby solle zu Anfang seiner Ermittlungen eine Konferenz abhalten. Was jeder von uns vielleicht an Informationen weiterzugeben hat, was jeder von uns mit Sicherheit an Eindrücken hat, das kann Mr. Appleby besser erfahren, wenn er bei uns die Runde macht.«

Unter diesen tonlosen Worten, unter dem unbeteiligten Tonfall war eine lauernde Schärfe zu spüren, die nur darauf wartete, hervorzubrechen. In den Worten »Informationen«, »Eindrücke«, »die Runde macht« hatten Skepsis, Ironie, Verachtung gelegen, hauchfein dosiert. Haveland fuhr fort:

»Aber ich will diese Gelegenheit nutzen, etwas zu sagen, das ich an alle richten will. Es wird vielleicht den einen oder anderen von Ihnen um das Vergnügen bringen, schlagartig zu begreifen, daß zwei und zwei vier macht, und Sie werden einen Eindruck weniger haben, von dem Sie Mr. Appleby erzählen können. Ich bitte um Verzeihung.

Sie alle wissen, daß Umplebys Arbeitszimmer mit Knochen übersät war. Ich frage mich, woher sie wohl kamen. Empson, fällt Ihnen da etwas ein?«

Etwas Hinterlistiges lag in dieser Anrede: Empson schien einen Augenblick verwirrt. Doch Haveland fuhr sogleich fort:

»Ich bin sicher, das wird es. Aber ich weiß nicht, ob Mr. Appleby bereits versteht, welchen Stellenwert Knochen bei uns haben? Ich darf wohl sagen, daß es ein Aspekt ist, der seinem ländlichen Kollegen, zu dem ich, wie ich gestehen muß, heute morgen schweigsamer war, als sich geziemt, wohl kaum aufgefallen wäre. Ich würde vorschlagen, daß Sie es Mr. Appleby kurz erläutern, Deighton-Clerk.«

Der solcherart angesprochene Deighton-Clerk blickte zuerst verblüfft, dann erschrocken drein. »Mr. Haveland will zweifellos darauf hinaus«, sagte er, »daß die Anthropologie ein Schwerpunkt der Studien an St. Anthony's ist. Titlows klassische Archäologie hat, verzeihen Sie die Formulierung, Titlow!, in letzter Zeit mit der Anthropologie angebändelt. Und Pownalls Alte Geschichte und Campbells Ethnologie haben ebenfalls ihre Fühler zu dieser Disziplin hin ausgestreckt. Diese Verbindungen wurden vom verstorbenen Rektor angebahnt. Dr. Umpleby selbst kam zur Anthropologie durch die vergleichende Sprachwissenschaft ebenso wie sein Schüler Ransome, der augenblicklich im Ausland weilt. Ich darf sagen, St. Anthony's genießt schon seit Jahren einen Ruf für seine interdisziplinären Arbeiten auf dem Gebiet der alten Kulturen. Ich als Vertreter der vergleichenden Religionswissenschaft habe mich dem ebenfalls nicht verschlossen. Das ist es wohl, was Haveland meint, wenn er vom Stellenwert der Knochen bei uns spricht, obwohl mir persönlich eine so abwegige Formulierung niemals in den Sinn gekommen wäre. Und nun, Haveland, wenn Sie etwas zu sagen haben, dann sagen Sie es bitte.«

Haveland erweckte den Eindruck eines Mannes, der sein Pferd im zweiten Anlauf auf eine besonders schwierige Hürde zusteuert.

»Empson wußte, daß ich im College eine Sammlung von Gebeinen angelegt hatte. Ich frage mich, ob es sonst noch jemand wußte.« Er ließ den Blick in die Runde schweifen, um diesem Punkt Nachdruck zu verleihen, dann fuhr er fort: »Diese Knochen gehören mir.«

Im *Common Room* war es totenstill. Keiner von Havelands Kollegen sprach ein Wort, und Appleby ebenfalls nicht.

»Zumindest gehe ich davon aus, daß diese Knochen mir gehören, denn meine Sammlung ist verschwunden. Und da es sich bei den meinen zufällig um die Gebeine von australischen Ureinwohnern handelt, wird es nicht schwer sein, sie zu identifizieren. Mich würde interessieren, ob einer von Ihnen eine Idee hat, wie meine Studienobjekte zu solch einer dekorativen Verwendung kamen?«

Es herrschte vollkommenes Schweigen.

»Oder vielleicht sollte ich nicht fragen, *wie* sie dorthin kamen, wo sie gefunden wurden, sondern *warum*? Was meinen Sie, Empson? Haben Sie vielleicht eine Theorie, die Sie vorbringen könnten?«

»Ich habe nichts vorzubringen. Fragen Sie Titlow.«

Warum soll er Titlow fragen? überlegte Appleby. Und Titlow schien dasselbe durch den Kopf zu gehen. Er warf Empson einen ebenso indignierten Blick zu wie Empson Haveland. Noch etwas mehr in dieser Art, und alle unterirdischen Strömungen in dieser kleinen Gesellschaft würden deutlich sichtbar an die Oberfläche treten.

»Ich könnte mir vorstellen, daß jemand sie dorthin gelegt hat, um den Verdacht auf Sie zu lenken, Haveland«, schlug Titlow vor. »Pownall, halten Sie das nicht auch für denkbar?«

Pownall, solchermaßen hinzugezogen (warum wurde Pownall hinzugezogen?), antwortete: »Ich könnte mir eine Erklärung vorstellen, die einfacher und zugleich kurioser ist. Können Sie das nicht auch, Haveland?«

Es war, als hätte Barocho von Anfang an recht gehabt und ein Gesellschaftsspiel sei im *Common Room* im Gange, ein Spiel, bei dem jeder einzelne Spieler jeweils nur einen Bruchteil der Regeln kannte. Doch nun nahm ein würdiger, bärtiger Herr, der gegenüber dem Kamin saß, den Faden auf. »Ich frage mich, ob einer von Ihnen die merkwürdige böhmische Legende von den Gebeinen von Klattau kennt?«

Das war Professor Curtis, und auf Applebys Ohren und seinen Verstand hatte diese vollkommen abwegige Bemerkung eine seltsame Wirkung. Ihre Arglosigkeit, und unter diesen Umständen Lächerlichkeit, ließ schlagartig in aller Schärfe die Feindseligkeit deutlich werden, von der die vorherigen Runden der Konversation durchdrungen gewesen waren. In Pownalls *»Können Sie das nicht auch, Haveland?«* war es zu spüren gewesen, und nun antwortete Haveland, ohne sich um Curtis und die böhmische Legende zu kümmern.

»Aber gewiß kann ich mir eine andere Erklärung vorstellen. Es gibt da eine Verkettung von Umständen, die mir auf den ersten Blick aufgefallen ist. Empson, vielleicht sollten Sie kurz von einem Gespräch berichten, das Umpleby und ich vor ein oder zwei Monaten in Ihrer Gegenwart geführt haben. Sie wissen, was ich meine. Ich glaube, sonst weiß niemand davon.«

»Pownall schon. Ich habe ihm am nächsten Tag davon erzählt.« Empson hatte unbesonnen geantwortet und schien es nun zu bereuen. »Ich sehe nicht ein«, fuhr er fort, »warum ich hier darüber berichten soll. Wenn Sie all das an die große Glocke hängen wollen, dann tun Sie es selbst.«

Der Dekan rutschte auf seinem Stuhl hin und her, halb unruhig, halb gebieterisch. »Haveland«, sagte er, »halten Sie das für ein passendes Benehmen? Wenn Sie darauf bestehen, uns etwas zu sagen, dann sagen Sie es ohne Umschweife.«

»Ich werde Ihnen etwas sagen, und zwar ohne Umschweife.« Die Antwort griff geschickt und bissig den leicht schulmeisterlichen Tonfall des Dekans auf. Haveland spielte auf Risiko: Man spürte, wie der *Common Room* ob der Ungehörigkeit seines Tones erschauerte. Doch sofort hatte er sich wieder unter Kontrolle und fuhr in teilnahmslosem Tonfall fort. »Ich will Ihnen - da Empson sich offenbar ziert, es zu tun - von einem Streit erzählen, den ich mit Umpleby hatte, einem heftigen Streit.«

Von verschiedenen Seiten erhob sich ein protestierendes Murmeln. Der Dekan war offenbar ratlos. Er wandte sich halb zu Appleby um. Doch Appleby schien ganz in die Betrachtung der Tischkante vor sich versunken. Und Haveland fuhr fort, ohne daß ihn jemand aufhielt.

»Natürlich ging es um eine von Umplebys üblichen Diebereien.«

Wenn es, so hatte Appleby den Eindruck, etwas gab, was man bei diesem Auftakt in den Gesichtern der Kollegen des verstorbenen Rektors lesen konnte, dann war es Verständnis und nicht etwa Erstaunen. Der Dekan freilich sah sich zu dem Versuch genötigt, einen Tadel anzubringen. Haveland erstickte ihn mit einem Ausbruch von Ungeduld in den Anfängen.

»Machen Sie sich nicht lächerlich, Deighton-Clerk. Überlegen Sie doch, was hier auf dem Spiel steht. Wie gesagt, Umpleby hatte wieder einmal gestohlen. Die Details kann ich mir hier ersparen. Empson war dabei, und wenn ihm die Sache nicht so peinlich wäre, dann könnte er einen distanzierteren Bericht darüber geben als ich. Aber ich kann mich noch genau an eine Formulierung erinnern, die ich damals benutzte.«

Appleby spürte, daß Haveland unmittelbar vor dem Sprung stand. Und das ganze Zimmer schien von der Anspannung zu vibrieren, die in der Luft lag.

»Als ich es ihm auf den Kopf zusagte, weigerte er sich einfach, darauf einzugehen. Er sprach von seinen eigenen Arbeiten, unten bei den Ausgrabungen am Golf. Und ich habe damals gesagt, ich sähe es mit Freuden, wenn er ein für allemal in einem seiner abscheulichen Grabmäler eingemauert wäre. Das stimmt doch, Empson, nicht wahr?«

Empson antwortete nicht. Es herrschte tiefes Schweigen. Haveland zeigte noch immer keine Regung, doch selbst vom anderen Ende des Tisches und im Kerzenlicht glaube Appleby die Schweißtropfen auf seiner Stirn zu erkennen. Endlich brach eine Stimme das Schweigen.

»Haveland, was für ein Spiel aus dem Irrenhaus spielen Sie hier eigentlich?«

Es war Pownall. Und wenn vorher Schweigen geherrscht hatte, so herrschte nun Grabesstille. Appleby hatte den Eindruck, daß sich plötzlich eine Welle entsetzten Begreifens, einer verzweifelten rabenschwarzen Erkenntnis rund um den Tisch verbreitete. Doch Haveland war schlagartig aufgesprungen. Er blickte Appleby ins Gesicht und schien nun ausschließlich ihn anzusprechen, nicht die anderen im Zimmer.

»Und damit hätten Sie das Material für zwei Theorien. Titlow sprach von einem Verdacht, der gelenkt werden solle. Darüber können Sie sich Ihre Gedanken machen. Und Pownall deutete etwas an, das ›einfacher und kurioser‹ wäre. Darüber können Sie sich ebenfalls Ihre Gedanken machen. Gute Nacht.«

Und damit stürmte Haveland aus dem Raum. Einen Moment lang saß die Gesellschaft da und starrte mit verdutzter Miene auf den leeren Stuhl. Doch Deighton-Clerk hatte Titlow etwas zugeflüstert, und Titlow hatte einen Knopf gedrückt. Wiederum nahm man Zuflucht zu einem tröstenden Ritual.

Die Tür zum inneren *Common Room* wurde aufgestoßen, und ein Diener verkündete ausdruckslos: »Der Kaffee ist serviert!«

III

Der Dekan forderte Appleby mit einer Handbewegung auf, ihm zu folgen, und die beiden begaben sich zusammen mit Titlow, Barocho und einem schweigsamen Mann, der sich als Dr. Gott erwiesen hatte, ins Nebenzimmer, Deighton-Clerk als Dekan,

Appleby als Gast des Dekans, Titlow als *Senior Fellow,* Gott als amtierender Proktor und Barocho wahrscheinlich als jemand, der einfach nicht auf die Idee gekommen war, daß er eigentlich draußen warten sollte. Der Dekan persönlich goß Appleby den Kaffee ein, und die anderen bedienten sich dann selbst. Deighton-Clerk machte gegenüber Appleby keinen Hehl daraus, wie unangenehm ihm das alles war.

»Mr. Appleby, das ist eine entsetzliche Geschichte. Ich bete zum Himmel, daß Sie bald alles aufgeklärt haben! Ich habe ganz den Eindruck, als ob sich eine niederträchtige Atmosphäre unter uns breitmachte.«

Vor noch kaum mehr als einer Stunde hatte Deighton-Clerk Appleby nachdrücklich davon zu überzeugen versucht, daß entgegen jeglichem Anschein, den eine Bestandsaufnahme bot, der Mord an Umpleby die Tat eines Unbekannten gewesen sei, der keinerlei Anteil am Leben in St. Anthony's habe. Offenbar hatte das eben vernommene Bekenntnis, wenn es denn ein echtes Bekenntnis gewesen war, ihn in dieser Überzeugung nicht wenig erschüttert. Er hatte Appleby in eine Ecke geführt und ließ nun seinem Kummer freien Lauf.

»Das war eine außerordentlich ungehörige Bemerkung von Pownall. Ich will nicht leugnen, daß Haveland eine solche Anschuldigung geradezu herausforderte, doch niemals hätte jemand sie ihm mit einer solchen verdeckten Anspielung beibringen dürfen. Wir waren allesamt außerordentlich schockiert.«

Appleby hatte nicht die geringste Ahnung, was er mit diesen Worten anfangen sollte, doch der Dekan verschaffte ihm sogleich Klarheit. »Ich fürchte, ich bin Ihnen eine Erklärung schuldig, Mr. Appleby, auch wenn sie mir sehr schmerzlich ist. Ich hatte das alles ganz vergessen. Habe ich nicht vorhin, als wir über die Knochen sprachen, gesagt, sie seien ein Zeichen von *Wahnsinn,* wohingegen wir alle im College ohne Zweifel geistig *gesund* seien? Jedenfalls habe ich, glaube ich, wohl eine Andeutung in dieser Art gemacht. Und natürlich hatte ich das längst vergessen, obwohl ich eine unbestimmte Ahnung hatte, daß es irgendwo etwas Sinistres an dieser Sache gab. Ich hatte nicht mehr an die Schwierigkeiten gedacht, die der arme Haveland seinerzeit hatte. Vor einigen Jahren, Mr. Appleby, hatte er einen schweren Nervenzusammenbruch und benahm sich eine Zeitlang sehr merkwürdig. Genauer gesagt fand man ihn, wie er mit den Sarkophagen im

Museum sehr merkwürdige Dinge tat ... Wohin soll das alles nur führen?«

Es führte vielleicht, ging es Appleby durch den Kopf, in mehr als nur eine Richtung, aber im Augenblick sah es nicht so aus, als ob es ihn so schnell wieder von St. Anthony's fortführen sollte.

»Es hat niemals einen Rückfall gegeben«, fuhr der Dekan fort. »Über all das war längst Gras gewachsen, bis Haveland und Pownall es darauf anlegten, es wieder ans Tageslicht zu zerren. Sie werden mir sofort glauben, daß es so und nicht anders war, wenn ich Ihnen verrate, daß Haveland gute Chancen hatte, Umplebys Nachfolge anzutreten, obwohl er, wie Sie wissen, in manchen Fragen der Umgangsformen unkonventionell ist. Havelands Anfall wurde damals als späte Folge seiner traumatischen Kriegserlebnisse gedeutet, und er ist ein durch und durch ausgeglichener Mensch.«

Appleby mußte an den ersten Eindruck zurückdenken, den er vorhin von Haveland gehabt hatte. War er wirklich ein ausgeglichener Mensch? *Gelassen,* das schon. Aber kam diese Gelassenheit vielleicht nur daher, daß er sich ständig unter Kontrolle hielt? Irgend etwas im Inneren dieses Mannes stand unter hohem Druck, und wo ein solcher Druck herrschte, da konnte es auch immer eine chronische Instabilität geben.

Erst wenige Minuten waren seit dem Ende der Versammlung im anderen *Common Room* vergangen. Nach der von den Gebräuchen des Colleges vorgeschriebenen Wartezeit stießen die restlichen *Fellows* von St. Anthony's, die heute in der Zeit, in der sie von den Ranghöheren getrennt waren, auf den üblichen Trost, daß ihnen die Portweinkaraffe noch ein wenig länger zur Verfügung stand, hatten verzichten müssen, hinzu, um ihren Kaffee zu trinken. Die Gesellschaft löste sich in Grüppchen auf, und Appleby stellte fest, daß Professor Curtis im Begriff war, ihn in Beschlag zu nehmen. Es hatte ganz den Anschein, als ob er allein das Privileg haben sollte, alles über die merkwürdige Legende der Gebeine von Klattau zu erfahren. Doch der Gelehrte hatte etwas anderes auf dem Herzen.

»Dürfte ich wohl fragen, lieber Herr«, begann er freundlich, »ob Sie jemals der Darstellung Ihres Berufes in der Belletristik Ihr Ohr geschenkt haben?«

Curtis, ging es Appleby durch den Kopf, sollte sich lieber mit Dodd unterhalten. Doch er antwortete, daß er auf diesem Felde nicht gänzlich unbewandert sei.

»Dann«, sagte Curtis und zwinkerte ihm freundlich über den Rand seiner Nickelbrille zu, »wissen Sie vielleicht, womit Gott sich die Zeit vertreibt? Ich glaube, ich plaudere keine Geheimnisse aus, wenn ich Ihnen sage, daß Gott unter dem Namen Pentreith schreibt. Soviel ich weiß, sind seine Erzählungen in der Öffentlichkeit mittlerweile recht bekannt geworden?«

Appleby stimmte ihm zu und blickte auf der Suche nach dem bekannten Romancier interessiert in die Runde. Doch Gott war, wie es sein Amt als Proktor erforderte, zu seinen nächtlichen Disziplinarstreifzügen durch die Stadt aufgebrochen.

»Es ist ein seltsamer Zweig der Literatur«, fuhr Curtis fort, »und ich fürchte, ich muß zugeben, daß ich kein großes Licht auf diesem Gebiete bin. Würden Sie sagen, daß Wilkie Collins jemals übertroffen wurde? Oder Poe? Obwohl ich persönlich finde, daß Poe überschätzt wird - denken Sie doch nur, wie die Franzosen uns die Wertschätzung, die er genießt, aufgedrängt haben! Junge Männer wie Sie haben, nehme ich an, die Symbolisten hinter sich gelassen? Aber *Der entwendete Brief* - finden Sie nicht auch, daß das ein wenig, wie soll ich sagen, *unglaubwürdig* ist?«

Dem stimmte Appleby zu. Curtis war hocherfreut.

»Es freut mich, daß meine Amateurmeinung, wenn ich so sagen darf, von einem Profi bestätigt wird. Ja, ich glaube schon, ich hätte den Brief gesehen - auf Anhieb, mehr oder weniger. Ob es wohl Poes eigene Idee war? Würde mich gar nicht wundern, wenn die Grundidee ein uralter Hut war, meinen Sie nicht auch? Es gibt da eine interessante Geschichte, die man sich im Baskenland erzählt ... Doch davon ein andermal mehr, wenn es Ihnen recht ist. Ein Gedanke, der mir kam, als ich an Poe dachte, war, daß diese Knochen, von denen so viel die Rede ist, vielleicht *weder* dazu dienen sollten, den Verdacht auf jemanden zu lenken, *noch* ein Indiz für irgendeine Art von psychischer Störung sein müssen. Jedenfalls keine Geistesverwirrung im engeren Sinne des Worte, meine ich. Sie könnten - wie soll ich das ausdrücken? - das sein, was ein Mann, der vollkommen bei Verstand ist, für etwas humorvoll Groteskes hält ... Kennen Sie Goyas Skizzen? Die - meine Güte, wie heißen sie doch? Barocho, diese Kriegsskizzen von Goya ...«

Und Professor Curtis wanderte von dannen.

Appleby ließ seinen Blick durchs Zimmer schweifen und sah, daß eben drei Mitglieder des *Common Room,* von denen er noch gar nichts wußte, günstig beieinanderstanden: Lambrick, Campbell und Chalmers-Paton. Besonderes Interesse hegte er für Lambrick, dasjenige Collegemitglied, das Familie hatte und trotzdem einen Schlüssel zu jener schicksalhaften Pforte behalten hatte. Und Campbell kam ihm irgendwie bekannt vor. Er fand, daß er ruhig noch ein paar mehr Eindrücke sammeln konnte, bevor er sich zur Ruhe begab und seine Gedanken ordnete. Er ging zu dieser Gruppe hinüber und saß bald mit ihr beisammen, rauchte und unterhielt sich mit den Männern. Das war ganz und gar nicht, wie es sich gehörte, doch St. Anthony's hatte so viel eigene Konventionen, daß man offenbar nur wenig auf die der Welt draußen gab. Für das College war es selbstverständlich, daß man einen Detective-Officer, der zu Ermittlungen in einem Mordfall zu ihnen gekommen war, nicht anders behandelte als einen Architekten, der den Bau des neuen Bibliotheksflügels besprechen wollte, oder einen akademischen Maler, der Aquarelle der Innenhöfe anfertigte. Es war eine Einstellung, die subtilere Ermittlungsmethoden möglich machte, und Appleby hatte nicht vor, sich zu beklagen.

Das Gespräch drehte sich eben um Gotts Leben als Proktor. Der Weg von der *Hall* zum *Common Room* hatte sie spüren lassen, daß es eine rauhe, unfreundliche Nacht war, kalt und mit einem tückischen Nebel, der sich auf die Bronchien legte. Und für Applebys Gesellschaft, wie sie alle bequem in ihren dicken Ledersesseln saßen, rauchten und die Füße an einem prasselnden Feuer wärmten, das gar noch großzügiger war als das im äußeren *Common Room,* war der Gedanke, wie ihr Kollege als Anführer eines kleinen Trupps von Universitätspolizisten durch die Straßen zog, offenbar ganz besonders ergötzlich.

»Stellen Sie sich doch das nur vor«, sagte Lambrick, ein hochaufgeschossener, versonnener Mathematiker, dessen Sinn für Humor zum Handfesten neigte: »Eben betritt er das ›Case is Altered‹ – zwei Studenten, die Eierpunsch trinken – die beiden Herren bekommen prompt ihre Vorladung, und Gott muß wieder hinaus und träumt vom Eierpunsch. Er überquert die Straße zum ›Mucky Duck‹ (ein gutes Pub übrigens) – zwei Studenten sitzen beim Würfeln über einem kleinen Rumpunsch – Vorladung ausgesprochen – und Gott kehrt zurück auf die Straße, denkt an Rumpunsch und Würfeln – und er ist ein guter Spieler. Weiter zu dieser protzigen Bar im Berklay-Hotel – ein halbes Dutzend junger Herren aus besseren Kreisen, die sich am Champagner delektieren. Der gute alte Gott sehnt sich schon fast nach einer Keilerei. ›Ihr

Name und College, Sir?‹ – alle antworten brav wie die Lämmer. Und wieder auf die Straße, jetzt Patrouille an diesem College neben meinem Schneider – ich kann mir nie merken, wie das heißt –, bis der Hammer-und-Sichel-Club seine Sitzung beendet hat und sicher im Bett liegt. Was für ein Leben!«

»Wissen Sie eigentlich«, fragte Campbell, ein dunkler, lebhafter Schotte, »daß Curtis, als er *Senior Proctor* war, einmal den Erzbischof von York vorgeladen hat?«

Es war eine ausgezeichnete Anekdote, aber zu langwierig für Lambrick, der in die unergründliche Welt der Mathematik versank. Doch Chalmers-Paton führte das Thema weiter, indem er eine alte Heldentat Campbells ausgrub. »Wissen Sie noch, Campbell, wie Sie auf den Turm von St. Baldred's geklettert sind, um den Bierkrug herunterzuholen?« Und obwohl man Campbells Reaktion schon beinahe als Unwillen bezeichnen konnte, ließ Chalmers-Paton es sich nicht nehmen, die Geschichte zu erzählen. Das Bild, das von Campbell entstand, war das eines wagemutigen, beinahe leichtsinnigen Mannes – und eines geschickten Kletterers. Und dann fiel es Appleby wieder ein.

»Sie sind hoch oben im Himalaja gewesen, nicht wahr?« fragte er den Schotten in überaus freundlichem Ton. »Neunzehnsechsundzwanzig.«

Campbell errötete und schien einen Moment lang beinahe verlegen. »Ja, das stimmt«, sagte er endlich. »Sind wir beide nicht einmal zusammen auf den Pillar Rock gestiegen? Ich hatte mich Ihrer Gruppe im Wasdale angeschlossen.«

Nun war Appleby an der Reihe, das zuzugeben – ungefähr so, wie er Mr. Bradman zugegeben htäte, daß sie einmal bei einem Ausflug der Sonntagsschule zusammen Schlagball gespielt hatten. Doch das Thema war nun einmal aufgekommen, und ein paar Minuten drehte sich das Gespräch ums Bergsteigen. Und dann ließ Appleby wie nebenbei die Frage fallen:

»Kommt es auch in St. Anthony's vor, daß jemand über das Dach klettert?«

»Ich glaube nicht«, antwortete Chalmers-Paton. »Vor ein paar Jahren gab es einmal einen Club, der so etwas machte, aber die *Undergraduates* wechseln, und ich glaube, er besteht nicht mehr.«

Der Runde war, wie Appleby bemerkte, nicht entgangen, daß das Gespräch nun endlich auf ein Thema gekommen war, das mit dem Tod des Rektors zu tun hatte. Er wandte sich deshalb an

Campbell und sprach den Punkt unmittelbarer an: »Wie sind denn die Chancen für Kletterer in St. Anthony's – hinein, hinaus, von einem Gebäude zum anderen?«

Campbell lachte kurz auf. »Ich bin ein Freizeitbergsteiger, das wissen Sie. Aber glauben Sie mir, ich bin kein Einbrecher oder Fassadenkletterer, und ich finde nicht, daß ich kompetent bin, Ihre Frage zu beantworten. Jeder könnte durch irgendeine Luke aufs Dach kommen und dort herumturnen; aber das wäre, soweit ich das beurteilen kann, auch alles. Ich denke mir, daß es praktisch unmöglich ist, die Wände hinauf- oder hinunterzuklettern und hinein- oder hinauszugelangen.«

»Selbst für einen geübten Kletterer?«

Campbell antwortete, ohne mit der Wimper zu zucken.

»Selbst für einen geübten Kletterer.«

Kapitel 5

I

Appleby saß in seinem Schlafzimmer und zog Bilanz - zuerst und wie es seit langem seine Gewohnheit war, die Bilanz der unmittelbaren Umgebung; dann diejenige seiner Gedanken. Das Zimmer beschäftigte ihn nicht lange. Es maß etwa drei Meter im Quadrat, war fast drei Meter hoch, und als Fenster hatte es einen verwirrenden Irrgarten fein verästelten Glases, das sich in einem gotischen Bogen vom Fußboden in der einen Ecke der Wand zur Decke in der gegenüberliegenden zog. In dem Bestreben, in seinen ehrwürdigen Hallen noch ein weiteres Dutzend *Undergraduates* unterzubringen, hatte St. Anthony's diese Hallen im Inneren einigen merkwürdigen Umbaumaßnahmen unterzogen. Das Zimmer wies noch Spuren seines regulären Bewohners in Form eines leeren Tiegels mit der Aufschrift *Schwielensalbe* auf, eines Bibelspruches mit üppigem Blumenschmuck, eines Schwarzweißporträts von Miss Mae West und zehn gleichartiger Fotos, alle in den gleichen Rahmen, von zehn verblüffend gleichartigen jungen Männern - den anderen zehn Mitgliedern einer Schulelf aus der jüngeren Vergangenheit zweifellos. Warum der Besitzer dieser Zimelien derzeit abwesend war, war nicht zur Sprache gekommen: Vielleicht hatte es Meinungsverschiedenheiten mit der Obrigkeit gegeben; vielleicht, spekulierte Appleby, hatte er auch Masern oder Mumps.

Appleby wandte sich seinen Gedanken zu. Er war alles in allem zuversichtlicher als zu der Zeit, da er sich von Dodd verabschiedet hatte. Als er mit Dodd die Fakten durchgegangen war, hatte die Situation für ihn gewisse physische Konturen gewonnen - Konturen, die als wichtig gelten konnten, weil sie, wie es schien, mit solcher Bestimmtheit auf etwas wiesen, etwas eingrenzten, etwas ausschlossen. Doch alles, was außerhalb jener Fakten lag, war Appleby vollkommen dunkel erschienen; es war eine Art Aufzeichnung der Fakten in Blindenschrift. Doch als der Abend fortschritt, hatte er allmählich Licht gesehen, oder die Möglichkeit, daß er Licht finden würde - ein flackerndes, unsicheres Licht, kein Zweifel, etwa so, wie die ersterbenden Kaminfeuer in den *Common Rooms* jetzt aussehen mußten. Von der Bühne und den Requisiten - der so aufwendig errichteten Bühne, den so grausigen Requisiten - war Appleby zu einem gewissen Begriff von den handelnden Personen gekommen; hatte vielleicht sogar einen ersten Blick auf die Darsteller geworfen ...

Bisweilen hatte Appleby es bei seiner Arbeit mit ziemlich raffinierten Menschen zu tun. Dann und wann war es ihm vergönnt, mit einem guten oder gar von Natur aus herausragenden Verstand die Klingen zu kreuzen. Doch die meiste Zeit mußte er sich mit unterdurchschnittlicher Intelligenz abgeben oder mit einem Durchschnittsverstand, der durch schlechte Ausbildung und mangelndes Wissen eingeschränkt und behindert war. Und nun kam hier ein Fall, der mit seinen Anforderungen an den Verstand vielleicht der Fall seines Lebens war. Hier hatte er es mit einer Reihe von Männern zu tun, deren Intelligenz weit über dem Durchschnitt lag, deren Intellekt die verschiedensten strengen Schulen durchlaufen hatte, mit Männern, die bis an die Zähne bewaffnet waren mit Wissen. In ihrer Mitte hüteten sie das Geheimnis, und er würde Intelligenz und einen wendigen Verstand brauchen, es ans Tageslicht zu bringen.

Eines gab es, wovon er sich im Lauf des Abends überzeugt hatte. Die gegenüber Dodd aus Vorsicht geäußerte Skepsis darüber, daß die äußeren Umstände des Falles unmißverständlich *»Unterseeboot!«* riefen, konnte er nun fast mit Sicherheit aufgeben. Das unglaubliche Faktum der frisch installierten Schlösser und eben erst ausgegebenen Schlüssel war für sich genommen schon beinahe zwingend gewesen. Direkt oder indirekt war der Mord von einer oder mehreren der Personen mit Schlüsseln verübt oder möglich gemacht worden. Die einzige Alternative - daß ein Übeltäter aus dem verschlossenen Obstgarten geklettert war - war so unwahrscheinlich, daß man sie bei den Ermittlungen ganz hintanstellen konnte. Die Schlüssel waren der Schlüssel. Daraus ergab sich die folgende Hypothese:

Deighton-Clerk, Empson, Gott, Haveland, Lambrick, Pownall, Titlow, der Pförtner, ein hypothetischer X (Besitzer des verschwundenen zehnten Schlüssels); einer oder mehrere oder

> alle diese haben Umpleby ermordet – oder einen Schlüssel weitergegeben, der zum Mörder führen könnte.

Appleby überdachte die Formulierung und bemerkte, daß er etwas vergessen hatte. Er holte Papier und Bleistift hervor und schrieb eine erweiterte Fassung seiner Hypothese nieder:

> Slotwiner, Deighton-Clerk, Empson, Gott, Haveland, Lambrick, Pownall, Titlow, der Pförtner, ein hypothetischer X (Besitzer des zehnten Schlüssels); einer oder mehrere oder alle diese haben Umpleby ermordet, oder einer der neun letztgenannten hat einen Schlüssel weitergegeben, der zum Mörder führen könnte. Bisher kann niemand ausgeschlossen werden, doch wenn Slotwiner und Titlow die Wahrheit sagen, bestätigen sie sich gegenseitig ihre Alibis ... Dodd läßt derzeit weitere Aussagen, die Alibis enthalten könnten, überprüfen.

Das alles hatte er am Nachmittag in der Rektorenwohnung erfahren – und alles war von den Eindrücken am Abend bestätigt worden. Doch was hatte er später sonst noch erfahren? Was hatte sein Gespräch mit dem Dekan ergeben? Zunächst einmal gewisse Erkenntnisse über den Dekan selbst. Ihm war sehr daran gelegen, daß sich herausstellte, daß der Mord von einem *Außenstehenden* verübt worden war – das war nur natürlich. Und er hatte Argumente vorgebracht, die letzten Endes einfach nur lauteten: »Bei uns gibt es so etwas nicht. Und unsere Gewißheit, daß es so etwas bei uns nicht gibt, ist überzeugender als die dubiosen physischen Anzeichen, die das Gegenteil nahelegen.« Appleby hatte diesen Gedankengang sorgsam erwogen, doch nun verwarf er ihn – und der Dekan, hatte er den Verdacht, tat es inzwischen auch ... Was war sonst noch aufgefallen? Der Dekan befürchtete, daß die Routineermittlungen kleinere Skandale aus dem Collegeleben ans Tageslicht brächten. Und er selbst hatte vor kurzem eine Art Streit mit Umpleby gehabt. Das war so ziemlich alles. Was allgemeinere Eindrücke anging, so waren sie vorerst schwer zu bilden. Der Mann war durcheinander – ja, aus dem Gleichgewicht geworfen. Er wäre nicht ohne weiteres in jenen unterschwellig pompösen Ton verfallen, hätte keine abwegigen Bemerkungen über die bevorstehenden Feierlichkeiten in St. Anthony's gemacht, wenn es nicht so gewesen wäre. Doch daß er unaufrichtig wäre, daß er ihm etwa wichtige Informationen vorenthielte – dafür gab es bisher keine Anzeichen.

Als nächstes wandte Appleby sich den Ereignissen in der *Hall* zu. Oder besser gesagt dem einen Ereignis von Gewicht: dem seltsamen Benehmen Barochos. Der Spanier hatte vielleicht nur einen sehr verschwommenen Begriff davon, unter welchen Umständen Umpleby umgekommen war, und hatte vielleicht nur aufs Geratewohl und aus ganz persönlichen Gründen jemanden aufs Korn genommen – Titlow, nicht wahr, oder war es Haveland? Oder hatte er niemanden speziell angesprochen? Einfach nur etwas in den Raum gestellt, um zu sehen, wie sie darauf reagierten? Im Augenblick ließen sich aus diesem Vorfall wohl keine Schlüsse ziehen, die ihn weiterführten.

Doch als er daranging, die komplexen Ereignisse im *Common Room* zu überdenken, hielt es Appleby nicht mehr auf seinem Stuhl. Er sprang auf und ging in das Wohnzimmer des verschollenen Studenten – einen großen, reichlich heruntergekommenen Raum, dessen Wände ganz mit schokoladenbraun gestrichenem Holz vertäfelt waren. Appleby schaltete die Leselampe ein und begann, leise im Zimmer auf und ab zu gehen.

Das herausragende Faktum war Havelands Eingeständnis – so seltsam in aller Öffentlichkeit –, daß die Knochen ihm gehörten. Er hätte es schon früher gegenüber Dodd eingestehen sollen. Daß die Spur der Knochen zu ihm zurückverfolgt werden würde, dessen konnte er so gut wie gewiß sein – warum hatte er dann so lange gezögert, sich zu ihnen zu bekennen? Doch offenbar, damit er es unter den spezifischen Umständen tun konnte, die ihm der *Common Room* bot, umgeben von seinen sämtlichen Kollegen. Er wollte in aller Öffentlichkeit demonstrieren, daß ihm bewußt war, daß Verdachtsmomente gegen ihn vorlagen. Er hatte Empson aufgefordert, eine ausgesprochen inkriminierende Geschichte zu erzählen, von der er glaubte, nur Empson kenne sie – die Geschichte eines Streits mit Umpleby, in dessen Verlauf er einen böswilligen Wunsch ausgesprochen hatte, der nun beinahe wörtlich in Erfüllung gegangen war: »Ich habe damals gesagt, ich sähe es mit Freuden, wenn er ein für allemal in einem seiner abscheulichen Grabmäler eingemauert wäre.«

Es mußte entsetzlich für ihn gewesen sein, ein solches Eingeständnis zu machen, und Haveland mußte gewußt haben, daß Appleby über kurz oder lang etwas erfahren würde, was es doppelt – und mehr als doppelt noch – entsetzlich machte. Haveland hatte vor einiger Zeit unter einer Reihe schwerer psychischer Störungen gelitten, und die Umstände hatten offenbar auf eine morbide Vorliebe für die Symbole der Auflösung des Leibes verwiesen.

Es war also folgendes geschehen. Haveland hatte sich angesichts dieser belastenden Umstände zu Wort gemeldet und gesagt: »Es steht Ihnen frei zu glauben, daß ich gestern abend in einem Anfall geistiger Umnachtung den Rektor ermordet habe, um meinen Wunsch in die Tat umzusetzen, daß er von Gebeinen umgeben sein möge. Oder Sie können vermuten, daß jemand, der all das wußte, es so arrangiert hat, um mich zu belasten.«

Jemand, der all das wußte ... »Empson wußte, daß ich im College eine Sammlung von Gebeinen angelegt hatte. Ich frage mich, ob es sonst noch jemand wußte ...« »Empson, Sie wissen, was ich meine. Ich glaube, sonst weiß niemand davon ...« – »Das stimmt doch, Empson, nicht wahr?« Genau genommen hatte Haveland geradezu mit dem Finger auf Empson gezeigt. Und was hatte Empson daraufhin getan? Das Bemerkenswerteste, ging es Appleby durch den Kopf, war vielleicht, daß Empson, der die Anspielung nur zu gut verstanden hatte, *nicht zurückgezeigt hatte.* Empson hatte sozusagen zur Seite gezeigt: »Fragen Sie Titlow ...« Die Worte selbst waren unschuldig, doch war es keine Frage, daß eine verborgene Bedeutung dahintersteckte. Am ganzen Tisch hatte Hochspannung geherrscht, und Appleby tastete sich nun allmählich vor, um sie nachzuempfinden – er beschwor sie vor seinem inneren Auge wieder herauf, um sie von neuem zu erleben und zu durchdenken.

Die Tatsachen weisen auf Haveland. Haveland weist auf Empson. Empson weist – wie Barocho? – auf Titlow. Und Titlow selbst? »Ich könnte mir vorstellen, daß jemand sie dorthin gelegt hat, um den Verdacht auf Sie zu lenken, Haveland. Pownall, halten Sie das nicht auch für denkbar?« Steckte da etwas dahinter? Appleby glaubte es, doch las nicht er jetzt in all diese seltsamen Bemerkungen etwas Mehrdeutiges hinein, das in Wirklichkeit eindeutig war, nur eine Bemerkung ohne jeden Hintergedanken? Wie dem auch sei, in jedem Falle hatte Pownall reagiert. Er hatte nun endlich den Kreis geschlossen und wieder auf Haveland gewiesen: »Ich könnte mir eine Erklärung vorstellen, die einfacher und zugleich kurioser ist ...« – »Haveland, was für ein Spiel aus dem Irrenhaus spielen Sie hier eigentlich?« Appleby konnte sich gut ausmalen, daß diese Männer auf der Ebene des intellektuellen Disputs auf diese Weise den Ball weitergaben und jeder versuchte, den anderen in Bedrängnis zu bringen. So etwas gab es zweifellos in jeder geistig regen Gesellschaft; und zweifellos hätte ein solches Spiel auch auf der Ebene der Klatsch- und Skandalgeschichten seine Reize. Doch wenn es dabei um einen Mordfall ging ...?

Damit war Appleby, soweit er sah, alle ins Auge springenden Fakten durchgegangen. Nun wandte er sich den kleineren Dingen zu. Und es waren die weniger auffälligen Fakten, die, wie er gut wußte, oft alles entschieden: die winzige Beobachtung, die man nicht beachtet hatte, die eine unbedeutende Frage, die niemand gestellt hatte, brachten oft die mühsamsten und kunstvollsten Ermittlungen zu Fall.

Das Kerzenwachs. Slotwiner und die Kerzen. Die auf dem Kopf stehenden *Deipnosophisten*. Der Safe. Barochos Talar. Der Dekan, bis dahin so furchtsam um Skandale im College besorgt, der von sich aus von Havelands altem Anfall sprach. Curtis, der so nonchalant, so nebenbei sicherstellte, daß Appleby wußte, daß Gott der Schriftsteller Pentreith war ... Und dann war da noch Campbell, der Mann, der auf dem Dach der Welt gewesen war; und, wichtiger für ihn, der Mann, der den Turm von St. Baldred's erklommen hatte. Er hatte Familie und wohnte nicht im College. Er hatte keinen Schlüssel. Aber er war Ethnologe und gehörte folglich zu Umplebys Zirkel. Und auch wenn Appleby es für unwahrscheinlich hielt, daß Campbell die Mauern von St. Anthony's bezwang, als seien sie eine Bergwand, genügte Unwahrscheinlichkeit doch nicht als Beweis. Vermutlich eine lästige falsche Fährte, aber er mußte Campbell im Auge behalten.

Appleby tauchte aus dieser Flut von Spekulationen auf und betrachtete wieder seine Umgebung. Er hatte vor einem recht bescheidenen Bücherregal gestanden, ohne die Bücher wahrzunehmen: *Quellen zur Verfassungsgeschichte, Dichtung unserer Zeit, Die Forsyte-Saga, Trents letzter Fall ...*

Er wandte sich um und stürmte ungeduldig durchs Zimmer. Ein Kessel, ein Studententalar, eine Fußballerkappe – ihre Goldlitzen schon trübe geworden von jenen Schwaden, die auch eben wieder in den Höfen hingen. Er kniete sich auf die Fensterbank, öffnete ein Fenster und blickte hinaus. Es war schwarz, feucht und kalt. Doch auch drinnen war es nicht warm, und Appleby war noch immer hellwach. Er folgte einer Eingebung, schaltete das Licht aus und tastete sich hinaus auf den Treppenabsatz. Dann ging er vorsichtigen Schrittes nach unten. Durch eine der Türritzen schien noch Licht, und ein leises Stimmengewirr war zu hören. Erregte *Undergraduates* zweifellos, die beisammensaßen, den Fall diskutierten und sich innerhalb der Collegemauern ganz legal mit jenen Getränken stärkten, die Gott auf seinen unglücklichen Wachgängen versagt blieben. Doch inzwischen lag Gott wohl schon lange in seinem warmen Bett am Surrey Court: Als Appleby an die frische Luft kam, vernahm er, gedämpft und feierlich, einen einzelnen Schlag von einer fernen Glocke, gefolgt von schwächeren Glockenschlägen aus anderen Winkeln. 1 Uhr.

Der Aufgang zur Dekanswohnung, an dem Appleby seine Zimmer hatte, lag in er Ecke des Bishop's Court schräg gegenüber den *Common Rooms.* Zur Linken, über dem Durchgang zum Surrey Court, brannte noch eine Lampe. Doch sie war niedrig gestellt, und ihr Lichtschein reichte kaum noch über den Kiesweg zur Kante des Rasens, der, wie Appleby wußte, sich vor ihm erstreckte. Die Nacht war sternlos und düster. Das einzige, was sich ausmachen ließ, war eine unscharfe Linie, die zwei verschiedene Arten von Dunkelheit unterschied - Arkaden, die sich in der Morgendämmerung als Himmel und Mauerwerk erweisen würden. Und doch hatte Appleby die Gegenwart dieses Ortes nie deutlicher gespürt als jetzt im Banne von Stille und Nacht. Er begann, auf der ihm zugewandten Seite des Hofes auf und ab zu gehen, und bahnte sich gedankenverloren einen Weg durch das Dunkel.

II

Es schlug 2 Uhr, und Appleby war noch immer unterwegs. Doch wiederum ließ das Echo der Glocken ihn innehalten, und während er innehielt, kam ihm die zweite Eingebung jener Nacht. Hinter den Gebäuden, an denen er stand, lag der Obstgarten, und in der Tasche hatte er einen Schlüssel. Mit Ausnahme des rätselhaften zehnten war das der einzige Schlüssel, der nicht in der Hand seiner Kollegen war. Dodd hatte schon am Morgen - eine eindrucksvolle Demonstration seiner Autorität - sämtliche Schlüssel von ihren Besitzern eingefordert. Ein Konstabler mit einem der Schlüssel hatte den Tag über Wache am Tor gestanden; und seine Ablösung, ebenso ausgestattet, saß nun in der Pförtnerloge. Empson, Haveland, Pownall und Titlow waren somit, als sie erst einmal für die Nacht in den Obstgarten eingelassen waren, praktisch bis zum Morgen Gefangene der Polizei. So wie die Dinge im Augenblick standen - und lange konnte es wohl kaum so bleiben -, konnte niemand in den Obstgarten hinein- oder aus ihm herausgelangen, ohne sich an den wachhabenden Konstabler zu wenden - oder an Appleby. Dessen Impuls, in diesem Augenblick Gebrauch von seinem Schlüssel zu machen, war völlig irrational, denn in der beinahe undurchdringlichen Dunkelheit konnte er mit Sicherheit nichts unternehmen. Doch er fand nicht, daß man sich solchen Impulsen unbedingt widersetzen sollte, und schritt vorsichtig zum näher liegenden der beiden Tore - dem Tor zwischen Kapelle und Bibliothek. Dann überlegte er es sich plötzlich anders, überquerte den Rasen, an Bibliothek und Kapelle vorbei, und ging statt dessen zum westlichen Tor - zwischen *Hall* und Rektorenwohnung. Das war natürlich das Tor, das er gesehen hatte, als er nach dem Essen zum *Common Room* hinüberging, und dasjenige, durch das später der Konstabler die vier, die im Obstgarten wohnten, zu ihrem Quartier eingelassen hatte.

Er umrundete den letzten der großen südlichen Strebepfeiler der *Hall* und spürte nun Kies unter den Sohlen, das hieß den Pfad, der durch das Tor und an der Rektorenwohnung vorbei führte, bevor er in den eigentlichen Obstgarten kam. Er ging vorsichtig weiter, zur Rechten die *Hall,* zur Linken mußten wohl noch immer die *Common Rooms* liegen. Er suchte in seiner Tasche nach dem Schlüssel und hielt den Blick derweil fest auf den schwach schimmernden Pfad vor sich geheftet. In der Dunkelheit ließ die Entfernung sich schwer abschätzen. Er streckte die Hand aus, damit er nicht gegen das Tor prallte, und ging gleichmäßig weiter. Plötzlich spürte er zu seiner Rechten etwas Unerklärliches: Die Wand der *Hall,* an die er sich gehalten hatte, war nicht mehr da, an ihre Stelle war offenes Land getreten. Im selben Augenblick bemerkte er, daß der schwach sichtbare Pfad sich vor ihm verzweigte. Er war im Obstgarten. *Er hatte das Tor schon hinter sich.*

Einen Augenblick zuvor noch war Appleby, obwohl er vorsichtig durch die Nacht schritt, eine fast körperlose Denkmaschine gewesen, deren gesamte Aufmerksamkeit nach innen gerichtet war. Nun stand er unter physischer Hochspannung, bereit mit weit offenen Sinnen. Vielleicht eine halbe Minute lang stand er reglos da und lauschte. Er ließ sich leise niedergleiten und horchte den

Erdboden ab. Keine Spur eines Geräusches war zu vernehmen, außer dem fernen, an- und abschwellenden Brummen der Fahrzeuge auf der Schools Street.

Leise richtete er sich wieder auf und verfolgte seine Schritte zurück. Wenige Meter vor ihm ragte das Nordende der *Hall* auf, und er ging langsam voran, wobei er sich an der Wand entlangtastete, bis er am Tor anlangte. Nur ein Flügel war offen; er war, ohne es zu bemerken, genau durch die schmale Öffnung gegangen. Nun hielt er inne und überlegte, wie er weiterverfahren sollte. Das Tor unbewacht zu lassen wäre unverzeihlich gewesen: Hier hatte er die Chance zu einer Entdeckung, auf die er, wenn nötig, bis zum Morgen warten mußte. Er konnte natürlich rufen, bis jemand ihn bemerkte. Er konnte sogar, wenn er nur ein paar Schritte weiterging, in den Durchgang zum Surrey Court blicken, und vielleicht war es möglich, durch diesen Durchgang mit der Taschenlampe, die er bei sich trug, ein Signal zu geben, das der Konstabler in der Pförtnerloge, wenn er wachsam war, vielleicht sähe. Doch beide Möglichkeiten würden jemanden warnen, der, wenn er ahnungslos blieb, ihm direkt in die Falle laufen mußte. Appleby stellte sich an die Wand und wartete. Er war bereit, ohne auch nur einen Moment in seiner Achtsamkeit nachzulassen, bis zum Sonnenaufgang zu warten.

Er stand mit dem Rücken zur *Hall;* die Hand hatte er an dem kalten Eisen des offenen Torflügels. Er fuhr daran auf und ab und kam an das Schloß. Sein Körper erstarrte. Im Schloß steckte der Schlüssel - der zehnte, der rätselhafte Schlüssel!

Er machte sich daran, das Tor gründlich zu erforschen - so gründlich jedenfalls, wie die Dunkelheit es erlaubte. Der offenstehende Flügel war so aufgehängt, daß er von selbst zufiel, und das Schloß schnappte dann ein. In der Wand befand sich allerdings ein Haken, in den der Torflügel bei Tag eingehängt werden konnte, und das war jetzt der Fall. Appleby holte eine Pinzette aus der Tasche. Er zog den Schlüssel ab, ohne ihn mit den Fingern zu berühren, und verstaute ihn in seiner Brieftasche. Dann ging er hinüber in Richtung Bishop's Court und ließ das Tor hinter sich zufallen. Ein leichtes Quietschen fiel ihm auf, als es sich schloß. Sämtliche Schlüssel befanden sich nun im Besitz der Polizei.

Und jetzt begann Appleby zu laufen. Lautlos über den Rasen, dann hastig durch den Torbogen und zur Pförtnerloge. Es war eine Frage von Sekunden, den diensthabenden Polizisten herbeizuwinken, und binnen einer Minute nach Applebys Aufbruch waren beide Männer wieder am Tor. Appleby flüstert: »Es könnte jemand hier durchkommen - in die eine oder die andere Richtung. Schnappen Sie ihn sich. Und warten Sie dann, bis ich wieder da bin.« Dann verschwand er zum zweitenmal in der Dunkelheit des Obstgartens.

Zuerst steuerte er das östliche Tor an, dasjenige zwischen Bibliothek und Kapelle. Er glitt über das Gras zu ihm hinüber: Es war fest verschlossen. Und nun schlug er den kaum erkennbaren Pfad ein, der in Richtung Schools Street führte und an dessen Ende er das Törchen finden würde, das St. Anthony's mit der Außenwelt verband. Binnen kurzem war er vom Pfad abgekommen und irrte zwischen den Apfelbäumen umher. Doch trotzdem zog er es vor, seine Taschenlampe nicht zu verwenden, und nachdem er ein paar Minuten lang umhergewandert war, stieß er an die Mauer, die den östlichen Abschluß des Obstgartens bildete. Der Rasen reichte bis an sie heran, so daß er sich lautlos vorantasten konnte. Bald kam er an das Tor. Auch dieses war verschlossen.

Er wandte sich nun wieder um und kehrte durch den Obstgarten zurück. Er versuchte, sich an den Verlauf der Pfade zu erinnern, wie er sie auf Dodds Skizze gesehen hatte, doch es gelang ihm nicht, und er mußte aufs Geratewohl gehen. Zwei Pfade gingen kurz hintereinander nach rechts ab; er hielt sich links, bis er an eine kleine Kreuzung kam. Er erriet, wo er nun war: Rechts lag das Gartenhaus; links das Westtor, wo er den Konstabler postiert hatte; geradeaus lag die Rektorenwohnung mit der Terrassentür des Arbeitszimmers. Appleby nahm den Weg geradeaus. Und schon bald merkte er, daß etwas nicht stimmte.

Die beiden Türflügel waren, wie er wußte, mit Riegeln am oberen und am unteren Ende und einem Schloß in der Mitte verschlossen worden. Doch nun stand die Tür genau wie das Westtor offen. Im Inneren herrschte Dunkelheit. Wiederum horchte Appleby zunächst und glitt dann lautlos hinein. Die Vorhänge waren nur zum Teil zurückgezogen; so leise wie möglich zog er sie hinter sich zu und schaltete seine Taschenlampe an.

Die Leiche war am Abend abgeholt worden. Doch die Knochen hatte man zurückgelassen, und sie lagen jetzt noch dort, wie auch die grob skizzierten Totenköpfe an der Wand noch da waren. Er ging hinüber zur Tür; sie war verschlossen, und er zweifelte nicht daran, daß das Siegel, das Dodd auf der anderen Seite angebracht hatte, noch intakt war. Die Terrassentür war schlicht und einfach aufgebrochen worden, und jemand war in das Zimmer eingedrungen. Appleby schaltete nun das Licht ein und ging zum anderen Ende des Zimmers. Er hatte eine Vorahnung, was er dort finden würde. In der Nische mit den *Deipnosophisten* war die Regalattrappe vorgeklappt. Der Geheimsafe stand offen. Papiere lagen kreuz und quer darin. Jemand hatte, daran konnte kein Zweifel bestehen, etwas herausgenommen.

Ein Beobachter, der Appleby in diesem Augenblick gesehen hätte, hätte festgestellt, daß er bleich geworden war. Er hatte eine Dummheit gemacht - eine entscheidende Dummheit vielleicht. Er hätte bei Dodd darauf bestehen müssen, daß mehr Wachen eingeteilt würden als ein einzelner Konstabler in der Pförtnerloge. Er hätte einen Schlossertrupp aus London kommen lassen müssen, der die ganze Nacht an dem Safe gearbeitet hätte ...

Er sah sich näher im Zimmer um. Soweit er sehen konnte, war nichts angerührt worden. Auf dem Schreibtisch lag alles an seinem Platz. Und der Stahlschrank war nicht gewaltsam geöffnet worden. Wer immer der Einbrecher gewesen war, er hatte gewußt, was er wollte, gewußt, wo er es finden und wie er sich Zugang dazu verschaffen konnte. Der Safe, von dem alle anderen Collegebewohner allem Anschein nach nicht einmal etwas geahnt hatten, war für diesen Eindringling kein Geheimnis gewesen, ja, er hatte sogar die Kombination gekannt, die ihn öffnete. Wer war dieser Eindringling gewesen? Appleby erwog die Möglichkeiten. Einer der vier Männer, die nebenan im Gartenhaus wohnten, hätte ohne weiteres einbrechen können. Er schlüpfte wieder zwischen den Vorhängen durch und untersuchte das Fenster. Die Spuren waren eindeutig. Der Einbrecher hatte mit einem Diamanten drei Kreise gezogen und auf jeden dieser Kreise ein Stück Sackleinen gelegt, das mit einer klebrigen Substanz getränkt war; durch dieses dämpfende Material hatte er dann die Löcher eingeschlagen, durch die er an Riegel und Schlösser gelangen konnte. Es war ein Trick, den man eher in Romanen fand als in der gängigen Einbrecherpraxis, und es war überraschend, daß er so gut funktioniert hatte. Es wäre zu erwarten gewesen, daß die ganze Scheibe mit einem lautstarken Klirren zu Bruch gegangen wäre. Doch hier hatten sich die Brüche fast ganz an die vom Diamanten beschriebene Linie gehalten, und das Klirren war nicht laut genug gewesen, um bis zu den Kammern der Dienstboten des verstorbenen Rektors oder bis zum Gartenhaus zu dringen.

Es konnte einer der Bewohner des Gartenhauses gewesen sein - aber was hatte dann das offenstehende Westtor zu bedeuten? Der Schlüssel hatte auf der Obstgartenseite im Schloß gesteckt. Wenn der Einbruch und das offenstehende Tor miteinander zu tun hatten und wenn einer jener vier Männer - Empson, Haveland, Pownall, Titlow - ihn verübt hatte, dann war der Täter durch das Tor in einen der anderen Höfe gegangen - *und war noch immer dort.* Oder jemand, der nicht in St. Anthony's wohnte, hatte das College mit Hilfe des zehnten Schlüssels durch die Außenpforte betreten, hatte den Einbruch verübt und war dann ebenfalls in den Hauptteil des Colleges weitergegangen.

Doch das waren vielleicht absichtlich gelegte falsche Spuren. Warum hatte jemand den Schlüssel im Schloß gelassen? Um ihn in die Irre zu leiten? Wenn nun der Einbrecher nicht vom Obstgarten gekommen war, sondern vom Bishop's Court her? Der Täter hätte dann vielleicht den Schlüssel auf der anderen Seite ins Schloß gesteckt, um das Gegenteil zu suggerieren. Doch war das logisch, wenn man es einmal zu Ende dachte? Der Schluß, den man dann hätte ziehen müssen, war, daß jemand vom Obstgarten (oder vielleicht von der Schools Street) in die beiden Innenhöfe des Colleges gegangen war und dann, da sich diese hypothetische Person dort offenbar nicht finden ließ, zurückgekehrt war, wobei er das Tor offen und den Schlüssel steckenließ. Dieser Gedanke war zu abwegig, um ihn ernsthaft weiterzuverfolgen. Es stand so gut wie fest, daß jemand vom Obstgarten in den Bishop's Court gegangen war; und ebenso sicher war, daß diese Person noch dort sein mußte. Denn wenn, wie das Quietschen nahelegte, der Täter das Tor offengelassen hatte, um jedes Geräusch zu vermeiden, bis er zurückkehrte und das Tor dann wieder schloß, dann war es denkbar, daß er den Schlüssel in dem Augenblick, in dem ihm der Gedanke dazu kam, steckengelassen hatte. Doch wäre diese Person in den Obstgarten zurückgekehrt, so hätte sie gewiß instinktiv ihre Spuren verwischen wollen: Der Täter wäre mit größter Wahrscheinlichkeit das kleine Risiko eingegangen, das Tor wieder zu schließen, und hätte gewiß den Schlüssel wieder eingesteckt.

Wenn es sich tatsächlich so verhielt, wenn der Einbrecher in diesem Augenblick irgendwo im Hauptgebäude steckte und noch durch eines der Tore entfliehen mußte, dann war er praktisch in Applebys Hand. Das Tor offenstehen zu lassen, obwohl es denkbar war, daß Polizisten die Runde machten, war ein schwerwiegender

Irrtum gewesen. Den Schlüssel im Schloß zu lassen war gar noch achtloser: Beides legte eine Art von Verstand nahe, die nicht zu dem paßte, was Appleby bisher von Umplebys Mörder erwartet hatte. Wenn dies der Mann war, der St. Anthony's in Atem hielt, dann konnte der Fall schon in einer halben Stunde der Vergangenheit angehören. Es war ein Gedanke, der ihn beinahe enttäuschte.

Appleby schlüpfte wieder hinaus in die Dunkelheit und schlug den Rückweg zum Westtor ein - und plötzlich sah er vor sich das schwache Schimmern eines Revolverlaufs. Man durfte nicht damit rechnen, daß der stämmige Schutzmann allzu vertraut mit dieser Waffe war, und Appleby war erleichtert, als dieser ihn identifiziert hatte. Immerhin war es ein umsichtiger Mann; man konnte ihn getrost noch eine Weile allein Wache stehen lassen. Appleby flüsterte einige Anweisungen. Er selbst wollte zurückgehen, um sich beim Gartenhaus umzusehen. Der Konstabler sollte auf seinem Posten bleiben und jeden festhalten, der vorbeikam. Solange sie im verborgenen arbeiteten, hatten sie eine Chance, den Einbrecher mitsamt seiner Beute zu fassen zu bekommen. Hätten sie Großalarm gegeben und alles durchsucht, hätten sie zwar vielleicht jemanden aufgegriffen, der Mühe hätte zu erklären, was er dort tat, aber dieser Jemand hätte wohl kaum noch etwas Belastendes bei sich. Wenn er sich hingegen im Gartenhaus umsah, würde er vielleicht feststellen, daß einer seiner vier Bewohner fehlte; und das für sich genommen wäre schon ein Beweis, für den Fall, daß die erhoffte Verhaftung am Westtor ausblieb.

Appleby wollte eben kehrtmachen und in den Obstgarten zurückkehren, als ihm zu Bewußtsein kam, wie kalt ihm bei seinem ausgedehnten nächtlichen Spaziergang geworden war. Und nach der Durchsuchung des Gartenhauses stand ihm vielleicht eine lange Wache zusammen mit seinem Kollegen bevor. Gleich auf der anderen Seite des Rasens, unten am Aufgang zur Dekanswohnung, hing sein Mantel, und da sein Weg dorthin nicht durch den fahlen Lichtschein des Durchgangs zum Surrey Court führte, beschloß er hinüberzugehen, weil kein nennenswertes Risiko bestand, daß der Einbrecher gewarnt würde.

Er erklärte dem Konstabler, was er vorhatte, machte sich auf den Weg und war sogleich um die Ecke der *Hall* verschwunden, die Lage des Aufgangs genau vor seinem inneren Auge. Er kam unmittelbar vor dem Eingang wieder auf den Kiesweg und schlüpfte hinein. Er tastete sich bis zu der Stelle vor, wo, wie er wußte, sein Mantel hing. Er hatte schon die Hand danach ausgestreckt, als er im Dunkeln hinter sich eine Bewegung spürte. Aber noch bevor er sich umdrehen konnte, traf ihn die Wucht des Schlages. Er stürzte zu Boden.

Kapitel 6

I

Nach einer knappen halben Stunde kam Appleby wieder zu sich. In seinem Kopf hämmerte es, und ihm war übel. Kaum waren ihm diese Dinge zu Bewußtsein gekommen, da wußte er auch schon, daß sein Verstand trotz allem klar funktionierte. Beinahe sein erster Gedanke war, daß der Schlag so dosiert gewesen war, daß er ihn nicht hatte umbringen sollen. Er war lediglich, und sogar mit einer gewissen Rücksicht, außer Gefecht gesetzt worden. Er brauchte nicht lange zu überlegen, warum. Seine Taschen waren, wie er bemerkte, als er sich abtastete, durchwühlt worden, und der Schlüssel zum Obstgarten war fort. Doch nicht derjenige, den er im Schloß gefunden hatte: Der steckte noch immer sicher in seiner Brieftasche – mit allen verräterischen Fingerabdrücken, die er vielleicht haben mochte. Sein Angreifer hatte sich damit zufriedengegeben, überhaupt *einen Schlüssel* zu bekommen: An mehr hatte er dabei nicht gedacht. Und zum zweitenmal in dieser Nacht hatte Appleby den Eindruck, daß dabei ein doch nicht so perfekter und tüchtiger Verstand am Werke war.

Der Unbekannte hatte sich damit zufriedengegeben, einen Schlüssel zu bekommen – man brauchte nicht lange zu überlegen, mit welcher Absicht. Das westliche Tor war bewacht, das östliche jedoch nicht: Solange sich sämtliche Schlüssel im Besitz der Polizei befanden, hatte dazu keine Notwendigkeit bestanden, denn wer immer sich in den Höfen versteckt hielt, konnte nur durch das Westtor hinaus, wo der Konstabler stand. Doch nun war der Mann, der Appleby niedergeschlagen hatte, so gut wie frei. Er brauchte nur die Ostseite des Bishop's Court hinunterzulaufen, durch die Passage zwischen Bibliothek und Kapelle – wo der Konstabler auf der anderen Seite des Hofes weder etwas hören noch sehen würde –, und konnte so durch das zweite Tor in den Obstgarten gelangen. Wenn es sich um Empson, Pownall, Haveland oder

Titlow gehandelt hatte, brauchte er dann nur noch zu Bett zu gehen; wenn er von draußen kam, konnte er durch die kleine Pforte das Gelände verlassen und verschwinden.

Appleby rappelte sich mühsam auf. Nun, da er sich regte, rann das Blut aus seiner Kopfwunde. Als er sich vorbeugte, lief es die Stirn hinunter und tropfte ihm plötzlich in die Augen. Ihm wurde übel davon. Ungeduldig improvisierte er einen Verband mit seinem Taschentuch und wickelte sich, weil er vor Kälte zitterte, in den Mantel, der ihm zum Verhängnis geworden war. Denn ein Verhängnis war es. Zweimal hatte er sich in dieser Nacht übertölpeln lassen: zum erstenmal, indem er den Einbruch in das Arbeitszimmer des Rektors nicht vereitelt hatte, und dann zum zweitenmal in diesem näheren, irgendwie persönlicheren Duell. Zum zweitenmal mußte er sich mit Vorwürfen quälen, die nun nichts mehr nützten. Wenn er doch nur zum Gartenhaus gegangen wäre, bevor er an sein leibliches Wohl in Gestalt seines Mantels gedacht hätte! Um wieviel klüger wäre er dann jetzt vielleicht! Er hätte möglicherweise etwas erfahren, wozu er kein zweites Mal die Chance bekäme.

Aber wenigstens konnte er sich jetzt noch im Gartenhaus umsehen. Er nahm sich zusammen, um gegen den Schwindel und die Übelkeit anzukämpfen, die ihn befallen hatten, und ging hinaus auf den Hof. In dem kleinen gefliesten Vorraum war es kalt gewesen, doch draußen wurde es noch kälter. Die Kälte, sosehr sie ihn auch erstarren ließ, erfrischte ihn doch auch, und er überquerte den Rasen mit einigermaßen sicheren Schritten.

Der Konstabler hatte genau das Richtige getan: Solange Appleby nicht zurückkehrte, war er auf seinem Posten geblieben. Doch als die Zeit verging, war er immer ratloser geworden und fragte nun kleinlaut, ob er sich falsch verhalten habe. Appleby beruhigte ihn und wies ihm einen bequemeren Posten im Arbeitszimmer des Rektors an. Das Tor noch weiter zu bewachen hatte keinen Sinn mehr: Der Vogel war ausgeflogen ... Appleby begab sich von neuem in den Obstgarten. Unterwegs warf er einen Blick auf das Leuchtzifferblatt seiner Uhr: Es war Viertel vor vier – und die Dunkelheit undurchdringlich.

Er hatte wenig Hoffnung, daß dieser abschließende Erkundungsgang irgend etwas erbringen würde. Doch er wollte es lieber versuchen, statt sich zum Nachdenken auf sein Zimmer zurückzuziehen, denn dazu war sein Kopf viel zu erschöpft. Und er wußte, wenn er zurückginge, dann würde er versuchen nachzudenken:

Es war für ihn unmöglich, unmittelbar nachdem er eine solche Niederlage erlitten hatte, einzuschlafen. So umrundete er denn die Ecke der Rektorenwohnung, und gleich darauf tauchte vor ihm die dunkle Masse des Gartenhauses auf. Nun würde er seinerseits ein wenig einbrechen. Eine gewisse Chance bestand ja, daß, wenn einer der vier Bewohner des Hauses ihn niedergestreckt hatte, die Andeutung einer Spur davon zurückgeblieben war. Und wenn einer seiner Gastgeber von St. Anthony's ihn dabei ertappen sollte, wie er um vier Uhr morgens die Zimmer durchstöberte, so war das vielleicht gar nicht so schlecht. Das bloße Gefühl, daß die Polizei unerbittlich Spuren verfolgt, wirkt bei den Ermittlungen oft Wunder. Im Gartenhaus war kein Licht zu sehen, als Appleby den gefliesten Vorraum betrat. Das Gartenhaus war ein Gebäude neueren Datums, doch es war nach dem althergebrachten Bauplan errichtet. Als er eintrat, fand Appleby rechs und links die schweren Außentüren zweier Wohnungen - Pownalls, wie er wußte, zur Linken, Havelands zur Rechten. Beide Türen waren angelehnt, und Appleby leuchtete mit der Taschenlampe in die beiden Flure, die dahinterlagen. Vom Flur führte jeweils nur eine einzelne Tür ab. Diese öffnete sich in das Wohnzimmer, und von dort führte eine weitere Tür als einziger Zugang zum Schlafzimmer. Vom Eingang geradeaus und dann nach rechts hinauf ging die Treppe in das Dunkel eines ähnlichen Flures auf der oberen Etage, auf der die Wohnungen von Titlow und Empson lagen. Ebenfalls geradeaus und dann nach links hinunter führte der Weg zweifellos zu einigen kleinen Wirtschaftsräumen im Keller. Hier gab es wenig zu erforschen, doch Appleby untersuchte gründlich zunächst die Steinfliesen des Fußbodens im Vorraum und dann die hölzernen Dielen, die hineinführten. Draußen war der Boden ein wenig feucht, und es war denkbar, daß vielleicht ein Fußabdruck ihn auf die Spur desjenigen brachte, der da am frühen Morgen unterwegs gewesen war.

Doch so sorgfältig er sich auch umsah: Seine Suche blieb erfolglos, und Appleby wandte sich der Treppe zu. Vorsichtig stieg er die blanken hölzernen Stufen hinauf und suchte eine nach der anderen ab. Auf halbem Wege gab es einen kleinen Absatz mit einem Kohlenkasten, dann ging es in die entgegengesetzte Richtung weiter hinauf - und immer noch nichts. Der Gedanke kam ihm, daß das für sich genommen vielleicht schon ein Beweis sei, denn unten im Vorraum und auf den ersten Treppenstufen hatten seine eigenen Füße deutliche Spuren hinterlassen. Wäre binnen der letzten beiden

Stunden jemand von draußen hereingekommen, so hätte man damit rechnen können, daß Spuren zurückblieben. Doch Gewißheit konnte es in diesem Punkt nicht geben. Appleby war große Teile seines Weges auf dem Rasen gegangen; wenn der Täter sich an den Kiesweg gehalten hatte, waren seine Schuhe vielleicht weitgehend trocken geblieben. Es war auch nicht undenkbar, daß ein vorsichtiger Mann an der Schwelle die Schuhe ausgezogen hätte.

Als nächstes beschloß Appleby, sich zu vergewissern, daß alle vier Bewohner des Gartenhauses tatsächlich anwesend waren. Lautlos öffnete er die Tür zu Empsons Wohnung und schlüpfte hinein. In dem flüchtigen Licht seiner Taschenlampe erblickte er einen großen Raum voller Bücher, mit prachtvollen Teppichen auf gebohnertem Boden, dicken Ledersesseln und bei der Tür, wo Appleby stand, einer Bronzebüste auf einer Säule. Mit einer angeborenen Neugier für alles Künstlerische richtete er den Strahl der Lampe einen Moment lang ganz darauf. Es war, kein Zweifel, der Kopf eines Gelehrten - und dann las er die Tafel an der Säule: *Charcot*. Empsons Lehrmeister vielleicht - und derjenige Freuds.

Als nächstes, und auch das war typisch, ließ er den Strahl über die Bücherrücken wandern. Es war eine strenge Bibliothek, fast ohne alle Zerstreuungen, Steckenpferde, unerwartete Bände. Philosophie der Antike, dichtgedrängt. Moderne Philosophie, beinahe ebenso reichlich. Die *Internationale Bibliothek der Psychologie, Philosophie und Wissenschaftslehre* - einheitlich gebunden, komplett, überwältigend. Akademische Psychologie - eine erstklassige Sammlung offenbar. Medizinische Psychologie - auch davon reihenweise. Allgemeinmedizin - etwa der Kernbestand der Bibliothek eines forensischen Mediziners. Psychologie der Kriminalität. Kriminologie im eigentlichen Sinne . . . Soweit die Sammlung. Nun ins Schlafzimmer.

Er setzte vorsichtig seine Schritte von einem Teppich zum anderen wie ein Kind auf dem Pflaster beim Kästchenhüpfen, kam an die innere Tür. Er hielt den Atem an und vernahm ein leises, regelmäßiges Atmen von drinnen. Er drehte den Knauf und zog die Tür einige Fußbreit auf, bis er das Bett sehen konnte. Dann richtete er seine Taschenlampe auf die Decke des hinter ihm liegenden Wohnzimmers: das Licht reichte gerade aus, daß er Empson gut sehen konnte. Er schlief fest, und im Schlaf sah er verbraucht und zerbrechlich aus. Die Falten um seinen Mund wirkten, als leide er Schmerzen; die Haut war pergamenten und straff über

Wangen- und Kieferknochen gespannt. Appleby fiel wieder ein, daß Empson mit einem leichten Stocken - Stottern konnte man es kaum nennen - sprach; und ihm fiel ein, daß er hinkte, daß er sich beim Gehen auf einen Stock stützte, der auch jetzt an seinem Bett stand. Die beiden Behinderungen waren vielleicht Anzeichen eines allgemein geschwächten Zustandes, und das ironische, ein wenig bissige Betragen des Mannes war der Schutzpanzer einer leidenden, vielleicht pathologischen Sensibilität. Appleby mußte an die Bücher im Zimmer hinter ihm denken. Die Triebfeder einer Psyche, wie Empson sie hatte, würde dort als ein rastloser Drang zur Macht in einem Menschen beschrieben, der sich in bestimmten körperlichen Eigenschaften den anderen unterlegen fühlt. Er schloß vorsichtig die Tür und ließ die verbrauchte, beinahe bittere Gestalt zurück. Ein gänzlich unprofessionelles Gefühl von Scham, daß er hier so eingedrungen war, stellte sich ein: Ein schlafender Mensch wirkt so hilflos, so hilflos und bloßgestellt ... Appleby trat hinaus auf den Flur und nahm sich dann Titlows Wohnung vor.

Diesmal hielt er sich nicht damit auf, das Wohnzimmer abzusuchen, denn er wollte sehen, daß er unverzüglich wieder nach unten kam. Auf Zehenspitzen ging er zur Schlafzimmertür und beugte sich hinunter, um zu horchen. Kein Laut war zu vernehmen. Und Appleby hatte ein beinahe abnorm scharfes Gehör. Entweder hatte Titlow einen außerordentlich leichten Schlaf, oder ... Beherzt öffnete Appleby die Tür. Das Zimmer war leer. Das Bettzeug war in Unordnung, und Titlows Abendanzug lag auf einem Stuhl - Titlow selbst jedoch war nicht da.

Die Fenster der Zimmerfluchten gingen nach Osten, doch es war noch nicht einmal die Spur einer Morgendämmerung zu sehen. Appleby ließ seine Taschenlampe brennen, während er nachdenklich die Treppe hinabstieg. Er würde auf Titlow warten, und währenddessen würde er noch einen Blick auf die beiden Männer werfen, die unten wohnten. Seine Gewissensbisse waren verflogen. Wenn der Schlaf ihm etwas enthüllen konnte, dann wollte er mehr davon sehen. Unten angekommen, wandte er sich nach rechts und hatte schon die Hand an Pownalls Tür, als er innehielt. Im Türspalt sah er einen Lichtschein. Jemand im Zimmer hatte das elektrische Licht eingeschaltet.

Applebys erster Gedanke war, daß es Titlow sein könnte: In der Zeit, in der er bei Empson war, war Titlow vielleicht aus Gründen, die nur er kannte, zu Pownall hinuntergeschlüpft. Man hörte keinerlei Stimmen, aber etwas regte sich im Zimmer. Lag Pownall noch im Bett, schlief und wußte gar nicht, daß jemand in seiner Wohnung war - so wie es Empson wenige Minuten zuvor gegangen war? Appleby versuchte es ohne große Begeisterung mit dem Schlüsselloch. Keine Öffnung bereitet dem potentiellen Spion mehr Verdruß als ein Schlüsselloch. Er kann einen Streifen Fußboden sehen, einen Streifen Wand, sogr einen Streifen Decke. Doch der Blickwinkel in der Lateralen ist jämmerlich. Außerdem ist der Winkel um so enger, je dicker die Tür ist, und Collegetüren sind in der Regel solide, kräftige Barrieren. Das einzige, was Appleby durch Pownalls Schlüsselloch wahrnehmen konnte, war, daß sich etwas im Zimmer bewegte - sonst nichts. Offenbar mußte er entweder eintreten oder in Unwissenheit bleiben. Doch dann kam ihm die Idee, daß die Fenster vielleicht mehr Möglichkeiten boten. Er glitt hinaus in den Obstgarten, und seine Mühe wurde belohnt. Die Vorhänge in Pownalls Zimmer waren zwar vorgezogen, aber durch eine Ritze drang ein Lichtschein, und von einem Blumenbeet aus konnte er, wenn er sich auf die Zehenspitzen stellte, gerade eben hineinsehen.

Etwas Großes und Schwarzes kroch über den Boden, und es dauerte einen Augenblick, bis Appleby diese Erscheinung vom Rest des Zimmers unterscheiden und sehen konnte, was es war. Die Analyse ergab, daß es sich um ein menschliches Hinterteil handelte, einen gekrümmten menschlichen Rücken und die Sohlen zweier menschlicher Füße. Mit anderen Worten, eine Gestalt im Abendanzug kniete auf dem Boden und kroch langsam über den Teppich. Es konnte nicht Titlow sein, es sei denn, er hätte aus unerfindlichen Gründen den einen Abendanzug aus- und einen anderen angezogen. Doch in diesem Augenblick machte die Gestalt kehrt und richtete sich auf. Es war Pownall selbst.

So wenig er von seinem Blickpunkt auch sehen konnte, fiel Appleby doch der Ausdruck von Konzentration auf dem Gesicht des Mannes auf. Pownall war ein linkischer Mann und hatte die blauesten und zugleich teilnahmslosesten Augen, die der Detektiv jemals gesehen hatte. Diese Augen waren nun kalt - selbst durch die winzige Vorhangritze spürte er ihre Kälte -, und die Stirn darüber war gefurcht vor Anstrengung. Es bestand wohl keine Gefahr, daß er das fahle Gesicht am Fenster bemerken würde. Er starrte unverwandt zu Boden; ohne die Augen abzuwenden, trat er einen Moment lang zur Seite und verschwand aus dem Blickfeld, dann kehrte er mit einem kleinen Gegenstand in der Hand zurück und sank damit wieder zu Boden. Zoll um Zoll suchte er seinen eigenen Teppich ab.

Appleby war ebenso vertieft wie Pownall - so vertieft, daß er heftig zusammenfuhr, als plötzlich eine leise, freundliche Stimme hinter ihm erklang. »Ah, mein lieber Herr Inspektor, Sie sind früh auf den Beinen - oder noch so spät!«

Appleby schaltete seine Taschenlampe ein und schnellte herum. Es war Titlow. Titlow im Schlafanzug und einem zerschlissenen, doch prächtigen Morgenmantel, und er betrachtete ihn über jene ausdruckslose Nase hinweg mit seinen klaren und doch unergründlichen Augen. In der Stimme, in dem »Herr Inspektor« hatten Erheiterung und Ironie mitgeschwungen. Doch plötzlich klang Besorgnis durch, als der *Senior Fellow* weitersprach: »Aber um Himmels willen, mein Lieber, Sie sind ja verletzt. Ist Ihnen etwas zugestoßen?«

Appleby, bleich, erschöpft, mit einer blutigen Bandage um den Kopf und geronnenem Blut im Gesicht, bot in dem Lichtstrahl, der aus dem Fenster drang, einen traurigen Anblick. Lakonisch gestand er ein, daß ihm ein unerwartetes Mißgeschick widerfahren sei.

»Wenn Ihre augenblicklichen Beobachtungen abgeschlossen sind«, fuhr Titlow besorgt fort, »wollen Sie dann nicht mit hinauf auf mein Zimmer kommen? Ich habe mir eben eine Kanne Kaffe aus der Küche im Keller geholt - ich leide bisweilen an Schlaflosigkeit. Aber Sie brauchen, wenn ich mir erlauben darf, das zu sagen, etwas Stärkeres. Und danach wäre es, glaube ich, das Beste, Sie gingen zu Bett. Kommen Sie mit.«

Hinter dieser gelassenen Freundlichkeit spürte Appleby wieder jene nervöse Erregung, jene reizbare und impulsive Art, die ihm schon vorher bei Titlow aufgefallen war. Und auch wenn Titlow vielleicht nicht angespannter war als zum Beispiel Empson oder Haveland, war er doch unergründlicher als die anderen: Unter jeder Schicht kam eine neue zum Vorschein, und die einzelnen Schichten mochten vielleicht nicht allzu fest zu einer eindeutigen Persönlichkeit verbunden sein. Doch im Augenblick lächelte er freundlich, offenbar einfach nur amüsiert, daß er einen Detektiv in einer lächerlichen Situation ertappt hatte. Und Appleby war ein wenig unbehaglich zumute. Er empfand eine absurde Erleichterung darüber, daß Titlow ihn nicht am Schlüsselloch erwischt hatte. Irgendwie lagen auf der Rangleiter der Schmach mehrere Stufen zwischen einem Blick durchs Schlüsselloch und einem Blick in ein Fenster.

»Mit Vergnügen«, sagte er, »aber wenn Sie mich bitte noch einen Augenblick entschuldigen wollen.« Mit diesen Worten begab er sich noch einmal in den Flur des Gartenhauses, betrat schnurstracks Havelands Wohnung, ging unverzüglich zu seinem Schlafzimmer, fand ihn in eindeutig tiefem Schlaf und kam, ohne sich weiter umzusehen, wieder heraus. Nachdem so der Form Genüge getan war, folgte er dem nun offen grinsenden Titlow nach oben.

II

Titlows Whisky war ausgezeichnet. Jedenfalls schmeckte er Appleby, der zu dieser melancholischen Stunde, halb fünf an einem Novembermorgen, auch das übelste Gebräu mit Freuden angenommen hätte. Vor einem großen elektrischen Heizkörper ausgestreckt, schlürfte er Whisky, knabberte Kekse aus einer großen Dose mit der trügerischen Aufschrift »Div. Tontafeln: Lagasch und Uruk« und blickte sich mit Interesse um. Einen ersten Eindruck von dem Zimmer hatte er sich ja, was Titlow nicht wußte, bereits verschafft; nun musterte er es eingehend. Ein Wohnzimmer ist immer aufschlußreich, und ganz besonders, wenn es voller Bücher ist. Wie bei Deighton-Clerk und anders als bei Umpleby und Empson standen bei Titlow die Bücher nur hüfthoch, doch überall auf den tiefen Brettern in Zweierreihen hintereinander - eine Lösung, deren Unhandlichkeit offenbar noch dadurch verstärkt wurde, daß die Verteilung auf den Regalbrettern vollkommen willkürlich war. Kreuz und quer auf den Oberseiten der niedrigen Regale standen antike Töpferwaren in großer Zahl - raffinierte, freie, fließende Formen; kantige, abstrakte, strenge Formen; funkelnde Glasuren, hauchfein craqueliert; Texturen, die schon beim Ansehen der Hand des Betrachters schmeichelten. Oberhalb der Töpfe wurde die eine Wand von einem gewaltigen Lageplan einer großangelegten Ausgrabung eingenommen, wobei die jährlichen Fortschritte mit bunter Kreide markiert waren. Offenbar eher zum Studium als zur Zierde hing daneben eine Reihe großformatiger, technisch hervorragender Luftaufnahmen desselben Geländes. Einige Stellen und Linien waren dezent mit Zinkweiß markiert. An der nächsten Wand folgte eine perfekte Bildergalerie im Miniaturformat, Fotografien und Farbdrucke, die ein breites Spektrum der Kunst abdeckten – genauer gesagt jenen Bereich der prähistorischen, barbarischen und prähellenischen Kultur, der den meisten nach wie vor als Archäologie gilt, während manche ihn als Kunst verstehen. Alle Erscheinungsformen des Lebens, und allen voran die menschliche Gestalt, stilisiert und verzerrt, um den Eindruck von Dauerhaftigkeit, Strenge, Abstraktion zu erzielen: die Kunst von Völkern, die das Leben fürchteten. Und gleich daneben, in scharfsinnigem Kontrast, eine Kunst, die es verachtete: die Kunst des Mittelalters – eine kenntnisreiche Sammlung, in deren Mittelpunkt ein großformatiger deutscher Totentanz stand. Und als Einzelstück prunkte auf der gegenüberliegenden Wand in brutaler Disharmonie all die körperliche Glut und Wärme der Renaissance, wie sie in einem Farbdruck von Giorgiones *Schlafender Venus* pulsierte.

Letzten Endes, dachte Appleby, inszeniert Titlow in diesem Zimmer eine innere Zerrissenheit. Und zusätzlich zu den großen Disharmonien, die er so absichtsvoll zur Schau stellte, gab es noch ein gerüttelt Maß an Zierstücken von schierer Kuriosität. Es gab einen ausgestopften Hund, der ihn merkwürdigerweise an Königin Viktoria erinnerte, die sich wohl kaum hier zu Hause gefühlt hätte; es gab eine kleine Kanone; es gab einen ausgehöhlten porösen Stein, der als Stuhl diente. Doch hauptsächlich beschäftigten Appleby der Totentanz und die schlafende Venus. Er schlürfte seinen Whisky und murmelte dann zu Titlow mit einem Anflug jenes schrulligen Tons, den dieser selbst inzwischen angenommen hatte: »*Was ist's, das Wahrheit heißt im Schatten dieser Höh'n, und wird doch ringsum nur als Trug geseh'n?*«

Es herrschte Schweigen, während Titlow nachdenklich den Polizisten betrachtete, der Montaigne zitieren konnte. Dann lächelte er, und sein Lächeln war sehr charmant. »Ich habe meine Seele an die Wände gehängt, meinen Sie?« fragte er. »Seine inneren Konflikte projizieren, in einfacher bildlicher Form an die Wände bringen – das bedeutet Abstand nehmen und über sich selbst nachdenken. Verstehen Sie?«

»Der Antrieb des Künstlers«, antwortete Appleby.

Titlow schüttelte den Kopf. »Ich bin kein Künstler. Offenbar nicht. Ich bin Archäologe, und das ist vielleicht nicht gut – für jemanden wie mich. Es ist nicht gut, wenn man etwas nur mit halbem Herzen sein kann. Und manchmal denke ich, mit weit weniger als halbem Herzen bin ich geworden, was ich heute bin. Von

Natur aus bin ich ein phantasiebegabter, vielleicht kreativer Mensch. Aber heutzutage wird man nicht so leicht Künstler. Man läßt es bleiben und wendet sich lieber etwas anderem zu. Und wenn es etwas rein Intellektuelles ist, so daß für die anderen Impulse kein Ausdruck mehr bleibt, dann wird man vielleicht wunderlich. Irrationale Impulse warten im Inneren, lauern auf ihre Gelegenheit. Meinen Sie nicht auch, Mr. Appleby?«

Merkwürdig, diese so abrupt geschleuderte Frage. Merkwürdig der ganze Mann, wie er mit dieser verqueren Zwanghaftigkeit zu einem Fremden sprach - noch dazu einem Polizisten. Applebys Antwort kam beinahe unüberlegt: »Sie meinen, der verhinderte Künstler ist labil?« Doch das genügte, daß Titlow weitersprach.

»Ob Künstler oder Gelehrter, Mr. Appleby, wir hier und heutzutage sind allesamt labil. Das ist der Geist unserer Zeit, der anschwellende Strom, das beginnende Chaos, und das Ende unserer Ära rückt stündlich näher! Vielleicht braucht man gar nicht in Gedanken in den unveränderlichen, beständigen Welten von Ägypten und Babylon zu leben, um das zu begreifen? Doch die Gelehrten, diejenigen, die denken, nachdenken, sie sind es, die der erste Hauch des Sturmes anfährt . . .«

Titlow schritt nun nervös, angespannt im Zimmer auf und ab und sprach. Von den Zyklen der Geschichte . . . dem Aufstieg und Fall der Kulturen . . . dem *Untergang des Abendlandes.* Er redete gut, mit fließender, unverhohlener Rhetorik, zugleich logisch und voller gewagter Ellipsen. Und Appleby hörte in aller Ruhe zu, bis er fertig war. Titlow sprach, wie er sprach, weil Umpleby gestorben war, wie er gestorben war.

»Sie wissen ja, von wo wir hier abstammen, wo unsere Wurzeln liegen, meine ich. Wir sind Schreiber, mittelalterliche Scholaren, die hier ein geistiges Leben führen, das nur für diejenigen die natürliche und gesunde Form der Existenz ist, die im Dienste einer höheren Idee stehen. Aber haben wir denn heute eine solche Idee? Und was wird denn dann aus all dem Denken, Grübeln, Analysieren, Argumentieren? Doch nichts als der Schmerz der unterdrückten, verhinderten Tat. Unentwegt zwängen wir die natürliche, physiologische Energie in die engen Kanäle von Reflexion und Forschung. Glauben Sie nicht, daß das gefährlich ist? Glauben Sie nicht, daß wir eine gefährliche, haltlose Kaste werden könnten, wenn wir unseren Sinn verloren haben und die Maßstäbe verschwinden? Glauben Sie das nicht?«

Titlow hielt inne. Er hockte in absurder Haltung auf seiner absurden kleinen Kanone. Was wollte er mit dieser merkwürdigen Rede bezwecken - einer Rede, die im Grunde ja nichts anderes war als die Gemeinplätze seiner Zeit, die jedoch bei dem Maß an persönlicher Beziehung, in dem der Mann nun dazu stand, etwas geradezu Perverses hatte. Appleby dachte daran, wie Deighton-Clerk gesprochen hatte - gesprochen offenbar, um sich selbst von etwas zu überzeugen. Und Titlow tat doch gewiß auf seine Weise dasselbe? Wiederum hatte er mit einer Frage geendet, ihn aufgefordert, das Gesagte zu bestätigen. Wiederum mußte Appleby überlegen, wie er antworten sollte.

»Kein Zweifel, wie Sie ganz richtig sagen, daß die Gelehrten, diejenigen, die denken, es sind, die das Herannahen des Sturmes spüren. Aber geben sie denn wirklich dem Sturme nach? Sind sie es nicht am Ende, die ihn überstehen? Ihn überstehen, weil sie abseits von der Welt leben. Sind sie es nicht, die bewahren, die weitergeben?«

Was, ging es Appleby durch den Kopf, während er antwortete, Dodd wohl von einer solchen Ermittlungsmethode halten würde? Doch er betrachtete Titlow ebenso eindringlich und aufmerksam, als hätte seine Frage unmittelbar mit der Ermordung des Rektors zu tun gehabt. Und Anspannung, vielleicht sogar eine gewisse Angst oder Besorgnis sprachen aus Titlows Augen, als er antwortete.

»So sollte es sein, Mr. Appleby. Ja, es *ist* sogar so - im Grunde.«

Es folgte eine nachdenkliche Pause. Es war, als ob Titlow sich vortastete, als ob er den Untergrund prüfe, auf den er sich zubewegte, wenn er eine Stellung, auf die er vertrauen konnte, verließe - und das alles ohne den geringsten Aufschluß, wie er denn nun zu Appleby stand. »Ja, so ist es - tatsächlich«, wiederholte er.

»Aber glauben Sie, daß eine Gesellschaft, wie wir sie hier haben, eine Zeit, die nach Ihren Vorstellungen aus den Fugen ist, instabil ist, unberechenbar?«

Titlow machte eine beinahe schmerzvolle Geste. Und als er antwortete, tat er es mit einer Unpersönlichkeit, aus der unmißverständlich das gewohnheitsmäßige Streben des Intellektuellen nach Objektivität sprach, der neutralen Wahrheit. Es war ihm gelungen, die private Anspannung für den Augenblick unter Kontrolle zu bringen.

»Unberechenbar, das stimmt. Aber ich habe die Sache übertrieben oder Übertriebenes angedeutet. Die Labilität reicht nicht tief. Aber man ist nervös. Die einzelnen werden exzentrisch, vielleicht sogar ein wenig verantwortungslos. Ich weiß, unsere moderne Wissenschaft kennt im Grunde den Begriff Verantwortung nicht mehr. Aber Labilität in den Grundfesten, das nicht. Außer vielleicht« - fügte Titlow leise, doch fest hinzu - »bei jemandem wie mir selbst ...« Wiederum machte er jene kleine schmerzerfüllte Handbewegung.

»Aber würden Sie, wenn Sie es einmal nüchtern betrachten, nicht sagen, daß der Geist unserer Zeit und all das verantwortlich dafür sein könnten, daß einer Ihrer Kollegen zum Mörder wurde?«

Wenn in Applebys Frage ein Anflug von Ironie mitschwang, so blieb er unbemerkt. Titlow, der nun vor dem Kamin stand, dachte darüber nach. Und antwortete: »Nein.«

»Sie können sich nicht vorstellen, daß auch nur die geringste Wahrscheinlichhkeit bestünde, daß einer Ihrer Kollegen, solange er bei klarem Verstand ist, zum Mörder werden könnte?«

»Ich würde gewiß nicht auf einen solchen Gedanken kommen, nicht von mir aus.«

»Nur wenn Sie Beweise hätten?« Näher, fand Appleby, konnte er einem wirklichen Verhör nicht kommen, solange er dasaß und Titlows Kekse knabberte und seinen Whisky trank.

Titlows Antwort blieb unerforschlich. »Was sind schon Beweise?«

III

Appleby erhob sich. All das mußte morgen noch einmal zur Sprache kommen, oder besser gesagt später am selben Tag. Einstweilen gebot der Takt, sich aus dieser ein wenig unbequemen Position zurückzuziehen. Doch Titlow hatte noch etwas zu sagen. Seine Ruhelosigkeit, die charakteristische nervöse Erregung, die den Anfang des Gespräches bestimmt und die er später unter großer Mühe niedergezwungen hatte, hatte nun wieder von ihm Besitz ergriffen. Er war im Zimmer auf und ab gegangen. Nun wandte er sich mit einer neuen, ungestümen Geste um, als wolle er zum Abschluß noch etwas Nachdrückliches sagen. Doch zunächst suchte er offenbar Zuflucht bei einem nebensächlichen Thema.

»Wer hätte ahnen können, Mr. Appleby, daß *Sie* zu uns kommen würden? Keiner von uns hätte geglaubt, daß es Menschen wie Sie außerhalb von Gotts Hirngespinsten gibt. Verraten Sie mir, wann waren Sie schon einmal hier?«

Appleby beantwortete die unerwartete Frage widerstrebend, doch wahrheitsgemäß. »Vor acht Jahren.«

»Natürlich. Das mußte ja so sein! Einen guten Verstand, der die richtige Ausbildung erfahren hat, erkennt man natürlich überall auf Anhieb. Da spreche noch einer von unberechenbarem Verhalten! Was ist das gegen die unberechenbaren Wege des Schicksals? Wissen Sie, aus unserem Blickwinkel gesehen sind Sie das Verblüffendste an diesem Fall.«

»Soll das heißen«, antwortete Appleby und dachte dabei an eine scherzhafte Bemerkung Dodds, »Sie haben Gotts zweites Stereotyp erwartet, den Dorfpolizisten?«

»Ich muß schon sagen, wir haben nicht damit gerechnet.« Plötzlich kam Titlow auf etwas ganz anderes zu sprechen. »Haben Sie jemals De Quinceys *Der Mord als schöne Kunst betrachtet* gelesen?«

Das war nicht jene Art von schöngeistiger Plauderei, die den ehrwürdigen Professor Curtis dazu bewogen hatte, den *Entwendeten Brief* zu diskutieren. Titlow wollte ihm damit etwas sagen – ja, er war wieder einmal kurz davor, seinen Sprung zu wagen. Doch zunächst schreckte er nochmals davor zurück.

»Fällt eher in Ihr Gebiet. Aber eigentlich ist es nicht besonders – ein Haufen halbherziger Gelehrsamkeit mit einem Quentchen Humor.« Und dann sagte er, was er auf dem Herzen hatte. »Sie finden eine Anekdote über Kant darin. Die wird Sie schon deshalb interessieren, weil es dabei um die Einstellung von Akademikern zum Mord geht. Und wenn Sie sie auf den Kopf stellen, wird sie Ihnen vielleicht sogar etwas verraten.«

Appleby lächelte. »Ich danke Ihnen. Ich werde es unverzüglich nachschlagen.« Er begab sich zur Tür. Und als Titlow wieder die Stimme erhob, war sie ruhig, gutmütig, wie vorhin, als er Appleby auf sein Zimmer eingeladen hatte.

»Tja, keine Frage, Sie gehören ins Bett. Drei oder vier Stunden Schlaf bekommen Sie sicher noch – und ich vielleicht auch. Hängen Sie einen Zettel an die Tür, dann stört der Diener Sie nicht.«

Ruhig, gutmütig wie vorhin – doch es gab einen Unterschied. Titlow *war* nun ruhig. Es war, als hätte er, indem er mit seiner

Anspielung auf De Quinceys Essay einen Hinweis oder Fingerzeig gegeben hatte, eine Position erreicht oder eine Entscheidung gefällt, bei der er verharren konnte. Er begleitete seinen Gast zur Tür.

»Später werden wir weitersehen«, sagte Titlow. Wieder seine kleine, heftige Handbewegung, diesmal als Abschiedsgruß, dann wandte er sich um und verschwand in seinem Zimmer. Langsam ging Appleby die Treppe hinunter. Im Obstgarten spürte man den ersten Schimmer des Morgenlichts.

Kapitel 7

I

Inspektor Dodd spazierte die Schools Street in wackerer Zufriedenheit entlang. Die Sache mit den Einbrüchen ging gut voran. In der Tasche hatte er ein Bündel Papiere für seinen Londoner Kollegen, das von der Tüchtigkeit seiner Abteilung Zeugnis ablegte. Es war ein kalter, doch angenehmer Morgen mit Sonnenstrahlen, die hier und da auf die Straße drangen, den Turm von St. Baldred's vergoldeten, an den kuriosen Tempelchen der Fassade von Cudworth Nachlaufen spielten, die verstaubten Feinheiten des reichgeschmückten und viel zu großen Portals des Museums erforschten und sich bei einem Abstecher auf die andere Straßenseite zum Ridley College bemühten, die grimmigen Standbilder jakobäischer Kirchenmänner aufzuheitern. Ein Grüppchen *Undergraduates* im Reitdreß zog vorüber; ein einzelner prachtvoller Knabe in den exquisitesten scharlachroten Pantoffeln überquerte eben die Straße offensichtlich in der Absicht, mit einem Freund in ›Joseph's‹ zu frühstücken; bisweilen zog eine Studentin in Hut und Talar eifrig auf dem Fahrrad vorüber, unermüdlich den frühmorgendlichen Instruktionen zustrebend, wie es ihrem Stande geziemt. Ein kleiner Junge saß mit Unschuldsmiene auf der Türschwelle des ›Warden of Dorset‹ und verkaufte dann und wann einem gleichgültigen Kunden eine Zeitung. Niemand wäre auf die Idee gekommen, daß derselbe Junge erst am Abend zuvor in wilder Aufregung mit dem *Evening Standard* in der Hand die Schools Street hinauf- und hinuntergestürmt war und den Tod von Dr. Umpleby verkündet hatte. Der altehrwürdige, bärtige und ehrfurchtgebietende Rektor von St. Timothy's schritt auf seinem Morgenspaziergang schwungvoll die Straße hinunter, wie er es seit vierzig Jahren jeden Morgen tat. Er war offenbar unberührt von dem Ableben seines Kollegen oder dem Gedanken, daß das Verbrechen sich ebensogut in St. Timothy's statt in St. Anthony's hätte zutragen können. Dodd überkam eine plötzliche Freude, daß er nicht bei der Polizei in Chicago oder Sidney oder Cardiff war. Er dankte dem Himmel für sein Los und bog in die St. Ernulphus Lane ein.

Mr. Appleby bewohnte Zimmer vier in Aufgang sechs. Während Dodd noch darüber nachdachte, wie unorthodox diese Art der Ermittlung war, fand er die Sechs, passierte die Tür Sechs-Zwei mit der abschreckenden Aufschrift »Ehrw. Rev. Tracy Deighton-Clerk, Dekan«, langte bei Applebys einstweiligem Quartier an und klopfte laut. Niemand antwortete, und Dodd trat ein. Ein großes Feuer warf einen rötlichen Schein. Applebys Tafel war für das Frühstück gedeckt; Applebys Kaffee stand zum Warmhalten auf der einen Seite des Feuers; auf der anderen Seite stand ein bedeckter Teller, auf dem sich zweifellos Applebys Eier mit Speck befanden. Doch von Appleby selbst keine Spur, bis Dodds Blick auf einen Zettel fiel, der an der inneren Tür hing. Die Nachricht darauf war kurz und sachlich: »Frühstück um neun – J. A.« Dodd warf einen Blick auf seine Uhr. Es war gerade zehn nach neun. »Ja da soll mich doch ...!« rief Dodd und wollte eben ins Schlafzimmer stürmen, als Appleby hervortrat.

»Morgen, Dodd«, sagte er. »Wollen Sie einen Kaffee? Bestimmt ist genug davon da, und er wird wohl noch ziemlich warm sein.« Als er den fragenden Blick sah, den sein Kollege auf seinen noch immer bandagierten Kopf warf, gluckste er. »Ja, ich hab's toll getrieben heute nacht. Nächtlicher Tumult in St. Anthony's. Polizisten mit Sandsäcken, Bleirohren und den Kolben schwerer Revolver angegriffen. Aber ich glaube, diese hübsche Verzierung brauchen wir jetzt nicht mehr.« Und Appleby entfernte die Bandage, bevor er sich auf Kaffee, Speck und Eier stürzte.

Dodd betrachtete ihn verwundert: »Man hat Sie wirklich niedergeschlagen?«

Appleby nickte. »Niedergeschlagen, sanft aber doch mit Bestimmtheit – und just in dem Augenblick, in dem ich im Begriff war, den Fall von St. Anthony's zu lösen. Ich muß mich schämen.« Er nahm einen großen Schluck und nickte dann noch einmal, feierlich bestätigend. »Einer Ihrer Untergebenen wird heute morgen mit einer beklagenswert gesunkenen Meinung über die Kompetenzen der großstädtischen Kollegen nach Hause gehen.«

»Wer hat Sie angegriffen?«

»Das weiß ich nicht. Aber er – oder womöglich sie? – hatte den zehnten Schlüssel. Zumindest anfangs, dann hatte ich ihn, und dann haben wir einen kleinen Tausch gemacht. Jetzt habe ich seinen zehnten, und er hat sozusagen meinen neunten. Er hat ihn mir abgenommen, nachdem er mir eins über den Schädel gezogen hatte.«

»Ihnen abgenommen! Und wo hatten Sie den zehnten her?«

»Aus dem Schloß, Dodd; ich habe ihn im Schloß gefunden. Da, wo ein Schlüssel ja auch hingehört, oder?«

Dodd stöhnte.

»Und übrigens, Dodd, Umplebys Safe ist ausgeraubt worden, mit großem Erfolg. Nichts mehr drin, jedenfalls nichts mehr für uns.«

Dodd wäre beinahe von seinem Stuhl aufgesprungen. »Ausgeraubt? Wer um alles in der Welt kann denn das getan haben? Jemand aus dem College?«

»Ich weiß es nicht.«

Der Inspektor der Ortspolizei betrachtete seinen Kollegen einen Moment lang mit etwas, das man als regelrechtes Mißtrauen deuten konnte. »Haben Sie *überhaupt* irgendwelche Einblicke gewonnen – in die ganze Affäre, meine ich.«

»Allerdings. Jede Menge. Aus jedem erdenklichen Winkel flutet Licht herein. Viel zuviel Licht aus viel zuvielen Winkeln. Und ich bin ziemlich sicher, Sie haben mir da noch eine Menge mehr mitgebracht ...«

»Ich habe etwas«, bestätigte Dodd. »Aber eigentlich würde ich gern erst einmal hören, was vorgefallen ist. Natürlich nur, wenn Sie Zeit haben.« Mit einer Art humorvoller Strenge konsultierte er seine Uhr und warf dann einen Blick auf den Zettel an der Schlafzimmertür. Seine Bewunderung für Appleby wuchs beständig. Wenn *er* jenen Schlüssel verloren hätte, hätte er es niemals mit solcher Haltung tragen können. Und Appleby, das spürte er, tat mehr, als die Sache nur zu überspielen: Er legte ein vollkommen natürliches und ungezwungenes Selbstvertrauen an den Tag. Er bekam einen Schlag auf den Kopf und blieb trotzdem Herr der Lage – oder erweckte zumindest diesen Eindruck. Wenn Dodd einen Schlag auf den Kopf bekommen hätte, dann wäre er noch Tage später aufgeregt und wütend gewesen.

»Nun gut«, sagte Appleby, »hier haben wir eine Kurzfassung dessen, was sich ergeben hat.

Zunächst einmal schlottern Ihrem Freund, dem ehrenwerten Reverend Tracy, die Knie. Doch ob er sich einfach nur Sorgen um das Ansehen des Colleges macht oder ob es irgendwelche persönlichen Sorgen sind, das weiß ich nicht. St. Anthony's wird demnächst ins Rampenlicht treten, und offenbar sind seine Sorgen damit verquickt.

Zum zweiten weiß ich, wo die Knochen herstammen ...«

Dodd saß kerzengerade. »Woher?«

»Australien, mein lieber Dodd. Das letzte Juwel dieser Erde, das man entdeckte. *Tierra Australis del Espiritu Santo.*«

Dodd blickte ihn fragend an. »Sind Sie sicher, daß sie nicht aus Athen oder Sparta kommen?«, fragte er sarkastisch, »so wie diese *Deipno*-Dingsbums in Umplebys Bibliothek?«

»Die Gebeine gelangten von Australien hierher, nicht von Zauberers Hand, wie Sir Thomas sagt. Sie wurden den eingeborenen Nachfahren, welche sie in Ehren hielten, entwendet, um den wissenschaftlichen Ehrgeiz eines gewissen Johnnie Haveland zu befriedigen.«

»Haveland! Von dem sind sie also?«

»Von dem sind sie. Und er ging angemessen in Sack und Asche, weil er Ihnen, als Sie ihre gestrigen Nachforschungen anstellten, die Auskunft verweigerte. Wie es scheint, hatte Johnnie die Totenschädel und anderen Sachen bei sich in seiner kleinen Spielzeugkiste. Und nun finden sie sich in Umplebys Arbeitszimmer. Er legt uns nahe, bei der Aufklärung dieses Mordfalles zwei Möglichkeiten zu bedenken. Erstens, daß er es selbst tat und die Knochen als eine Art Markenzeichen hinterließ; zweitens, daß jemand versucht hat, es ihm in die Schuhe zu schieben. Und er hat seine gelehrten Freunde mehr oder weniger aufgefordert, mir zu erzählen, daß es vor ein paar Jahren eine Zeit gab, in der er nicht ganz richtig im Kopf war. Er glaubte offenbar, das passe gut zu jeder der beiden Möglichkeiten. Oh! Und über Empson hat er sich nicht gerade freundlich geäußert.

Drittens. Zum Thema Schlüssel, Unterseeboote, Feuerwehrleitern. St. Anthony's ist, wie ich erfuhr, die Wohnstatt eines Mannes, der vielleicht eines Tages den Mount Everest bezwingen wird und der hier am Orte den Turm von St. Baldred's bereits bezwungen hat. Nämlich Campbell. Und ich hoffe, daß Sie in diesem Augenblick etwas in der Tasche haben, was mir ein wenig mehr über ihn verrät.

Viertens. Rektor Umpleby war kein geschätzter Mann. Johnnie Haveland deutete an, daß Umpleby sich an gewissem geistigem

Eigentum von ihm vergangen habe. Und wenn man sich das überlegt, ist das doch noch viel unwahrscheinlicher als jede Menge Morde – doch zweifellos brachte diese Bemerkung bei den versammelten Kollegen gewisse Saiten zum Klingen.

Fünftens. Umplebys Safe wurde, wie gesagt, von einem gewissen Mr. X geöffnet, der übrigens die Kombination kannte. X war im Besitz des zehnten Schlüssels. Er kam entweder aus dem Gartenhaus oder durch die kleine Pforte von draußen. X ist unberechenbar, wenn auch brillant. Er ließ das Westtor hinter sich offen, wohl weil es quietschte – ein unvernünftiger Schritt. Er ließ den Schlüssel im Schloß – ein unglaublicher Leichtsinn.«

»Aber«, unterbrach Dodd ihn, »warum wollte er denn überhaupt durch das Tor in den Hauptteil des Colleges?«

Appleby schüttelte den Kopf. »Vielleicht war ihm nach seinem erfolgreichen Einbruch nach einer kleinen Plauderei mit jemandem zumute, der an einem der anderen Höfe wohnt. Wie gesagt, unberechenbar und brillant. Als er zurückkehren wollte, sah er, daß er in der Falle saß, und befreite sich skrupellos daraus, effektiv und ohne daß er den Kopf verlor und zu fest zuschlug.« Bei diesen Worten befühlte Appleby vorsichtig seinen eigenen Kopf.

»Sechstens. Hinter dem prosaischen Namen Giles Gott, derzeit *Junior Proctor* der Universität, verbirgt sich kein Geringerer als Gilbert Pentreith.«

Dodd sprang fast von seinem Stuhl auf. »Und ich weiß das nicht!«

»Doch, doch. Er sitzt drüben in Surrey und verbringt seine freie Zeit damit, sich genau solche hübschen Geschichten auszudenken, wie wir sie gerade erleben. Ich habe Ihnen ja gesagt, eine Menge Licht, die da einfällt.

Siebtens. Mr. Raymond Pownall, ein angesehener Althistoriker, verbringt seine Nächte damit, in Panik über den Fußboden seines Zimmers zu kriechen.

Achtens – und für den Augenblick letztens –, Samuel Still Titlow lockt aufrechte Polizisten in seine Gemächer, verwirrt ihren Geist mit langen, dabei überzeugenden Reden über das Ende der Welt, schreckt aber dann doch davor zurück zu folgern, daß die Zeit dermaßen aus den Fugen sei, daß St. Anthony's womöglich eine Brutstätte des Mordes sei. Er rät mir, ein wenig in den kleineren Meistern der englischen Klassik zu lesen. Und er läßt dunkle Andeutungen fallen, daß er etwas über den Mord wisse.«

»Würden Sie sagen«, schaltete Dodd sich mit einer seiner scharfsinnigen Bemerkungen ein, »daß Titlow, wie X, unberechenbar ist, doch brillant?«

Appleby nickte nachdenklich. »Ja«, antwortete er, »das ist er. Aber darauf wollte er ja wohl hinaus, daß sie das hier allesamt sind. Und da kann ich ihm nur recht geben. Ich hoffe, meinen nächsten Mordfall habe ich in Hull.«

Dodd lächelte nachdenklich. »Das hier ist ganz nach Ihrem Geschmack, was«, sagte er. Und dann durchzuckte ihn ein Gedanke. »Was ist mit Spuren des Einbrechers in diesem Arbeitszimmer? Womöglich kam er später zurück, um sie zu verwischen?«

Appleby schüttelte den Kopf. »Ihr Mann hält da schon seit heute nacht Wache, seit ich von meinem Schlag auf den Kopf wieder aufgewacht bin. Ich nehme an, inzwischen wird er seine Ablösung angefordert haben. Es gab natürlich eine Zeit dazwischen, nachdem X wieder im Obstgarten war, und da könnte er zum Arbeitszimmer gegangen sein und aufgeräumt haben. Aber ich glaube, er hatte seine Spuren ohnehin schon gut genug verwischt, auch wenn er unberechenbar ist. Ich hatte mich schon vorher nach Zigarettenstummeln und dergleichen umgesehen - aber nichts. Und ich setze auch keine große Hoffnung darauf, daß wir den entscheidenden Fingerabdruck auf dem zehnten Schlüssel finden werden.«

Die beiden Männer schwiegen einen Moment, dann holte Dodd seine Blätter aus der Tasche. Es war ein Markenzeichen Dodds, daß er immer etwas Schriftliches zur Hand hatte. Er lebte in einer Welt perfekt geführter Akten und gewissenhafter Dokumentationen. Gleichzeitig zog Appleby jene Aussagen und Protokolle hervor, die er am Vortag übernommen hatte. Bisher hatte er nur einen flüchtigen Blick darauf geworfen; der direkte Kontakt mit den Personen, von denen darin die Rede war, hatte Vorrang gehabt.

»Der Konstabler Sheepwash«, begann Dodd in jener merkwürdig hölzernen Manier, die er stets an den Tag legte, wenn es darum ging, die absurderen und ironischeren Aspekte seines Berufes zu genießen, »der Konstabler Sheepwash hat gestern abend einen kleinen Imbiß mit der Köchin der Lambricks genommen. Früher am Abend fiel bei den Chalmers-Patons der Strom aus. Sergeant Potter kam im Namen des Elektrizitätswerks, und nach längeren Reparaturen, größtenteils in der Dienstbotenwohnung, brannten die Lampen wieder. Konstabler Babbitt konnte die Campbells als Zeitungsreporter gestern abend nicht beeindrucken, doch heute morgen als Milchmann hatte er mehr Erfolg. Reviersergeant Kellett übernahm die Aufgabe, die Runde des *Junior Proctors,* Mr. Gott, durch die Trink- und Amüsierlokale der Stadt zur fraglichen Zeit nachzuverfolgen. Kellett kam nicht umhin, im Zuge der Ermittlungen beträchtliche Quantitäten Alkohols zu sich zu nehmen, aber sein Bericht ist trotzdem einigermaßen zusammenhängend.« Und nachdem er solcherart seinen Spaß gehabt hatte, wurde Dodd wieder ernst. »Wie wär's«, schlug er vor, »wenn Sie die gestrigen Aussagen vorläsen und ich dann jeweils die Ergebnisse jener Nachforschungen beisteuerte? Dann würden wir, glaube ich, bei diesen vier Leuten, die in der Mordnacht nicht im College waren, klarer sehen.«

Appleby nickte zustimmend. »Wir fangen mit Campbell an«, sagte er. »Wie ich sehe, sind das keine wörtlichen Aussageprotokolle?«

»Nein, das sind nur kurze Zusammenfassungen der vorläufigen Aussagen dieser Burschen, die ich in aller Eile gesammelt habe. Ich glaube nicht, daß sie als Beweismaterial anerkannt würden. Sie werden wohl die offiziellen Protokolle heute noch machen müssen. Jedenfalls brauchen wir sie, bevor die Sache vor den Untersuchungsrichter kommt.«

Appleby nickte und begann zu lesen:

»Campbell, Ian Auldearn (29). Wurde vor sechs Jahren *Fellow* des Colleges; seit vier Jahren verheiratet; Wohnung in der Schools Street 99; hat niemals Schlüssel zu den Toren von St. Anthony's besessen. Erklärt, daß er nichts auszusagen habe, was zur Aufklärung der Umstände von Umplebys Tod beitragen könne. Arbeitete mit Umpleby bei wissenschaftlichen Projekten zusammen, war jedoch in keiner Weise jemals ein persönlicher Freund des Rektors.

21.30. Verließ das College und ging nach Hause in die Wohnung. Ging nach etwa einer halben Stunde noch einmal aus, besuchte den Chillingworth-Club in der Stonegate.

23.50 (ungef.). Verließ den Club, um nach Hause zu gehen, dann fiel ihm ein, daß er geschäftlich noch etwas mit Sir Theodore Peek zu besprechen habe, der in einem Haus namens Berwick Lodge, die Luton Road hinauf, wohnt. Da er wußte, daß Sir Theodore immer noch spät auf ist, begab er sich dorthin, wo er genau um Mitternacht anlangte. Unterhielt sich kurz mit Sir Theodore und ging dann zurück in die Schools Street, wo er kurz vor halb eins eintraf.«

Appleby hatte kaum sein letztes Wort gesprochen, da fiel Dodd schon wie in einem Wechselgesang mit Konstabler Babbitts Bericht ein:

»Anweisungsgemäß Gespräch mit Mary, Nachname unbekannt, in Schools Street 99 angeknüpft, 7.25 morgens. Nach einführendem Wortwechsel, unerheblich, erklärte Informantin, daß (1) ihre Arbeitgeber ein regelmäßiges Leben führten, (2) Mr. Campbell vorgestern abend kurz nach 9.30 nach Hause gekommen, etwa eine dreiviertel Stunde später jedoch wieder ausgegangen sei, (3) sie ihn, glaube sie, erst lange nach Mitternacht habe zurückkommen hören, (4) er am nächsten Morgen beim Frühstück zu Mrs. Campbell gesagt habe, er sei um Mitternacht noch bei dem alten Stinker Peek gewesen, der müde und knurrig gewesen sei (? ein kranker Hund). Weitere Informationen nicht zu erlangen.«

Appleby nickte und machte sich eine Notiz. »Im Club nachprüfen«, sagte er, »und bei Sir Theodore – dem kranken Hund! Zur kritischen Zeit war er im Club, und es scheint alles stichhaltig zu sein.« Und unverzüglich wandte er sich dem nächsten Blatt zu.

»Chalmers-Paton, Denis (40). Dozent an St. Anthony's, außerdem an zwei anderen Colleges. Verheiratet, wohnt Angas Avenue 12. Kann keinerlei Hinweise zum Tod des Rektors beisteuern.

21.30. Verließ das College und ging nach Hause. Las Mrs. Chalmers-Paton aus dem *Verfall und Untergang des Römischen Reiches* vor. Mrs. C.-P. ging anschließend zu Bett. C.-P. zog sich in sein Arbeitszimmer zurück und las weiter im *V. und U. des R. R.* bis kurz vor Mitternacht. Ging dann ebenfalls zu Bett.«

Wiederum ließ Dodd den Bericht seines Untergebenen folgen. Chalmers-Paton hatte tatsächlich, nachdem er zu Hause angekommen war, seiner Frau vorgelesen und war dann »kurz vor elf« in sein Arbeitszimmer gegangen. Doch über die Zeit danach wußte die Dienerschaft nichts, und Sergeant Potter war nicht befugt gewesen, sich Mrs. Chalmers-Paton zu nähern. Er hatte allerdings noch die Zeit gestoppt, die man zu Fuß von der Angas Avenue nach St. Anthony's brauchte, und es waren knapp zwanzig Minuten gewesen. Chalmers-Paton besaß keinen Wagen.

»Beinahe zufriedenstellend«, sagte Appleby, »aber doch nicht ganz. Der Mann verschwindet ein wenig zu früh in seinem Arbeitszimmer. Wenn er um zehn vor zehn zu Hause war und um zehn mit dem Vorlesen begann, dann *könnte* ›kurz vor elf‹ zwanzig vor elf gewesen sein. Und da er sich ja ausnahmsweise eines Fahrzeugs bedient haben könnte, ist das nicht eindeutig genug. Und wir *wissen* ja nicht, ob er nicht vielleicht den zehnten Schlüssel hatte.«

»Einfach nicht gut genug als Alibi. Und das mit Campbell und seinem Club, das ist schon wieder zu gut. Empfiehlt sich immer, bei einem guten Alibi mißtrauisch zu sein.«

Appleby lächelte. Das war wieder der Bilderbuch-Dodd, der sich da zu Worte meldete. Doch er widersprach ihm durchaus nicht. Er wandte sich dem nächsten Blatt zu.

»Lambrick, Arthur Bassett (54). Seit vierundzwanzig Jahren *Fellow* des Colleges. Verheiratet, lebt im Nachbarhaus von Chalmers-Paton. Besitzt schon seit langem einen Torschlüssel. Sagte zu Inspektor D: ›Ich kann mich einfach nicht von der Idee überzeugen, daß ich es gewesen sein soll, der unseren armen Rektor umgebracht hat.‹

21.30. Ging nach Hause und blieb dort - ›wußte ja nicht, daß noch was los war.‹«

»Unser Freund, der Komiker«, murmelte Appleby. Dann ließ er sich von Dodd die Ergebnisse von Konstabler Sheepwashs Nachforschungen verlesen. Es schien ein eindeutiger Fall. Lambrick war kurz vor zehn zu Hause eingetroffen, hatte bis elf mit seinem ältesten Sohn Karten gespielt und danach eine halbe Stunde lang mit seiner ältesten Tochter zu Musik aus dem Radio getanzt. Ein Hausmädchen, das noch auf gewesen war, fand dergleichen Dinge unanständig und hatte sich deshalb alles genau gemerkt.

»Hat wohl keinen Zweck, *dieses* gute Alibi in Zweifel zu ziehen«, gab Dodd zu. »Aber vergessen Sie nicht, er könnte immer noch jemandem seinen Schlüssel geliehen haben.«

»Und hätte sozusagen getanzt, während Umplebys Leiche noch warm war? Schon denkbar. Er könnte zum Beispiel Chalmers-Paton von nebenan seinen Schlüssel geliehen haben.« Appleby sprach geistesabwesend, und es dauerte eine Weile, bis er wieder zu seinem Papierstoß zurückkam.

»Gott, Giles (32). Kam vor sechs Jahren nach St. Anthony's. Hat Torschlüssel, seit er dieses Jahr *Junior Proctor* wurde. Weiß nichts zu Umplebys Tod zu sagen.

21.15. Verließ St. Anthony's durch die kleine Pforte und begab sich zum Büro des Proktors. Bis 23.15 mit Universitätsangelegenheiten beschäftigt. Für diese Zeit keinerlei Zeugen.

23.15. Der *Senior Proctor* kehrte in Begleitung der vier diensttuenden Universitätsbeamten von seiner Runde zurück. Gott übernahm, führte nacheinander Patrouillengänge durch verschiedene Stadtteile durch. War länger als üblich unterwegs und entließ die Beamten vor den Toren von St. Anthony's erst gegen zwanzig nach zwölf.«

Appleby schloß diesen Vortrag mit einem Kopfschütteln ab. »Keinerlei Alibi«, sagte er, »nicht die Spur davon. Er war bis fünfzehn Minuten nach dem Schuß und der Entdeckung von Umplebys Leiche allein in seinem Büro. Und wenn man den Weg durch die kleine Pforte nimmt, liegt dieses Büro höchstens sieben oder acht Minuten vom Obstgarten.« Applebys topographische Kenntnisse waren bemerkenswert präzise. »Ich kann mir nicht vorstellen, daß Ihr Spürhund da noch etwas Nützliches über Gott herausfinden konnte?«

»Kellett hat sich einfach in der Stadt umgehört, was die Proktoren vorgestern abend so getrieben haben. Bisher paßt alles zusammen. Zwischen 9.30 Uhr und elf war der *Senior Proctor* hier und da auf Patrouille. Und danach übernahm Gott offenbar und suchte bis weit nach Mitternacht eine Reihe von Lokalen auf. Niemand hat ihn vor 11.30 Uhr gesehen, doch er hätte leicht von seinem Büro nach St. Anthony's und zurück gelangen können, ohne daß ihn jemand bemerkt hätte. Es war eine ziemlich finstere Nacht. Kellet hat übrigens keine Erkundigungen im Büro des Proktors eingezogen und nicht mit den vier Beamten gesprochen. Das müßte, denke ich, offiziell und in aller Form geschehen. Wie Sie ganz richtig sagen, gibt es kein Alibi; oder besser gesagt, was es an Alibi gibt, stimmt zeitlich nicht. Es beginnt zu spät. Kellett hat alles nachverfolgt, aber offenbar führt es zu nichts.«

»Kellet hat recherchiert, was Gott nach 23.15 Uhr getrieben hat? Dann lassen Sie hören.« Es gab Zeiten, zu denen Appleby beharrlich an der Routine klebte.

»Nun, als erstes ist Gott offenbar direkt zum Bahnhof gegangen. Er und seine Männer hielten Wache, als der Elf-Uhr-zweiunddreißig aus London einlief. Dann ging er auf geradem Wege zurück zum Marktkreuz, wo ihn einer unserer Streifenpolizisten kurz nach 11.40 Uhr sah. Er bog in die Stonegate ein und muß ohne Unterbrechung weitergezogen sein, denn pünktlich um Mitternacht langte er am ›Green Horse‹ an.«

»Was ist das?«

»Ein verrufenes Lokal draußen an der Luton Road und ein Ort, an dem es für einen Proktor nach der Sperrstunde oft etwas zu tun gibt. Doch Gott kann nicht lange dort geblieben sein, denn um 0.15 Uhr war er schon wieder am Marktkreuz und schlug die Schools Street ein, vermutlich um, wie er selbst angibt, nach St. Anthony's zurückzukehren.«

»Bei diesem ›Green Horse‹. Hat Kellet seine Auskünfte von den Leuten im Lokal bekommen?«

»Nein, er hat sie von einem Landarbeiter, der sein Fahrrad im Hof gelassen hatte und es um Mitternacht eben holen wollte, als er mehr oder weniger mit Gott zusammenstieß. Das war ausgesprochen geschickt von Kellet, ihn auszuhorchen. Der Bursche wußte natürlich, was nun bevorstand; jeder hier in der Stadt erkennt den Proktor an seinem Talar. Und als er hinaus auf den Hof kam, standen die vier ›Bullen‹, wie er sie nannte, schon bereit.«

Appleby hatte sich erhoben und ging ruhelos im Zimmer auf und ab. Er war offenbar in größerer Verwirrung, als das Geheimnis von St. Anthony's ihm bisher verursacht hatte. Plötzlich blieb er stehen.

»Dodd, Sie haben nicht zufällig einen Stadtplan bei sich?«

Wortlos zog Dodd einen Plan hervor. Appleby faltete ihn auf und brütete eine Weile darüber. »Kurios«, murmelte er, »wirklich kurios. Und das erste Mal, daß wir etwas Kurioses haben, auf das uns nicht jemand sozusagen mit der Nase gestoßen hat. Und trotzdem, wie Sie sagen, nicht von Bedeutung. Ich will Ihnen etwas verraten, Dodd: Es gibt zuviel Licht in diesem Fall, zu viele heiße Spuren.« Und dann verfiel er wieder in seinen Trott, im Zimmer auf und ab.

»Nun«, sagte Dodd ein wenig gereizt, nachdem er eine ganze Weile gewartet hatte, »was haben Sie denn jetzt vor?«

»Ich glaube, ich gehe mir ein wenig die Beine vertreten. Aber eines muß noch vorher erledigt werden. Können Sie noch ein wenig Zeit erübrigen, heute vormittag? Also, ich möchte, daß Sie Pownall in Umplebys Eßzimmer bitten und in aller Form seine Aussage zu Protokoll nehmen. Und ich möchte, daß diese Prozedur mindestens eine gute halbe Stunde dauert.«

II

Mr. Raymond Pownalls Zimmer mangelte es an Farbe. Die Bücher wirkten trist, und zwischen ihnen standen ungebundene Zeitschriften, die noch trister schienen. Die wenigen Bilder zeigten antike Statuen – jene Art von Fotografien, die den Marmor vor pechschwarzem Hintergrund präsentieren. Der Teppich zeigte trostloses Blau mit um so härter wirkendem Schwarz.

Applebys Interesse galt dem Teppich. Nun, wo er sicher sein konnte, daß sein Besitzer von Dodd festgenagelt war, kroch er mit ebensolcher Konzentration darauf entlang, wie er sie in den frühen Morgenstunden bei diesem erlebt hatte. Zuerst studierte er das Muster – ein großes Blumenmuster. Dann ließ er den Blick, wobei er das Muster als Führer nahm, über jeden einzelnen Quadratzentimeter der Oberfläche wandern. Es dauerte zwanzig Minuten, bis er damit fertig war, aber er fand nichts.

Er richtete sich auf, setzte sich und dachte nach. Und plötzlich begann er zu zittern. Seit seinem Abenteuer der vorangegangenen Nacht war er empfindlich gegen Kälte. *Kälte.* Er sah sich im Zimmer um. An diesem ausgesprochen kühlen Morgen mit seiner verhangenen Sonne standen sämtliche Fenster von Pownalls Zimmer sperrangelweit offen. Er begann noch einmal von vorn und kroch über den Teppich, und diesmal prüfte er nicht mit den Augen, sondern mit der Nase. Nach ein paar Minuten sprang er auf, ging hinaus in den Obstgarten und schickte den Beamten, der dort Wache hielt, mit einer Nachricht zu Dodd: Er brauche noch eine Stunde. Und dann widmete er sich wieder dem Teppich.

Hellblau war in Schwarz umgefärbt worden. An acht symmetrischen Stellen war das Muster um eine Winzigkeit verändert worden – und an den acht Stellen blieb ein schwacher Geruch nach Tinte. Ein kräftiges Reiben mit dem Taschentuch brachte an den acht Stellen leichte, doch hinreichend beweiskräftige Flecken hervor: Tusche.

»Hat man denn so etwas . . .!« murmelte Appleby. Dann ging er zu Pownalls Schreibtisch und holte ein Päckchen Briefumschläge heraus. Kurz darauf lag er von neuem auf den Knien und war eifrig mit einer Nagelschere zugange.

III

In Zwei-sechs am Surrey Court ging alles, wie es von altersher zu gehen pflegte. Mr. David Pennyfeather Edwards, *Senior Scholar* an St. Anthony's und Bewohner jener Zimmerflucht, hockte –

sinnigerweise, wie er eben angemerkt hatte – auf einer großformatigen Ausgabe der *Analytica Posteriora* vor dem Feuer und beaufsichtigte die Zubereitung eines einfachen Morgentrunkes, der hauptsächlich aus Milch und Madeira bestand. Mr. Michel de Guermantes-Crespigny, der cherubgleiche Vorleser vom vergangenen Abend, saß in der Fensternische und hatte Sweets *Angelsächsisches Lesebuch* verkehrt herum im Schoß. Mr. Horace Kitchener Bucket, ein Stipendiat des Colleges, legte auf dem Fußboden rund um die Tische und Stühle unter Verwendung von vier Kartenspielen und jedes verfügbaren Zentimeters Platz recht gedankenverloren eine Patience. Und alle drei übten sich in Konversation.

»Das Ableben Umplebys, der Ratte«, sagte Mr. Edwards, »bietet uns die Möglichkeit zu einer Reihe hübscher Spekulationen. Was würden Sie zum Beispiel, Inspektor, tun, wüßten Sie, wer der Vollzieher jenes ebenso nützlichen wie hygienischen Aktes war?«

Mr. Bucket, der im Gedenken an Charles Dickens' unsterbliches Meisterwerk »der Inspektor« genannt wurde, schob sich einige Zentimeter über den Boden, um eine Herz Zehn abzuheben, und schüttelte den Kopf.

»Keine Ahnung, David. Wahrscheinlich abwarten, ob eine Belohnung ausgesetzt wird.«

»Ich glaube tatsächlich«, murmelte Mr. Crespigny vom Fenster her, »die kleinbürgerliche Leidenschaft unseres Inspektors für Bares ließe ihn ein solches Kopfgeld tatsächlich ohne jeden Gewissensbiß annehmen. Du schockierst mich, Horace. Gibt's bald was zu trinken?«

Horace, der eben in der Hoffnung auf ein erlösendes As hinter das Sofa blickte, antwortete ohne jeden Groll: »Aristoteles – oder war es Plato? – war ein Kaufmann oder vielleicht der Sohn eines Kaufmanns. Das weiß ich nicht mehr. Und dein eigener Namensvetter, mein lieber Mike, der Weise aus dem Périgord, war ein Fischhändler. Und du bist das ekelhafte, verdorbene, mißgestaltete, degenerierte und überhaupt durch und durch miese Produkt längst hinfällig gewordener Privilegien. Die zunehmende Unerträglichkeit deiner Manieren, deine undeutliche und unzusammenhängende Art zu reden, dein schlurfender Gang und vor allem deine peinliche, ja geradezu schmerzhafte Unfähigkeit, auch nur einen einzigen vernünftigen Satz von dir zu geben, haben in David und mir schon vor langem die Überzeugung reifen lassen, obwohl wir uns bemüht haben, es zu verbergen, daß dich deine gerechte

Strafe schon längst ereilt hat und deine Leiden jenseits aller Hoffnung auf diesseitige Hilfe sind. Und dein Schneider – dessen Geschmack, darf ich hinzufügen, mich immer wieder aufs neue verwundert – wäre dir dankbar für jegliches Kopfgeld, das *du* für Umpleby erlösen könntest: Es würde ihm helfen, die acht Kinder zu ernähren, die wegen deiner geplatzten Wechsel am Hungertuche nagen.«

Schon lange bevor er diese Bemerkung zu Ende gesprochen hatte, schien Horace das Interesse daran verloren zu haben. Die Worte kamen ihm automatisch von den Lippen, und er hantierte während dessen flink mit den Karten rund um die Kohlenschütte. Doch dann hielt er inne. »Wer *hat* denn nun Umpleby umgebracht?«

»Umpleby«, war Mikes Vorschlag, »wurde von einem trügerischen Dienstboten erstochen, einem Nebenbuhler in seinen lüsternen Liebschaften, und starb mit einem Fluch auf den Lippen. Meinst du nicht auch, David, daß es dieser Kryptosemit Slotwiner gewesen sein muß? Ihre Gemüter waren um Mrs. Tunk, die Waschfrau, in Wallung geraten. Und alles vergebens, denn Mrs. Tunk ist niemand anderem als unserem Horace hier, der, wie man weiß, vor nichts und niemandem haltmacht, verfallen.«

»Aber was *würde* man denn nun machen«, fragte David, der plötzlich aufsprang, um den Madeiratrunk auszuteilen, »was *würde* man machen, wenn man es tatsächlich wüßte?« Woraufhin Mike sich in seiner Fensternische aufrichtete und den Sweet mit einem lauten Knall zuschlug; Horace rappelte sich vom Boden auf und verstreute dabei im großen Bogen seine Karten; und alle drei beäugten sich argwöhnisch über den Rand ihrer Becher hinweg. Noch einen Moment zuvor hatten die Spielregeln nur die schlaffesten Anzeichen von Aufmerksamkeit, den trägsten, schläfrigsten Witz gestattet. Nun war Interesse erlaubt. Es erinnerte an einen Vogelschwarm, der von einer plötzlichen, auf geheimnisvolle Weise mitgeteilten Erregung gepackt wird und schlagartig vom Boden auffliegt.

»Hinge es davon ab«, überlegte Horace, »ein wie schlechter Mensch Umpleby, wie wir wissen, war?«

»Oder davon, ein wie guter Mensch der Mörder, wie wir wüßten, wäre«, gab Mike zu bedenken.

»Was würde das heißen: wie gut«, fragte David. »Wenn er ein guter Mensch wäre und mit dem Mord an Umpleby eine schlechte

Tat begangen hätte, dann dürfte doch seine Güte kein entscheidender Faktor in unserer Diskussion sein, oder? Er müßte in seiner Rolle als Mörder gut sein, nicht nur einfach als Mensch, bevor wir diese Güte mit einbeziehen dürften. Ich meine, wenn der Mord irgendwie aus einem sittlich reinen Motiv begangen worden wäre, dann würde das eine Rolle spielen.«

»Kann das Motiv eines Mordes etwas Reines sein?« wandte Horace ein.

»Nun, nehmen wir an, Umpleby sei ein sehr schlechter Mensch gewesen, aber auf einem Felde, auf dem man ihn mit dem Gesetz nicht zu fassen bekommen kann. Nehmen wir an, er hätte Dinge getan, und es wäre zu erwarten gewesen, daß er sie weiterhin tun würde, die am Ende dazu geführt hätten, daß andere sich umbrächten oder ihre Kinder erwürgten oder durch betrügerische Spekulationen ruiniert wären oder dergleichen. Wäre es da nicht etwas im ethischen Sinne Reines gewesen, ihn zu beseitigen?«

»Wäre das Motiv und nicht die Tat ethisch rein?« fragte Mike, der nicht wußte, wie man diese Art von Disputen führt, und doch stets mitredete.

»Doch wäre nun Umpleby ein guter Mensch gewesen«, warf Horace ein, »*vorwiegend* gut, aber mit Schlagseite oder so. Nehmen wir doch mal an, er war eine *gespaltene Persönlichkeit* – ja, genau, das nehmen wir einmal an –, einer dieser Menschen, von denen Morton Prince in seinen Abhandlungen schreibt: an einem Tag ein bestimmter Mensch, am nächsten ein ganz anderer ...«

»Jekyll und Hyde«, sagte Mike sehr zutreffend, doch niemand beachtete ihn.

»Stellen wir uns vor, er hatte zwei Persönlichkeiten, nämlich *A* und *B*. Und *A* war zum Beispiel ein Erpresser. Und *A* wußte von der Existenz *B*s, doch *B* wußte nichts von *A*. Und wenn nun der Mörder ebenfalls eine gespaltene Persönlichkeit wäre – und zwar in drei Personen: *X* weiß von *Y*, aber nicht von *Z*, *Y* weiß ...«

»Langsam«, sagte Mike. »Bleib bei der Leiche und der Frage, wer Umpleby umgelegt hat. Wenn wir das herausgefunden haben, dann bleibt immer noch Zeit genug zu überlegen, ob wir uns da reinmogeln sollen und das Geld kassieren. Und warum sollten wir das *nicht* herausfinden? Wenn Gott es nicht tut.«

»Was soll das heißen, wenn Gott es nicht tut?« fragten seine beiden Genossen.

»Gott könnte es herausbekommen, wenn er wollte«, versicherte Mike, der grenzenloses Vertrauen in seinen Tutor hatte, »aber höchstwahrscheinlich will er es nicht.«

»Höchstwahrscheinlich *war* es Gott«, verkündete David. »Der Mann muß doch ein krankes Hirn haben, einen solchen Schund zu produzieren. Jemand, der *Tod in der Tropfsteinhöhle* geschrieben hat, mit diesen ellenlangen Passagen darüber, wie lange ein gutgenährter Mann mittleren Alters braucht, um zu versteinern, der muß zu allem fähig sein. Habe ich eigentlich erzählt, daß ich gestern abend versucht habe, den alten Curtis auszuhorchen, und er gesagt hat, der Mord am Rektor sei ›unter grotesken Begleitumständen‹ verübt worden? Was meint ihr, was das heißt? Ob Gott ihn womöglich *ausgeweidet* hat?«

Mike ignorierte diese blasphemische Idee und beharrte auf seinem eigenen Ansatz. »Ich sehe nicht ein, warum wir uns nicht den Spaß machen sollten, das herauszufinden. Wir wissen zwar nichts über die Fakten, aber ich könnte mir vorstellen, daß man einfach nur durch intelligentes Nachdenken eine Menge erreichen kann. Und wir beide sind intelligent, David – und sogar Horace hat seine lichten Momente.«

Horace, der sich wie jeder humanistisch Gebildete der Überlegenheit seines Geistes gewiß war, blieb ungerührt. »Kein Zweifel, daß wir intelligenter sind als die Polizei«, sagte er, »obwohl dieser Mann von Scotland Yard wahrscheinlich geschickt im Aufstöbern von Sachen ist. Aber wir sind nicht klüger als Deigthon-Clerk oder Titlow, und die kennen die Fakten.« Horace war anders als die beiden anderen von der beinahe vollkommenen Intelligenz seiner Lehrmeister überzeugt. »Die werden eher drauf kommen als wir.«

Eine kurze Pause trat ein. Dann sagte David: »*Ein* Faktum kenne ich.« Eine weitere Pause, dann fügte er hinzu: »Aber was noch interessanter ist: Ich habe auch eine Theorie.«

In jedem Zirkel dieser Art gibt es einen Anführer, und in diesem speziellen Zirkel war der Anführer David. Alle spitzten sofort die Ohren. »Es ist etwas, an das wahrscheinlich niemand gedacht hat – und es bietet uns eine Möglichkeit. Ich will's euch verraten.«

Und das tat er.

Kapitel 8

I

Pownall, ärgerlich und bleich nach seiner langen Befragung durch Inspektor Dodd, wurde mit einem Male noch bleicher und hielt auf der Schwelle seines Zimmers inne. Denn von einem Platz am Feuer erhob sich, um ihn zu begrüßen, Inspektor Dodds Kollege, Mr. Appleby von Scotland Yard.

Appleby entschuldigte sich, wie der Anlaß es erforderte, höflich und in aller Form. »Ich hoffe, Sie werden mir verzeihen, daß ich in Ihrem Zimmer auf Sie gewartet habe. Ich dachte, ich verweile ein paar Minuten hier in der Hoffnung, daß Sie zurückkehren. Und ich konnte der Versuchung nicht widerstehen, an Ihrem Feuer Platz zu nehmen. Es ist ein kühler Morgen.« Und Applebys Blick glitt ebenso unbeschwert wie seine Entschuldigung über die erbarmungslos offenstehenden Fenster des Zimmers.

Recht bedächtig, als wolle er damit Zeit gewinnen, um seine Fassung wiederzufinden, schloß Pownall die Tür. Doch kaum hatte er dies getan, da ging ihm offenbar auf, wie seine neuerliche Nervosität bezeugte, daß er damit sich und den Detektiv zusammengesperrt hatte. Doch er behielt seinen Besucher unablässig im Blick, während er das Zimmer durchschritt und Platz nahm. Eine freudlose Gestalt, dachte Appleby. Pownall war glattrasiert und von heller Gesichtsfarbe, was es schwer machte, sein Alter zu schätzen. Das ergrauende Haar war militärisch kurz geschoren. Er hielt den Kopf ein wenig schief und hatte die Angewohnheit, die Hände vor der Brust leicht ineinanderzulegen - eine sanfte, beinahe feminine Haltung, die in auffälligem Kontrast zur frostigen Härte der ausdruckslosen blauen Augen stand. Diese Augen, die schon am frühen Morgen so kühl gewirkt hatten, waren nun unmißverständlich eisig, und sie hielten, während der Mann ihm gegenüber Platz nahm, Appleby unablässig im Blick. Pownall saß vollkommen reglos. Er war linkisch. Und es war, als fürchte er, daß eine einzige linkische Bewegung eine ebenso linkische Enthüllung mit sich brächte, die ihm zum Verhängnis werden könnte.

»Ich habe soeben eine Aussage bei Ihrem Kollgen unterzeichnet und bin ausgiebig befragt worden. Was kann ich nun für Sie noch tun?«

Pownall sprach ruhig und mit tonloser Stimme. Strenge ließ er nur in seiner Wortwahl anklingen. Doch während er sprach, wanderte sein Blick durch das Zimmer, ein betont lässiger, doch kalter und forschender Blick. Dabei blieb sein Kopf in der immergleichen, leicht seitwärts geneigten Haltung und ähnelte verblüffend der Fotografie an der Wand hinter ihm, die Alexander den Großen vor pechschwarzem Hintergrund darstellte.

»Sie hatten Ihrer gestrigen formlosen Aussage nichts mehr hinzuzufügen?« Auch Appleby sprach mit tonloser Stimme, doch die Frage bekam ohne sein Zutun Gewicht durch das lange Schweigen, das darauf folgte. Endlich antwortete Pownall.

»Ich habe nichts hinzugefügt.« Und wieder folgte eine Pause.

»Sie wissen nichts über die Umstände, unter denen der Rektor ums Leben kam, nichts, was für uns von Bedeutung sein könnte?«

»Nein.«

»Und das haben Sie eben sogar beschworen?«

Eine weitere Pause. Dann sprang Pownall plötzlich auf und durchquerte das Zimmer. Wie sich herausstellte, hatte er es auf eine kleine Glasschatulle mit Zigaretten abgesehen, die er anscheinend Appleby anbieten wollte. Doch der höflichen Geste war zu diesem unglücklichen Zeitpunkt kein Erfolg beschieden: Das Kästchen fiel Pownall plötzlich aus der Hand, und sein Inhalt wurde über den Boden verstreut. Die Unbeholfenheit des Mannes ließ den Unfall natürlich genug wirken. Doch für Appleby war es kein Unfall, sondern eine neuerliche Bestätigung seines allgemeinen Eindrucks, daß in St. Anthony's kluge Köpfe am Werke waren.

Pownall hatte sich sofort hinuntergebeugt. Beim Einsammeln der Zigaretten glitten seine Finger bald hier, bald dort über den Teppich. Und als er sich wieder erhob, war sein Gesicht, von dem man hätte erwarten sollen, daß es von der Anstrengung gerötet wäre, gar noch bleicher als zuvor. Einen kurzen Moment lang blickten die beiden Männer sich in die Augen. Und dann beantwortete Pownall, wenn auch ausweichend, die Frage, die Appleby ihm eine Minute zuvor gestellt hatte.

»Ich kann keine Aufschlüsse über den Tod des Rektors geben, die als Beweismaterial dienen könnten. Doch es gibt gewisse Dinge, die im Zusammenhang mit seinem Tode stehen, wenn sie ihn auch nicht erhellen, bei denen ich mich verpflichtet fühle, sie zum gegenwärtigen Zeitpunkt nicht mitzuteilen.«

»Was Sie, von Inspektor Dodd bezeugt, unterzeichnet haben, kann vor Gericht verwendet werden, Mr. Pownall. Das muß Ihnen doch bewußt sein. Und ebenso kann die Tatsache, daß Sie bei Ihrer Aussage wichtige Fakten verschwiegen haben, verwendet werden.«

»Es ist kein Meineid, Mr. Appleby, wenn man seine eigenen Entscheidungen darüber trifft, was für die Polizei, der man eine Aussage zu Protokoll gibt, von Bedeutung ist und was nicht.«

Appleby bestätigte mit einem Nicken, daß er diesen Einwand anerkannte. Doch es lag Schärfe in seiner Stimme, als er fortfuhr: »Schon etwas weit Geringeres als Meineid kann sich unter gewissen Umständen als sehr unklug erweisen. Zum Beispiel ist es unklug, sich in der Nacht nach einem Mord am Fußboden seines Zimmers zu schaffen zu machen. Wie Sie bereits erraten haben, habe ich von all den Stellen, die Sie mit Tusche eingefärbt haben, Proben entnommen. Die Analyse wird zeigen, was sich unter einem oder mehreren dieser Flecken verbirgt.«

Weit größeres Vertrauen als auf jede chemische Analyse setzte Appleby auf eine Aussage Pownalls, die er ihm vielleicht entlocken konnte. Pownall würde erkennen, daß der manipulierte Teppich schon für sich genommen ein äußerst belastendes Indiz war, ganz gleich, aus welchem Grund er diese Manipulation verbergen wollte. Und er behielt recht. Kalt und unvermittelt gestand Pownall: »Die Tusche überdeckt Blut.«

Wieder kam eine Pause, dann regte sich Pownall zum ersten Mal, seit er wieder Platz genommen hatte, mit einer Geste der Resignation über das, was er gerade gesagt hatte. Dann fuhr er fort:

»Sie werden sich fragen, was einen intelligenten Mann dazu veranlassen kann, sich derart töricht aufzuführen, wie ich das getan habe. Nun, die Antwort lautet - *Blut.* Es heißt immer, daß der Akt des Blutvergießens berauschend wirkt, daß man sich fühlt wie ein Engel. Auch ich war berauscht, berauscht von Blut. Aber nicht von Blut, das ich selbst vergossen habe. Und ich habe mich nicht wie ein Engel gefühlt. Nein.«

Wiederum folgte eine jener Pausen, die offenbar jede Art von Unterhaltung mit diesem langsamen, unbeweglichen, schwerfälligen Mann kennzeichneten. Diesmal schien es sich trotz der Zusammenhangslosigkeit seiner letzten Äußerung jedoch um eine Pause intensiven Nachdenkens zu handeln, als ob der Mann einen ersten Zug in einem komplizierten Geschicklichkeitsspiel gemacht habe und sich jetzt mit aller Kraft darauf konzentriere, die Wirkung dieses Zuges abzuschätzen.

»Auf dem Teppich war Blut. Genau hier.« Pownall erhob sich, ging bis fast zur Mitte des Zimmers und deutete mit seinem Fuß auf eine Stelle. »Nicht viel, nur eine kleine Lache von vielleicht vier Zentimetern Durchmesser und halb geronnen. Ich habe Löschpapier genommen. Ich erinnere mich noch, daß ich überlegt habe, ob es wohl funktionieren würde; ob Löschpapier Blut aufsaugt, gerinnendes Blut. Aber es ging, und zurück blieb ein Fleck von vielleicht einem Zentimeter. Auf dem Schwarz sah man nichts, nur hier auf dem blaßblauen Untergrund. Also habe ich Tusche geholt, eine tiefschwarze Tusche, die ich manchmal benutze, und habe das Muster vergrößert. Ich habe es in Panik getan. Die Angst vor dem, was man mir da untergeschoben hatte, hat mich dazu getrieben. Und die Panik ergriff mich immer wieder. Wann immer ich gestern den Teppich ansah, schien mir die Unregelmäßigkeit, diese winzige, zentimetergroße Unregelmäßigkeit geradezu ins Auge zu springen. Aber die Tusche auf dem Blau schien den Farbton, das normale Schwarz des Teppichs, haargenau zu treffen. Und das ließ mich nicht eher ruhen, bis ich in der Nacht den ganzen Teppich bearbeitet und alles angeglichen hatte. Erst als ich überall diese zentimetergroßen Tuscheflecken angebracht hatte, bemerkte ich den Geruch. Aber wenn ich die Fenster offenließ ...«

Pownall hielt inne. Er schien völlig gedankenverloren. Diesmal mußte Appleby eingreifen.

»Könnten Sie mir bitte einen zusammenhängenderen und weniger dramatischen Bericht von den Vorfällen geben?« Aus Applebys Tonfall klang die Überzeugung, daß der Druck, unter dem Pownall zu stehen schien, unecht war, daß der Mann ihm etwas vorspielte. Aber er war nicht sicher. Die seltsame Mischung aus Erregung und Leidenschaftslosigkeit, mit der er sich konfrontiert sah, war ihm ein Rätsel. Und diesmal kam Pownall der Bitte ohne große Umschweife nach.

»Ja«, sagte er, »das kann ich.« Und nach der üblichen Pause, die zu einem festen Bestandteil der Prozedur geworden war, fügte er hinzu: »Im Grunde fing alles mit einem Traum an.«

Wäre Inspektor Dodd eine Stunde zuvor in den Genuß dieser vertraulichen Enthüllungen gekommen, hätte er zweifellos an dieser Stelle eine gewisse Ungeduld nicht verhehlen können. Nicht so Appleby. Er zog allerdings Notizbuch und Bleistift aus der Tasche und begann, sich Notizen in Kurzschrift zu machen. Das schien Pownall zu inspirieren, denn er begann auf der Stelle mit einem beinah zusammenhängenden Bericht.

»Ich stehe früh auf und erledige in der Regel den größten Teil meiner persönlichen Arbeit vor dem Frühstück. Das habe ich mir in den heißen Ländern so angewöhnt; denn einen großen Teil meiner archäologischen Forschungen habe ich in Ägypten und Griechenland betrieben. In der Regel bin ich vor 5 Uhr auf, und daher gehe ich recht früh schlafen. Vorgestern abend bin ich wohl kurz vor halb zehn aus dem *Common Room* gekommen. Ich habe etwa zwanzig Minuten lang hier gesessen und gelesen. Dann habe ich mir aus dem Anrichteraum auf dem Flur etwas warmes Wasser geholt, habe mich gewaschen und bin zu Bett gegangen. Um Viertel nach zehn muß ich schon geschlafen haben. Wenn möglich versuche ich, schon um zehn einzuschlafen.

Nun, wie gesagt, alles begann mit einem Traum. Als Student war ich in der Rudermannschaft, und dieser Traum spielte am Fluß. Wir trainierten, wie man es heute auch noch tut, in Übungsvierern. Unser Trainer rief uns etwas zu, und ich erinnere mich, daß mich irgend etwas an seiner Stimme beunruhigte - vielleicht benutzte er ein Megaphon - jedenfalls, ich weiß nicht warum, beunruhigte mich etwas an seinen Zurufen ... Wir trainierten den Start, und während des gesamten Traums erklang immer wieder das gleiche Kommando: ›*Vorbeugen - Fertig? - Los!*‹ Das letzte Wort wurde ungeheuer laut gebrüllt, es klang wie ein Peitschenknall, und dann ruderten wir mit aller Kraft flußaufwärts. Da war noch mehr, aber daran kann ich mich nicht mehr erinnern, oder vielleicht hat der Traum auch ausgesetzt. Jedenfalls begann die gleiche Szene von neuem, eine Art wiederkehrender Alptraum. Und diesmal schien mich eine seltsame Starre zu überkommen und mich am Rudern zu hindern. Der Trainer rief mir immer wieder zu: ›*Tiefer, Bugmann! Tiefer, Bugmann!*‹ Er meinte meine Handgelenke. Aber ich konnte sie einfach nicht bewegen, und schließlich habe ich einen Krebs gefangen.

Und davon bin ich aufgewacht. Der kalte Angstschweiß stand mir auf der Stirn. Doch so groß war meine Angst nicht, daß ich mich nicht darüber gewundert hätte. Denn obwohl ich manchmal schlecht träume, macht mir das sonst nicht wirklich angst. Und plötzlich war ich sicher, daß jemand im Zimmer gewesen war. Ich weiß nicht, woher ich das wußte, aber ich vermute, mein Bewußtsein hatte es im Schlaf irgendwie wahrgenommen. Im nächsten Augenblick erhielt ich die Bestätigung. Ich hörte deutlich ein dumpfes Geräusch hier aus dem Wohnzimmer. Wenn ich in einem allgemein zugänglichen Teil des Colleges gewesen wäre, hätte ich einen Studentenulk vermutet, obwohl dergleichen sehr selten vorkommt. Doch nur einer meiner Kollegen oder der Pförtner konnten, wenn es mit rechten Dingen zuging, um diese Zeit im Obstgarten sein. Und obwohl es nicht weiter ungewöhnlich oder ungehörig gewesen wäre, wenn ein Kollege mein Wohnzimmer betreten hätte, wäre er wohl kaum heimlich in mein Schlafzimmer eingedrungen, während ich schlief. Also schloß ich, daß sich ein Einbrecher Zugang zum Gartenhaus verschafft haben mußte.

Ich bin kein allzu mutiger Mensch. Ich brauchte vielleicht zwei Minuten, bis ich mich dazu gebracht hatte aufzustehen und ins Wohnzimmer zu gehen. Als ich eintrat, sah ich, daß vom Flur her ein Lichtstrahl einfiel - und dann verschwand dieser Strahl. Jemand hatte im selben Augenblick die Tür geschlossen. Zu meiner eigenen Überraschung (denn ich bin, wie gesagt, ein Feigling) folgte ich ihm sofort. Und ich kam gerade noch rechtzeitig hinaus, um zu sehen, wie jemand in der Dunkelheit verschwand ...«

»In welche Richtung?«

Applebys Frage kam wie aus der Pistole geschossen. Aber trotzdem hatte er nicht das Gefühl, daß er Pownall damit aus der Fassung gebracht hatte. Der Mann zögerte zwar, doch nur einen Augenblick lang. »Es gibt ja nur den einen Pfad«, antwortete er, »und ich hatte ihn lange, bevor der Pfad sich verzweigte, aus den Augen verloren. Ich habe gerufen, und ich bin sicher, daß er mich gehört hat, denn er fing sofort an zu laufen.«

Diesmal fragte Appleby ganz sanft. »Wer war es, Mr. Pownall?«

Und diesmal zögerte Pownall tatsächlich - sein alter Trick mit der langen Pause. Wieder schien er Wirkungen und Möglichkeiten abzuwägen, bevor er endlich antwortete: »Das weiß ich nicht.«

»Sie haben keinerlei Vorstellung? Einfach nur ein Rücken? Was war mit der Statur, den Kleidern?«

Pownall schüttelte den Kopf - und nahm unvermittelt seine Erzählung wieder auf.

»Ich kehrte zurück in mein Zimmer und wollte eigentlich sofort telefonisch den Pförtner verständigen. Doch als ich mich umblickte, um zu sehen, ob etwas durchwühlt oder in Unordnung gebracht worden war ...«

»Da bemerkten Sie das Blut, Mr. Pownall – halb geronnenes Blut, ein vier Zentimeter großer Fleck. Und Sie saugten es mit Löschpapier auf und holten Ihr Tintenfläschchen hervor. Was sonst noch?« Nun war Appleby wirklich furchteinflößend. Der kalte, genau kalkulierte Unglaube, der aus seinen Worten sprach, hätte auch den hartgesottensten Verbrecher ins Wanken gebracht. Doch Pownall hatte sich vollkommen in der Gewalt.

»Genau so war es«, sagte er. »Ich entdeckte das Blut und noch etwas dazu. Zwei verkohlte Papierreste in einem Aschenbecher fielen mir auf, einem Aschenbecher, von dem ich genau wußte, daß er leer gewesen war, als ich zu Bett ging. Ich untersuchte die Papierreste und stellte fest, daß es zwei Seiten waren, die aus einem Taschenkalender gerissen waren – zum größten Teil verbrannt, aber doch nicht ganz. Ein Eckchen war übriggeblieben, und ich erkannte die Handschrift des Rektors darauf.«

Appleby, der den geplünderten Kalender des Toten in jenem Augenblick in der Tasche trug, begriff, daß er hier nun etwas hatte, was keine reine Erfindung war. Doch er ließ sich nichts anmerken. »Das klingt, als hätte Mr. Gott es sich ausgedacht«, sagte er und erschrak wegen der unbeabsichtigten Zweideutigkeit dieser Bemerkung selbst ein wenig. »Und aus diesen Indizien zogen Sie also auf Anhieb einen Schluß. Und zwar *welchen*?«

Pownall setzte zum Sprung an, so wie Haveland es am Vorabend getan hatte. »Ich zog den Schluß«, sagte er, »daß jemand den Rektor ermordet hatte und versuchte, es mir in die Schuhe zu schieben.«

»Aber das gibt es doch gewiß nur in Chicago und nicht hier bei uns, daß dergleichen Gedanken den Menschen auf Anhieb in den Sinn kommen? Wollen Sie mir ernsthaft weismachen, das sei der Gedanke gewesen, der Ihnen in jenem Augenblick gekommen sei?«

Pownall betrachtete seinen Gast mit kalten Augen. »Genau das habe ich gedacht.«

»Bei diesen recht kuriosen Indizien – ein Blutfleck, ein paar Papierschnitzel, jemand, der sich nachts hier herumtreibt –, bei diesen Indizien dachten Sie an Intrige und Mord?« Die Ungläubigkeit in Applebys Tonfall war nun unverhohlen.

Diesmal zögerte Pownall nicht. »Es war das Blut«, sagte er. »Das hat mich aus der Fassung gebracht. Wie gesagt, ich war beinahe wie betrunken. Ich war nicht ich selbst. Mein Versuch, es zu vertuschen, war verrückt. Doch meine Schlußfolgerung war vollkommen logisch und vernünftig. Die Tatsachen – der klammheimliche Besuch in meiner Wohnung, das Blut, die halbverkohlten Papierschnipsel mit Umplebys Schrift – ließen nur einen einzigen Schluß zu: Umpleby war, wie unwahrscheinlich das auch sein mochte, überfallen oder ermordet worden, und offenbar sollte mir die Schuld daran in die Schuhe geschoben werden. Vermutlich waren das Blut und die Seiten aus seinem Terminkalender erst der Anfang. Vermutlich hatte ich den Plan durchkreuzt. Eigentlich sollte ich weiterschlafen und so die weitere Durchführung des Planes ermöglichen. Aber nun wußte mein nächtlicher Besucher, daß ich wach war. Vermutlich hatte sein Plan auf meinem tiefen Schlaf aufgebaut, für den ich bekannt bin, und er vertraute darauf, daß dieser Umstand es ihm ermöglichen würde, in meinem Schlafzimmer weitere Spuren zu legen. Ich sollte wohl hinzufügen, daß ich bei einem Feueralarm vor fünf Jahren den ganzen Aufruhr so gründlich verschlafen habe, daß mein Schlaf im College seither sprichwörtlich geworden ist.

Ich dachte mir also, daß mein nächtlicher Besucher vorhatte, die Leiche in der Nähe zu lassen, dann Alarm zu schlagen und die Suche irgendwie auf meine Wohnung zu lenken. Dabei würde man auf diese Dinge stoßen und sie für verräterische Spuren halten, die ich übersehen hatte, bevor ich mich kaltblütig zu Bett begab. Wenn ich nicht rechtzeitig aufgewacht wäre, dann wäre ich erst in dem Moment zu mir gekommen, in dem man mich aus dem Bett gezerrt und des Mordes bezichtigt hätte.«

Pownall sprach mit Überzeugung und unter der resoluten, kühlen Oberfläche geradezu mit Leidenschaft. *Fast,* so dachte Appleby, *fast* wie jemand, der die Wahrheit sagt. Und doch hatte Pownall einen Fehler begangen, als er so entschlossen zum Sprung ansetzte. Und mit dem intuitiven Gespür, das Erfahrung und lange Praxis mit sich bringen, wußte Appleby, daß Pownall wußte, daß er diesen Fehler gemacht hatte. Pownall, so sagte sich Appleby, hatte geglaubt, daß seine Panik und all das Aufhebens mit dem Teppich nur dann verständlich wären, wenn er von der Ermordung Umplebys gewußt hätte. Also hatte er sich die Geschichte ausgedacht, daß er erraten habe, was geschehen war. Und damit hatte er sich in eine Situation manövriert, die psychologisch gänzlich unmöglich war. Er hätte einfach nur sagen sollen, daß die Vorfälle ihn erschreckt hätten und daß er aus einem unbestimmten, aber übermächtigen Gefühl der Angst heraus gehandelt habe. »Er hat einen Fehler gemacht, über den auch noch so viele Worte von Vernunft und Logik nicht hinwegtäuschen können - und das weiß er genau.«

Laut sagte Appleby: »*Und Sie haben nicht Alarm geschlagen?*«

Die Erwähnung Chicagos hatte ins Schwarze getroffen. Mit dieser Bemerkung erzielte Appleby seinen zweiten Volltreffer. Und Pownall brauchte einen Augenblick, um diesen Schlag zu parieren.

»Mir waren die Hände gebunden. Nachdem ich angesichts des Blutes einmal die Nerven verloren und die zugegebenermaßen unverzeihliche Torheit begangen hatte, diese Tusche zu benutzen, wagte ich keinen weiteren Schritt mehr. Mein Bestreben, den Blutfleck zu vertuschen, war das Ergebnis eines Anflugs panischer Angst gewesen. Diese Angst packte mich in der folgenden Nacht von neuem, als ich mich nochmals an dem Teppich zu schaffen machte. Und zu jenem Zeitpunkt glaubte ich noch, ich ließe mich lieber aufhängen, als das zuzugeben.«

Der Mann hatte die Situation erstaunlich schnell wieder im Griff. Er wußte, wo und wann es ratsam war, Zugeständnisse zu machen. Alle wußten sie das! Was für ein Fall ...! Und plötzlich erschrak Appleby darüber, ein wie großes rein intellektuelles Vergnügen ihm diese ganze unglückselige Angelegenheit bereitete, dieser abscheuliche Mord an einem Ort, an dem es keine Morde geben sollte. Er erinnerte sich an die Gedanken, die ihm in den Sinn gekommen waren, als er in der morgendlichen Dunkelheit im Bishop's Court auf- und abgegangen war. In der Dunkelheit, in der Stille, die durchdrungen schien vom Geist dieses Ortes, war einen Augenblick lang eine seltsame Bitterkeit über ihn gekommen, eine Bitterkeit darüber, daß er diese ihm wohlbekannten Innenhöfe als Werkzeug der sühnenden Gerechtigkeit betreten hatte. Und diese Stimmung war einem Gefühl von Zorn gewichen. Er entsann sich, wie er den kalten behauenen Stein eines Torbogens berührt und so etwas wie Ewigkeit gespürt hatte: Hier war etwas, das vor Anbeginn unserer Zeit da war; etwas, das hier war, während unsere Ära, wie Titlow es dargestellt hatte, unaufhaltsam und erschreckend im Niedergang begriffen war; etwas, das in anderen Zeiten als der unseren immer noch hier sein würde. Er entsann sich, wie das Licht, das über dem Torbogen zum Surrey Court unermüdlich in der Finsternis und dem Nebel leuchtete, eine besondere Bedeutung gewonnen hatte. Und er entsann sich, wie er geschworen hatte, dieses fremde, von außen eingedrungene Etwas zu vertreiben. Jetzt erwog er das Problem doch wieder mit seinem nüchternen Verstand als unleugbar vergnügliches intellektuelles Spiel.

Trotzdem war es ihm unmöglich, seine Gefühle, nämlich ein gewisses Mitleid, gänzlich zu leugnen. Warum saß dieser Gelehrte hier und tischte ihm ungerührt Lügengeschichten in einer Sache auf, in der es um Leben und Tod ging? Hatte er einen Revolver genommen und Umpleby in den Kopf geschossen? Aber warum um alles in der Welt sollte er etwas so Verrücktes tun? Ein kleiner Anflug von Ärger überkam Appleby, und er ließ sich dazu treiben, weiter zu gehen, als er das bisher getan hatte.

»Nun, Mr. Pownall, hat Ihr Beobachtungstalent denn auch die Uhrzeit festgehalten, zu der jene interessanten Ereignisse sich zutrugen?«

Doch Pownell ließ sich auch durch einen verächtlichen Tonfall so wenig aus der Ruhe bringen wie zuvor durch Unglauben. »Ich habe einen Blick auf meine Uhr geworfen, als ich aus dem Bett stieg. Es war 10.42 Uhr.«

»10.42 Uhr.« Die Ironie unterstrich die Exaktheit noch. »Aber, mein Herr, 10.42 Uhr, war das denn nicht achtzehn Minuten vor dem Zeitpunkt, zu dem, wie wir wissen, der Rektor erschossen wurde? Was meinen Sie, wie hat man den zu jenem Zeitpunkt noch unter den Lebenden weilenden Dr. Umpleby dazu bewogen, sich von seinem Blut, nun, auch nur für einen vier-Zentimeter-Flecken zu trennen? Das scheint doch eine Erklärung zu erfordern.«

»Ich nehme an, es muß nicht unbedingt Umplebys Blut gewesen sein. Ich könnte mir vorstellen, daß der Architekt des Verbrechens, wer immer er war, schon im voraus so viele falsche Spuren legte wie nur möglich. Dann brauchte er nur noch Umpleby irgendwo in der Nähe umzubringen, sich davonzumachen und dafür zu sorgen, daß Alarm geschlagen wurde.«

»Aber wir wissen, daß der Rektor in seinem Arbeitszimmer erschossen wurde, wo damit zu rechnen war, daß der Schuß gehört und der Zeitpunkt vermerkt werden würde. Und die Leiche wurde ja auch dort gefunden, inmitten von Havelands Knochen. Paßt das denn zusammen?«

»O ja, durchaus. Bedenken Sie, daß der Täter wußte, daß ich bemerkt hatte, was im Gange war. Er hatte ja gehört, wie ich ihm nachrief. Deshalb hat er vielleicht von seinem Plan abgelassen, das Verbrechen mir in die Schuhe zu schieben, und nahm statt dessen Haveland.«

Eine lange Pause trat ein. Appleby war entschlossen, nichts zu antworten. Und am Ende fügte Pownall noch etwas hinzu. »Vielleicht hat der Mörder auch seinen Plan, den Mord jemand anderem anzuhängen, ganz aufgegeben. Wenn er ein labiler Mensch wäre und sein kunstvoller Plan scheiterte, dann ...«

»Dann würde er vielleicht alles umstoßen und sozusagen seine Visitenkarte bei dem Opfer zurücklassen? Verstehe.«

Appleby erhob sich. Und dann schien ihm noch etwas einzufallen. »Übrigens, wenn Ihre ursprüngliche Vermutung sich bestätigte, wenn der Mörder, als er begriff, daß er Ihnen nichts mehr in die Schuhe schieben konnte, es Mr. Haveland anhängen wollte, dann hätte er ja von der unwahrscheinlichen Annahme ausgehen müssen, daß Sie vernünftig genug wären, das zu verbergen, was Sie sofort hätten bekanntmachen müssen.«

»Ich erwarte nicht, daß meine ursprüngliche Vermutung sich bestätigt«, sagte Pownall.

II

Verwirrt und in Gedanken versunken, ging Appleby langsam durch den Obstgarten zur Wohnung des Rektors zurück. Er verspürte einen gewissen Widerwillen gegen diese seltsamen kleinen Unterhaltungen, die sich als Ermittlungsmethode in diesem Fall ergeben hatten. Es bereitete ihm einiges Unbehagen, daß seine bevorzugte Taktik, die Taktik des Abwartens, Beobachtens und Zuhörens, sich in diesem Falle als ungeeignet, ja geradezu gefährlich erwies: Er mußte aggressiver vorgehen. Im Gespräch würden all diese Leute immer wieder von neuem überzeugend wirken, und ihnen würde wohl kaum ein Fehler unterlaufen.

Was hatte er schon groß herausgefunden? Genauer gesagt, was hatte er herausgefunden, was er nicht hätte herausfinden *sollen?* Seinen bislang einzigen Erfolg hatte er bei seiner jüngsten Begegnung mit Pownall verbuchen können: Er hatte Pownall immerhin gezwungen, seine Stellung zu wechseln – hatte ihm äußerst unkluges Verhalten nachgewiesen. Doch das hatte er althergebrachten Polizeimethoden zu verdanken: Ein wenig zum Fenster hineinblicken, ein wenig einschüchtern hatten hier zum Erfolg geführt. Hatte er selbst einen Fehler begangen, indem er versuchte, diesen Leuten dort zu begegnen, wo sie sich in ihrem Element fühlten, auf dem Feld wohlgesetzter Reden? Und das ganze Palaver kostete Zeit; der Vormittag war ohne nennenswertes Ergebnis verstrichen. Er würde keine weiteren Gespräche unter vier Augen mehr führen, ehe er sich nicht ein wenig hinter den Kulissen umgesehen hatte. Und eine ganz bestimmte Sache lag ihm schon lange auf der Seele, schon seit er Dodd gesagt hatte, daß er sich ein wenig die Beine vertreten wolle. Er mußte ein Rätsel lösen, das zwar keine Konsequenzen für den Fall zu haben schien, aber doch zu eng damit in Verbindung stand, um wirklich gänzlich ohne Bedeutung zu sein. Zuvor jedoch lenkte er seine Schritte zur Rektorenwohnung, wo er Dodd, falls dieser in Zeitnot war, den Vorschlag machen wollte, die weitere Aufnahme der Protokolle einem anderen, genügend erfahrenen Beamten zu übertragen. Er selbst hatte noch nicht die Zeit, sich dieser Angelegenheit zu widmen.

Seine Stimmung war noch immer etwas gedrückt, als er den Flur der Rektorenwohnung durchquerte. Natürlich konnte man in einem so komplizierten Fall wie diesem nicht mit raschen Erfolgen rechnen. Trotzdem hätten sich bestimmte Dinge inzwischen herauskristallisieren oder es hätten zumindest bestimmte Anhaltspunkte auftauchen müssen, und das war ganz und gar nicht der Fall. Mittlerweile hätten bestimmte Motivstränge erkennbar sein müssen – und was gab es da schon groß zu berichten? Haveland und andere hatten Umpleby nicht gemocht, und außerdem gab es da noch die dubiose Geschichte, daß er sich unberechtigterweise fremden geistigen Eigentums bedient haben sollte. Völlig unzureichend bislang. Was hätten die Ermittlungen sonst noch zutage fördern können? Die Waffe?

Appleby betrat das Eßzimmer. Am einen Ende des Tisches raffte der melancholische Sergeant eben einen Stapel Papiere zusammen. Am anderen Ende saß Dodd, in Gedanken versunken. Und auf dem polierten Mahagoni zwischen den beiden lag ein winziger, glänzender Revolver, ein zerbrechliches Ding mit einem schlanken Lauf aus kaltem blauem Stahl und einem elegant geschwungenen Elfenbeingriff. Kaum eine ernstzunehmende Waffe, aber auf eine Entfernung von drei oder vier Metern durchaus wirksam.

Appleby war noch dabei, seine Überraschung darüber zu analysieren, als Dodd aus seiner Meditation erwachte und ihn anstrahlte. »Das Fußvolk«, sagte er, »hat Ihnen noch ein wenig Knochenarbeit abgenommen« – er deutete auf die Pistole – »und wird sich nun zurückziehen.« Und damit begann er, seine eigenen Papiere zusammenzuraffen.

»Ohne das Versteck dieses hochinteressanten Objektes preiszugeben?«

»Donnerwetter, das habe ich ganz vergessen. Wir haben sie zwischen den Venüssen und allerlei anderen Fabeltieren gefunden.« Inspektor Dodd hatte eine recht eigenwillige Art literarischer Anspielungen.

»Aber sicher«, sagte Appleby, »zwischen den Venüssen. Das liegt ja schließlich auch auf der Hand, nicht wahr?« Sogar der melancholische Sergeant amüsierte sich diskret. Dann lüftete Dodd das Geheimnis.

»Babbitt hat sie in der Abstellkammer des Gartenhauses gefunden. Erinnern Sie sich an den Gang, der im Erdgeschoß nach hinten zu der kleinen Treppe führt, zu den Dienstbotenräumen im Souterrain und so weiter? Direkt dort im Erdgeschoß, über dem Anrichteraum, gibt es eine kleine Abstellkammer, eigentlich nur einen großen Schrank, voll mit allem möglichen Krempel. Babitt«, fuhr Dodd fort und versank einen Moment lang wieder in seine Gedanken, »stöberte dort schon, als Sie noch nicht einmal zu Ihrem Frühstück aufgestanden waren. Nun steckt offenbar alles Mögliche da drin, unter anderem eine ganze Menge Kuriositäten, die Titlow oben nicht mehr haben will. Ein regelrechtes Museum: Statuen und Mumienkisten und alte Badezimmerkacheln, sagt Babbitt jedenfalls, aber Sie als gebildeter Mann werden sicher ein römisches Mosaik oder so etwas darin erkennen. Und der Eingang ist mehr oder weniger von einem alten Rollstuhl blockiert, in dem Empson, wie es scheint, gefahren ist, als er noch schlechter auf den Beinen war als jetzt. Dahinter stehen diese heidnischen Göttinnen, und *da*hinter hatte jemand den Revolver geworfen. Kein schlechtes Versteck, wenn man sich das so überlegt.«

»Jedenfalls sprach einiges dafür«, bestätigte Appleby lakonisch. Er betrachtete nachdenklich die kleine Waffe und blickte sie noch eine Weile an.

»Sieht aus, als ob Sie warten, daß das Ding aufspringt und Ihnen die ganze Geschichte erzählt«, meinte Dodd.

»Ich werde das Gefühl nicht los, daß es mir sogar jetzt, wo es nur da liegt, schon etwas erzählt. Aber ich kann es nicht auf den Begriff bringen. Auch diesmal eine *abondance de richesse.* Vor ein paar Minuten hatte ich noch das Gefühl, daß ich womöglich noch überhaupt nichts herausgefunden hätte. Und jetzt finde ich binnen einer Minute viel zuviel heraus.«

»Der alte Trick, die kryptische Bemerkung«, sagte Dodd mit einem Glucksen.

Appleby wäre beinahe errötet – dann schritt er unverzüglich zur Tat. »Haben Sie einen Eisenbahnfahrplan zur Hand, Dodd? Gut. Sergeant, Lust, mal wieder in die Stadt zu fahren? Gehen Sie bitte 'rüber nach Sechs-zwo und bringen Sie mir meinen Koffer.«

»Der Yard in Aktion«, kommentierte Dodd, noch immer in scherzhafter Stimmung. »Und ich werde mich nun meinen eigenen bescheidenen Pflichten zuwenden und meine Einbrecher jagen. Kellett muß jeden Moment hier sein und übernimmt dann die Aufzeichnung der Protokolle und so weiter, alles nach Ihren Wünschen. Sie wollten ja, wenn ich mich recht erinnere, einen Spaziergang machen. Passen Sie auf, daß Sie in unserer ländlichen Idylle nicht nochmal eins über die Rübe bekommen. Und wenn Ihre gelehrten Freunde Sie nicht in Beschlag nehmen, möchten Sie dann zum Abendessen kommen und Mrs. D. kennenlernen?«

Appleby nahm mit Freuden an. Es wäre, das spürte er, als ungehörig empfunden worden, hätte er sich von neuem an die Tafel von St. Anthony's gesetzt. Die Vereinbarung war eben getroffen, als der Sergeant mit dem Koffer zurückkehrte, und Appleby machte sich umgehend an die Arbeit, während Dodd dabeistand und aufmerksam zusah.

»Sie erwarten doch nicht, daß er Fingerabdrücke hinterlassen hat«, fragte er ungläubig.

»Man weiß nie.« Appleby bog ein Stück kräftigen Drahtes zurecht.

»Ich habe noch nie gehört, daß jemand mit so einer Kaninchenschlinge nach Fingerabdrücken sucht.« Dodd war amüsiert, beeindruckt und hocherfreut über die Spekulationen, zu denen ihm diese geheimnisvolle Prozedur Anlaß bot.

»Liebe Güte, Dodd; das müssen ja uralte Krimi-Schinken sein, die Sie da lesen! Sie werden doch nicht etwa glauben, daß ich diese Sache, wo die Chancen vielleicht hundert zu eins stehen, eigenhändig mache? Das ist eine Arbeit für den besten Chemiker und den besten Fotografen, die wir haben. Und die werden übrigens auch die Kugel sehen wollen, sobald sie verfügbar ist.« Bei diesen Worten war der kleine Drahtkäfig fertiggeworden, und es war unglaublich, wie genau der vorsichtig hochgehobene Revoler hineinpaßte. Das Ganze paßte zusammen mit dem berüchtigten zehnten Schlüssel in eine kleine Stahlkassette. Appleby verschloß die Kassette und überreichte sie dem Sergeanten, der den Schlüssel dazu einsteckte. »Bitteschön, Sergeant, und hier ist der Fahrplan. Sie nehmen den nächsten Zug nach London und dann ein Taxi zum Yard. Mr. Mansell im Ostflügel. Eile ist bei diesem Ausflug geboten - also nichts wie los mit Ihnen. Und bleiben Sie lieber über Nacht: Vielleicht können Sie dann morgen schon den Bericht mit zurücknehmen. Also dann, viel Vergnügen.«

Der melancholische Sergeant - wie verwandelt - machte sich auf den Weg. Und auch Dodd verabschiedete sich. Er hatte etwas, worüber er unterwegs nachdenken konnte, ein neues Bild von Appleby, das Bild eines verblüfften und verblüffenden Blicks, das er nur eine Sekunde lang gesehen hatte.

Kapitel 9

I

Mehr Studenten als vielleicht üblich spazierten über den Bishop's Court, und sie gingen langsamer, als die schneidende Kälte es ratsam sein ließ. Einige hielten an den Fenstern inne, um ein paar Worte mit Freunden zu wechseln, und auch hinter den Fenstern des Hofes zeigten sich auffällig viele Gesichter. Doch Appleby, der im milchigen Sonnenlicht des Winters dort auf- und abspazierte, wo er zuvor im Dunkeln geschritten war, bemerkte gar nicht, wie neugierig er von allen Seiten betrachtet wurde. Die Erregung, die Dodd aufgefallen war, hielt ihn noch immer im Bann.

Am Morgen noch hatte er sich bei Dodd beklagt, daß es zuviel Licht in diesem Mordfall gebe, doch war das nicht *ein* Licht gewesen, sondern eine Vielfalt von Lichtern, die gebrochen und wirr auf einer kahlen Wand flackerten. Nun plötzlich war es zu einem Strahl gebündelt und wies ihm einen Weg, eine kleine Öffnung, durch die er sich vielleicht zwängen konnte. In jenem Augenblick machte er seine ersten Schritte auf diesem Wege. Und je weiter er vorsichtig voranging, desto klarer und deutlicher wurde der Pfad, desto heller das Licht ...

Ihm war nun etwas zu Bewußtsein gekommen, das er schon im ersten Augenblick, in dem er das Arbeitszimmer des Rektors betreten hatte, hätte begreifen müssen. Der Schuß, den Titlow und Slotwiner gehört hatten, konnte nicht derjenige gewesen sein, der Umpleby getötet hatte. Barochos Talar war der fast vollkommene Beweis dafür. Appleby hatte ihn – gewissenhaft in den Zustand zurückversetzt, in dem er entdeckt worden war – um den Kopf des Toten gewickelt vorgefunden. Und dafür hatte der Mörder mit Sicherheit keine Zeit gehabt. Zwischen dem Schuß aus dem Arbeitszimmer und dem Eindringen Titlows und Slotwiners konnte kaum eine Viertelminute gelegen haben. Um die Knochen auszustreuen, etwas, wenn auch noch so hastig, an die Wand zu kritzeln und dann in den Obstgarten zu entkommen, hätte der Täter jede dieser Sekunden gebraucht. Er hätte keine Zeit gehabt, seinem Opfer einen Talar um den Kopf zu wickeln - und auch kein Motiv dazu.

Erst eine zufällige Bemerkung Dodds hatte dafür gesorgt, daß all das, was Appleby auf Anhieb hätte begreifen müssen und was in der Tat wohl irgendwo in der Tiefe seines Bewußtseins von Anfang an geschlummert hatte, ihm zu Bewußtsein kam. Und zu Bewußtsein war es ihm in Gestalt eines grellen Bildes gekommen. Denn als er in Umplebys Wohnzimmer gestanden hatte, hatte ihm seine Phantasie ganz unaufgefordert das Bild der undurchdringlichen Finsternis einer mondlosen Novembernacht geliefert, einer Dunkelheit, wie er sie ein paar Stunden zuvor selbst erlebt hatte. Und durch die Dunkelheit war eine merkwürdige Form geeilt, quietschend und holpernd, eine Form, die er nicht hatte erkennen können, bis sie sich, als sie vor einer verglasten Terrassentür innehielt, als ein Rollstuhl erwiesen hatte, darin eine zusammengesunkene menschliche Gestalt, den Kopf in ein schwarzes Tuch gewickelt ...

Und da ihm das Bild nun von neuem und noch überzeugender als zuvor in den Sinn kam, machte Appleby kehrt und ging raschen Schrittes zurück zum Obstgarten. Schon eine Minute darauf hatte er die Abstellkammer entdeckt, von der Dodd gesprochen hatte. Der Rollstuhl stand dort. Würde sich feststellen lassen, ob er vor kurzem benutzt worden, daß er kürzlich im Freien gewesen war? Sogleich vertiefte er sich in seine Untersuchung. Genau wie er es in seinem Phantasiebild gesehen hatte, war es ein altes, knarrendes Korbgefährt, ein Vehikel, angesichts dessen sich ihm beim Gedanken an den Zweck, zu dem es, wie er vermutete, vor kurzem gedient hatte, die Haare sträubten. Aber es war in durchaus fahrtüchtigem Zustand. Er untersuchte die Achsen. Keine Spur von Öl. Vielleicht ein kleines Indiz, daß der Stuhl, wenn überhaupt, in einem Notfall benutzt worden war, nicht nach einem vorgefaßten Plan. Und nirgends der kleinste Blutfleck. Was natürlich den umwickelten Kopf erklärte: Es durfte nirgends Blut zu sehen sein außer im Arbeitszimmer des Rektors. Als nächstes wandte Appleby seine Aufmerksamkeit den Reifen zu. Sie waren alt und abgefahren, das Gummi hart und brüchig geworden, eine Oberfläche, an der wenig hängen bliebe. Doch hier und da gab es kleine Risse und Brüche, auf die man hoffen durfte. An ein oder zwei Stellen fanden sich Spuren von Kies - doch knochentrocken. Wenn diese Steinchen zwei Tage zvuor daran hängengeblieben waren, konnten sie dann heute so trocken sein? Appleby konnte es sich schon vorstellen und suchte weiter nach einem eindeutigeren Beweis. Und als er seine gewissenhafte Suche rund um den Rand des zweiten Rades fast abgeschlossen hatte, da fand er ihn. Zwischen Reifen und Felge, hängengeblieben, als der Stuhl gegen die Kante eines Rasenstückes gefahren war, fand er einen einzelnen Grashalm. Und das frische Grün, das selbst mitten im Winter einen makellos gepflegten Rasen auszeichnet, zierte ihn noch. Vor kurzem, vor sehr kurzem war dieser Rollstuhl benutzt worden.

Appleby wandte sich der Lehne zu. Zum Schieben des Stuhles diente eine einzelne Querstange, die man herausnehmen konnte, wenn man auf beiden Seiten einen Schraubverschluß löste. Mechanisch, stets auf der Suche nach Fingerabdrücken, schraubte Appleby sie ab. Danach sah er sich in der Kammer um. Ganz wie Dodd gesagt hatte, war sie voller Gerümpel, und es war nicht zu übersehen, daß es größtenteils Titlows Gerümpel war. Eine Arkebuse war da. Ein sanftmütig wirkender Hai in einer Vitrine. Und es gab ein oder zwei Gipsabgüsse, darunter eine liegende Venus, und hinter dieser Göttin hatte sich zweifellos der Revolver gefunden. Appleby wollte sich nicht in den Rollstuhl setzen. Er nahm statt dessen auf dem Bauch der Dame Platz und dachte angestrengt nach.

Umpleby um halb elf in seinem Arbeitszimmer am Leben. Umpleby erschossen, anderswo, zwischen halb elf und elf. Und plötzlich fiel Appleby ein weiterer Eindruck wieder ein, den er am Vorabend gehabt hatte. Die Stille im Bishop's Court, geschützt wie er war durch die große Barriere von Kapelle, Bibliothek und *Hall.* Das stoßweise Rumpeln und der Lärm des nächtlichen Verkehrs im Obstgarten, der zu einem Getöse anschwoll, je näher man der Schools Street kam. Alle fünf Minuten mußte es sogar nachts einen Augenblick geben, wo man einen Revolver abfeuern konnte, ohne daß man befürchten mußte, daß jemand es hörte.

Umpleby wurde hier im Obstgarten umgebracht und seine Leiche zurück ins Arbeitszimmer gekarrt. Umpleby wurde zu einer bestimmten Zeit, an einem bestimmten Ort ermordet, dann der Anschein erweckt, es seien eine andere Zeit, ein anderer Ort gewesen. Eine andere Zeit, ein anderer Ort, deshalb sei *der Täter ein anderer gewesen.* Ein Alibi ... Nein, darum ging es nicht: Es hatte ja den zweiten Schuß gegeben. Wenn man blieb, um einen zweiten Schuß abzugeben, dann konnte man nicht anderswo ein Alibi aufbauen. *Um das Alibi eines anderen zu entwerten.* Das war besser. Und dann kam zu Applebys innerem Bild jenes grausigen Fahrzeugs, das da aus der Dunkelheit hervortrat, ein neues Detail hinzu. Zu Füßen des Toten befand sich eine Schachtel, ein Sack vielleicht, mit Knochen.

Er erhob sich von dem kühlen und harten Unterleib der Aphrodite und trat nachdenklich hinaus aus dem Abstellraum. Auf dem Flur hielt er inne. Zu seiner Linken lag Havelands Wohnung. Von dort waren die Knochen gekommen. Zu seiner Rechten die Wohnung Pownalls und auf dem Teppich Blut. Er ging wieder hinaus in den Obstgarten und spazierte diesmal ohne Zuschauer zwischen den Bäumen auf und ab. In Gedanken spielte er eine Formel durch, eine Formel, die lautete:

Er konnte beweisen, daß er es nicht hier und jetzt getan hatte. Aber er konnte nicht beweisen, daß er es nicht drüben und zwanzig Minuten später getan hatte – sofern er weiterhin als Täter in Betracht kam.

Und er fügte noch eine Klausel hinzu: *Tüchtig wie er ist, lud er den Revolver nach und sorgte dafür, daß er, wenn man ihn fand, den Eindruck erweckte, es sei nur einmal geschossen worden.* Und er schloß noch eine Frage an: *Die zweite Kugel?,* sowie zum letzten, nicht ganz konsequent, noch einen Nachgedanken: *Trotzdem muß ich noch diesen Spaziergang unternehmen – am besten jetzt gleich.*

II

Appleby war nicht mehr vor den Toren von St. Anthony's gewesen, seit der große gelbe Bentley ihn am Nachmittag des Vortages dort abgesetzt hatte. Allmählich wuchs sein Verlangen, einmal etwas anderes zu sehen. Er hatte sich eine kleine Route zurechtgelegt, die ihm sowohl ein Vergnügen sein als auch bei der Arbeit nützen würde; die Umsetzung dieses Planes war durch den Fund des Revolvers aufgehalten worden; jetzt war er fest entschlossen, nicht mehr länger zu zögern. Ein Sandwich und ein Glas Bier an der Bar des ›Berklay‹, dann würde er sich auf den Weg machen. Er war eben durch den Torbogen in den Surrey Court geschlüpft, als er bemerkte, daß Mr. Deighton-Clerk auf ihn zukam. Die Züge Mr. Deighton-Clerks zeigten nicht nur seine übliche wohlwollende Strenge, sondern es strahlte darin unmißverständlich das Licht der Gastfreundschaft von St. Anthony's. Appleby sank der Mut - zu Recht, wie sich rasch herausstellen sollte.

»Ah, Mr. Appleby, gerade war ich auf der Suche nach Ihnen. Machen Sie mir die Freude und essen Sie mit mir zu Mittag, wenn es Ihre Zeit erlaubt. Ich hätte mich sehr gern noch einmal mit Ihnen unterhalten. Ein einfaches Mahl dürfte inzwischen in meiner Wohnung bereitstehen.«

Applebys Zeit erlaubte es eigentlich *nicht,* und gewiß war ihm gar nicht danach zumute. Doch er brachte es nicht fertig, das zu sagen. Vielleicht war es eine alte, schon halb in Vergessenheit geratene Gewohnheit, daß sich ein intelligenter junger Mann die Einladung eines intelligenten Älteren nicht entgehen läßt. Oder vielleicht war es auch der Detektiv in ihm, der unbewußt zu einer Änderung der Strategien riet. Wie dem auch sei, Appleby murmelte die angemessenen Dankesworte und folgte Mr. Deighton-Clerk ohne Widerspruch. Eine gewisse Freude bereitete ihm die geheimnisvolle Stange des Rollstuhls, die er mit spitzen Fingern bei sich trug. Das würde dem Dekan zu denken geben.

Es gab Seezungenfilets, *bécasse Carême* und *poires flambées* und aus dem Keller von St. Anthony's einen exzellenten Rheinwein. Die Collegeköche können solche Mahlzeiten durchaus bereiten und die Studenten, bisweilen sogar die Professoren laden ihre Gäste dazu ein. Aber es war etwas unpassend, fand Appleby, einen Polizisten damit zu bewirten, ob nun im Dienst oder nicht. Im Grunde hatte Deighton-Clerk etwas Unsicheres. Sein hochelegantes, aber doch ein wenig zu sehr herausgeputztes Zimmer, seine erstklassige und doch zum falschen Zeitpunkt servierte Waldschnepfe waren die Gesten eines unsicheren Menschen. Und auch im Gespräch war er zunächst beklommen. Im Umgang mit seinen Kollegen war der Dekan selbst in einer schwierigen und unangenehmen Situation tüchtig, gewandt und korrekt. Doch kam dann ein Fremder hinzu, den er nicht ganz einordnen konnte, dann traf er nicht selten den falschen Ton. Während der Mahlzeit trat immer wieder diese Steifheit und Umständlichkeit zutage, die schon in seinen ersten Unterhaltungen mit Appleby so auffällig gewesen war. Doch genau wie damals gelang es ihm auch diesmal, am Ende zum Thema zu kommen. Er redete viel, und nur noch dann und wann klang es, als hielte er Vorträge.

»Sie erinnern sich vielleicht, daß ich gestern abend davon sprach, zu welch einem unglücklichen Zeitpunkt der Tod des Rektors für uns kam, so kurz vor den Feierlichkeiten. Das war eine kuriose und abwegige Einstellung, jedenfalls glaubte ich, daß das meine Einstellung sei, und ich habe darüber nachgedacht. Ich glaube, ich habe mir Sorgen einreden wollen, die gar nicht bestanden, um mich von den wirklichen Sorgen, die ich hatte und habe, abzulenken. Ich war fest entschlossen, dem Gedanken keinen Glauben zu schenken, daß unser Rektor von jemandem aus seinen eigenen Kreisen umgebracht worden war; ich wollte um jeden Preis – unter Vernachlässigung aller Logik, werden Sie sagen –, daß die Spur des Mordes aus St. Anthony's hinaus nach draußen führen sollte.

Heute verblüfft es mich, in welchem Maße ich ganz unbeabsichtigt Indizien ignoriert oder gar ihre Bedeutung verdreht habe. Ich wollte zum Beispiel jene Knochen als Beweis dafür sehen, daß ein Geisteskranker *von draußen* in das geordnete und gesunde Leben unseres Colleges eingedrungen war. Ich habe tatsächlich den Gedanken aus meinem Kopf verbannen können, daß es in Anbetracht ihrer Forschungsgebiete nicht unwahrscheinlich war, daß etliche meiner Kollegen solche Knochen besaßen. Und was noch bemerkenswerter ist: Ich hatte erfolgreich jede Erinnerung an die früheren Leiden des armen Haveland verdrängt.«

Eine Pause trat ein, während der Diener des Dekans den Kaffee brachte. Appleby mußte an die periodischen Pausen bei der morgendlichen Unterhaltung mit Pownall in dessen Zimmer denken. Doch während Pownall seine Pausen unwillkürlich gemacht hatte, schien Deighton-Clark die seine mit Absicht hier anzubringen, um einen gewissen Punkt noch zu unterstreichen. Wenn schon kein Verrückter von draußen, dann mußte es wenigstens ein *Verrückter* von drinnen gewesen sein. Darauf wollte der Dekan hinaus. Und sein Motiv war wie zuvor das Bestreben, den Skandal so klein wie nur möglich zu halten. Doch nun fuhr er fort.

»Aber was ich sagen wollte, ist folgendes: Gestern abend habe ich meine Pflicht versäumt. Meine *idée fixe,* daß dieses oder jenes Ereignis, diese oder jene Situation in St. Anthony's gar nichts mit dem Mord zu tun haben *könne,* hat mich, fürchte ich, verschlossener sein lassen, als gut war. Ich wollte Sie glauben machen, daß das, was es hier an Unstimmigkeiten gab, nicht auf die gleiche Ebene mit einem Mord zu stellen war. Es wäre wohl besser gewesen, obwohl ich natürlich nach wie vor dieses Glaubens bin, dies Ihrem eigenen gesunden Menschenverstand zu überlassen, nach einem sachlichen Bericht über diese Unstimmigkeiten. Einen solchen will ich Ihnen nun geben.«

O weitschweifigster aller Söhne des Sankt Antonius, sagte sich Appleby im Geiste, dann tu's doch endlich! Laut entgegnete er: »Man weiß nie, was am Ende direkt oder indirekt von Nutzen sein wird.«

»Ganz genau«, bestätigte Deighton-Clerk so, wie er vielleicht eine kluge Bemerkung eines Studenten belohnt hätte, »ganz genau. Und zuerst muß ich Ihnen sagen, was ich ja auch zuvor schon angedeutet habe, daß wir nun schon seit einigen Jahren alles in allem keine glückliche Gemeinschaft mehr gewesen sind. Sie haben die schockierende Bemerkung vernommen, die Haveland, wie er sagt, gegenüber Umpleby ausstieß, und andere Anzeichen von Konflikten werden Ihnen aufgefallen sein. Ich habe eine Auseinandersetzung erwähnt, die ich selbst noch vor kurzem mit dem Rektor hatte. Davon in Kürze mehr. Doch als erstes muß ich sagen, daß ich mich außerstande sehe zu entscheiden, wem für die Auseinandersetzungen, die es zwischen uns gab, in welchem Maße die Schuld anzulasten ist. Reibereien kommen auf, man weiß nicht wie, und sie verhärten sich zu Streit, Feindseligkeit, Vorwürfen. Es hat Vorwürfe gegeben, was schon für sich genommen schockierend ist – Vorwürfe einer leichteren Form von Kriminalität. Aber es spielt, wenn Sie einen Begriff von dieser ganzen entsetzlichen Angelegenheit bekommen wollen, eine große Rolle, daß ein unbeteiligter Verstand es schwer finden dürfte zu sagen, wer denn nun wirklich die Schuld trägt.

Ich sollte Ihnen wohl etwas über Umpleby selbst erzählen. Er war ein sehr fähiger Mann. Das allein ist vielleicht schon die Crux der ganzen Angelegenheit. Wir haben keinen Geist hier in St. Anthony's, der es mit seinem hätte aufnehmen können – Titlow vielleicht ausgenommen. Doch Titlows Intellekt ist sprunghaft, unberechenbar im Vergleich zu dem Umplebys. Umpleby stand Titlow an Befähigung nicht nach und hatte ungleich mehr intellektuelle Ausdauer. Umplebys große Stärke war, daß er sich in einer ganzen Reihe von Disziplinen auskannte, verwandten Disziplinen meine ich, und er hatte eine Begabung, fruchtbare Verbindungen zwischen Personen herzustellen, die auf dem einen oder dem anderen Felde tätig waren. Und hier in St. Anthony's hatte er eine Mannschaft um sich versammelt. Nur daß die Mannschaft sich nicht verstand.

Wie ich Ihnen schon gestern abend im *Common Room* erläutert habe, arbeiteten Haveland, Titlow, Pownall, Campbell und Ransome recht eng zusammen, und diese Partnerschaft ging letzten Endes auf Umplebys Planung und Organisation zurück. Auch ich persönlich war an dieser Arbeit interessiert, obwohl ich nicht aktiv daran teilnahm, zumindest an jenen Aspekten, die die Synkretismen des Mittelmeerraumes angingen. So kam es, daß ich die Beziehungen zwischen Umpleby und den anderen von Anfang an im Blick hatte und schon früh bemerkte, daß sich Schwierigkeiten anbahnten.«

Appleby hatte sein Notizbuch nicht ohne ein gewisses Bedauern angesichts der Überreste des für einen einfachen Polizisten fürstlichen Mahles des Dekans gezückt. Deighton-Clerk, der das Bedauern bemerkte, deutete mit einer Geste an, er solle nur weiteressen, einer Geste, die in ihrer allumfassenden Rundheit, etwas durchaus Episkopales hatte, und fuhr mit seiner Erzählung fort.

»Ich würde sagen, die ersten Anzeichen von Unstimmigkeiten waren vor etwa fünf Jahren zu spüren, nachdem wir Campbell als *Fellow* aufgenommen hatten. Er war damals noch sehr jung, um die dreiundzwanzig, glaube ich. Und damit war er nur zwei oder drei Jahre älter als unser zweiter junger Mann, Rowland Ransome, der Doktorand. Ransome hatte schon eine ganze Weile unter Umplebys Anleitung gearbeitet, als Campbell nach St. Anthony's kam, und die beiden jungen Männer wurden enge Freunde. Ransome ist ein kluger Kopf, aber – tja – unzuverlässig: Die eine Arbeit macht er gut, ausgezeichnet sogar, die nächste macht er leichtfertig und schlecht. Er ist ein unachtsamer, draufgängerischer, oft halsstarriger Mensch, der sich kaum Gedanken um sein eigenes Ansehen oder seine Karriere macht. Und es dauerte nicht lange, bis sich Campbell, ob nun zu recht oder zu unrecht, in den Gedanken verbiß, daß Umpleby Ransome ausnütze. Er fand, daß das Maß, in dem Ransome sich Umplebys Anweisungen unterwarf, seinem Stande unangemessen sei und daß Umpleby in unanständiger Weise von Ransomes Forschungsergebnissen profitiere. Und er überzeugte Ransome selbst davon.

Wie gesagt, solche Dinge sind sehr schwer zu beurteilen. Umpleby veröffentlichte ununterbrochen. In seinen Publikationen verwies bestenfalls eine gelegentliche Fußnote auf Ransome. Aber Sie dürfen nicht vergessen, daß Umpleby die Arbeit einer ganzen Reihe von Personen organisierte und koordinierte, mit Zustimmung dieser Personen und sehr oft zu ihrem Vorteil. Ich möchte hier meiner Meinung Ausdruck verleihen, Mr. Appleby, daß Umpleby sich niemals das geistige Eigentum anderer um seines eigenen Ansehens in der akademischen Welt willen aneignete.«

Das waren dunkle Worte, und Appleby, der sich erinnerte, wie ungläubig er selbst gewesen war, als Haveland seine Vorwürfe des geistigen Diebstahls vorbrachte, hakte sofort nach.

»›Um seines eigenen Ansehens in der akademischen Welt willen‹ - könnten Sie diese Einschränkung näher erläutern?«

»Sie werden feststellen, Mr. Appleby, daß sich die Erklärung gleich ganz von selbst ergibt. Kurz gesagt, Umpleby fand Gefallen daran, Leute zu ärgern. Und wenn er selbst, sagen wir, auf *Lösung X* verfallen war, dann war er in der Lage, mit großem Aufwand zum Beispiel den Kollegen A davon zu überzeugen, daß im Grunde die *Lösung X* dem Kollegen A zu verdanken sei, einfach nur um des Vergnügens willen, den Kollegen A dann später damit zu ärgern, daß er ihm *Lösung X* vorgeblich stahl.«

»Verstehe«, sagte Appleby. Er überlegte, was Dodd wohl *dazu* gesagt hätte?

»Dann kann ich jetzt«, fuhr der Dekan fort, »meinen Faden wieder aufnehmen, ohne daß ich jeweils darauf hinweisen muß, daß Umpleby kein umgänglicher oder liebenswerter Mann war. Als er erfuhr, daß Ransome, der sein Schüler gewesen war, seit er auf die Universität gekommen war, und den er nach wie vor als seinen Schüler betrachtete, sich über das, was ich Ihnen erläutert habe, beschwerte und hinter seinem Rücken, wie er sagte, da war er wütend. Die Lage verschärfte sich zusehends, bis Ransome dann vor vier Jahren ins Ausland ging. Er blieb zwei Jahre fort, doch als er zurückkehrte, flackerten die Feindseligkeiten wieder auf. Es gab Szenen, Vorfälle wäre vielleicht das bessere Wort, und am Ende reagierte Umpleby auf eine Weise, die allgemein als sehr anmaßend empfunden wurde. Er hatte gewisse wertvolle Dokumente in seinem Besitz, die stets vornehmlich als Ransomes Eigentum gegolten hatten. Wenn ich von wertvollen Dokumenten spreche, müssen Sie sie natürlich als wertvoll im wissenschaftlichen Sinne verstehen: Genauer gesagt handelte es sich um einen fast fertig entwickelten Schlüssel zu gewissen Inschriften, die von größter Bedeutung zu sein versprachen. Ich brauche hier nicht in die Details zu gehen. Umpleby blockierte sie einfach. Wenn Ransome, verkündete er, das Land wieder verlasse, dann könne er sie haben: Ransomes

Gegenwart sei ihm lästig, und dies sei die einzige Möglichkeit, ihn loszuwerden. Nun, Ransome reiste ab und ist seitdem nicht wieder hier gewesen. Und darum ging es bei meinem eigenen Streit mit Umpleby, dem Streit, von dem gestern abend bereits die Rede war.«

Nun war Deighton-Clerk ganz in seinen Bericht vertieft: Die Verlegenheit, das Weitschweifige waren verschwunden, sein Verstand war ganz darauf konzentriert, alles mit größter Klarheit darzustellen. Appleby hörte aufmerksam zu.

»Vor einigen Monaten bekam ich einen Brief von Ransome, in dem er mir eröffnete, daß er die Dokumente nicht zurückerhalten habe. Und einige Andeutungen, die er machte, veranlaßten mich, gewisse Nachforschungen anzustellen. Bald fand ich zu meinem großen Unbehagen heraus, daß Umpleby im Begriff war, in einer Fachzeitschrift einen Aufsatz über die Entzifferung jener Inschriften zu veröffentlichen. Ich bekam diese Auskunft unter dem Siegel der Verschwiegenheit von Sir Theodore Peek, dem Herausgeber, und ich sprach Umpleby sogleich unter vier Augen darauf an. Doch es war keine zufriedenstellende Antwort aus ihm herauszubringen. So kam es, daß ich es als meine Pflicht empfand, die Angelegenheit in aller Form bei einer Collegeversammlung zur Sprache zu bringen. Das entsprach nicht ganz dem üblichen Verfahren, aber ich tat es trotzdem. Es fielen böse Worte dabei. Auf den ersten Blick war es ja keine allzu ernsthafte Sache, lediglich ein bedauerlicher Streit zwischen Kollegen um Angelegenheiten, die ihre Forschungen betrafen. Doch unterschwellig gab es den häßlichen Vorwurf des Plagiats, des geistigen Diebstahls. Behalten Sie bitte immer im Kopf, daß die Sache nicht so einfach ist, wie sie scheint. Ich habe nicht den geringsten Zweifel, daß Umplebys Fähigkeiten, jene Inschriften zu entziffern, denjenigen Ransomes überlegen waren. Aber auch wenn man einmal davon absieht, daß Umpleby anmaßend und ungerecht handelte, als er das Eigentum eines anderen oder Teile davon für sich behielt, ist die ganze Angelegenheit dubios.«

»Doch außer Umpleby, Ransome und Campbell waren noch andere darin verwickelt?«

»In der Tat; darauf muß ich nun zu sprechen kommen. Von Anfang an übte diese unglückselige Affäre, wie es scheint, einen schlechten Einfluß auf den Rektor aus. Ich glaube, er war ein eigensinniger Mensch. Und als ihm klarwurde, daß die Meinungen im

College in dieser Angelegenheit größtenteils gegen ihn standen, da reagierte er gehässig. Zumindest kommt es mir so vor, obwohl ich auch da wieder sagen würde, daß solche Dinge sehr schwer zu durchschauen sind. Umpleby stritt sich mit Haveland. Anfangs wollte er Haveland wohl nur *hänseln,* ihn aufziehen mit einem ›*Ihre* Arbeiten stehle ich als nächste‹. Jedenfalls war Haveland nervös und auch ärgerlich, und Umpleby fand Gefallen daran. Am Ende entwickelte er daraus ein regelrechtes, reichlich abwegiges intellektuelles Spiel. Es machte ihm Spaß, auf eine merkwürdige, ironische Art, das ganze College ständig an seiner intellektuellen Redlichkeit zweifeln zu lassen. Er brach auch neuen Streit vom Zaune. Und er rekrutierte Verbündete. Ganz besonders verbündete er sich mit Pownall gegen Haveland, und dann, damit der Kampf nicht zu unfair wurde, brachte er Titlow dazu, sich auf Havelands Seite zu schlagen. Und vor kurzem kam er dann zu dem Schluß, daß es ihm mehr Spaß machen würde – es ist wirklich entsetzlich, daß man es so formulieren muß –, sich allein gegen alle zu stellen, und prompt inszenierte er einen heftigen Streit mit Pownall.

Für Umpleby war es ein Spiel, und es gab bestimmte Grenzen, die er niemals überschritt, niemals, könnte man sagen, brach er die Regeln, die er selbst festgelegt hatte. Er blieb nach außen hin stets höflich, und ich glaube, daß er niemals emotional beteiligt war. Er blieb auf Distanz. Er frönte lediglich einem etwas morbiden Hobby. Aber das brachte Mißtöne im College auf. Und die Nebendarsteller waren weniger leidenschaftslos, hielten weniger Distanz. Besonders Pownall und Titlow steigerten sich, soweit ich das beurteilen kann, so sehr in ihre gegenseitige Ablehnung hinein, daß zwischen den beiden, fürchte ich, eine echte Feindschaft besteht. Und andere wurden mehr oder weniger hineingezogen: Empson, Chalmers-Paton, sogar Curtis, so ein lieber alter Mann! Was für eine Bühne, Mr. Appleby, für jene entsetzliche Schlußszene!«

Damit war Deighton-Clerk am Ende seiner Erzählung angelangt. Und als wolle er dies auch äußerlich betonen, warf er sich in seinem Lehnstuhl zurück und verfiel für eine Weile in eine grimmige und gedankenverlorene Betrachtung seiner dunkelblauen und silbernen Decke. Appleby machte sich noch eine letzte Notiz und versank darauf ebenso tief in das Studium des Aubussonteppichs. Dann ergriff der Dekan wieder das Wort. »Wenn sich nun aus dem, was ich berichtet habe, noch Fragen für Sie ergeben oder Sie sonst Fragen haben, dann zögern Sie nicht, sie zu stellen.«

Doch im Augenblick fand Appleby es unangebracht, seinem Gastgeber mit einem Kreuzverhör zur Last zu fallen. Er beschränkte sich auf einen Punkt, der bisher nicht zur Sprache gekommen war. »Diese Sache mit dem Austausch der Schlüssel zum Obstgarten, ob Sie mir da wohl noch Näheres sagen könnten? War es Dr. Umplebys Idee?«

»Ja. Er sagte uns bei der letzten Collegeversammlung, daß er das für wünschenswert halte und daß er die erforderlichen Schritte in die Wege leiten werde. Unser Schatzmeister ist vor kurzem gestorben, und der Rektor hatte einen Gutteil der praktischen Angelegenheiten des Colleges übernommen.«

»Meinen Sie, es steckte etwas hinter dieser Absicht, die Schlösser auszuwechseln? Hatte Umpleby etwa den Gedanken im Kopf, daß er sich damit irgendwie schützen müsse?«

Deighton-Clerk schien verblüfft. »Das kann ich mir kaum vorstellen«, antwortete er. »Umpleby war der Überzeugung, daß illegitime Nachschlüssel im Umlauf seien. Das war das Motiv für diese Aktion, und ich für meinen Teil bin niemals auf die Idee gekommen, daß die Sache etwas mit persönlicher Furcht zu tun haben könnte.«

»Aber der Obstgarten war sozusagen seine Achillesferse, nicht wahr? Die Arbeitszimmerfenster zum Beispiel sind zur Straße hin vergittert, und die Türen zum Bishop's Court, zum *Common Room* und zur Straße wurden jeden Abend verschlossen. Aber vom Obstgarten aus einzudringen war nicht weiter schwer.«

Einen Moment lang hellte sich Deighton-Clerks Miene auf. »Das würde bedeuten«, sagte er, »daß Umpleby einen Angriff von jemandem befürchtete, der unrechtmäßig einen Schlüssel besaß, eines Außenstehenden, der sich einen Nachschlüssel des alten Musters besorgt hatte?«

Appleby nickte. Deighton-Clerk dachte einen Moment lang nach. Dann schüttelte er den Kopf. »Nein«, sagte er mit Bedauern. »Ich glaube nicht, daß daran etwas ist. Ich bin sicher, ich bin *so gut wie* sicher, daß es Umpleby wirklich nur um das ging, was er auch selbst als Grund angab. Er *war* besorgt, und ich muß zugeben, in auffälligem Maße. Aber es ging ihm dabei wirklich um das Ansehen des Colleges. Es hatte einen ziemlich häßlichen Vorfall mit einem Studenten gegeben, der über die Stränge geschlagen war, und er war fest entschlossen, jeden illegitimen Ausflug von St. Anthony's zu unterbinden. Umpleby stammte übrigens aus einer armen Familie und hatte manch übertriebene Angst im gesellschaftlichen Bereich. Er legte Wert darauf, daß eine bestimmte Klasse von *Undergraduates* nach St. Anthony's kam, und nichts schreckt gute Familien so sehr von einem College ab wie eine vulgäre Skandalgeschichte. Ich glaube, ausschließlich darum ging es ihm bei seiner Erregung über diese Affäre. Ich kann mir nicht vorstellen, daß er um seine eigene Sicherheit besorgt war, nur weil jemand unrechtmäßigerweise einen Schlüssel besaß.«

Doch einen Moment lang verweilte Appleby noch bei diesem Punkt. Und diesmal legte er selbst eine Pause ein, bevor er die nächste Frage stellte.

»Übrigens, hatte eigentlich Ransome einen Schlüssel?«

Deighton-Clerk richtete sich in seinem Stuhl auf. »Ja«, sagte er, »das hatte er.«

»Aber von den neuen Schlüsseln hätte er wohl keinen bekommen?«

»Nein, wahrscheinlich nicht.«

»Wissen Sie noch, wie der Rektor die neuen Schlüssel verteilt hat?«

»Soviel ich weiß, machte er einfach die Runde im College und übergab sie jedem persönlich.«

»Nach welchem Prinzip?«

Deighton-Clerk machte ein verblüfftes Gesicht. »Sie meinen, wer ihn als erster, als zweiter und so weiter bekam? Da bin ich überfragt. Ich kann Ihnen nur sagen, daß er zu mir als vorletztem kam, denn ich weiß noch, wie er sagte, nun habe er nur noch den Schlüssel für Gott.«

»Und das war vorgestern zur Mittagszeit?«

»Ja.«

Wiederum schwieg Appleby. Sein Mittagessen war recht aufschlußreich gewesen. Nur daß das Licht nun wieder diffuser schien, es spielte wieder in einzelnen Flecken hier und dort. Es sah ganz so aus, als würde er am Abend Dodd von neuem berichten müssen, daß es zuviel Licht im Dunkel dieses Falles gab.

Der Dekan warf einen Blick auf seine Uhr. »Ich habe in Kürze eine Versammlung, Mr. Appleby, und werde Sie verlassen müssen. Haben Sie vielleicht noch etwas auf dem Herzen, was Sie ansprechen wollen?«

»Eines noch«, antwortete Appleby und nahm dabei seine geheimnisvolle Rollstuhlstange zur Hand. »Ich fürchte, ich werde die Fingerabdrücke sämtlicher *Fellows* des Colleges nehmen müssen.«

Das klang nun wieder ganz nach Polizei, und das, da das Bukett des Weins, den der Dekan ihm eingeschenkt hatte, und das Aroma seiner erstklassigen Interpretation von Mme. Carêmes Meisterwerk selbst bei diesen Worten noch auf Applebys Gaumen verweilte.

Keine Frage, Deighton-Clerk war ein wenig pikiert. »Fingerabdrücke!« rief er. »Also wirklich. Ich dachte heutzutage trügen die Übeltäter allesamt Handschuhe?«

»Das tun sie oft, und dann können wir mit dieser Methode nichts ausrichten. Obwohl die Deutschen angeblich ein Verfahren entwickelt haben, mit dem man die Abdrücke sogar durch einen gewöhnlichen Handschuh hindurch noch finden kann. Aber wie dem auch sei, das Nehmen von Fingerabdrücken, natürlich mit der Erlaubnis der betroffenen Personen, ist eine Routinearbeit, die von uns erwartet wird. Sollte es Einwände geben ...«

»Es wird mit Gewißheit keine Einwände geben«, unterbrach der Dekan ihn nachdrücklich. »Eine unerläßliche Prozedur, da bin ich ganz Ihrer Meinung. Meine – ähm – Finger und Daumen stehen als erste zu Ihrer Verfügung. Und alle anderen werden ebenfalls bereit sein.«

Trotzdem war ein Anflug von Zögern oder Verärgerung in der Antwort des Dekans zu spüren, und Appleby ging behutsam vor. »Mr. Deighton-Clerk, wenn ich dann einen Sergeanten schicken darf, der die Runde macht ...«

Die Miene des Dekans hellte sich schlagartig auf. Es war eine Frage der Schicklichkeit gewesen, die ihm Sorgen gemacht hatte. Der Gedanke, daß Mr. Appleby, der am *High Table* von St. Anthony's gespeist hatte, mit einem kleinen Stempelkissen umhergehen und Gelehrtenfinger und -daumen auf Karteikarten der Polizei pressen sollte, hatte ihm Unbehagen bereitet. Das war eine Arbeit für einen niederen Dienstrang.

»Gewiß, Mr. Appleby, gewiß, das ist ein höchst zweckmäßiger Vorschlag. Das wird – ähm – eine kuriose Erfahrung sein. Bisher haben Sie noch keine Fingerabdrücke nehmen lassen?

»Nur von der Leiche«, antwortete Appleby ein wenig verlegen. Und mit einem Blick auf seine eigene Uhr erhob er sich und verabschiedete sich. Der Dekan beschloß ihre Unterhaltung mit einer höflichen Nachfrage, ob Applebys Wohnung in St. Anthony's zu seiner Zufriedenheit sei. Doch sein Blick weilte dabei nachdenklich auf der hölzernen Stange, die Appleby wieder mit spitzen Fingern aufgenommen hatte. Sie hatte viel von einem symbolischen Schlagstock.

Kapitel 10

I

Wenn es einen Ort gibt, an dem der konservative Geist in wahrer Vollkommenheit zum Ausdruck kommt, dann in unseren Universitäten. Noch lange nach der Reform unserer kirchlichen Institutionen sind mittelalterliche Gepflogenheiten und Konventionen in diesen altehrwürdigen Einrichtungen erhalten geblieben. »Die Mönche«, wie der halbgebildete Historiker des Römischen Reiches die gelehrten Bewohner dieser Institutionen voller Entrüstung zu nennen beliebte, sind nur selten auf der Höhe der Zeit. Sie schlummern tief in dem, was Ökonomen als »Rückständigkeit« bezeichnen würden. Sie lehren veraltete Inhalte und bedienen sich antiquierter Methoden. Sie lassen sich durch nichts von der Notwendigkeit moderner Errungenschaften überzeugen, sei es für den eigenen Gebrauch oder für ihre Frauen und Kinder. Tatsächlich ist es noch gar nicht lange her, daß sie Frauen und Kinder überhaupt *entdeckt* haben. Das Badezimmer haben sie erst gestern entdeckt. Und trotz zahlreicher Beispiele in den Reihen der Studenten fangen sie erst heute an, das Auto zu entdecken. Es war weithin bekannt, daß der verblichene Rektor des Dorchester Colleges, der nur einige Monate vor Dr. Umpleby das Zeitliche gesegnet hatte, steif und fest behauptet hatte, der Nutzen einer solchen privaten Lokomotive stehe in keinem Verhältnis zu den Gefahren, welche sich aus der Nähe des Kessels ergäben: Er selbst reiste stets mit der Eisenbahn, und zwar in einem Abteil am Ende des Zuges.

Aber das Auto ist auf dem Vormarsch. Denn anders als die Eisenbahn, die eine Errungenschaft war, die sich erst allmählich durchsetzte und zunächst nur geduldet wurde, kann es seine Fahrtroute nach Lust und Laune wählen. Und das ist etwas, was die Seele des Gelehrten, die nach Ruhe strebt, mit Dankbarkeit aufnimmt. Wie wunderbar, wenn man des Morgens aufbricht, der erhaben-staubigen Atmosphäre des British Museum zustrebend, und statt dessen am Ende des Tages auf dem Kirchhof von Beaconsfield sitzt und über die Worte auf dem Grabstein des Dichters Waller nachsinnt, *inter poetas sui temporis facile princeps!* Und schon zuvor gibt es an jener Straße, Meilen bevor man Aylesbury erreicht, einen Ort, der ganz besonders zu solchen Änderungen des Tagesplanes einlädt. Eine Nebenstraße zweigt hier vielleicht in Richtung Bicester, vielleicht in Richtung Tring ab und bringt den pflichtvergessenen Reisenden, sofern er kundig ist, nach wenigen Meilen zu einem wahrhaft großartigen, ja an Chesterton gemahnenden Gasthaus. Hier kann man zu Mittag und zu Abend essen, und zwar *gut:* man bekommt Borschtsch, der demjenigen, für den Gurin einmal berühmt war, in nichts nachsteht, und ein einfaches Wiener Schnitzel, das selbst den ehrwürdigen Sacher entzückt hätte. Man bekommt einen guten, einfachen Bordeaux; man bekommt echten Tokajer; man bekommt einen exotischen dalmatinischen Likör. Der Garten ist exquisit, sommers wie winters eine Pracht. Wenn man Glück hat, trifft man keinen Kollegen, der dies geheime Wissen mit einem teilt; nur einen fremden, gedankenverlorenen Gelehrten aus den akademischen Wüsten von Birmingham oder Hull, der gekommen ist, um in Einsamkeit über die tieferen Konsequenzen der Logarithmen nachzusinnen, oder einen Londoner Romancier vom verschwiegeneren und wohlhabenderen Schlage, der sich zur zermürbenden Fahnenkorrektur eine gemütliche Woche Zeit nimmt. Nur eines kann einem diese Ruhe stören: die Gegenwart von Studenten, denn auch die *Undergraduates* haben, so traurig das ist, dies irdische Paradies für sich entdeckt. Doch selbst *Undergraduates* werden im Ambiente der ›Three Doves‹ kultivierter, ruhiger.

Es war eine Studentengesellschaft, die zu jener Zeit das ›Three Doves‹ in Beschlag genommen hatte. Mr. Edwards, Mr. de Guermantes-Crespigny und Mr. Bucket saßen vor den Überresten ihres Mahles und vertrieben sich mit geflüsterten geistreichen Obszönitäten auf Kosten des einzigen anderen Gastes der Kaffeestube die Zeit, eines rauschebärtigen alten Herrn, der vernehmlich in einer Ecke seine Suppe schlürfte und sich über ein Buch offenbar gelehrten Inhalts beugte. Nicht der Londoner Romancier; vielleicht der Mathematiker aus Birmingham auf der Suche nach Abgeschiedenheit; aber wohl kaum ein Meister jener unaussprechlichen Riten, die die Herren aus St. Anthony's sich für ihn ausdachten. Doch schon bald signalisierte ein eher mißtrauischer Blick des Rauschebartes, daß ihre Kommentare nicht unbemerkt geblieben waren, und das war etwas, das sich mit den guten Manieren von St. Anthony's nicht vereinbaren ließ. Dies und die Notwendigkeit, die Pfeifen zu entzünden, was man einem alten Brauch gemäß in der Kaffeestube des ›Three Doves‹ nicht tat, führten das Trio in einen anderen Raum. Und bald hatten sie es sich bequem gemacht und dem eigentlichen Zweck ihres Ausfluges zugewandt.

»Heute morgen habe ich bei Gott einen Vorstoß gemacht«, verkündete Mike, »aber er war ziemlich zugeknöpft. Ich habe ihn gefragt, wen er für den Täter halte. Oder besser gesagt, ich habe gefragt, wer der Täter *sei.* Er antwortete, der Mörder sei höchstwahrscheinlich der Polizeichef, obwohl eine gewisse Wahrscheinlichkeit bestehe, daß die Tat auf das Konto der schwachsinnigen Großmutter des Rektors gehe, die er in einer Dachkammer unter Verschluß halte und deren irre Schreie die Nacht durchdrängen. Danach habe ich es mit der ›Aber-nun-mal-ehrlich‹-Masche versucht, und er sagte, er halte sich lieber an die Literatur. Er hat mich wegen seines neuen Buches um Rat gefragt.«

»*Dich* um Rat gefragt!« rief Horace ungläubig aus. »Du meist, er hat dir Teile daraus vorgelesen, um zu sehen, wie es auf einen gewöhnlichen Vertreter eines reichlich anspruchslosen Publikums wirkt?«

»Nein. Er hat mich um Rat gefragt. Für ein Motto.«

»Ein was?«

»Motto. Du weißt schon, wie in *Waste Land. Nam Sibyllam quidem Cumis ego . . .*«

»Du Spatzenhirn! Ausgerechnet dich soll er nach einem lateinischen Aufhänger für seine pubertären Machwerke gefragt haben?«

»Nicht lateinisch. Und einen Aufhänger kann man es eigentlich auch nicht nennen. Es geht darum, daß er Zitate aus fiktiven Lehrbüchern erfindet und sie über die Kapitelanfänge setzt. Ein Hauch von Wissenschaft. Bei diesem hier ging es um Präparate von Verbrecherhirnen, die man mit Gammastrahlen oder so etwas untersucht.«

»Was für ein abscheulicher Gedanke. Und was hast du damit zu tun?«

»Ich habe einen Titel beigesteuert. ›*Zwölf Typen homicidaler Algolagnie. Eine statistische Untersuchung* – von Professor Umpelstein, Universität Göteborg‹ – das liegt in Schweden, falls ihr's nicht wißt. Der Titel fand Gnade vor Gott, aber gegen Umpelstein legte er sein Veto ein. Und sehr zu recht zweifellos. Er zeugte, wie man zu sagen pflegt, nicht von gutem Geschmack.«

»Und *deshalb* ungeeignet für Gotts Ergüsse oder Lukubrationen«, kommentierte Horace mit unüberhörbarer Ironie. »Was, frage ich euch, soll aus der Universität noch werden? Als nächstes werden wir zu hören bekommen, daß Deighton-Clerk im stillen Kämmerlein Werbetexte verfaßt.«

»Hast du *Lukubrationen* gesagt?« fragte David, dem erst jetzt die Möglichkeit auffiel, noch ein wenig Pedanterie zu üben. »Falsches Wort. Das sagt man von etwas, das in der Nacht erledigt wird.«

»So wie Umpleby«, fiel Horace ein. »Den haben sie in der Nacht erledigt. Und *ich* bin alles andere als überzeugt, daß das *keine* Lukubration Gotts war.«

Doch David ignorierte die Sticheleien und hatte eine Landkarte hervorgeholt. »Meine Herren«, sagte er, »wir wollen beratschlagen.« Sie starrten recht verloren die Karte an.

»Es kommt darauf an«, sagte Horace, »sich in das gejagte Wild hineinzuversetzen. Hast du jemals *Die neununddreißig Stufen* gelesen, Mike? Eine weit weniger morbide Art von Literatur als die Hervorbringungen von Onkel Gott. Also, in dem Buch gab es einen Mann, der sich als schottischer Straßenarbeiter ausgeben wollte. Und es ist ihm gelungen, indem er sich in diese Rolle hineindachte. Er hat sich ganz darauf konzentriert, ein Straßenarbeiter zu *sein.* Und deshalb bestand er auch die raffiniertesten Proben der Abgesandten des Schwarzen Steins und all das. Und auch wir brauchen uns nur mit dem Täter zu identifizieren; dann können wir, ohne daß der geringste Zweifel bleibt, mit dem Finger auf Davids Karte zeigen und sagen: *Da steckt er!*«

»Das kommt auf die Größe der Karte an«, sagte Mike. »Ich denke mir, er ist in London.«

»Zu weit weg.«

»Nein, eigentlich nicht. Und ein kapitaler Ort, sich zu verstecken – untertauchen, wie man das nennt. In seinem Club höchstwahrscheinlich. Man weiß ja, wie verschwiegen die Londoner Clubs sind, wenn sich jemand nach ihren Mitgliedern erkundigt. Gott stellt das sehr schön in seinem *Gift im Zoo* ...«

David und Horace stöhnten wie aus einem Munde.

»*Gibt* es«, fragte David, »überhaupt Clubs für Akademiker? Ich glaube keine außer den ganz alten, die es da an einer bestimmten Stelle unten an den Duke of York's Steps gibt. Aber die Hauptstadt, das ist nicht das Richtige. Wir verlassen uns darauf, daß es im Umkreis von ungefähr dreißig Kilometern liegt. Mal sehen, was da alles dazugehört.«

Er machte sich mit einem Bleistift zu schaffen und verkündete kurz darauf: »St. Neots bleibt gerade außen vor, Biggleswade kommt rein, der Kreis geht durch Hatfield, verpaßt Amersham knapp, durch Princes Risborough, Kingswood bleibt um ein paar Kilometer draußen, Bicester weit ab, Towcester gerade draußen, aber Olney und noch ein Stück weiter drin ...«

»Ich hab's!« rief Mike plötzlich, »und wir sind alle vollkommen auf dem Holzweg!«

»Olney und noch ein Stück weiter drin«, wiederholte David mit strenger Stimme, »Rushden bleibt draußen – und damit hätten wir den Kreis bis gerade außerhalb St. Neots geschlossen. *Was* wolltest du sagen, Mike?«

»Daß wir an der ganz falschen Stelle suchen«, sprudelte Mike aufgeregt hervor. »Seht ihr, bei Olney habe ich sofort an Kelmscott denken müssen ...«

»Und warum denkst du bei Olney an Kelmscott, du Schwachkopf?«

»Wegen der englischen Dichter, Barbar. Und nun hört zu. Als ich, wie die Uneingeweihten sagen, noch grün hinter den Ohren war, bin ich einmal in den Ferien nach Kelmscott gepilgert – eine *literarische* Pilgerfahrt. Und auf dem Wege von Kelmscott nach Burford gelangte ich in ein Dörflein, dessen Name mir entfallen ist. Und außerhalb dieses Dorfes stand ein Herrenhaus oder dergleichen fernab vom Getriebe der Welt auf einem großen Grundstück. Und gerade als ich vorbeiging, kam er heraus.«

»*Wer* kam heraus?«

»Unser gejagtes Wild, wie Horace es so bildhaft formuliert hat. Und schon damals, wenn ich mir das jetzt überlege, muß er etwas auf dem Kerbholz gehabt haben. Denn er erschrak sichtlich, als er mich, wie man zu sagen pflegt, erblickte, und er wollte offenbar, wiederum wie man zu sagen pflegt, nicht gesehen werden. Genauer gesagt hatte er sich schon verdrückt, bevor ich seine Gesichtszüge wirklich sehen konnte. Aber ich habe ihn auf Anhieb und ohne jeden Zweifel an einer typischen Angewohnheit erkannt, die er hat, eine Art, mit zur Schulter angewinkelten Armen und geballten Fäusten zu gehen wie ein Spastiker.«

»Ist das wirklich *wahr*?« wollte Horace wissen.

»Aber ja. Die prosaischen Bemerkungen des alten David weckten die Erinnerung in mir. Das liegt natürlich *meilenweit* fort von hier. Doch mein gebrechliches Fahrzeug wird uns hinbringen. Also nicht weiter gezögert!«

David nickte zustimmend. Horace, der an seinem Lieblingsplatz auf dem Teppich des ›Three Doves‹ gelegen und die schlafende Katze in Rauchwolken gehüllt hatte, rappelte sich auf, und alle drei stürmten hinaus auf den Hof. Es dauerte nur einen Augenblick, da schnurrte Mikes gebrechliches Fahrzeug – ein ausgesprochen robuster und noch so gut wie neuer De Dion, der eine treusorgende Tante ein kleines Vermögen gekostet hatte. Und schon bald kurvten sie in bester Laune durch die prickelnd kalte Winterluft in Richtung Farringdon. Daß ihre Unternehmungen auch nur den geringsten vernünftigen Zweck hätten, daran glaubte keiner von ihnen. Sie vertrieben sich einfach nur die Zeit nach der kompliziert-ironischen Art ihres Standes, der Intellektuelleren unter den *Undergraduates.* Ein Mittagessen im ›Three Doves‹, eine Spazierfahrt über Land, berauscht vom Wind wie die Geister Shelleys, Gesang, Plauderei, Klatschgeschichten und dazwischen dies kunstvolle Spiel, das war einfach wunderbar. Und so kamen sie bis Wantage.

Plötzlich riß Mike den Gang heraus und stieg mit einer Vehemenz und Rücksichtslosigkeit in die Bremsen, daß Horace in Erwartung einer Katastrophe die Augen zukniff. Doch souverän, sanft und unverzüglich kam der De Dion zum Stehen. Auf der anderen Straßenseite lag ein häßliches Backsteingebäude, das ein Schild als Dampfwäscherei auswies.

»Hier«, erklärte Mike, »werden wir etwas erwerben.« Mit diesen Worten stieg er aus. »Ihr könnt mitkommen, wenn ihr wollt«, fügte er höflich hinzu.

Und so überquerten die drei die Straße und betraten ein feuchtes und abschreckendes Büro, das unter der Aufsicht einer gestrengen und bereits perplexen und argwöhnisch gewordenen Dame unbestimmbaren Alters stand. Mike hatte schon seinen Hut abgenommen. Nun verbeugte er sich mit derselben Verbeugung, die er allabendlich im Zuge seines Amtes als Bibel-Vorleser am *High Table* von St. Anthony's zu machen pflegte.

»Ich möchte mich erkundigen, Madam, ob Ihr Unternehmen mit Waschkörben, sagt man glaube ich, arbeitet?«

»Waschkörbe – selbstverständlich.«

»Selbstverständlich arbeiten Sie damit?«

»Selbstverständlich heißen sie Waschkörbe. *Und* selbstverständlich arbeiten wir damit.«

»Würden Sie uns einen verkaufen?«

»Einen verkaufen, Sir! Wir sind eine Wäscherei und keine Korbflechterei. Wir haben keine Körbe abzugeben.«

»Liebe gnädige Frau, läßt es sich nicht doch einrichten? Es ist wirklich ein dringender Fall. Darf ich es Ihnen erklären? Meine Großtante, Sie haben vielleicht von ihr gehört: Mrs. Umpleby von St. Anthony's Lodge, bricht morgen nach Indien auf, und sie ist von jeher daran gewöhnt, Bettücher und Federbetten und dergleichen in Waschkörbe zu packen. Eben mußte sie feststellen, daß ihr eigener Waschkorb von Mäusen angenagt war. Deshalb bat sie mich ...«

»Mäusen!« rief die argwöhnische Dame ungläubig.

»Sie bat mich zu sehen, ob ich nicht einen Korb auftreiben könnte. Der übliche Preis liegt, wie ich höre, bei etwa fünf Pfund ...«

Mike zückte seine Brieftasche, und die argwöhnische Dame, nun allen Argwohns bar, holte einen Korb. Es war ein Weidenkorb von gewaltigen Ausmaßen, von einer mächtigen Eisenstange verschlossen, mit zwei Metallösen und einem Vorhängeschloß. Mit ernster Miene überwachte Mike, wie der Korb hinten auf den Wagen geladen wurde, bezahlte die immer noch perplexe Dame, versicherte sie noch einmal der Dankbarkeit seiner Großtante, teilte ansehnliche Trinkgelder aus und gab seinen Freunden Zeichen, daß sie einsteigen sollten. Der De Dion schnurrte davon.

Mike, dachte Horace, ist wahrscheinlich der perfekte Mensch, von dem Aristoteles schreibt. Wenn er sich amüsiert, dann amüsiert er sich königlich. Aber die Ausgabe für den Waschkorb hatte ihn doch schockiert. »Wofür soll der denn sein?« fragte er.

»Ein Käfig für Bajasid«, antwortete Mike und fuhr kryptisch fort: »Einmal Rom, die Stadt, einmal ein Tuch für Sonne und Mond, einmal ein Drachen für *Faustus* ...« Am Vortag war er ganz in das Studium elisabethanischer Theaterrequisiten vertieft gewesen. Und schon bald deklamierte er:

»Seht hier mich stehn in Staub und in Morast;
Zehn Tage sind's, und finde keinen Schlaf,
Da man beständig hier die Trommel schlägt.

Man reicht mir Brot und Wasser – mir, dem König ...
Sagt Isabel, der Königin, ich war nicht so zermürbt,
Als ich um ihretwillen mich in Frankreich schlug ...«

Und hinten trommelte Horace auf den Waschkorb und fiel ein:

»Ich bin Ulysses, des Laertes Sohn,
Mich fürchtet alle Welt ob meiner Listigkeit.
Von meiner Taten Ruhm erbebt die Welt,
Berühmt ist meine Heimat Ithaka.
Im Schatten jenes laubbewachs'nen Berges,
Des baumbedeckten Neritos ...«

Und dann begann David Pindar zu rezitieren, und da ihm eine Menge einfiel, wurde er immer erregter in dem Versuch, sich an noch mehr zu erinnern. Der De Dion flog dahin wie eine Siegesgöttin, und die beiden anderen lauschten, wie Jünglinge es taten, als die Welt noch jung war. So kamen sie nach Lechlade und hielten auf dem Marktplatz, um sich zu orientieren. Schon bald arbeiteten sie sich durch enge Straßen voran, und für eine ganze Weile trat ein vollkommenes, auffälliges Schweigen ein.

»Es hat sich«, sagte David, »bei uns das unangenehme Gefühl eingeschlichen, daß aus unserem harmlosen Scherz bitterer Ernst werden könnte.«

Das war nur zu wahr. Schließlich *stimmte* es ja, daß Mike ihn einmal hier in der Nähe gesehen hatte.

»Dies«, verkündete Mike kurz darauf, »ist mein Dorf, und dort drüben liegt das Haus.«

Das Dorf war klein und nicht weiter bemerkenswert. Bei dem Haus handelte es sich um ein großes, düsteres, abschreckendes Backsteinungetüm, das der Dampfwäscherei nicht unähnlich und eine Beleidigung für das Auge in jener Gegend des goldgelben Kalksteins war. Doch es verbarg sich anständigerweise in einem mit vielen Bäumen bestandenen Garten hinter hohen Ziegelmauern. Es gab ein Torhaus mit großen eisernen Toren, und an einen der beiden Flügel, der offenstand, war ein Postfahrrad gelehnt.

»Ich glaube«, sagte David, »wir werden ein paar Erkundigungen im Dorf einziehen.«

Mike stellte den Wagen so ab, daß man ihn vom Torhaus nicht sehen konnte, und sie stiegen alle drei aus. Das Dorf war wie ausgestorben. Niemand war zu sehen außer zwei uralten Männern, die an einer Hauswand in der fahlen, schon schwächer werdenden Novembersonne saßen. Diese beiden Dorfältesten sprach David an.

»Einen schönen Tag wünsche ich«, sagte David. »Wir haben uns verfahren. Können Sie uns wohl sagen, wie das Dorf hier heißt?«

Einer der beiden uralten Männer nickte energisch mit dem Kopfe.

»Jo, jo«, murmelte er, »gewaltige Säue. Hat es nicht mehr gegeben, seit ich Kind war, kannst es mir glauben.«

In der Annahme, daß es sich um einen Teil des unterbrochenen Gespräches handle und nicht um eine Antwort auf seine Frage, versuchte David es noch einmal - diesmal lauter.

»Wie heißt das Dorf hier, bitte?«

Die beiden alten Männer sahen ihn freundlich und verständnisvoll an. Der zweite schien im Begriff, das Geheimnis zu lüften. Doch als er seine Stimme erhob, griff auch er das vorangegangene Thema auf.

»Wie wahr!« sagte der zweite alte Mann. »Wie wahr!«

Horace kicherte. Mike gab ihm unverständliche Handzeichen. Und dann plötzlich nahm der erste alte Mann doch noch die Veränderung in seiner Umgebung wahr.

»Das hier's Lunnontawn«, sagte er.

»London Town!« wiederholten David und Mike wie aus einem Munde, verständnislos.

»Naa! Nich' Lunnontawn; *Lunnontawn.*«

»Und was«, fragte Mike, indem er die Zügel übernahm und das Thema leicht abwandelte, »ist das für ein Haus da drüben?« Er wies auf das auffällig rote, dampfwäschereiartige Gebäude zwischen den Bäumen.

»Das's das Weiße Haus«, sagte der zweite alte Mann, finster und unerwartet und spuckte aus.

»Das Weiße Haus? Wer wohnt da?«

Die beiden alten Männer warfen sich furchtsame Blicke zu. Und geheimnisvoll durch einen gemeinschaftlichen Impuls getrieben, rappelten sich beide auf. Es waren alte, uralte Männer mit zittrigen Knien und Händen wie Klauen. Nun tappten sie davon. Der erste verschwand sogleich in dem Haus, an dessen Mauer sie gesessen hatten. Der zweite steuerte auf ein baufälliges Cottage nebenan zu. Doch auf der Schwelle hielt er noch einmal inne und drehte sich mühsam schlurfend zu ihnen um.

»Ein grausiger Sündenpfuhl, das«, sagte er. Er spuckte aus und verschwand.

Mike betrachtete Horace und schüttelte mit trauriger Miene den Kopf. »Vernommen hab' ich die Worte der alten, uralten Männer, daß alles, was schön, verrinnt wie ein Wasser ... Kommt, Jungs, laßt uns auch verrinnen.« Und die drei kehrten recht unentschlossen zu dem großen Hause zurück.

»Wir gehen jetzt einfach da rein«, sagte Horace, »und erkundigen uns.«

»Horace«, sagte Mike, »wittert *une maison mal famée.*«

»Nun kommt schon«, sagte David. »Er hat sich einmal hier herumgetrieben, da ist er vielleicht auch jetzt wieder hier.« Das Tor war noch immer offen, und das Postfahrrad lehnte nach wie vor daran. Keiner bemerkte sie, als sie hineingingen, doch über eine niedrige Hecke hinweg erhaschten sie einen Blick auf den Postboten, der sich mit jemandem an der Hintertür des Torhauses unterhielt. »Geradeaus«, sagte David. Die Auffahrt schlängelte sich durch Buschwerk. Bald gingen sie um eine Biegung und sahen das Weiße Haus vor sich liegen, das heißt, sie sahen nun, was man von der Straße nicht erkennen konnte, nämlich daß das umfängliche, häßliche rote Haus ein Aufbau auf einem langgestreckten, niedrigen Wohnhaus war, das man bestenfalls als schmutzigweiß bezeichnen konnte. Es war ein deprimierender Ort. Haus und Garten schienen zwar in Ordnung gehalten, doch lieblos und ohne Begeisterung. Von irgendwo hinter den Büschen hörte man Stimmen. Die drei hielten inne und horchten.

Und dann geschah etwas Merkwürdiges. Um die vor ihnen liegende letzte Biegung der Auffahrt kam vom Haus her eine männliche Gestalt. Doch kaum hatte der Mann die drei Eindringlinge, die da auf ihn zukamen, erblickt, da warf er sich ins Gebüsch, dem nachfolgenden Krachen nach zu urteilen ins dichte Gehölz, und verschwand.

»War er das?« rief David. Alles war unglaublich schnell gegangen.

»Natürlich war er das«, brüllte Mike und stürmte blindlings voran. Eigentlich hatte er ihn gar nicht gesehen, aber ihm war nach Aufregung zumute. Alle drei galoppierten die Auffahrt hinauf, wobei Horace in ironischer Anspielung auf Fuchsjagden Laute ausstieß, daß einem das Blut gefror. Der Flüchtende war, indem er sich durch ein dichtes Lorbeergestrüpp geschlagen hatte, auf einen schmalen, gewundenen Pfad gelangt und nicht mehr zu sehen. Doch man hörte seine hastig entfliehenden Schritte noch, in einer Linie, die in etwa parallel zur Auffahrt in Richtung Haus verlief. Im Gänsemarsch nahmen sie die Verfolgung auf.

Doch es dauerte nicht lange, bis der kleine Pfad sich verzweigte. Beiderseits konnte man sehen, wie sich die beiden Wege ein Stück weiter wieder teilten. Und die Hecken waren hoch und dicht. Horace, der die Vorhut bildete, blieb stehen und hielt die anderen zurück. »Meine Güte«, rief er, »das ist ja der reinste Irrgarten hier!«

Und um einen solchen handelte es sich in der Tat. Der Flüchtende war nun nur noch leise zu hören, als lägen bereits mehrere Heckenreihen zwischen ihm und seinen Verfolgern.

»Ausschwärmen!« rief Mike und machte Luftsprünge vor Begeisterung.

»Nein«, sagte David, »wir müssen zusammenbleiben. Dann wissen wir, daß jedes Geräusch, das wir hören, *er* ist.«

David war der führende Kopf: Er würde beim Jahresexamen unter den Einsern der Beste sein. Sie blieben gehorsam zusammen und forschten weiter, wobei sie immer wieder innehielten und horchten, ob noch Laute des Flüchtenden zu vernehmen waren. Manchmal hörten sie ihn weiter vorn, manchmal seitwärts, im einen Augenblick leiser, im anderen lauter. Doch es dauerte nicht lange, bis die Verfolger, die um die Ecken des Irrgartens stürmten, einsehen mußten, daß sie ihn verloren hatten. Es konnte ja kaum anders sein, wenn der Mann vor ihnen sich auskannte. Und die letzten fernen Töne vernahm das Trio, als es noch einmal um die Ecke bog und sich auf einer kleinen Lichtung fand. Es war das Zentrum des Labyrinths.

»So ein Mist!« keuchte Horace. »Der ist uns entwischt, und *wir* werden eine Weile brauchen, bis wir hier wieder draußen sind.«

Doch David wies mit dem Finger auf etwas, das im Mittelpunkt der kleinen Lichtung stand, und lief hinüber. Es war eine erhöhte Holzplattform, die man mit Hilfe einer Leiter erklimmen konnte, eine Art Aussichtspunkt, von dem aus Verirrte, sollte es erforderlich sein, den Weg aus dem Garten suchen konnten. David war oben wie der Blitz.

»Ich kann ihn gerade noch sehen«, rief er gleich darauf hinunter. »Und er ist fast schon draußen. Hör mal, Mike. Hast du Papier bei dir? Jetzt kommt eine Schnitzeljagd. Ihr beide geht los, und ich gebe euch Anweisungen. Und legt eine Spur, damit ich euch folgen kann.«

Es war ein sehr effizienter Plan, doch trotz allem eine langwierige Angelegenheit. Die Abenddämmerung brach schon herein, und David konnte von seinem Hochsitz aus gerade noch den Pfad ausmachen, der aus dem Labyrinth herausführte. Es dauerte an die zwanzig Minuten, bis er seine beiden Freunde ins Freie dirigiert hatte, und noch einmal fünf, um ihnen anhand der Schnitzelspur zu folgen. Am Ende fanden sie sich auf dem Auffahrtsweg wieder vereint, ein wenig unterhalb der Stelle, an der sie ihn verlassen hatten.

»Ganz schöne Pleite«, sagte Horace.

»Jedenfalls mit Sicherheit die Stelle, an der wir uns verabschieden«, sagte Mike.

»Runter zum Torhaus«, sagte David. »Wahrscheinlich hat er sich aus dem Staub gemacht. Kommt schon.«

Und weiter ging es die Auffahrt hinunter. Und als das Tor in Sicht kam, vernahmen sie vor sich eine laute und wütende Stimme, die ihrem Ärger in anschaulichen Flüchen Luft machte. Es war der Postbote, der den Verlust seines Fahrrads beklagte. »Nun *kommt* schon!« rief David, und alle drei stürzten hinaus auf die Straße, wobei sie den heftig gestikulierenden Staatsdiener, eine verschüchterte und verdatterte Frau, die am Torhaus stand, und einen von der Seite herbeieilenden Gärtner oder Stallknecht nur eines flüchtigen Blickes würdigten. Auf der Straße war nirgends ein Radfahrer zu sehen, und es war ja auch gut denkbar, daß der Flüchtende sich schon vor mehr als zwanzig Minuten in den Sattel geschwungen hatte. Der Postbote hatte den Verlust offenbar eben erst bemerkt. Es mochte sein, daß er sein Schwätzchen noch mit einer kleinen Erfrischung im Haus beendet hatte.

»Welche Richtung? Darauf kommt alles an! Welche Richtung?« Mike hatte die Frage verzweifelt in den Wind gerufen, während er zu seinem Wagen stürmte und die Freunde ihm auf dem Fuße folgten. Doch die Antwort kam von unerwarteter Seite, nämlich durch nichts Geringeres als das Erscheinen der beiden uralten Männer, die heftig gestikulierten. Sie schlurften, so schnell sie konnten, die Straße entlang, fuchtelten mit ihren Stöcken, die ebenso krumm waren wie sie selbst, und zeterten miteinander in einem grotesken, gänzlich unbeabsichtigten Unisono.

»Da's er lang, da's er lang, Sirs! Da's er lang, der Gauner!« Und sie wiesen mit dem Finger eine schmale Landstraße hinunter.

Nur einen Augenblick später schnurrte der De Dion. Einen weiteren Augenblick danach raste er schon auf jener Straße dahin. »Ich bin ziemlich sicher«, brüllte Mike, »daß diese hier unmittelbar zur Straße von Lechlade nach Burford geht. Ungefähr drei Kilometer. Da müßten wir ihn eigentlich kriegen.«

Sein Ortssinn trog ihn nicht. Die Straße schlängelte sich nicht ganz drei Kilometer zwischen niedrigen Hecken hindurch, nur hier und da von Toren unterbrochen, die auf öde Felder führten. Die Vermutung lag nahe, daß der Flüchtige geradeaus weitergeradelt war. David studierte seine Landkarte, und als der Wagen abbremste, um auf die Hauptstraße einzubiegen, hatte er ihre Position ausgemacht.

»Links geht's nach Lechlade«, sagte er, »und nach etwa eineinhalb Kilometern kreuzt die Straße von Brampton nach Eastleach. Rechts nach Burford und keine Kreuzung bis zur Straße Witney-Northleach unmittelbar vor dem Dorf. Ich bin für Burford.«

»Warte«, rief Horace. »Da kommt ein Bobby, der kann es uns wahrscheinlich mit Gewißheit sagen.« Ein sehr dicker Polizist kam ihnen gemächlich aus Richtung Burford entgegengeradelt. David rief zu ihm hinunter:

»Sagen Sie, Schutzmann, haben Sie auf dieser Straße jemanden auf einem Fahrrad gesehen?«

Der dicke Polizist stieg wichtig und bedächtig von seinem Drahtesel. »Ja«, sagte er. »Hab' ich.« Weil seine Aufmerksamkeit nun auf die Angelegenheit gelenkt war, schien ihm ein neuer Aspekt daran aufzugehen. »Jetzt, wo ich drüber nachdenk'«, sagte er dann, »das war Will Parrotts Fahrrad.« Er brütete über diesem Gedanken.

»Will Parrott, der Postbote?« fragte David.

Der Polizist nickte. »Aber 's saß jemand anders drauf.« Auch bei dieser Erkenntnis verfiel er in Brüten, und dabei schienen vage Ahnungen, schemenhafte Schlußfolgerungen an der Peripherie seines Bewußtseins zu schweben. »Jetzt, wo ich drüber nachdenk'«, fügte er bedächtig hinzu, »der Bursche, der da drauf saß, is' gefahren, als wär' der Teufel hinter ihm her. Zufällig ...«

Das Brüllen des Motors unterbrach ihn. Der De Dion war wie ein Blitz in Richtung Burford davongeschossen. Der dicke Konstabler gestattete sich einige Augenblicke, diesen Umstand in seine Reflexionen mit einzubeziehen. Und dann schien ihm ein Licht aufzugehen. »Das sind diese verdammten Londoner Gangster, die treiben jetzt sogar hier schon ihr Unwesen!« Er machte mit seinem Fahrrad kehrt und nahm die Verfolgung auf.

Das kurze Zwielicht des Novembernachmittages wich nun der Abenddämmerung. Es wurde allmählich Zeit, die Scheinwerfer einzuschalten. Mike und David spähten angestrengt voraus, doch konnten sie nichts entdecken. Horace hingegen, der sich den Rücksitz mit dem Waschkorb teilte, rief plötzlich: »Jungs! Da ist noch eine zweite Meute auf der Fährte – ein gewaltiger Rolls. Drück' mal auf die Tube.«

Er hatte offensichtlich recht. Mike fuhr bereits schnell, doch nur einen Augenblick, nachdem Horace gesprochen hatte, tauchte beinahe auf gleicher Höhe ein großer grauer Rolls-Royce aus dem Dämmerlicht auf. Er hupte durchdringend, und im selben Augenblick flammten seine Scheinwerfer auf. Mike machte Platz, um ihn vorbeizulassen, und gab gleichzeitig Gas. Der Fahrer des Rolls-Royce hatte es eilig, aber er war kein Selbstmörder. Er blieb hinter ihnen, und die beiden Wagen rasten hintereinander die Straße hinunter.

Die Sicht war schlecht. Es war genau jene Tageszeit, in der Scheinwerfer einfach nichts ausrichten können. Und plötzlich kam unmittelbar vor ihnen die Kreuzung von Burford in den Blick. Irgendwo mußte jemand zum Telefonhörer gegriffen haben, denn mitten auf der Straße standen drei Polizisten. Und zwischen Wagen und Polizisten beugte sich der Flüchtling tief über den Lenker des gestohlenen Fahrrades und trat furios in die Pedale. Es folgte eine Minute größter Verwirrung. Der Radfahrer war nun auf Höhe der Polizisten. Zwei der Polizisten machten Hechtsprünge. Es folgten Schreie, Stolpern, und der Flüchtling hatte mit einem halsbrecherischen Haken die Absperrung durchbrochen und schoß nun über die Kreuzung auf Burford Hill zu. In der nächsten Sekunde sprangen die Polizisten zur Seite, um die Verfolger in den Autos durchzulassen. Doch Mike, der niemals den Kopf verlor, wenn er am Steuer saß, hatte an der Kreuzung mit der Hauptstraße Gas weggenommen, und bis beide Wagen die Kreuzung passiert hatten, hatte der Radfahrer wieder einigen Vorsprung gewonnen und stürzte sich eben die steile Straße hinunter.

»Gleich kriegen wir ihn«, rief Horace.

»Wenn dann noch etwas zu kriegen ist«, sagte David grimmig. »So schnell, wie er jetzt fährt, hat er bestimmt nicht da hinuntergewollt.«

Das stimmte. Mike raste die lange, steile Dorfstraße von Burford mit der höchsten Geschwindigkeit hinunter, die er in einem großen, sicheren Auto erreichen konnte, ohne sich in Gefahr zu bringen. Doch er kam dem Radfahrer kaum näher, denn dieser schoß wie ein Wahnsinniger den Abhang hinunter, als wäre er von allen Teufeln gejagt. Es grenzte an ein Wunder, daß er noch immer nicht die Balance verloren hatte. Doch einen Augenblick später war alles vorüber. Links sah man das Gasthaus ›Zum Lamm‹ aufblitzen, rechts die Kirche. Die Straße wurde wieder eben und führte in einem Bogen zur Brücke. Der Flüchtling passierte die Brücke dank einer Laune des Schicksals unbeschadet. Der De Dion hatte mit ihm gleichgezogen und drängte ihn in den Graben. Das Wild war zur Strecke gebracht.

»Das ist er ja gar nicht«, rief Mike, als er die verstörte rothaarige Gestalt im Graben sah, und es kam ihm zu Bewußtsein, wie unvernünftig es von Anfang an gewesen war zu glauben, daß er es sei.

»Das ist ein Schwachsinniger«, sagte David sanft, als der dem Rotschopf in die leeren Augen blickte.

»Und das war eine Klapsmühle«, fügte Horace hinzu, vor dessen innerem Auge das häßliche rote Backsteingemäuer auftauchte, das man das Weiße Haus nannte.

Der graue Rolls-Royce kam mit einem Knirschen zum Stehen. Eine aufgeregte, doch fachkundig wirkende Person von ärztlich-militärischem Zuschnitt kam herausgesprungen. »Ist er verletzt«, rief er. »Ist seine Lordschaft verletzt? Dieser Dummkopf!« Und er sprang direkt in den Graben und untersuchte ihn.

»Seine Lordschaft«, murmelte Horace. »Das ist aber jetzt *wirklich* der Punkt, an dem wir uns verabschieden.«

Der kleine Doktor hüpfte wieder aus dem Graben heraus. »Nichts gebrochen. Ein paar Schrammen, ein wenig benommen, sonst nichts. Yates! Davies! Helfen Sie seiner Lordschaft in den Wagen. Lassen Sie das verdammte Postfahrrad da liegen. Und der Teufel soll diese Polizisten holen! Die können kein Kind auf einem Dreirad aufhalten. Da hätte sich einer den Hals brechen können. Rogers! Wenden Sie. Und nun zu Ihnen, meine Herren.«

Die drei Herren betrachteten den Hüter seiner Lordschaft voller Verlegenheit. Keiner von ihnen wußte, wie sie sich nun verhalten sollten. Doch der kleine Doktor kam nicht auf den Gedanken, daß er in diesen drei wohlhabenden jungen Herren mit ihrem mehr als wohlhabenden Fahrzeug die Urheber des Streiches vor sich hatte. »Bin Ihnen sehr zu Dank verpflichtet, meine Herren, für Ihr, ha, Eingreifen und Ihre Hilfe. Ich nehme an, die Tatsachen werden für Sie auf der Hand liegen. Lord Pucklefield ist bei mir in Behandlung. Bin Dr. Goffin vom Weißen Haus. Nervöser Bursche. Wenn ihm irgendwas einen Schrecken einjagt, dann nimmt er Reißaus. Keine Ahnung, was es diesmal gewesen ist. Und das Tor stand offen - geschwätziger Postbote - wird nicht wieder vorkommen - verdammt nochmal. Yates! Davies! Einsteigen!«

Und Dr. Goffin zog zackig seinen Hut - Mike schaffte es eben noch, seine *High-Table*-Verbeugung anzubringen - und hüpfte in den Rolls. Einen Augenblick darauf schnurrten Lord Pucklefield und seine Freunde sanft in das zunehmende Dunkel davon.

Horace trommelte nachdenklich auf den Waschkorb. David holte seine Pfeife hervor. Mike konsultierte seine Uhr. »Viertel vor sechs und fernab der Heimat. Wir *könnten* gerade noch zum Abendessen zurück sein, wenn wir uns beeilen.« Es war ein Vorschlag, der ohne rechte Begeisterung gemacht wurde, und ebenso begeisterungslos wurde er aufgenommen.

»Und ich bin zehn Shilling los, wenn ich nicht da bin«, fügte der abenteuerlustige Vorbeter hinzu.

»Du bist schon fünf Pfund losgeworden«, sagte Horace ohne Erbarmen und gab dem Waschkorb einen weiteren Klaps, »*dir* machen doch nochmal zehn Shilling auch nichts aus. Ich finde, wir sollten lieber noch 'was Anständiges essen gehen.«

Davids Pfeife brannte. »Da wäre das ›Three Doves‹«, sagte er.

Einträchtig bestieg das Trio den Wagen. Eine Minute darauf waren die drei unterwegs zur Kreuzung von Fulbrook, um dort zu wenden. Und als sie zurückkamen, um den langen Hügel in Angriff zu nehmen, den sie vor so kurzem hinuntergerast waren, erblickten sie im Scheinwerferlicht einen Moment lang eine nachdenkliche Gestalt, die von ihrem eigenen Fahrrad abgestiegen war, um das im Graben liegengebliebene zu untersuchen. Es war der dicke Konstabler. Er mußte seine Kollegen auf der Höhe verpaßt haben. Gedankenverloren brütete er über dem unergründlichen Geheimnis.

II

Der große De Dion, geschlagen, doch nicht beschämt, hielt surrend unter dem diskret beleuchteten Wirtshausschild des ›Three Doves‹. Im Salon genossen sie den Trost der großen Kaminfeuer, erholten sich im sanften Kerzenschein von den Strapazen, erquickten sich mit einem Sherry vor dem Mahl. Das Abenteuer des Tages war vorüber, ein Abenteuer, das glücklicherweise von dem Verhängnis verschont geblieben war, das ihm einen Moment lang gedroht hatte. David hatte sich wieder Pindar zugewandt, Horace hing seinen Gedanken nach, und Mike dachte ans Abendessen. Es war noch früh, und so konnten sie sich dem Vergnügen der Vorfreude hingeben.

Im ›Three Doves‹ nahmen die Dinge stets ein gutes Ende. Die Sherrygläser waren geleert, die Ode beendet, die Tagträume zerstreut, der Wein gewählt. Der Uhrzeiger näherte sich dem Augenblick, an dem Vorfreude in Ungeduld umschlägt, als auch schon der Kellner in der Tür erschien und die ersehnten Worte sprach. Sie erhoben sich genüßlich, und Mike sagte in aller Form den Mühen des Tages Lebewohl. »Wißt ihr, Jungs, ich hätte es schrecklich gefunden, wenn wir ihn wirklich gefangen hätten.«

Sie waren die ersten, die in der langgestreckten, diskret beleuchteten Kaffeestube an den polierten Tischen Platz nahmen, und der Räucherlachs war schon verzehrt, als der nächste Gast zum Abendessen eintraf. Es war der alte Rauschebart, der schon zur Mittagszeit Gegenstand ihres Spottes gewesen war. Diesmal hatte er kein Buch dabei, und als er zu seinem Tisch schlurfte, hielt er die geballten Fäuste in einem merkwürdigen Winkel an die Schultern ...

»Halali!«

Mikes Schrei war unbeschreiblich, und der Rauschebart verließ fluchtartig den Raum.

»Packt ihn euch!«

Die Szene, die dann folgte, hat in der Geschichte kultivierter Gastronomie nicht ihresgleichen.

Kapitel 11

I

Der richtige Riecher gehört zu den wichtigsten Eigenschaften eines Detektivs. Appleby hatte etwas gerochen, und zwar da, wo es nicht hingehörte. Aber er war zu gewieft, um von jedem Geruch, der irgendwo nicht hingehörte, gleich anzunehmen, daß er nur eine falsche Fährte sein könnte. Es konnte ja eine Fährte sein, die einfach unerwartet roch und trotzdem weiterführte.

Genauer gesagt, war es in diesem Falle nicht ein bestimmter Ort gewesen, an den ein Geruch nicht hingehörte, sondern eine bestimmte Zeit. Nur eine Stunde, nachdem man Umplebys Leiche entdeckt hatte, waren zwei *Fellows* von St. Anthony's, Gott und Campbell, auf der Luton Road zusammengetroffen. Vielleicht war es Zufall, vielleicht war es auch Verabredung. Doch wenn es eine Verabredung war, dann lag der Zweck dieses Treffens im dunkeln. In jedem Falle war es eine Sache, der man nachgehen konnte, und Appleby hatte vor, das zu tun, seit er Dodd verkündet hatte, er wolle einen Spaziergang machen. Nun ging er raschen Schrittes die Schools Street hinunter und war in Gedanken mit dem ersten Punkt seiner Liste beschäftigt.

Am Abend des Verbrechens war Campbell in den Chillingworth Club in der Stonegate gegangen. Seiner eigenen Behauptung zufolge war er dort schon vor dem Zeitpunkt eingetroffen, zu dem Umpleby zuletzt lebend gesehen worden war, und bis zehn Minuten vor Mitternacht geblieben. Das war Campbells Alibi für die Mordzeit, und es mußte ohnehin überprüft werden. Damit würde er beginnen.

Um zum Eingang des Chillingworth Club zu gelangen, geht man von der Stonegate ein paar Schritte durch eine überbaute Gasse. Diese führt auf einen armseligen kleinen Hof mit einem armseligen kleinen Springbrunnen mit Fischteich, das Ganze etwa drei Meter im Quadrat und den Mitgliedern unter dem Namen »der Garten«

bekannt. Verdeckte Ermittlungen im Chillingworth waren, beschloß Appleby, während er dies verborgene Plätzchen überquerte, unpraktikabel: Es blieb ihm nur der Frontalangriff auf den Sekretär. Mit diesem Vorsatz läutete er.

Der Sekretär war ein älterer Herr von großer Diskretion. Nachdem Appleby sich ausgewiesen hatte, wurde ihm versichert, daß der Club ihm jede benötigte Hilfe mit aller gebotenen Eile werde angedeihen lassen. Wenn es allerdings darum gehe, Auskunft über das Verhalten eines Mitgliedes im Club zu geben, könne er leider nicht ohne die Einwilligung des Vorsitzenden handeln. Ob es vielleicht möglich sei, diese Einwilligung unverzüglich einzuholen? Bedauerlicherweise nein. Lord Pucklefields Gesundheit sei angegriffen, und seine Ärzte hätten bis auf weiteres verordnet, ihn mit geschäftlichen Dingen nicht zu behelligen. Ein kommissarischer Vorsitzender? Nun, das schon. Dr. Crummles würde zweifellos mit den erforderlichen Kompetenzen ausgestattet sein. Dr. Crummles anrufen? Der Inspektor sei doch gewiß ebenfalls der Meinung, daß man eine solch delikate Angelegenheit kaum am Telefon besprechen könne.

Appleby hatte Übung darin, solche Schwierigkeiten zu meistern, und binnen einer guten Stunde hatte er von diversen Bedienten des Clubs beinahe alle Informationen erhaltne, die er wollte. Und die Auskünfte, die er über Campbells Schritte brauchte, mußten in alle Einzelheiten gehen. Campbell war um 22.15 Uhr eingetroffen. Kurz vor halb elf hatte er sich im Rauchsalon etwas zu trinken bringen lassen. Bald darauf war er mit seinem Glas in der Hand in den Spielsalon gegangen und hatte als vierter Mann bei einer Bridgepartie übernommen. Das Spiel hatte bis halb zwölf gedauert, und danach war Campbell noch zehn Minuten geblieben und hatte sich mit einem der Spieler unterhalten. Doch um Punkt Viertel vor zwölf hatte er sich Hut und Mantel geben lassen und war gegangen. Bei dem Zeitpunkt war sich der betreffende Diener absolut sicher. Bevor er aufgestanden war, hatte Campbell einen Blick auf seine Taschenuhr geworfen, und das hatte den Mann dazu veranlaßt, selbst nach der Uhr zu schauen. Und noch etwas war geschehen, wodurch der Vorgang sich ihm genau eingeprägt hatte. Campbell hatte den Ausgang zum kleinen Hof hin genommen. Doch offenbar hatte er etwas im Club vergessen, denn eine Minute später war er wieder im Hause, ehe er sich fast unverzüglich zum zweitenmal verabschiedete. Diesmal nahm er die Seitentür, die ein wenig weiter nördlich direkt auf die Stonegate führte.

Das schien detailliert genug, und Appleby war nicht traurig, als er in einigen nebensächlichen Punkten, die er noch anschnitt, nichts Genaueres mehr in Erfahrung bringen konnte. Es war auffällig, daß von den unspektakulären Unternehmungen eines Clubmitglieds an einem Abend, der ja nun schon etwas zurücklag so viel bemerkt worden und im Gedächtnis geblieben war. Appleby war sich nun so gut wie sicher, daß er auf einer Fährte war. Nachdenklich trat er hinaus auf die Stonegate, wie Campbell es getan hatte, und schlug dann die Luton Road nach links ein. Sein nächstes Ziel war Sir Theodore Peek und Sir Theodores Nachbar, das Gasthaus ›Green Horse‹. Denn dies topographische Detail war der Keim von Applebys gegenwärtigen Überlegungen. Dodds Stadtplan hatte ihm gezeigt, daß das ›Green Horse‹ sozusagen im Hinterhof des großen Gelehrten liegen mußte, und ein persönlicher Besuch dort würde ihm, so hoffte er, endgültig Klarheit darüber verschaffen.

Diese Hoffnung erfüllte sich. Man betrat die Schankstube des ›Green Horse‹ vom Kutschhof aus. Und dieser Hof, dessen Zufahrt an der Hauptstraße lag, hatte einen hinteren Ausgang, der auf eine abgeschiedene Vorstadtstraße führte. Das nächste Haus an dieser Straße war Berwick Lodge, Sir Theodores Domizil. Appleby blieb einen Augenblick stehen, um sich auszumalen, wie alles im Dunkeln ausgesehen hätte. Dann eilte er die Treppen von Berwick Lodge hinauf und klopfte an die Haustür.

II

Die Stadt ist reich an altehrwürdigen Männern. Vor allem in den Vorstädten leben Gelehrte unglaublichen Alters dicht gedrängt. Auf den ersten Blick bemerkt man es nicht; denn wenn sie erst einmal ihren Posten im College preisgegeben haben, gehen sie nie mehr aus dem Haus. Zum Beispiel in jenem unauffälligen Ruskinschen Häuschen dort lebt ein Graubart, der sich noch erinnern kann, wie Lachmanns *Lukrez* erschien; gegenüber wohnt hinter dem imitierten Tudor-Fachwerk der Historiker, der sich mit Grote stritt; weiter unten an der Straße ein Methusalem, dem noch der große Niebuhr persönlich über das Knabenhaupt gefahren war. Auch der Ursprung dieser Urväter der Wissenschaft ist ein anderer als bei anderen. Sie selbst sind die Söhne und Enkel von Gelehrten, die ihr Leben zum Wohle der Menschheit der Wissenschaft geweiht hatten und die erst, als sie vielleicht mit neunzig Jahren zu spüren begannen, wie die ersten Nebel des Alters ihren Verstand umhüllten, sich von ihren geistigen Studien zurückzogen, um Trost in Ehe und Familie zu finden. So kommt es, daß der Mann, der sich noch an Lachmann erinnert, sich auch an die Geschichten erinnert, die sein Vater über Porson erzählte, und daß derjenige, der noch Niebuhrs Segen erfuhr, noch lebhafte Familienanekdoten über Bentley und Heinsius und Voss zu berichten weiß, so daß das Gefühl persönlicher Bekanntschaft erst ganz allmählich nachläßt, bis es sich dann mit Polizian und Erasmus im Zwielicht des fünfzehnten Jahrhunderts verliert. Das ist die Tradition der wahren Akademiker, und von allen lebenden Akademikern war Sir Theodore Peek der älteste und greiseste, derjenige, der am tiefsten in die lange und nebelverhangene Geschichte der Wissenschaften eingetaucht war, und vielleicht auch derjenige, der mehr als jeder andere von dem schon fernen, goldenen Sonnenlicht der Antike genossen hatte.

Appleby fand ihn in einem winzigen, düsteren Zimmer inmitten einer unbeschreiblichen Unordnung von Büchern und Manuskripten. Er schlief. Oder besser gesagt, im einen Augenblick schlief er, im nächsten war er wach, denn immer wieder einmal öffneten sich die Augen dieses geradezu prähistorischen Mannes, und dann schlossen sie sich wieder für eine Weile. Doch wenn sie sich öffneten, dann öffneten sie sich, um ein Papyrusfragment zu entschlüsseln, das vor ihm auf dem Schreibtisch lag. Wenn der Text entschlüsselt war, machte eine gebrechliche Hand eine Notiz, und danach schlossen sich die Augen wieder. Es war, als sehe man ein künstlich belebtes Sinnbild der Gelehrsamkeit.

Nach einiger Zeit konnte Appleby sich Sir Theodore bemerkbar machen, aber daß er als Polizist kam, davon hatte Sir Theodore bestenfalls einen vagen Begriff. Er schien in ihm eher einen jungen Wissenschaftler zu sehen, der nun mit einem achtbaren Examen in der Tasche zu ihm kam, um seinen fachmännischen Rat für weitere Studien einzuholen. Nur mit Mühen war er vom Homer-Kommentar des Aristarch ab- und dazu zu bringen, den wiederholt in die Runde geworfenen Namen Campbell zu erwägen.

»Campbell«, sagte Appleby. »Campbell von St. Anthony's.«

Sir Theodore nickte, dann schüttelte er den Kopf. »Begabt«, murmelte er, »fähiger Kopf, kein Zweifel, aber sein Gebiet ist für uns wohl kaum von Interesse, nicht wahr? Umpleby ist der einzige, zu dem Sie in St. Anthony's gehen können. Ich rate Ihnen, suchen Sie Umpleby auf. Was für ein Jammer, daß auch er sich auf diese anthropologischen Hirngespinste eingelassen hat. Kennen Sie seine Arbeit über Harpokration?«

»War ... *Campell ... am ... Dienstag ... abend ... bei ... Ihnen?*« fragte Appleby.

»Harpokration, das wäre doch etwas für *Sie*«, fuhr Sir Theodore unbeirrt fort. »Er überliefert, wie Sie wissen, Fragmente der Atthidographen, des Hellanikos, Passagen von Androtion, Phanodemos, Philochoros und Istros, ganz zu schweigen von Geschichtsschreibern wie Hekataios und Ephoros sowie Theopompos, Anaximenes, Marsyas, Krateros ...«

Appleby machte einen weiteren Vorstoß.

»Ja«, sagte er mit Nachdruck, »da haben Sie recht. Harpokration. *Hat ... Campbell ... sich ... am ... Dienstag ... abend ... mit ... Ihnen ... über ... Harpokration ... unterhalten?*«

Auf seine abwesende Art machte Sir Theodore ein verblüfftes Gesicht. »Liebe Güte, nein. Davon hat Campbell keine Ahnung, fürchte ich. Er war nur hier, um ein Manuskript für die Zeitschrift zu bringen. Wir sperren uns nicht, dergleichen Dingen ein wenig Platz einzuräumen. Er war nur ein paar Minuten da. Und falls Sie Empfehlungsschreiben brauchen, wenn Sie ins Ausland gehen ...«

Sir Theodore Peek war ehrwürdig, doch anstrengend. Mit allem gebotenen Respekt verabschiedete Appleby sich und begab sich aus mehr als nur einem Grunde zum ›Green Horse‹.

III

Bis Appleby wieder in seinem Zimmer in St. Anthony's war, war es halb neun. Der Besuch im ›Green Horse‹ war noch nicht der Abschluß seiner Forschungen des Tages gewesen. Es hatte Befragungen von ebenso überraschten wie unschlüssigen Angestellten gegeben; Telefonate mit dem *Senior Proctor,* dem Vizekanzler; eingehende Unterhaltungen mit grobschlächtigen Männern, die Bowlerhüte in ihren Händen drehten ... Doch der Tag war angenehm im Abendessen bei Inspektor Dodd ausgeklungen, mit erholsam unbedeutenden Plaudereien, die sicher noch bis weit in den Abend hinein gedauert hätten, hätte nicht jener ausgezeichnete Beamte sich eilends verabschieden müssen. Der kritische Augenblick seines Einsatzes gegen die Einbrecherbande stand unmittelbar bevor. Nun war Appleby wieder erquickt und sehnte sich nach der Einsamkeit seines Zimmers, um eine Weile angestrengt darüber nachzudenken, was die Forschungen des Tages ergeben hatten. Doch er stutzte, als er die Tür öffnete. An seinem Kaminfeuer saß, beinahe so, wie er selbst am Morgen an Pownalls Feuer auf diesen gewartet hatte, Mr. Giles Gott.

Mikes Begeisterung für seinen Tutor war verständlich. Gott nahm den Betrachter auf Anhieb für sich ein, denn wie er so ruhig dasaß, war er ein ausgesprochen schöner Mensch. Wenn er sich bewegte, dann bewegte er sich grazil; wenn er sprach, sprach er charmant; hielt er längere Reden, so war er interessant. Und vor allem war er entwaffnend. »Offensichtlich«, schien er zu sagen, »bin ich ein Geschöpf, dessen Leben glücklicher, kultivierter, ausgewogener und erfolgreicher ist als deines, doch - siehe da! - das ärgert dich kein bißchen; ja, du bist sogar begeistert davon.«

Mr. Gott erhob sich höflich, doch ohne ein Wort. Aber der Blick, mit dem er Appleby betrachtete, hatte eine so amüsierte, herausfordernde Vertrautheit, daß es bei den meisten Menschen gegenüber einem vollkommen Fremden unverschämt gewirkt hätte. Bei diesem Mann war es jedoch ausgesprochen sympathisch.

Appleby sah vorerst keinen Grund, die damit entstandene Stimmung nicht aufzugreifen. Ebenfalls schweigend nahm er auf der anderen Seite des Kamins Platz und stopfte sich eine Pfeife. Dann ergriff er mit einer Bemerkung das Wort, die der Merkwürdigkeit ihrer Begegnung angemessen Rechnung trug.

»Sie sind also«, fragte er, »Bibliograph?«

Gott stopfte sich nun seinerseits die Pfeife und gluckste nur.

»Sie sind«, fuhr Appleby unbeirrt fort, »von Berufs wegen Bibliograph. Das ist fast so gut wie Detektiv. Ihre Wissenschaft betrifft die physischen Bestandteile eines Buches, und Sie unterziehen die winzigsten Bruchstücke von Beweisen den komplexesten Untersuchungen, um Fälschung, Diebstahl, Plagiat zu entdecken, ein Werk der Handschrift dieses oder jenes Mannes zuzuordnen, eine Interpolation hier, eine Korruption dort - und das alles vielleicht vor Hunderten von Jahren. Durch reine Detektivarbeit haben Sie zum Beispiel herausgefunden, was Shakespeare sich für seine Stücke angelesen hat.«

Appleby hielt inne, um einen Zug aus seiner Pfeife zu nehmen und das Feuer zu schüren.

»Und dieses Verfahren oder doch zumindest den Verstand, der für dieses Verfahren ausgebildet wird, haben Sie, wie ich höre, nun tatsächlich dem Verbrechen zugewandt. Pentreiths Romane sind die besten ihrer Art; angenehm phantastisch, doch messerscharf ausgeklügelt. Ich könnte mir vorstellen, daß Sie vom professionellen Standpunkt aus großes Interesse an dem ebenso phantastischen wie scharfsinnig ausgeklügelten Tod von Dr. Umpleby haben?«

Gott schüttelte den Kopf. »Das glauben Sie nicht, Mr. Appleby. Unter all den traurigen Rätseln, mit denen Sie es in diesem Fall zu tun haben, haben Sie nur zwei Gewißheiten. Und Sie wissen, daß ich, auch wenn ich, was mir nun peinlich ist, Kriminalromane schreibe, diesen Mord *nicht* geplant habe.«

»Ich weiß, daß Sie etwas geplant haben.«

»Das kann man wohl sgen. Aber denken Sie an *Don Juan*. ›Nichts plant' ich als vielleicht ein wenig Fröhlichkeit.‹ Was halten Sie davon?«

»Ich denke mir, es ist gefährlich, im Dunstkreis eines Mordes nach Fröhlichkeit zu suchen. Und ich glaube, es ist falsch, wenn man bei einem Mord nur unbeteiligter Zuschauer sein will. Es wäre unklug, sich in die Räuberhöhle zu wagen, wenn man einfach nur an Mord *interessiert* wäre. Sie mögen das vielleicht sentimental finden, aber in diesem Falle wäre das um so tadelnswerter.«

Gott hatte ihm aufmerksam zugehört. »Ja«, sagte er nach einer Weile nüchtern, »das stimmt schon. Aber wissen Sie, das, womit ich mich beschäftige, hat nichts mit dem Fall zu tun.«

Schlagartig wurde Appleby heftig. »Mr. Gott, ich habe den ganzen Nachmittag mit dem verbracht, womit Sie sich beschäftigen, und vorher hatte ich schon eine ganze Weile darüber nachgedacht. Und in einem Fall wie diesem ist meine Zeit in der Regel knapp bemessen und entsprechend wertvoll.«

Doch das sorgte lediglich dafür, daß Gotts heitere Stimmung zurückkehrte. »Wie schmeckt denn das Bitter im ›Green Horse‹, Mr. Appleby? Und wie fanden Sie Sir Theodore? Ich nehme an„ Sie haben sich alles zusammengereimt?« Er lachte spöttisch, doch freundlich, seine Rede war Geständnis und Herausforderung zugleich.

»Ja«, antwortete Appleby, »ich habe es mir alles zusammengereimt. »So schwer war es ja nicht.«

»Ah!« sagte Gott. »Würden Sie es mir erzählen?« Das war frech, doch auf eine charmante Weise lausbubenhaft. Keine Frage, Appleby mochte den Mann.

»Ich will es Ihnen erzählen, vom ersten Verdacht bis zum fertigen Beweis. Und auf den ersten Verdacht kam ich durch einen reinen Zufall. Ich habe mich nicht besonders dafür interessiert, was die einzelnen am Dienstag gegen Mitternacht trieben. Das hätte auch auf Sie zugetroffen. Doch ein gewissenhafter Kollege, der den Auftrag hatte, Ihren Spuren am früheren Abend nachzugehen, ist Ihnen auf Ihrem Weg oder dem, was er für Ihren Weg hielt, so weit gefolgt, wie er konnte.

Der *Junior Proctor* wurde um 23.40 Uhr am Marktkreuz gesehen. Kurz darauf ging er die Stonegate hinauf. Um Mitternacht war er am ›Green Horse‹. Kurioserweise gab ein weiterer *Fellow* von St. Anthony's, Mr. Campbell, zu Protokoll, daß er zu just derselben nächtlichen Stunde in just derselben Richtung unterwegs war. Das schien mir nun genug an Zufall zu sein, wenn ich den unwissenschaftlichen Ausdruck gebrauchen darf, daß ich nach einem Stadtplan griff. Und was der Stadtplan verriet, genügte, um mir Lust auf einen Spaziergang zu machen. Der Spaziergang brachte mich darauf, warum Mr. Campbell etwa zur selben Zeit Sir Theodore Peek aufsuchte, zu der der *Junior Proctor* im ›Green Horse‹ gesehen ward.«

Appleby hielt inne. Sein Besucher betrachtete ihn wohlwollend durch eine Wolke von Tabakrauch.

»Mr. Gott, Sie und Campbell haben zu jener Zeit für den Abend des Mordes an Umpleby ein Alibi für sich gefälscht, aber Sie haben es, soweit es diesen Mord anging, für die falsche Uhrzeit gefälscht. Ihr Alibi lag um eine Stunde zu spät.«

»Kurios«, sagte Gott. »Aber wollen Sie mir nicht noch ein wenig mehr davon erzählen, wie Sie auf all das gekommen sind? Es gefällt mir.«

»Als ich mir ins Gedächtnis rief«, antwortete Appleby gelassen, »wie es aussieht, wenn der Trupp eines Proktors unterwegs ist, wurde alles ganz einfach. Der Proktor geht nicht mit seinem Trupp zusammen – sie folgen ihm mit etwa zwanzig Metern Abstand. Und wenn er ein Gebäude betritt, dann kommen sie nicht mit hinein, es sei denn, er gibt ein Zeichen: Sie warten draußen.«

»Sie scheinen sich ja auszukennen«, warf Gott lakonisch ein. »Fahren Sie fort, bitte.«

»Für Sie und Campbell war 23.45 Uhr so eine Art kritischer Punkt. Von Viertel nach elf bis Viertel vor zwölf waren bei Ihnen beiden die Alibis echt. Ich meine damit, daß Sie beide dort waren, wo Sie zu sein schienen: Campbell in seinem Club, Sie auf Ihrem Patrouillengang durch die Stadt. Doch um 23.45 Uhr kamen Sie die Stonegate hinauf, und im selben Augenblick trat Campbell aus der Gasse zum Chillingworth heraus. Die Beamten sahen ihn und erkannten ihn sogar, aber daran war ja nichts Schlimmes. Sie begrüßten sich, und Campbell tat so, als wolle er Sie in die Gasse ziehen und mit in den Club nehmen. Daran war nichts Außergewöhnliches; bei einem solchen Besuch würden die Beamten einfach draußen warten. Doch als Sie erst einmal in der Gasse waren, streiften Sie Ihren Proktor-Talar ab und übergaben ihn Campbell. Sie blieben dann einfach im Dunkeln, während Campbell, den zusammengerollten Talar unter dem Arm, noch einmal in den Club ging, den Talar selbst überwarf und durch die Seitentür weiter nördlich wieder auf die Stonegate trat. Und da spazierte nun also der *Junior Proctor* wieder vor seinem Trupp daher. Wenn jemand auf der Straße Campbell erkannt hätte, hätte er niemals den Verdacht geschöpft, daß Campbell nicht als ganz legaler Stellvertreter unterwegs wäre.«

»Das läse sich gut«, murmelte Gott.

»Und damit zum ›Green Horse‹ und zu Sir Theodore. Die Beamten warten wie üblich draußen. Campbell geht in seinem Talar in den Gasthof und sieht sich einen Augenblick um. Und jeder, der da ist, weiß, daß der Proktor im ›Green Horse‹ war. Nicht daß das von Bedeutung wäre, denn die Beamten wissen es ja auch oder glauben es zumindest. Dann streift Campbell den Talar wieder ab, nimmt den Hinterausgang des Hofes, und binnen zweier Minuten stattet er als Campbell, als echter Campbell, Sir Theodore einen kurzen Mitternachtsbesuch ab. Zwei gute Alibis: das eine gefälscht, das andere sozusagen gefälscht echt.«

»Und wie kommen wir davon?« fragte Gott leise.

»Campbell, nun wieder als Proktor, tritt durch den Torbogen des Gasthofes, gibt dem Trupp ein Zeichen und marschiert durch den Hintereingang an Sir Theodores Haus vorbei, um es genau zu sagen. Und die Beamten folgen ihm bis hierher nach St. Anthony's. Und da hätten wir den letzten Punkt. Gewöhnlich kehren Sie, wie Sie wissen, durch die kleine Pforte an der Schools Street ins College zurück. Doch an diesem Abend betraten Sie St. Anthony's durch die Hauptpforte in der St. Ernulphus Lane. Sie klopften in aller Form, damit der Pförtner Sie einließ. O ja, das *waren* Sie. Campell bog noch von der Schools Street in die Lane ein, und Sie warteten dort in einem Hauseingang. Wieder ein rascher Wechsel des Talars, und Campbell spaziert nach Hause in seine Wohnung. Und Sie, sage ich, schreiten hinunter zum Haupteingang, warten auf die Beamten, wenden sich zu ihnen um und ziehen gravitätisch Ihren Hut. Die kleinen Bowler werden gelüpft. ›Gute Nacht, Mr. Gott.‹ Sie klopfen, der Pförtner öffnet. Und noch einmal: ›Gute Nacht, Mr. Gott.‹ *In Wirklichkeit konnten Sie von etwa 23.50 bis 24.20 Uhr tun, was Sie wollten, und derweil wurde ein hübsches Alibi für Sie fabriziert.* Eine Schande, an die schnöde Wirklichkeit eine Idee zu verschwenden, und fruchtlos, wie Sie sehen, die sich in einem Buch so gut gemacht hätte!« Appleby bedachte den berühmten Romancier mit einem schon beinahe bedrohlich spöttischen Blick.

Gott sog nachdenklich an seiner Pfeife. »Das ist sehr raffiniert«, sagte er, »doch ziemlich weit hergeholt, finden Sie nicht? Das klingt doch eher, als ob *Sie* es sich ausgedacht hätten und nicht Campbell und ich. Und solange Sie nicht ein paar kleine Beweise beibringen können wie etwa jemanden, der mich gesehen hat, wo ich nicht hätte sein sollen, oder jemanden, der erkannte, daß Campbell unter dem Proktorstalar steckte, hängt es ein wenig in der Luft, nicht wahr? Und haben Sie sich denn auch ein Motiv für all diese erstaunlichen Unternehmungen ausgedacht? Wollten wir Umpleby um Mitternacht erdolchen, und jemand kam uns zuvor?«

»Vielleicht«, entgegnete Appleby, »hatte es ja gar nichts mit St. Anthony's zu tun. Mein hiesiger Kollege Dodd geht zur Zeit einer Reihe von Einbrüchen in der Vorstadt nach. Wer weiß, vielleicht sind Sie, Mr. Gott, der Kopf der Bande?«

Gott lachte, doch nur kurz. »Sie halten mich also für einen Einbrecher?«

»Allerdings.«

»In der Vorstadt?«

»Nein.« Einen Augenblick lang herrschte Schweigen, dann fügte Appleby hinzu: »Und nun? Wollen Sie mir nun *Ihre* Geschichte erzählen?«

»Wenn es da eine Geschichte gäbe, müßte es ja nicht unbedingt meine sein, nicht wahr?«

Eine weitere Pause trat ein, in der Appleby überlegte, wie er diesen charmanten, durch nichts aus der Ruhe zu bringenden und gänzlich unkooperativen Mann fassen könnte. Zu Pownall war er beinahe grob gewesen, eine Technik, die er verabscheute. Und er hatte seine Zweifel, daß er aus Gott viel herausbekäme, wenn er ihn unter Druck setzte. Seine Gedanken waren erst bis zu diesem Punkt gediehen, als er unterbrochen wurde. Vor der Wohnzimmertür waren etliche rumpelnde und knarrende Geräusche laut geworden, gefolgt von einem lauten dumpfen Schlag und dem Klang mehrerer sich rasch entfernender Fußpaare. Mit einem Satz war Appleby an der Tür und riß sie auf. In dem kleinen Vorraum stand ein großer geflochtener Wäschekorb.

Auch Gott hatte sich erhoben und kam hinüber zur Tür. Einen Moment lang betrachteten die beiden Männer schweigend das rätselhafte Objekt, aus dem ebenso rätselhafte Laute drangen. »Ich glaube«, sagte Appleby, »wir können riskieren, ihn zu öffnen.« Er machte sich daran, die gewaltige Eisenstange herauszuziehen, mit deren Hilfe der Korb fest verschlossen war.

Nur wenige Anblicke sind so absurd wie der Anblick eines Menschen, der in einen Wäschekorb gezwängt ist; ein Umstand, den sich schon Shakespeare zu Nutze machte, als er seine *Lustigen Weiber von Windsor* damit versüßte. Und was ihnen nun aus dem Korb entgegenblickte, war einem Falstaff gar nicht so unähnlich, einem Falstaff in reichlich ramponierter Maske. Denn eine Art Schminke tropfte dieser Erscheinung vom Gesicht, und an einem zorngeröteten Ohr hingen noch die Überreste eines falschen Rauschebarts.

Appleby wußte sofort Bescheid. Er streckte hilfreich den Arm aus; seine Stimme war ausdruckslos.

»Mr. Ransome, nehme ich an?«

Kapitel 12

Mr. Ransome hatte sie verlassen, um ein Bad zu nehmen und die Speisekammer zu plündern. Er hatte ja, wie er finster betont hatte, *nicht* zu abend gegessen. Und so mußte Mr. Gott die Erklärung liefern.

»Ich glaube«, sagte Gott, »jetzt kann ich Ihnen getrost die ganze Geschichte erzählen. Von der Sache mit Ransomes Papieren haben Sie zweifellos gehört, die Papiere, die Umpleby nicht herausrücken wollte? Nun, vor einem Monat kehrte Ransome nach England zurück, und er war wütend, daß Umpleby ihm die Sachen nicht geschickt hatte. Statt in aller Offenheit in das College zurückzukommen, blieb er in London und ließ sich von Campbell besuchen. Er und Campbell waren von jeher dicke Freunde, und Campbell rief nach drastischen Maßnahmen gegen Umpleby. Es dauerte nicht lange, bis sie beschlossen hatten, sich auf eigene Faust Gerechtigkeit zu verschaffen. Und als das erst einmal feststand, kamen sie auf die Idee, mich als Experten hinzuzuziehen.«

Gott hatte seine Pfeife wieder entzündet. Er erzählte seine Geschichte mit einem entwaffnend naiven Vergnügen.

»Ich war bereit dazu, dumm von mir, werden Sie sagen, und machte, glaube ich, so eine Art Spiel aus der Sache. Wir hätten Umpleby ja einfach überfallen und ihn zwingen können, die Sachen herauszugeben. Er hätte es aus Angst vor einem Skandal getan. Aber wir beschlossen, statt dessen so etwas wie einen perfekten Einbruch zu begehen, und ich plante ihn. Wir waren zu dritt – Campbell, Ransome und ich –, und was mich daran interessierte, war die Frage des Alibis. Ich mußte bei dem eigentlichen Einbruch dabei sein, und Ransome ebenfalls ...«

»Warum Sie beide?« unterbrach Appleby schroff.

Einen Moment lang schien Gott die Frage geradezu abwegig zu finden. Dann grinste er freundlich. »Ich mußte dabei sein«, antwortete er, »weil die Umstände des Einbruchs einen geschulten Verstand erforderten. Sie werden gleich sehen warum. Und Ransome mußte aus dem einfachen Grunde dabei sein, daß ich keine Lust hatte, diesen recht gefährlichen und zweifellos albernen Plan allein auszuführen, während er in Sicherheit schlummerte. Aber die Frage des Alibis interessierte mich. Zunächst einmal ging ich davon aus, daß man sich um Ransome selbst keine Gedanken zu machen brauche; jeder außer uns dreien glaubte, daß er Tausende von Kilometern weit fort sei. Aber für mich und für Campbell, sofern er an der Tat beteiligt war, war ein Alibi vonnöten. Wie gesagt, letztlich war es nicht mehr als ein Spiel. Es war nicht damit zu rechnen, daß Umpleby wegen des Einbruchs die Polizei rufen würde, und ich habe, verzeihen Sie, nicht im Traum damit gerechnet, daß die Polizei unsere Alibis überprüfen würde, auch wenn Umpleby selbst es vielleicht tun würde. Trotzdem habe ich mich bemüht, es sorgfältig auszuarbeiten.«

»Die wissenschaftliche Dimension der Unterhaltungsliteratur«, murmelte Appleby.

»So könnte man es nennen. Vielleicht hatte ich den Hintergedanken, es in einem Buch zu verwenden. Was ich mir ausgedacht hatte, wissen Sie ja schon. Um 23.45 Uhr sollte, wie Sie ganz richtig geraten haben, Campbell in meine Rolle schlüpfen. Ich sollte mich dann unverzüglich nach St. Anthony's begeben, wo Ransome auf mich warten würde, der das Terrain bereits sondiert hätte. Wir hatten kalkuliert, daß wir bis zehn nach zwölf mit dem Einbruch fertig wären. Ich wäre dann durch die Pforte hinaus und um die Ecke in die St. Ernulphus Lane geschlüpft, wo Campbell um Punkt 0.20 Uhr zu erwarten war, und Ransome hätte sich zur selben Zeit davongemacht. Aber beim Verlassen der Rektorenwohnung wollten wir einen solchen Radau machen, daß er das ganze Haus aufgestört hätte; damit hätten wir dafür gesorgt, daß der Einbruch sofort entdeckt und die *Tatzeit* festgehalten worden wäre. Eine Tatzeit also, zu der ja mein vorgebliches Ich, von den Bütteln gefolgt, noch ein ganzes Stück von St. Anthony's fort war und wo natürlich Campbell, der ja noch kurz zuvor bei Sir Theodore gewesen war, noch nicht wieder zurück sein konnte. Campbell und ich sollten zum zweiten Mal unsere Rollen tauschen, während wir dem Blick der Büttel durch die Ecke der Lane entzogen waren. Er wäre zwei oder drei Minuten darauf wieder in seiner Wohnung gewesen. Ich wollte einfach bis zur Hauptpforte des Colleges weitermarschieren, denn ich konnte ja schlecht eine Kehrtwendung machen, um doch noch die kleine Pforte zu benutzen, nicht wahr? Der Pförtner sollte mich zehn Minuten nach dem Einbruch einlassen.«

Appleby hatte aufmerksam zugehört. Nun stellte er eine Frage. »Sie sagen, Ransome hätte schon das Terrain sondiert haben sollen, bevor Sie zu ihm stießen. Meinen Sie damit, er hätte sich auf dem Collegegelände umsehen sollen?«

Gott nickte. »Die Sache mit den neuen Schlüsseln macht Sie stutzig, nicht wahr? Das hätte uns natürlich beinahe zu einer Änderung unserer Pläne gezwungen. Es wäre unvermeidbar gewesen, wenn wir nicht einfach Glück gehabt hätten. Ransome hatte von jeher einen Schlüssel für die Tore, und wir wußten zwar, daß neue Schlüssel in Arbeit waren, aber wir hatten nicht damit gerechnet, daß sie so schnell kommen würden. Allzu schlimm wäre es natürlich nicht gewesen; ein Schlüssel genügte. Doch einer für Ransome und einer für mich war besser, und es war schon ärgerlich, als plötzlich am Dienstagmorgen Umpleby in meinem Arbeitszimmer auftauchte, um mir mitzuteilen, daß die Schlösser ausgewechselt seien, und mir meinen neuen Schlüssel zu bringen. Selbst wenn er für Ransome einen hatte anfertigen lassen, hätte er den natürlich behalten.«

»Meinen Sie« unterbrach Appleby ihn, »daß hinter dieser Sache mit den neuen Schlüsseln die Absicht steckte, dafür zu sorgen, daß Ransome keinen Zugang mehr hatte?«

Gott machte ein verblüfftes Gesicht. »Auf den Gedanken wäre ich nie gekommen. Nein, ich glaube, daß die Schlösser aus dem Grunde ausgewechselt wurden, der auch offiziell angegeben wurde. Ich glaube nicht, daß Umpleby dabei an Ransome dachte.«

Appleby nickte. »Sie können sich vorstellen, Mr. Gott, daß die Staatsanwaltschaft diesen Punkt groß herausstellen würde.« Er sagte das recht trocken.

»Ich weiß gut genug, was ich mir da eingebrockt habe«, antwortete Gott, »sonst wäre ich ja nicht zu Ihnen gekommen, um, wie die Ganoven in meinen Romanen zu sagen pflegen, auszupacken. Es wirft zweifellos ein ungünstiges Licht auf mich, daß ich den zehnten Schlüssel, Ransomes Schlüssel, an mich gebracht habe.«

»*Sie* hatten ihn also«, sagte Appleby ärgerlich und fuhr sich nachdenklich mit der Hand über den Schädel.

»O nein, das meine ich nicht; ich meine ursprünglich. Es war ein Glücksfall, und ich habe ihn durch einen einfachen Trick bekommen. Umpleby kam zu mir als letztem, und er hatte noch zwei

Schlüssel in der Hand. Ich nahm mein Exemplar in Empfang und legte den alten auf den Tisch. Dann hielt ich Umpleby einen schönen dicken Folioband hin, den ich gerade studiert hatte, und fragte ihn in irgendeinem Punkt nach seiner Meinung. Er faßte ihn brav mit beiden Händen. Er war ja so klug, daß er binnen drei Minuten jedermanns Arbeit durchdacht hatte, unser Umpleby, und er ließ es uns gern spüren. Und ganz automatisch legte er den letzten Schlüssel auf den Tisch. Ich habe ihn in einen ordentlich hitzigen Disput verwickelt, um seine Gedanken ganz von den Schlüsseln abzulenken, und steckte inzwischen den zehnten ein. Kurz darauf zeigte ich mit dem Finger auf den alten Schlüssel. ›Für wen ist der denn noch‹, fragte ich, und er knurrte: ›Den bekommt Ransome, wenn er jemals wiederkommt.‹ Damit verabschiedete er sich. Resultat: Ich hatte den Schlüssel für Ransome.«

»Resultat«, griff Appleby die Wendung mit Nachdruck auf, »einen Schritt näher am Verbrechen. Was ist denn nun tatsächlich in jener unglücklichen Nacht vorgefallen?«

»Nichts. Um halb zwölf kam Ransome durch die kleine Pforte auf das Collegegelände und wollte sich umsehen. Er bemerkte sofort die gedämpfte Aufregung, die herrschte, und die Leute, die überall durch den Obstgarten stapften. Und dann hörte er Deighton-Clerk rufen, daß jemand sich an der kleinen Pforte umsehen solle. Also schloß er, daß irgend etwas los sein mußte, sah zu, daß er aus dem College fortkam, und kam zu mir, nachdem Campbell und ich zum erstenmal die Rollen getauscht hatten. Natürlich war ich zum verabredeten Zeitpunkt zum zweiten Tausch an der Lane. Aber das war auch alles.«

Eine kurze Pause trat ein.

»Außer daß Sie, als Sie wieder das College betraten, erfuhren, daß man Umpleby ermordet hatte?«

»Ja.«

»Keiner von Ihnen dreien hat diese Geschichte vorgebracht?«

»Wir haben das alles Ihnen überlassen.« Die kleinlaute Antwort kam geistesabwesend. In Gedanken war Gott offenbar bei der Frage, wie es nun weitergehen würde.

»Bevor Sie weitererzählen«, fuhr Appleby fort, »gibt es da einen Punkt, den ich klären möchte. Ist einer von Ihnen dreien bei diesem prachtvollen Jux am Dienstagabend tatsächlich in Umplebys Arbeitszimmer gewesen?«

»Mit Sicherheit nicht.«

»Sie waren nicht zum Beispiel früher dort, als Sie vorgeblich im Büro des Proktors waren? Sie waren nicht vielleicht im Arbeitszimmer und haben einige Vorstudien getrieben?«

»Mit Sicherheit nicht.«

»Und Ransome und Campbell auch nicht?«

»Campbell mit Sicherheit nicht; Ransome ebenfalls nicht. Es sei denn, er lügt.«

»Sie waren nicht dort und haben sich nach einem Safe umgesehen?«

Gott schüttelte den Kopf. »Danach hatte ich mich schon lange vorher umgesehen«, antwortete er.

»Sie waren nicht in dem Zimmer, mit einer *Kerze* in der Hand?« Das Wort kam wie aus der Pistole geschossen.

Wiederum leugnete Gott kategorisch, diesmal ein wenig überrascht.

»Mr. Gott, Sie haben eben gesagt, daß es eine Dummheit war, sich auf diesen Einbruch einzulassen. Und daß er mit dem Mord zusammenfiel, war ja nun wirklich entsetzlich. Was war in Sie gefahren, daß Sie dieses Unternehmen in der folgenden Nacht weiterverfolgten?«

»Es war Sturheit«, antwortete Gott, »und die richtige Gelegenheit.«

»Sie meinen die Tatsache, daß Sie beide ja noch immer einen Schlüssel hatten?«

»Ganz genau. Neun Schlüssel hatte die Polizei beschlagnahmt, doch wir besaßen den zehnten. Ich hätte übrigens gedacht, daß Sie, da Sie doch wußten, daß es irgendwo einen zehnten Schlüssel gab, eine regelrechte Wachmannschaft aufgestellt hätten. Aber nein ... Nun, da waren wir also und hatten nach wie vor Zugang zum Obstgarten und damit praktisch zum Arbeitszimmer. Niemand wußte das. Wir trafen uns gestern nachmittag und besprachen den zweiten Versuch. Diesmal war es ein ganz einfacher Plan. Ransome hatte den Schlüssel, und um 0.15 Uhr sollte er den Obstgarten durch die kleine Pforte betreten. Das war riskant, denn es war, wie gesagt, gut denkbar, daß Sie Wachen aufgestellt hatten. Aber irgendwie waren wir wie besessen. Dann sollte er das Westtor zum Bishop's Court öffnen und mich einlassen. Danach würden wir sehen, was wir ausrichten konnten.

Alles ging wie am Schnürchen, zu Anfang zumindest. Wir brachen in das Arbeitszimmer ein und holten die Papiere aus dem Safe ...«

»Sie wußten also von dem Safe? Sie kannten die Kombination?«

»Ich wußte, wo ich zu suchen hatte, mehr nicht. Ich hatte mich schon vor langem einmal in Umplebys Arbeitszimmer umgesehen, und das falsche Regal war mir aufgefallen. Ich nahm damals schon an, daß sich ein Wandsafe dahinter verbarg . . .«

»Und vertrauten darauf, daß Sie ihn öffnen könnten? Selbst in Kriminalromanen ist das doch schwierig?«

Gott grinste. »Ich verließ mich auf mein Köpfchen. Deshalb mußte ich ja selbst mit dabei sein. Die Kriminalromane, die ich schreibe, und vielleicht, wie Sie eben sagten, meine Ausbildung als Bibliograph haben gewisse Fähigkeiten in mir entwickelt. Jedenfalls *war* ein Safe da, und ich *habe* ihn aufbekommen. Oder etwa nicht?«

Gott gab sich nun wieder ganz der naiven Freude an seiner Erzählung hin. »Aber mein Lieber«, Appleby gab den amtlichen Tonfall nun ganz auf, »wie um alles in der Welt haben Sie das denn gemacht? Wollen Sie mir erzählen, Sie hätten mit dem Stethoskop gehorcht, wie die Zähne einrasten, und solche Sachen? Aber vielleicht haben Sie das wirklich. Sie sind ja auch in das Zimmer nach einer praktisch unmöglichen Methode eingedrungen, die es nur in Büchern gibt: Leintuch und Sirup, liebe Güte! Vielleicht haben Sie da ein genauso verrücktes Verfahren gehabt, um den Safe aufzubekommen?«

»Nein«, antwortete Gott bescheiden. »Ich brauchte nicht zu horchen. Ich habe einfach nur hingesehen.«

»Hingesehen! Wohin?«

»Ich habe mir das falsche Regal angesehen. Und ich wußte, auf welch kuriose Weise Umplebys Verstand funktionierte. Wissen Sie vielleicht noch, was das für Bücherrücken auf den falschen Regalen waren?«

»Ein langes schmales Regal, an die fünfzig Bände britische Essayisten«, antwortete Appleby ohne zu zögern. Oft hatte er ein fotografisches Gedächtnis.

»Stimmt. Fünfzig kleine Bücherrücken, alle hübsch auf ein Brett geklebt. Aber Sie haben sich nicht zufällig die letzten zehn davon genauer angesehen?«

»Nein, das nicht.«

Gott strahlte. »Ich schon. Die Reihenfolge stimmte nicht. Und bedenken Sie, daß es keine echten Bücher sind, die falsch einsortiert sind. Es sind Blindbände, die in falscher Reihenfolge *fixiert* sind. Etwa *49, 43, 46, 41, 47, 42, 50, 45, 48, 44*. Mit anderen Worten, eine praktische Gedächtnisstütze für Umpleby, daß die Zahlenkombination für seinen kleinen Safe *9361720584* lautete. Simpelste Logik, mein lieber ...«

»... Watson«, schloß Appleby und klopfte seine Pfeife aus. »Und wie Sie ganz richtig sagen, eine Laune, die beweist, daß Ihr verstorbener Rektor ein gewitzter Mann war.« Er füllte seine Pfeife neu und schob Gott seine Tabaksdose hin. Er war inzwischen geneigt, sich noch eine ganze Weile mit dem berühmten Mr. Pentreith zu unterhalten. »Und nun«, gab er sogleich das Stichwort, »kommen wir zu einer etwas delikaten Angelegenheit.«

Gott wies auf den Wäschekorb, der noch immer den Vorraum versperrte. »Das war Ransome«, sagte er, »und Sie müssen zugeben, er hat seine Strafe dafür bekommen. Wenn ich mir erlauben darf, das von einem Kollegen zu sagen: Ransome ist ein ziemlicher Dickkopf. Statt daß er seine heiligen Papiere genommen und das College sofort wieder verlassen hätte, wollte er unbedingt mit auf mein Zimmer kommen und unseren Triumph begießen. Einen Triumph, fällt mir jetzt erst auf, über einen Toten. Wir kamen also zusammen auf den Bishop's Court, und er sagte etwas, daß er sich noch um das Tor kümmern müsse, und ich solle mich schon einmal umsehen, ob die Luft rein sei. Ich ging also voraus. Erst später begriff ich, daß dieser Dummkopf nicht nur das Tor offengelassen hatte, weil es quietschte, sondern tatsächlich den Schlüssel in dem verfluchten Schloß hatte stecken lassen.«

Appleby kicherte. »Das war ein kapitaler Bock und hat mir ziemlich zu denken gegeben. Jetzt verstehe ich, warum Sie Ransome nicht allein auf seinen Einbruch schicken wollten. Nicht daß er nicht etwas einschlagen könnte. Für einen Schädel hat er ein gutes Gefühl. Oder standen Sie daneben und haben ihm Anweisungen gegeben?«

»Nein, habe ich ncht. Ich käme niemals auf die Idee, einen Mann auf den Kopf zu schlagen, außer in Büchern. Viel zu gefährlich. Ich denke mir, ich an Ransomes Stelle hätte mich einfach ergeben oder mir eine plausible Lüge einfallen lassen. Aber offenbar hat er es ja doch ganz gut gemacht. Er stellte fest, daß sein Fluchtweg verstellt war, hielt sich in der Nähe, bis er Sie vor sich hatte, und Sie haben seinen Schlüssel wieder verloren.«

»Das war ein anderer Schlüssel.«

»Ah, dann hat er also noch einen Bock geschossen. Kein raffinierter Mensch, dieser Ransome, aber er weiß sich zu helfen, wenn er in der Klemme ist.«

»Sofern es nicht gerade ein Wäschekorb ist«, sagte Appleby. Dann fügte er hinzu: »Aber weshalb hat Ransome sich denn in dieser abstrusen Verkleidung heute hier in der Nähe herumgetrieben?«

»Die Idee mit der Verkleidung stammt von mir«, antwortete Gott. »Verkleidungen interessieren mich. Die Frage, inwieweit sie wirklich funktionieren und so weiter. Ransome hatte ein naives Vertrauen in seinen Bart, und als er es ein wenig mit der Angst zu tun bekam, weil er einem berühmten *agent policier* eins auf den Schädel gegeben hatte, beschloß er, sich dort verborgen zu halten, wo er gerade war. Und er hatte sich ein sehr angenehmes Quartier ausgesucht, bis unsere jungen Freunde ihm auf die Schliche kamen.«

Gott war aufgestanden und ging im Zimmer auf und ab. Als er am Bücherregal ankam, entdeckte er, wie Appleby es am Vorabend getan hatte, das Exemplar von *Trents letzter Fall.* Er nahm diese Bibel seines Metiers zur Hand, schlug willkürlich eine Seite auf und schien ein paar Minuten lang darin vertieft. Dann schlug er das Buch zu und ergriff wieder das Wort.

»Aber glauben Sie mir das denn alles, frage ich mich. Denn vergessen Sie nicht, ich *könnte* mir auf Anhieb eine ganze Reihe von Geschichten einfallen lassen, die allesamt zu den Fakten passen. Glauben Sie mir denn die Geschichte, die ich Ihnen erzählt habe?«

Appleby schmauchte schweigend seine Pfeife und dachte nach. *Applebys größter Fall ... und Applebys merkwürdigster Fall* dazu. Er war geneigt, etwas zu riskieren, doch nur, weil eine innere Stimme, eine Stimme, auf die er sich immer verlassen konnte, ihm sagte, daß es im Grunde gar kein Risiko war.

»Ich glaube Ihnen«, sagte er, *»verbatim et literatim.«*

»Und auch, daß ich Ihnen nichts verschwiegen habe?«

»Und auch, daß Sie mir nichts verschwiegen haben.«

»Dann«, sagte Gott einfach nur, als sei es der Lohn für diesen Vertrauensbeweis, »dann brauchen wir jetzt nur noch den echten Mörder zu finden. Und wenn Sie mich wirklich nicht verhaften wollen, dann gehe ich eben hinüber und hole uns ein wenig Bier. Mild oder Bitter, Appleby?«

»Bitter, Gott.«

Kapitel 13

I

In den Gedanken, denen Appleby sich hingab, während er auf die Rückkehr des Einbrechers von St. Anthony's mit dem Bier von St. Anthony's wartete, mischten sich Zufriedenheit und Enttäuschung. Es war also doch eine falsche Fährte gewesen. Indem er ihr nachging, hatte er vielleicht einen wertvollen Verbündeten gefunden, aber war er mit dem eigentlichen Fall auch nur das kleinste bißchen vorangekommen? Ein wenig offenbar schon, doch nicht so viel, wie er gehofft hatte.

Zunächst einmal konnte man nun einige Namen von der Liste streichen. Campbell war nicht mehr im Rennen. Sein Alibi im Chillingworth war für die Tatzeit hieb- und stichfest. Die Vision jenes exzellenten Bergsteigers, wie er die Mauern von St. Anthony's erklomm, um den Rektor zu ermorden, war verflogen. Chalmers-Paton konnte er ebenfalls streichen: Bei der vorgerückten Stunde des Mordes war sein Alibi nicht mehr zu bezweifeln. Gott kam mit Sicherheit nicht in Betracht. Ein Mann, der für Mitternacht einen perfekten Einbruch plante, würde gewiß nicht kurz zuvor einen weniger perfekten Mord begehen - obwohl er sonst als Täter durchaus in Frage gekommen wäre. Aber ein Mord um kurz vor elf mit einem Alibi für zwölf, das war Unsinn. Und sollte Dodd oder sonst jemand den Einwand erheben, es gebe keine hinreichenden Gründe, Gott auszuschließen - nun, er würde ja Gott gut im Auge behalten.

Was für Gott galt, galt in gewissem Sinne auch für Ransome. Aber doch nicht ganz. Wenn Gott sich in den Kopf gesetzt hätte, Umpleby umzubringen, dann wäre die ganze Einbruchsverschwörung, die er sich ausgedacht hatte, sinnlos gewesen und einfach nur ein Mord, auf den das sinnlose Risiko eines Scherzes gefolgt wäre. Hätte hingegen Ransome den Mord an Umpleby geplant, dann hätte die Einbruchsverschwörung durchaus ihren Platz in diesen

Plänen gehabt – *denn dadurch hätte Ransome Zugang zum Obstgarten bekommen.* Doch *ursprünglich* konnte die Einbruchsverschwörung bei Ransomes Mordplänen keine Rolle gespielt haben: Sie hatte erst Bedeutung erlangt, nachdem die neuen Schlösser eingesetzt waren. Appleby gestattete sich die Prophezeiung, daß Ransome ausgeschieden werden würde, doch diesmal war es eine Annahme, die er nicht guten Gewissens bestehen lassen konnte. Ransomes Schritte in der Tatnacht, seine Schritte bis zu jenem Zeitpunkt, zu dem er mit der Behauptung bei Gott eintraf, seine Erkundungen um 23.30 Uhr seien vereitelt worden, mußten nachgeprüft werden. Es gab keinen logischen Grund auszuschließen, daß Ransome das College betreten und Umpleby ermordet hatte.

Das College betreten ... Daß er nun wußte, daß Ransome dazu in der Lage gewesen war, war der eigentliche Fortschritt, den die falsche Fährte ihm eingebracht hatte. Ransome hatte den zehnten Schlüssel gehabt. Und nachdem der zehnte Schlüssel nun *zugeordnet* war, kam der wichtigste Ausschluß von allen. Er konnte nun ausschließen, daß jemand vollkommen Unbekanntes verantwortlich war. Umpleby war durch die Hand oder durch die Machenschaften einer oder mehrerer Personen aus einer fest umrissenen Gruppe umgekommen. Wer war es?

»Wer war es? Wer hat Umpleby umgebracht?« Es war Gotts Stimme. Schwer beladen mit Erfrischungen, hatte er eben die äußere Tür der Zimmerflucht geschlossen und balancierte nun an dem Wäschekorb vorbei. Er schien die Frage in aller Unschuld und in der Hoffnung gestellt zu haben, Aufklärung zu bekommen.

»Umpleby«, rezitierte Appleby laut, »ist durch die Hand oder durch die Machenschaften einer oder mehrerer Personen aus einer fest umrissenen Gruppe umgekommen. Dem Anschein nach handelt es sich bei den Personen, die als Täter in Frage kommen, um Deighton-Clerk, Haveland, Empson, Pownall, Ransome, den Ersten Pförter und Sie selbst. Jeder dieser Männer könnte den Mord auch herbeigeführt, ihn ermöglicht haben, meine ich, indem er seinen Schlüssel an eine weitere Person gab. Die Personen, die, ohne unmittelbar selbst in der Lage zu sein, diesen Mord zu begehen, an einer Verschwörung zum Mord beteiligt gewesen sein könnten, sind Titlow und Lambrick. Und Slotwiner nicht zu vergessen.«

»Was ist mit Mr. X, dem Schlosser?« schlug Gott vor.

»Aus hinreichenden Gründen ausgeschieden.«

»Schlosser ausgeschieden. Ebenfalls ausgeschieden, um sinnvolle Diskussionen zwischen uns beiden zu ermöglichen, Gott. Scheiden wir noch den Ersten Pförtner aus, der sicher ein Alibi hat und der Umpleby ohnehin weder ermordet, noch sich zum Mord verschworen, noch diesen ermöglicht hat. Und lassen Sie uns Slotwiner ausscheiden. Ich finde, man sollte immer sehen, daß man mit den Dienstboten gleich zu Anfang fertig wird. Der mysteriöse, verdächtige Butler im Hintergrund ist immer ein Langweiler ...«

»Aber gibt es denn, abgesehen von diesen dramatechnischen Erwägungen, einen Grund, Slotwiner auszuscheiden?«

»Auf seine zurückhaltende Weise war Slotwiner Umpleby wirklich treu ergeben, und es ist höchst unwahrscheinlich, daß er an einem Mord beteiligt ist. Aber ich verstehe einfach nicht, warum Sie ihn überhaupt in Betracht ziehen. Er selbst hatte keinen Schlüssel, und offenbar hatte er doch auch keine Gelegenheit, einen Komplizen aus der Rektorenwohnung herauszuschmuggeln.«

Appleby nickte. »Na gut. Sagen wir also, ich habe allem Anschein nach keinen Grund, ihn unter die Verdächtigen zu rechnen.«

Gott gab zu verstehen, daß diese Wendung, die nun zum zweitenmal gefallen war, nicht unbemerkt geblieben war. Doch im Augenblick verfolgte er seinen eigenen Gedankengang weiter. »Scheiden wir also Slotwiner aus, *pro tem.* Dann bleiben uns sieben Verdächtige, mehr als genug. Und eine schön geheimnisvolle Zahl dazu. Gar kein schlechter Titel, wenn ich mir das so überlege. *Sieben Verdächtige.* Da braucht man allerdings Disziplin, wenn man mit so vielen arbeitet. Und es läßt sich kaum vermeiden, daß ein paar davon reichlich blaß bleiben.«

Doch diesen professionellen Blickwinkel verfolgte Gott nur so lange, bis er das Bier eingeschenkt und gegenüber von Appleby mit einem Bleistift und einem Bogen Schreibpapier Position bezogen hatte. Mord und geheimnisvolle Verbrechen waren in seiner Vorstellungswelt zur Erholung und zum Vergnügen da; doch nun schien er sich dem Thema mit dem gleichen Ernst und der gleichen Konzentration zu widmen, die er sonst auf die Geschichte einer Druckwerkstätte aus dem sechzehnten Jahrhundert verwendete.

»Diese Verschwörungstheorie«, sagte er, »*A* gibt seinen Schlüssel an *B*. Was die Wahrscheinlichkeit angeht, kommt das nur in zweiter Linie in Betracht, nicht wahr? Deighton-Clerk hier im College oder Lambrick draußen in seiner Wohnung, der einem gedungenen Mörder den Schlüssel reicht?«

Appleby gab zu, daß die Wahrscheinlichkeit nicht groß war. »Stimmt«, sagte er. »Ganz Ihrer Meinung. Dadurch käme eine Art Macbeths Erster Mörder ins Spiel, und das ist sehr unwahrscheinlich. Nicht daß die ganze Geschichte nicht ohnehin unwahrscheinlich genug wäre.«

Gott lächelte. »Davon wollte jedenfalls Deighton-Clerk mich überzeugen und Sie zweifellos auch. Er sieht in mir den geistigen Vater dieses Verbrechens. Wie ein Maler, der ein Schönheitsideal erfindet, das es nicht gibt, und dann sieht, wie es in der nächsten Generation in Fleisch und Blut erscheint. Aber solche Dinge *geschehen* ja tatsächlich. Es ist ein ganz grauenhafter Mord hier im College geschehen. Das war im Jahre 1483.«

»Ein Präzedenzfall«, sagte Appleby, »hat etwas Tröstendes, keine Frage. Aber lassen Sie uns bei der Wahrscheinlichkeit einer Verschwörung bleiben: Für sich selbst ein Alibi zu beschaffen, wäre doch nichts im Vergleich zu dem Risiko, das man einginge, wenn man jemanden, den wir uns ja wohl als einen für diesen Zweck angeheuerten Unhold vorstellen müssen, ins Vertrauen zöge. Aber wie steht es mit einer Verschwörung zwischen den Kollegen hier im College, die darauf aufbaut, daß der Kollege *A* einen Schlüssel hat und der Kollege *B* keinen? Der Mord geschieht am selbigen Tage, an dem die Schlösser ausgetauscht werden – mit anderen Worten, die Aufmerksamkeit wird *absichtlich* auf die Schlüssel gelenkt. Nehmen wir also an, *A* gibt seinen Schlüssel *B*, und dieser ermordet Umpleby. *A* hat ein Alibi, und wir müßten die Verschwörung schon im voraus bewiesen haben, bevor wir sagen könnten, daß *B* überhaupt als Täter in Betracht kommt.«

Gott schüttelte den Kopf. »Bei Mord gilt *immer*, daß eine Zwei-Mann-Vorstellung unwahrscheinlicher ist als eine Ein-Mann-Show. Und in unserem Falle ist doch gewiß eine Verschwörungstheorie psychologisch ganz besonders unglaubwürdig. Ein Mord zu zweit ist schließlich etwas anderes als ein Einbruch zu dritt.«

Appleby nickte. »Keine Frage«, sagte er, »da stimme ich Ihnen wiederum zu. Wenn wir methodisch vorgehen wollen, dürfen wir eine Theorie mit zwei Tätern erst ernsthaft erwägen, wenn wir auf der Ein-Täter-Ebene nicht mehr weiterwissen.«

»Womit also noch *fünf* Verdächtige blieben – Deighton-Clerk, Haveland, Empson, Pownall, Ransome. Es geht doch voran.«

»Allem Anschein nach fünf. In Wirklichkeit könnten es aber immer noch sieben sein.«

Eine Minute lang herrschte Schweigen, während Gott, nun mit der Nase darauf gestoßen, über dieses Thema nachdachte. Doch er traf sofort ins Schwarze. »Umpleby wurde nicht zu dem Zeitpunkt getötet, von dem wir ausgegangen sind?«

»Ganz genau. Umpleby wurde zwischen halb elf und elf im Obstgarten getötet, vielleicht sogar direkt im Gartenhaus.«

»Das können Sie beweisen?«

»Nein - weit davon entfernt. Aber ich habe einen frischen Grashalm, der an einem Rollstuhl klebt.«

Wieder begriff Gott sofort. »Empsons alter Rollstuhl, der ideale Leichenwagen, völlig lautlos!« Einen Moment lang schwieg er, dann war klar, daß er auch die letzte Konsequenz begriffen hatte. »Und der Fahrer könnte ebensogut Titlow gewesen sein.«

»Oder Slotwiner, wenn Sie nicht so sicher wären, daß er seinem Herrn treu ergeben war. Stellen Sie es sich doch vor. Slotwiner bringt wie üblich um halb elf Umpleby seinen Nachttrunk. Er gibt ihm eine falsche Nachricht: Haveland oder Pownall ließen fragen, ob der Rektor vielleicht auf ein Wort ins Gartenhaus kommen könne. Umpleby tritt hinaus, Slotwiner ihm auf den Fersen, und der Schuß fällt irgendwo draußen vor dem Gartenhaus in einem Augenblick, in dem auf der Schools Street ganz besonderes Getöse herrscht. Slotwiner holt die Knochen, holt den Rollstuhl, nimmt Barochos Talar mit, der dort herumliegt, wovon Sie nichts wissen, und karrt alles zusammen zurück ins Arbeitszimmer. Er bringt den Rollstuhl zurück, doch den Talar vergißt er: Inzwischen muß er ja ziemlich in Eile sein, denn es geht auf 23 Uhr, und Titlow kommt zu seinem üblichen Besuch. Er fixiert die Pistole, mit einem Draht oder Seil daran, irgendwie im Arbeitszimmer und zieht daran, während er an der Haustür mit Titlow plaudert. Und in dem Durcheinander, das entsteht, als die Leiche entdeckt wird, hat er Gelegenheit, Pistole und Seil wieder einzustecken. Eine ganz ähnliche Rekonstruktion kann man natürlich auch für Titlow fabrizieren.«

»Ich wäre eher für Titlow«, sagte Gott, ohne zu zögern.

»Sie könnten sich Titlow gut als Mörder vorstellen?«

Appleby hatte diese Frage lässig, aber doch mit Absicht fallen lassen; das wirklich Unfaire war, so zu tun, als sei man kein Polizist. Und Gott war so freundlich, das anzuerkennen, auch wenn er nicht daran dachte, in die Falle zu tappen. »Ich hätte nicht soviel Gewicht auf Slotwiners Gefühle legen sollen, denn ich habe nicht vor, etwas über die Gefühle der anderen zu sagen. Wir können die Fakten besprechen, aber es wäre nicht recht, wenn wir darüber mutmaßten, wer wohl am ehesten am Galgen baumeln wird. Ich wollte nur sagen, daß Slotwiner, wenn er Umpleby mit einer solchen Nachricht nach draußen gelockt hätte, ihn kaum *von vorn* im Obstgarten hätte auflauern können, und soviel ich weiß, traf ihn der Schuß doch in die Stirn. Titlow hingegen und praktich jeder andere hätte das gekonnt.«

Ein paar Minuten lang saßen die beiden Männer schweigend da, rauchten und dachten nach. Dann ergriff Appleby wieder das Wort. »Finden Sie denn, daß, nur von den Fakten her gesehen, Titlow stärker in Verdacht kommt als die anderen?«

»Ganz und gar nicht. Titlow und Slotwiner sind wieder im Rennen, mehr kann man nicht sagen. Wir haben nichts weiter als eine Ahnung, daß jemand den Eindruck erwecken wollte, Umplebys Tod sei zu einer anderen Zeit und an einem anderen Ort eingetreten, als es tatsächlich der Fall war. Und jeder der verbliebenen Verdächtigen könnte seine Gründe gehabt haben, das zu wollen. Es gibt keinerlei Anlaß, ein Motiv dafür nur bei Titlow oder Slotwiner zu suchen. Warum soll man zum Beispiel davon ausgehen, daß der Täter es darauf anlegte, sein eigenes Alibi zu zimmern? Vielleicht ging es ja darum, das Alibi eines anderen zu untergraben?«

»Ja«, sagte Appleby, »darauf bin ich auch gekommen, obwohl ich länger dazu brauchte als Sie. Ich kam auf jemanden, der sich folgendes sagt: *Er konnte beweisen, daß er es nicht hier und jetzt getan hatte. Aber er konnte nicht beweisen, daß er es nicht drüben und zwanzig Minuten später getan hatte, sofern er weiterhin als Täter in Betracht kam.*«

»Gut«, sagte Gott, »damit wären wir an dem Punkt, an dem wir die Uhrzeiten für jeden Schritt jedes der Betroffenen genau studieren müssen.«

»Und es führt uns unmittelbar zu der Frage, was psychologisch wahrscheinlich ist und was nicht.«

»Die Frage, ob das bei diesem wahrscheinlicher ist als bei jenem, sollte ich, wie gesagt, nicht mit Ihnen diskutieren. Aber uns bleibt noch eine Menge an Fakten – die Knochen zum Beispiel. Auf die Knochen sollten Sie im Augenblick Ihr Augenmerk richten. Auf dem Feld, das durch die Tore und Schlüssel abgesteckt wird, ist das derzeit das einzige, was auch nur annähernd ein Indiz für uns sein könnte. Inwieweit weist uns dieses Indiz nun etwa auf Haveland, ihren Eigentümer?«

Appleby antwortete mit einer weiteren Frage. »Gestern abend im *Common Room* hat Haveland, wie Sie sich erinnern werden, uns alternative Theorien über den Mord mehr oder weniger in den Mund gelegt. Meinen Sie, da ist was dran?«

Gott nickte zum Zeichen, daß er wußte, worauf Appleby hinaus wollte. »Was Haveland letzten Endes gesagt hat, lautete: ›Entweder habe ich selbst Umpleby unter Umständen umgebracht, die nur denkbar sind, wenn ich vollkommen verrückt bin, oder jemand anderes hat den Mord begangen und versucht, ihn mir anzuhängen.‹ Für meine Begriffe ist diese Theorie unhaltbar. Haveland könnte das Verbrechen auch bei vollem Verstand begangen haben. Soll heißen, er könnte sich die Mühe gemacht haben, einen falschen Hinterhalt für sich selbst zu inszenieren.«

»Sie meinen, er könnte seine Knochensammlung nicht in geistiger Verwirrung und quasi als Geständnis neben seinem Opfer liegengelassen haben, sondern um den Eindruck zu erwecken, daß jemand ihm den Mord anzuhängen versuche? Das scheint mir doch ein wenig weit hergeholt und unnötig umständlich und riskant.«

»Riskant schon. Weit hergeholt und unnötig umständlich vielleicht, vielleicht aber auch nicht. Er könnte darin die beste Möglichkeit gesehen haben, den Mord seinerseits jemand anderem in die Schuhe zu schieben.«

»Den Mord jemand anderem in die Schuhe schieben, indem er es so aussehen ließ, als habe jemand anderes ihn *ihm* in die Schuhe schieben wollen! Mein lieber Gott, ist das nicht doch ein wenig zu raffiniert?« Doch Appleby schien den Vorschlag eher abzuwägen, als daß er ihn verwarf.

»Raffiniert sicher«, antwortete Gott, »aber schließlich sind Sie ja hier an einen Ort gekommen, zurückgekommen, nicht wahr, an dem einige der raffiniertesten Köpfe Englands zu finden sind. Aus dieser Theorie muß man natürlich Folgerungen ziehen.«

»Zum Beispiel?«

»Nun, daß Sie Dinge *übersehen* haben. Oder daß man dafür gesorgt hat, daß Sie bisher nicht zu Ihnen vorgedrungen sind.«

Appleby lächelte. »Gewiß habe ich Dinge übersehen. Aber was genau schwebt Ihnen da vor?«

»Die weiteren Schlüsse, die sich aus dieser falschen Spur ziehen ließen. Die Hinweise, die Haveland ausgestreut hätte, daß es *diese oder jene bestimmte Person* gewesen sei, die ihm den Mord anhängen wollte.«

»Ich hatte den Eindruck, daß seine gesamte Galle sich in diesem Punkt gegen Empson richtete. Obwohl ich bisher keine Indizien gefunden habe, die Empson belastet hätten, ob nun von Haveland ausgestreut oder nicht. Ich habe sie, wie Sie ganz richtig sagen, vielleicht übersehen. Aber es ist auch nicht undenkbar, daß ich sie deswegen nicht gesehen habe, weil sie nicht existieren, weil nämlich die Theorie nicht stimmt.«

»Das ist nicht meine Theorie«, protestierte Gott. »Es ist nur eine Möglichkeit, die sich eröffnet. ›Übersehen‹ war wohl auch das falsche Wort. Es hätte ja für Haveland keinen Sinn gehabt, so feine Spuren zu hinterlassen, daß sie vielleicht übersehen *würden*. Aber vielleicht werden wir ja noch auf sie gestoßen.«

Appleby gluckste. Gott machte ihm Spaß. »Ein zweiter Mord etwa, der Licht auf den ersten wirft? Und dann der dritte und vierte Mord, bei denen zwei der Verdächtigen für den zweiten eliminiert werden? Wir wollen uns lieber an die Schritte der einzelnen und an die Zeitpunkte halten. Fangen wir doch gleich mit Haveland an.« Und Appleby zog ganz in der Art Inspektor Dodds einen Stoß Papiere hervor. Im selben Augenblick wurden sie zum zweiten Male an jenem Abend unterbrochen. Sie hörten, wie im Vorraum sich jemand an dem Wäschekorb vorbeizwängte, und dann wurde an die Tür geklopft. Es war Haveland persönlich.

Der Besucher stutzte, als er Gott sah, und wandte sich an Appleby. »Bitte um Verzeihung. Ich hatte gehofft, Sie hätten Zeit für mich. Vielleicht kann ich später wiederkommen?«

»Mr. Gott und ich haben uns über meine Arbeit hier unterhalten«, antwortete Appleby, und im selben Augenblick erhob Gott sich und schickte sich zum Gehen an. Doch Haveland hatte mittlerweile die Tür geschlossen, und seine nächsten Worte waren an sie beide gerichtet. »Kann ich vielleicht bei einer Konferenz so kluger Köpfe von irgendwelchem Nutzen sein?«

Von Natur aus hätte Haveland eigentlich ein offener und umgänglicher Mensch sein sollen. Äußerlich war er unauffällig, wobei die angenehm lässigen, wenn auch ein wenig zu sehr auf ästhetischen Effekt kalkulierten Kleider ein gewisses Gegengewicht bildeten. Die Kleider, die gegen das formelle Schwarz und Weiß zu tauschen, das am *High Table* von St. Anthony's erwartet wurde, er sich weigerte. Doch in Wirklichkeit bot er der Welt das Bild eines steifen, farblosen und vor allem durch und durch unbeweglichen Menschen. Er war, wenn man einmal von dem Anflug von Ironie absah, der in allem, was er sagte, zu spüren war, teilnahmslos, mit Absicht ungerührt, mit Absicht unbeteiligt. Plötzlich war Appleby entschlossen, ihn jetzt aus der Reserve zu locken.

»Sie kommen wie gerufen«, sagte er. »Wir wollten eben Ihre Schritte zum Zeitpunkt des Mordes ein wenig eingehender betrachten. Nehmen Sie doch Platz.«

Man konnte annehmen, daß Haveland eine gewisse Empörung zeigen würde, wenn schon nicht gegenüber dem Polizisten, so doch gegenüber seinem Kollegen. Aber keine Spur davon. Er setzte sich folgsam nieder, sprach kein Wort und gab zu verstehen, daß das, weswegen er gekommen war, warten konnte, bis Appleby Interesse daran bekunden sollte. Irgendwie hatte er dadurch eindeutig die Oberhand gewonnen. Appleby mußte nun unverzüglich handeln. Und er mußte es tun, ohne daß er das Terrain allzu gut kannte. Er war noch nicht dazu gekommen, die von Dodd gesammelten Aussagen unter dem Aspekt der leicht verschobenen Tatzeit neu durchzusehen. Trotzdem nahm er sich nun kühl das entsprechende Blatt vor.

»John Haveland«, las er mit ruhiger Stimme, »neunundfünfzig. Fellow des Colleges seit 1908. Ledig. Wohnung im Gartenhaus. Kann keinerlei Auskünfte über den Mord oder irgendwelche damit zusammenhängenden Umstände geben.

21.15 Uhr: Verließ *Common Room* und begab sich in seine Wohnung. Las. *22.40 Uhr:* Verließ den Obstgarten durch das Osttor, um den Dekan im Bishop's Court aufzusuchen. *22.50 Uhr:* Kehrte durch das Osttor zurück, begab sich unmittelbar auf sein Zimmer. *23.25 Uhr:* Dort von Inspektor Dodd angetroffen und über Ableben des Rektors informiert. Zeigte kein nennenswertes Interesse.«

Appleby schob das Blatt zur Seite. Dodds letzte Bemerkung war ein guter Grund innezuhalten. Doch Haveland stellte sich der Herausforderung sofort. »In der Tat«, sagte er, »vernahm ich die Nachricht vom Tode des Rektors ohne jede Gefühlsregung und ohne Bedauern.«

»Und ohne Überraschung, Mr. Haveland?«

»Überraschung schon, das muß ich zugeben.«

»Und Neugier?«

»Neugier?«

»Die Notiz meines Kollegen enthält noch einen Hinweis auf die zweite Befragung, die er am Morgen bei Ihnen durchführte. Sie hatten zum Beispiel zur Frage der Knochen keinerlei Informationen. Aber Sie stellten Ihrerseits drei Fragen. Sie fragten, ob der Rektor erschossen worden sei, ob man die Waffe gefunden habe und ob der Zeitpunkt des Todes bestimmt sei.«

»Mein lieber Haveland«, warf Gott an dieser Stelle mit sanfter Stimme ein, »ein solches Interesse an den Dingen der äußeren Welt paßt aber gar nicht zu Ihrem üblichen Gebaren. Da müssen Sie ja ganz aus der Fassung gewesen sein.«

Haveland zeigte etwas, das man als leichten Anflug von Ungeduld hätte deuten können. »Da es meine Knochensammlung war, die auf dem Teppich des Mannes lag, liegt es wohl auf der Hand, daß die Tatzeit für mich von Bedeutung war. Von ebensolcher Bedeutung übrigens für Deighton-Clerk. Umpleby wurde, wie es scheint, um punkt 23 Uhr erschossen. Das heißt, jeder von uns beiden kam als Täter gerade eben in Betracht. Doch wäre der Schuß zum Beispiel um Viertel vor elf gefallen, dann wären wir beide aus dem Schneider gewesen oder tief in eine Verschwörung verstrickt. Warum sollte ich da nicht nachfragen? Ich habe nämlich keine Lust, mich aufhängen zu lassen.«

Appleby verriet ihm offen, was er wußte. »Umpleby ist lange vor 23 Uhr erschossen worden. Inspektor Dodd kannte die wahren Umstände noch nicht, als Sie ihn danach fragten. Und auch die Tatwaffe hat sich gefunden.«

Gleichmütig griff Haveland den ersten Punkt auf. »Wie lange vor elf?«

»Bis zu einer halben Stunde.«

Haveland war nach wie vor teilnahmslos, aber er konnte doch nicht ganz vermeiden, daß man ihm etwas anmerkte. Irgendwie machte der Mann einen Eindruck, der Appleby mittlerweile von seiner Arbeit am Fall in St. Anthony's gut bekannt war, nämlich den Eindruck eines Mannes, der fieberhaft überlegt. Titlow, Pownall, Haveland – alle drei dachten sie angestrengt nach, bevor sie etwas sagten. Vielleicht war es einfach nur ihre intellektuelle Art, die diesen Eindruck erweckte. Doch Haveland bot fraglos das Bild eines Mannes, der genau kalkulierte, der abwog, ob er etwas andeuten, etwas enthüllen, noch eine Frage wagen sollte. Am Ende sagte er nur mit tonloser Stimme: »Dann könnten Deighton-Clerk oder ich es immer noch gewesen sein.«

»Deighton-Clerk könnte Umpleby erschossen und Ihre Knochen dort im Arbeitszimmer gelassen haben?«

»Genau, oder ich war es.«

»Was meinen Sie, zu welchem Zeitpunkt jemand die Knochen aus Ihrem Zimmer entwendet hat?«

»Zwischen 22.40 und 22.50 Uhr, nehme ich an, also in der Zeit, in der ich bei Deighton-Clerk war.«

»In diesem Falle könnte Deighton-Clerk ja wohl nicht derjenige gewesen sein, der sie holte?«

»Nein. Aber ich kann auch nicht wirklich sagen, wann sie gestohlen wurden. Ich weiß nur, daß sie am Nachmittag noch in ihrem unverschlossenen Schrank lag.«

»Waren Deighton-Clerk und Umpleby verfeindet?«

»Er hat ihm nicht so bildhaft gewünscht, daß er in einem Grabmal verschimmeln möge, wie ich das unglücklicherweise getan habe. Aber die Stimmung zwischen ihnen war nicht gut. Deighton-Clerk hatte Umpleby öffentlich wegen seines ungehörigen Verhaltens gegenüber Ransome gescholten, dem Kollegen, der augenblicklich im Ausland weilt.«

»Ransome ist nicht im Ausland«, warf Gott nebenbei ein.

»Nicht?«

»Wahrscheinlich liegt er inzwischen in seinem Bett hier im College. Er kam vor kurzem in dem Wäschekorb an, den Sie noch gesehen haben müssen, als Sie hereinkamen.«

»Tatsächlich?«

Es mußte einfach eine Maske sein, das Gesicht, das Haveland der Welt präsentierte. Er bekam zu hören, daß ein Kollege in einem Wäschekorb gesteckt hatte, und er zeigte nicht einen Funken Überraschung, nicht einen Funken Interesse. Und nun erhob er sich. »Aber ich halte Sie bei Ihrer Besprechung auf. Ich bin gespannt auf das, was Ihre gemeinsame Arbeit hervorbringen wird. Gute Nacht.« Mit diesen Worten zog Haveland sich zurück.

Appleby gluckste. »Was meinen Sie, was glaubte er, was unsere gemeinsame Arbeit hervorbringen wird, Gott?«

»Ich habe fast den Verdacht, er wollte uns zu verstehen geben, daß wir lieber gemeinsam Romane produzieren sollten. Aber weswegen war er überhaupt hier?«

Appleby gluckste wieder, diesmal nachdenklich. »Er wollte mich aushorchen. Und ich glaube, er hat bekommen, was er wollte, oder so viele Andeutungen, wie er brauchte. Und wir, wissen Sie, was wir jetzt tun müssen?«

»Aber ja«, antwortete Gott unschlagbar. »Wir müssen ein kleines praktisches Experiment mit dem Leichenwagen anstellen. Das Bier wird sich schon halten.«

II

»Der Missetäter«, berichtete Horace nach einem ausgedehnten Erkundungsgang, »ist auf freiem Fuß.«

»Auf freiem Fuß!« riefen die Freunde fassungslos.

»Wie ich mit Freuden sagen kann«, bestätigte Horace, der seine Rede offenbar einstudiert hatte, »auf freiem Fuß. Was wohl zu bedeuten hat, daß er es nicht war. Was seinerseits wiederum zu bedeuten hat, daß wir doch keinen Mörder gefangen haben. Wir haben ja nie die Frage zu Ende besprochen, wie wir, moralisch gesehen, mit ihm zu verfahren gehabt hätten, wäre er es gewesen. Wir haben uns hinreißen lassen, oder Mike zumindest, von dem schönen Gedanken, ihn hübsch verschnürt und adressiert hier abzuliefern.«

»Sie haben ihn also wirklich gehen lassen.«

»Er hat seine alte Wohnung wieder bezogen, ein Bad genommen, eine kapitale Mahlzeit verschlungen, und Mrs. Tunk wurde telefonisch hinaufbeordert, um ihm ein weiches Lager zu bereiten. Schweinchen Adams hat es alles von seinem Fenster aus gesehen.«

»Vielleicht lassen sie ihn nur an der langen Leine«, gab Mike zu bedenken.

»Vielleicht lassen sie *uns* nur an der langen Leine«, konterte Horace. »Meint ihr nicht, daß wir höchstwahrscheinlich alle drei von der Schule fliegen?«

»Überhaupt nicht. Kannst du dir vorstellen, daß Ransome zu Deighton-Clerk geht und sich darüber beschwert, was ihm zugestoßen ist, während er hier im guten alten *museion* mit einer falschen Nase herumschlich?«

»Tja«, sagte Horace zweifelnd, »wenn dem so wäre, dann wären wir aus der Sache raus.«

»Aus der Sache raus?« Das war David, der sich zu Wort meldete. »Du wirst dich doch nicht damit zufriedengeben wollen, Horace, unsere Ermittlungen *ruhen* zu lassen? Habe ich euch denn nicht gesagt, daß ich nicht nur eine *Ahnung* habe, sondern auch etwas *weiß?* O nein, Horace, getan ist, was dir aufgetragen, doch weit're Mühe harret dein.«

Horace wandte sich an Mike. »Da haben wir es, er ist *wirklich* ein Langweiler. Seit langem schon habe ich den Verdacht gehegt, und hier ist der Beweis.«

Mike nickte finster. »Man sieht es, der Weg ist vorgezeichnet. Sir David Pennyfeather Edwards, der stadtbekannte Langweiler aus dem Schatzamt. Tappt hierhin und dorthin, regt hier einen Ausschuß an, dort eine Untersuchungskommission. Der arme alte David.« Und Mike konzentrierte sich nachdrücklich auf seine Lektüre, *Ausgewählte Predigten des siebzehnten Jahrhunderts.* Horace ließ sich zu Boden gleiten, und binnen Sekunden war er in die Geheimnisse der Miss Milligan vertieft. Das Thema Mord an Dr. Umpleby zog in Zwei-sechs nicht mehr.

Doch David kannte seine Leute. Leise redete er vor sich hin. Und es dauerte nur ein paar Minuten, da waren seine beiden Kumpane wieder ganz Ohr.

III

Sie hatten das Bier stehen lassen. Gott braute ihnen einen starken Kaffee. Appleby hatte seine Taschenuhr auf der Lehne des Sessels liegen und betrachtete sie nachdenklich.

»Kein eindeutiges Ergebnis«, sagte Gott. »Er könnte es gerade so geschafft haben, aber es wäre sehr knapp gewesen.«

»Ja, und das trifft für beide denkbaren Zeitpunkte zu. Beide Möglichkeiten, die Haveland hatte, sind gleich lang: von 22.30 bis 22.40 Uhr und von 22.50 bis 23.00 Uhr. Selbst wenn man die Ankunft beim Dekan auf 22.43 Uhr oder sogar 45 vorrückt, müßte man am anderen Ende noch etwas zugeben, damit Umpleby sein Arbeitszimmer verlassen und in den Obstgarten kommen kann, nachdem Slotwiner um 22.30 Uhr den Nachttrunk gebracht hat. Das wäre *sehr* eng geworden.«

»Also gut, das Bild, das ich von Haveland gemalt habe, wie er seine Knochen und die Leiche durch den Garten karrt, war vielleicht doch, wie Sie ja schon angedeutet haben, ein wenig zu grell. Aber warum hat Haveland den Dekan überhaupt aufgesucht, und was hat der Dekan über die Uhrzeit zu sagen?«

»Moment«, antwortete Appleby. »Als nächstes gehen wir die Schritte der anderen durch, und den Dekan nehmen wir uns als ersten vor. Da haben wir ihn.« Er zog das entsprechende Blatt hervor.

»Deighton-Clerk ... *21.30 Uhr:* Verließ den *Common Room* zusammen mit Dr. Barocho und begab sich in dessen Wohnung am Bishop's Court. *22.35 Uhr:* Ging hinüber zu seiner eigenen Wohnung, einen Teil des Weges in Barochos Begleitung. Einige Minuten darauf suchte Haveland ihn auf. *22.50 Uhr:* Haveland verabschiedete sich, kehrte in seine eigene Wohnung zurück. Einige Minuten darauf telefonierte Deighton-Clerk mit der Pförtnersloge, um Collegeangelegenheiten zu klären, und widmete sich dann der Lektüre. *23.10 Uhr:* Slotwiner, der Butler des Rektors, bringt die Meldung von dessen Ableben ...«

»Das bestätigt Havelands Aussage«, kommentierte Gott. »Und wenn dieser Anruf beim Pförtner auch nur zwei Minuten dauerte, dann scheint Deighton-Clerk damit auch aus dem Rennen zu sein.«

»Es sei denn«, gab Appleby zu bedenken, »er telefonierte sozusagen mit der einen Hand und erschoß Umpleby mit der anderen.«

»Ein Schuß im Bischop's Court wäre nicht zu überhören.«

»Er könnte unmittelbar nach Haveland in den Obstgarten gegangen sein, hätte sich dort mit Umpleby getroffen und ihn erschossen, den Anruf von einem Zimmer im Gartenhaus, dessen Bewohner nicht da war, erledigt, wäre wieder herausgelaufen, hätte Leiche und Knochen im Rollstuhl hinübergefahren, sie ins Arbeitszimmer gekippt, hätte, man müßte fragen aus welchem Grunde, um elf einen zweiten Schuß abgefeuert und sich dann schleunigst in seine eigene Wohnung davongemacht.«

»Meine Güte, Appleby, dafür hätte er doch noch viel weniger Zeit gehabt! Können Sie sich wirklich Deighton-Clerk vorstellen, wie er solche Sprünge macht? Und gab es denn im Gartenhaus ein Zimmer, dessen Bewohner nicht da war und von dem aus er telefonieren konnte? Haveland war wieder zurück. Was war mit den anderen dreien?«

»Augenblick noch. Die Zeit *wäre* knapp gewesen, das gebe ich zu, und wahrscheinlich hätte es nicht gereicht. Und wenn er kein Telefon zur Hand hatte, ist die Theorie natürlich nicht zu halten. Aber lassen Sie uns einen Blick auf Barocho werfen, bevor wir uns die anderen drei vornehmen. Seine Schritte sind ja mit denen des

Dekans verknüpft, und vielleicht können wir ihn noch ausscheiden.«

»Aber Barocho hatte keinen Schlüssel.«

»Trotzdem. Lassen Sie uns ihn abhaken. Wenn ich mich recht erinnere, kommt er sowieso nicht in Frage. Ja, das stimmt. ›Begleitete Deighton-Clerk bis zur Tür von dessen Wohnung und ging von dort direkt zur Bibliothek, wo er las, bis man ihn nach elf herausrief ...‹ Eine Reihe von Studenten, die in der Bibliothek waren, können das bezeugen. Barocho ist aus dem Rennen.«

»Wenn wir schon bei denjenigen ohne Schlüssel sind – wie steht's mit dem alten Curtis? Hat der ein Alibi?«

Appleby schüttelte den Kopf. »Curtis ging um 21.30 Uhr auf sein Zimmer. Sagt, er sei an dem Abend nicht noch einmal draußen gewesen. Der Dekan ließ ihn kurz vor Mitternacht aus dem Bett holen, um ihm mitzuteilen, was geschehen war. Mehr wissen wir nicht.«

»Curtis, die unbekannte Größe«, fragte Gott und fuhr dann nüchterner fort. »Lassen Sie uns zusammenfassen. Diejenigen, die wirklich noch in Frage kommen, sind Haveland, Titlow, Empson, Pownall, Ransome, Deighton-Clerk und ich. Sie hatten allesamt Schlüssel. Aus praktischen Gründen bleibe ich bei unserer Diskussion außer Betracht. Über Ransomes Schritte zur fraglichen Zeit wissen wir bisher nichts. Haveland hätte unter schwerem Zeitdruck gestanden. Ob Deighton-Clerk in Frage kommt oder nicht, hängt davon ab, wo die restlichen drei waren. Wenn nicht einer dieser drei nicht in seiner Wohnung war, so daß er von dort aus telefonieren konnte, dann blieb ihm zwischen 22.50 und 23.00 Uhr einfach nicht genug Zeit, Umpleby zu erschießen und alles zu arrangieren. Und Havelands Telefon kann er nicht benutzt haben. Schauen wir uns also Titlow, Empson und Pownall an, die ja auch jeder für sich überprüft werden müssen«.

Appleby nahm sich ein neues Blatt vor. »Hier haben wir Pownall«, sagte er, »und zwar die Version, die er mir heute morgen erzählt hat. Um kurz vor halb zehn war er wieder in seiner Wohnung im Gartenhaus. Zwanzig Minuten lang las er. Dann ging er zu Bett und war um Viertel nach zehn schon eingeschlafen. Er wurde davon aufgeschreckt, daß er jemanden in seinem Zimmer hörte, um 22.42 Uhr.«

»Was er nicht sagt! Aber das ist zu früh, als daß es Deighton-Clerk am Telefon gewesen sein könnte. Und danach hat er seine Wohnung nicht mehr verlassen?«

»Nein. Er sah sich um, entdeckte Blut und schloß daraus, daß man Umpleby ermordet hatte. Aber er blieb trotzdem in seinem Zimmer und rührte sich nicht.« Appleby gab Gott eine kurze Zusammenfassung von Pownalls Geschichte. Dann wandte er sich Titlow zu.

»*21.20 Uhr:* Kehrte aus dem *Common Room* zurück und arbeitete bis 22.55 Uhr, machte sich dann zu seinem üblichen Besuch bei Umpleby auf. Betrat Bishop's Court durch das Westtor und läutete punkt 23 Uhr an der Haustür der Rektorenwohnung.«

Appleby hielt inne. »Da können Sie Aufschluß geben«, sagte er. »Warum zur Haustür? Warum hat er nicht einfach an der Terrassentür geklopft?«

»Eine Frage der Form, nehme ich an«, antwortete Gott. »Er hat es immer so gemacht. Diese wöchentlichen Besuche waren ja etwas irgendwie Offizielles, und die beiden Männer waren nicht gerade Freunde.«

Appleby nickte. »Tja, das ist schon alles. Keine Bestätigung, aber auch nichts, was dagegen spricht. Immerhin ein weiteres Telefon, zu dem Deigthon-Clerk keinen Zugang hatte. Und nun wäre da noch Empson. Er war um halb zehn wieder in seinem Zimmer und begab sich an seine Arbeit. Um 22.40 Uhr ging er durch das Westtor zur Pförtnerloge, um nach einem Päckchen mit Korrekturfahnen zu fragen, das dort hinterlegt werden sollte. Binnen acht oder zehn Minuten war er wieder zurück und blieb ungestört, bis die Polizei bei ihm anklopfte ... Das wäre alles.« Appleby schob seine Notizen zur Seite.

Gott seufzte. »Die Möglichkeiten, die dieser Fall für Lügengeschichten bietet, scheinen unbegrenzt! Fällt Ihnen auf, wie all die vier Burschen aus dem Gartenhaus sich niemals begegnen? Immerhin können wir, wenn Empsons Geschichte stimmt, Deighton-Clerk abhaken. Empson war um 22.50 Uhr zurück – bevor Deighton-Clerk von seinem Zimmer aus telefonieren und damit dafür sorgen konnte, daß niemand ihm auf die Schliche kam. Oder was meinen Sie?«

»Ich glaube, wenn wir die Möglichkeit ausscheiden, daß Deighton-Clerk den Anruf doch von seinem eigenen Zimmer aus unternahm, und zwar *unmittelbar,* nachdem Haveland sich verabschiedet hatte, und nicht, wie er aussagt, ›einige Minuten später‹, dann kommt er definitiv nicht in Frage. Ich persönlich glaube, daß er in jedem Falle nicht in Betracht kommt. Er hatte zu wenig Zeit, ganz abgesehen von dem Telefon.«

»Bliebe also noch die Belegschaft des Gartenhauses«, sagte Gott, »sowie Ransome und ich.«

»Stimmt genau. Aber irgendwie bin ich mir sicherer denn je, daß die Einbrecher von St. Anthony's es nicht waren. Den Schlüssel zu diesem Geheimnis finden wir ...«

»Im Gartenhaus?«

»Bei Thomas De Quincey«, sagte Appleby.

Kapitel 14

I

Als Appleby einige Minuten, nachdem Gott sich verabschiedet hatte, den Bishop's Court überquerte, hatte er das deutliche Gefühl, daß er zu seiner letzten wichtigen Befragung im Fall St. Anthony's unterwegs war. Zwar hatte er mit Gott eben einen theoretisch Verdächtigen verlassen, und Ransome war eine unbekannte Größe, die noch erforscht werden mußte. Doch die Überzeugung nahm immer mehr Gestalt in ihm an, daß die Lösung des Geheimnisses von Umplebys Tod irgendwie im Gartenhaus verborgen lag. Jedenfalls würde er sich erst dann wieder mit anderen Dingen beschäftigen, wenn er sich im Gartenhaus Klarheit verschafft hatte. Und über drei der vier Männer, die dort wohnten, hatte er ja schon eine ganze Menge erfahren. Auf Haveland hatte er eben einen Blick geworfen; Pownall hatte er einer Befragung unterzogen; Titlow hatte sich ihm aus freien Stücken in einer Art Revuevorstellung präsentiert. Doch von Empson hatte er noch nichts gehört außer ein paar sarkastischen Worten beim Essen und im *Common Room,* und er hatte einen aufschlußreichen Blick auf ihn im Schlaf geworfen. Vielleicht schlief er inzwischen schon wieder. Aber es war noch nicht so spät, daß ein Besuch unhöflich gewesen wäre. Wiederum schlüpfte Appleby durch das Westtor und begab sich in den Obstgarten.

Er klopfte, und Empsons emotionslose Stimme antwortete. Vielleicht war es ein Gefühl unerwarteten Kontrastes zur Gleichgültigkeit dieser Stimme, das Appleby, als er eintrat, das Bild, das sich ihm bot, besonders lebhaft wahrnehmen ließ. Empson saß im Schein des Kaminfeuers und im Licht einer einzelnen, abgeschirmten Lampe. Die strenge Bibliothek, die so kompromißlos auf die Forschungsgebiete ihres Besitzers, Psychologie und Hirnforschung, konzentriert war, war im Schatten versunken. Empson, der die Jacke seines Abendanzugs gegen die verblaßte Seide der

Hausjacke einer längst verflossenen Generation getauscht hatte, saß in einem hohen, altmodischen Lehnstuhl und las. Seinen Stock hatte er zwischen den Knien, das bleiche Elfenbein Ton in Ton mit dem bleichen Elfenbein der Finger, die ihn umfaßt hielten. Und die elfenbeinerne Gesichtsfarbe wurde durch den Kontrast des schneeweißen Hemdes hervorgehoben, aber durch das Rosenfarben und Gold der alten Seide abgemildert. Empson hatte sich sogleich aus seinem Stuhl erhoben und das Buch zur Seite gelegt. Es war *Die goldene Schale* von Henry James, was, wie Appleby fand, dieses Bild angenehmer Entspannung eines wissenschaftlichen Geistes aufs Schönste vervollkommnete.

»Ob ich mir wohl die Störung erlauben dürfte?« Während Appleby noch sprach, schob Empson ihm schon einen Sessel hin. Das wirkte ausgesprochen freundlich und hatte dabei nichts von der aufgesetzten Höflichkeit, mit der man den unerwarteten Polizisten empfangen hätte. Wieder einmal spürte Appleby, wie schwer die Befragungen in St. Anthony's sich gestalten konnten. Auf der Suche nach einer passenden Eröffnung beschloß er, sogleich zu jenem Thema zu kommen, das offensichtlich mit Empson zu tun hatte. »Soviel ich weiß, waren Sie vor einigen Jahren gezwungen, einen Rollstuhl zu benutzen?«

»Das ist richtig. Das Leiden, das mich, wie Sie sehen können, plagt«, Empson pochte auf den Griff seines Stockes, »hatte sich vorübergehend verschlimmert, und ich mußte für eine Weile mit Pownall unten die Wohnung tauschen. Einige Monate lang mußte man mich zu den Vorlesungen, den Mahlzeiten und so weiter im Rollstuhl fahren.«

»Wissen Sie, daß der Stuhl hier im Haus in einer Abstellkammer steht?«

Empson schüttelte den Kopf. »Ich weiß nur, daß er noch irgendwo im College ist. Darf ich fragen, ob er vielleicht bei Ihren Untersuchungen eine Rolle spielt?«

»Jemand hat ihn in der Nacht, in der der Rektor ermordet wurde, benutzt. Ich gehe davon aus, daß die Leiche darin transportiert wurde.«

Einen Moment lang zögerte Empson. Es war das Zögern des Gelehrten, das Appleby überall in St. Anthony's auffiel. Dann sprach er. »Der Transport der *Leiche?* Sie sind also zu dem Schluß gekommen, daß der Rektor nicht in seinem Arbeitszimmer erschossen wurde?«

»Ja.«

Wieder zögerte Empson, aber vielleicht hielt er auch nur inne, um diese Neuigkeit zu verarbeiten. Bei seiner nächsten Frage war zu spüren, daß er auf der Hut war. »Sie haben Beweise dafür?«

Appleby hielt es für richtig, die Wahrheit zu sagen. »Nur dafür, daß der Stuhl benutzt wurde. Aber ich finde, die Folgerung ist beinahe zwingend.« Appleby hatte plötzlich das Gefühl, daß er genau gemustert wurde: Es war, als sei auch die kleinste Faser der wissenschaftlichen Erfahrung Empsons darauf konzentriert zu bestimmen, inwieweit das, was er soeben zu hören bekommen hatte, tatsächlich der Wahrheit entsprach. Doch als der Psychologe wieder das Wort ergriff, war seine Stimme ausdruckslos. »Ah ja«, sagte er nur. Und die Augen, die einen Augenblick zuvor versucht hatten, Appleby zu durchdringen, wandten sich nun ab und blickten gedankenverloren ins Feuer.

Bei seinem nächsten Ansatz appellierte Appleby an Empsons professionelles Interesse. »Es gibt da eine Angelegenheit«, sagte er, »bei der ich Sie um Ihre Meinung fragen wollte, um Ihren Rat, verstehen Sie, nicht die Frage nach Fakten, die Sie vielleicht kennen. Und es besteht natürlich keinerlei Verpflichtung für Sie, mir zu antworten. Aber es ist eine Angelegenheit, über die zu urteilen Sie besser qualifiziert sind als andere, eine Frage des menschlichen Verhaltens ...«

Unvermittelt unterbrach Empson ihn. Das stand in einem solchen Gegensatz zu seiner bedächtigen Art wie auch dem höflichen Betragen, das er bisher gezeigt hatte, daß Appleby beinahe zusammenfuhr.

»Die Wissenschaft vom menschlichen Verhalten steckt noch in den Kinderschuhen. Es ist weitaus vernünftiger, wir verlassen uns auf unsere Erfahrung. Doch auch die Erfahrung kann trügerisch sein. Die Wissenschaft sagt vielleicht von einem Menschen: ›Die Wahrscheinlichkeit ist verschwindend gering, daß er dieses oder jenes tut‹, die Erfahrung wird hinzufügen: ›Es ist unmöglich, daß er es tut‹, und dann *tut* er es.«

In allem, was Empson sagte, schwang ein Unterton von Bitterkeit mit. Doch eher in der Färbung seiner Rede als in der Wahl der Worte spürte Appleby noch etwas anderes, eine Vehemenz, aus der nicht eine Gewohnheit, sondern so etwas wie eine eben erst gewonnene Einsicht sprach. Was Empson hier vorbrachte, war keine seit langem vertretene Einstellung. Es war eher der Ausdruck eines kürzlich erlittenen Schocks, beinah einer noch nicht bezwungenen Wut. War er selbst es oder ein anderer, der etwas getan hatte, was man ihm nie zugetraut hätte?

»Sie meinen, die Wahrscheinlichkeit sei verschwindend gering, ja es sei unmöglich«, legte Appleby ihm unverzagt in den Mund, »daß Umpleby *hier* ermordet wurde?« Und als Empson nickte, fuhr er mit ruhiger Stimme fort: »Mr. Haveland hat vor einiger Zeit an einer Geistesverwirrung gelitten. Wären Sie in der Lage, mir Aufschlüsse darüber zu geben? Um es ganz klar zu sagen: Sehen Sie eine Verbindung zu Mordneigungen? Die Sache mit den Knochen ...«

Wieder fiel Empson ihm ins Wort. »Haveland ist nicht Umplebys Mörder. Die Knochen, von denen Sie sprechen, das ist ein lächerliches Machwerk.« Er sprach ruhig, doch mit einer außerordentlichen Intensität, so daß Applebys nächste Frage beinahe schon unverschämt war. Aber es war eine Frage, die er stellen mußte.

»Ist das die fehlbare Stimme der Wissenschaft oder die beinahe ebenso fehlbare Stimme der Erfahrung?«

Es gab nur eine Antwort, mit der Empson weiterhin eine wirklich logische Position beziehen konnte. Würde er sie geben? Würde er antworten, daß er weder mit der Stimme der Wissenschaft noch mit der Stimme der Erfahrung sprach, sondern mit der Stimme des Wissens? Irgendwo im Zimmer tickte eine Uhr und zählte die Sekunden des Schweigens ab.

»Die Wissenschaft ist fehlbar, doch ihre Leistungen sind auch nicht zu verachten. Sie wird Ihnen mit aller Autorität erklären, daß diese Knochen eine erbärmlich schlecht gelegte falsche Spur sind, gelegt von jemandem, der keinerlei Ahnung von der Psychologie geistiger Verwirrungen hat. Ich rate Ihnen dringend, lassen Sie, bevor Sie in diese Falle laufen, Haveland in aller Stille von Fachleuten auf diesem Gebiet untersuchen. Die Namen kann ich Ihnen nennen. Sie werden bestätigen, was ich sage.«

»Daß Haveland Umpleby nicht ermordet hat?«

Empson zögerte. Und als er wieder sprach, da sprach er, hatte Appleby den Eindruck, als jemand, der sich wider seinen eigentlichen Willen dazu entschieden hat, lediglich das eindeutig von der Wissenschaft Erhellte gelten zu lassen. »Die Wissenschaft wäre sehr unzuverlässig, wenn sie behauptete, sie könne Ihnen dergleichen Dinge sagen. Aber sie kann Ihnen sagen, daß Haveland nicht das Verbrechen begangen und es dann an die große Glocke gehängt hätte, indem er die Knochen verstreut hätte. Das sollte, glaube ich, genügen. Und dem kann ich meine *Überzeugung* hinzufügen, daß Haveland unschuldig ist.«

»Ihre Überzeugung, die Stimme der Erfahrung?«

»Genau das. Ebenfalls unzuverlässig, doch mit einer gewissen Autorität.«

»Haveland wäre also geistig normal?« Es war eine neue Frage, und Applebys raffinierter Versuch, sie als Abschluß des eben Gesagten zu tarnen, mißlang. Empson zog sich ebenso zurück, wie Gott es getan hatte.

»Es ist meine Pflicht, Mr. Appleby, meine Überzeugung als Privatmann und meine Überzeugung als Fachgelehrter zu bekunden, daß die Umstände, unter denen der Rektor ums Leben kam, unvereinbar mit dem sind, was meiner Meinung nach Havelands geistige Verfassung ist. Aber es wäre sehr ungehörig, wenn ich seine Geistesverfassung oder diejenige anderer Kollegen eingehend mit Ihnen bespräche. Sie werden keine Mühe haben, Psychologen zu finden, die uns allesamt für ein wenig verrückt erklären.« Das war rücksichtsvoll von Empson; der Scherz nahm dem Tadel die Schärfe.

»Jeder muß für sich selbst entscheiden, was er für seine Pflicht hält«, sagte Appleby. Und zum drittenmal fiel Empson ihm ins Wort, diesmal mit einer merkwürdig leidenschaftlichen Aufwallung.

»Es gibt nichts Schwierigeres auf der Welt!«

II

Appleby hatte sich einem neuen Thema zugewandt. »Als Sie aus dem *Common Room* hierher zurückkehrten, war es halb zehn, und eine gute Stunde später gingen Sie noch einmal hinaus, um 22.45 Uhr, genauer gesagt, und holten ein Päckchen von der Pförtnerloge ab. Dazu brauchten Sie acht oder zehn Minuten, und danach haben Sie Ihre Wohnung nicht mehr verlassen, bis die Polizei im Gartenhaus eintraf. Das waren Ihre sämtlichen Schritte, nicht wahr?«

Empson nickte.

»Sind Sie auf Ihrem Gang zur Pförtnerloge oder auf dem Rückweg jemandem begegnet?«

»Titlow habe ich gesehen.«

»Würden Sie mir bitte näher berichten, wo genau Sie ihn sahen und wann? Und ob er Sie ebenfalls gesehen hat?«

»Ich glaube nicht, daß er mich gesehen hat. Er ging eben in seine Wohnung, als ich aus der meinigen trat. Er war offenbar die Treppe heraufgekommen und bog eben in seinen Vorraum ein, als ich die Tür dort öffnete«, Empson wies mit dem Kopf in Richtung seiner Wohnzimmertür, »und da sah ich ihn.«

»Das wäre gegen 22.40 Uhr gewesen, nämlich als Sie zur Pförtnerloge hinüber gingen?«

»Ganz genau.«

»Ich muß Ihnen sagen, daß Titlow zu Protokoll gegeben hat, er habe seine Wohnung erst um 22.55 Uhr verlassen. Und da ging er die Treppe *hinunter* und von dort direkt zur Haustür des Rektors.« Da Empson keinerlei Anstalten machte, die Pause zu nutzen, die Appleby machte, fügte dieser hinzu: »Da besteht eine Diskrepanz, oder täusche ich mich?«

»Titlow hat es vergessen, oder Titlow sagt nicht die Wahrheit.« Offenbar mit Absicht sprach Empson ohne jeden Nachdruck; er unterdrückte sogar die übliche Lakonie seines Tonfalls. Eine Pause trat ein.

»Ihnen ist nichts aufgefallen, als Sie ihn sahen?«

»Er schien die Treppe hinaufgelaufen zu sein: Ich hatte den flüchtigen, aber doch bestimmten Eindruck, daß er außer Atem war.«

»Und erregt?«

»Ich habe ihn nur eine Sekunde lang gesehen, doch in dieser Sekunde hatte ich den wiederum flüchtigen, aber doch bestimmten Eindruck, daß er ausgesprochen erregt war.«

Mit solcher Stimme, dachte Appleby, bei der gerade im Mangel an Nachdruck schon die Verurteilung steckte, mochte ein Richter seinen Geschworenen das entscheidende Indiz vorlegen. Das Bild gab ihm die Idee ein, es mit plötzlicher Heftigkeit zu versuchen, mit der Art, wie ein Anwalt schlagartig zur entscheidenden Frage kommt. »Halten Sie Titlow für schuldig?«

Auf diese Art, dachte er schon einen Augenblick später und bereute seine Tat, würde er Empson nicht aus der Reserve locken. Das Schweigen, das folgte, gab dem Gast mehr als deutlich zu verstehen, daß er eine unmögliche Frage gestellt hatte. Aber am Ende ergriff Empson doch wieder das Wort. »Ich werde es mit Freuden sehen, wenn dem Recht Genüge getan wird, doch ich bin weit davon entfernt, gegen Titlow Anklage zu erheben.« Und dann fuhr er, um Appleby aus der peinlichen Situation zu helfen, fort, als greife er einen nebensächlichen Punkt auf: »Dagegen spricht doch zum Beispiel der Schuß, den Titlow, ob es nun der tödliche Schuß war oder nicht, in Gegenwart des Butlers Slotwiner vernahm.«

»Das«, antwortete Appleby, »hätte man arrangieren können.«

»Ja, wahrscheinlich schon.« Wiederum starrte Empson nachdenklich ins Feuer. »Haben Sie herausgefunden, haben Sie sich Gedanken gemacht, wie? Ich meine, haben Sie Spuren von so etwas gefunden?«

Appleby wich der Frage aus. »Ein solches Arrangement wäre ja nichts wert, wenn Spuren zurückblieben.« Und abrupt wechselte er das Thema. »Warum sind Sie überhaupt zur Pförtnerloge gegangen, Mr. Empson? Sie haben doch ein Telefon hier. Warum haben Sie nicht telefonisch nachgefragt, ob Ihr Päckchen gekommen war, und es sich dann bringen lassen?«

»Es ist nicht unsere Art, den Bediensteten unnötige Arbeit zu machen. Der Spaziergang hat mir nicht geschadet.«

Die Antwort war kein Tadel im eigentlichen Sinne, aber sie ließ doch keinen Zweifel daran, daß das Thema beendet war. Und damit blieb Appleby nun nur eine einzige Gruppe von Fragen, die er noch stellen konnte. »Und während des übrigen Abends, also von 21.30 bis 22.40 Uhr und dann nach 22.50 Uhr, waren Sie hier und wurden von niemandem gestört?«

»Von niemandem.«

»Niemand kam vorbei?«

»Niemand.«

»Niemand rief an?«

»Niemand.«

Zwecklos, da noch weiterzumachen, dachte Appleby und erhob sich bereits, um sich zu verabschieden. Da gab ihm etwas, vielleicht der Nachhall einer kaum merklichen Anspannung, mit der die letzte Antwort gekommen war, noch eine letzte Frage ein.

»Und Sie selbst haben auch niemanden angerufen?«

Die Pause, die folgte, dauerte nur einen Sekundenbruchteil. Daß die Finger den Elfenbeingriff um eine Winzigkeit fester umklammerten als zuvor, mochte eher Einbildung als Beobachtung sein. Und doch verspürte Appleby plötzlich eine ungeheure Erregung. Er spürte in diesem Augenblick in dem Verstand, mit dem er sich hier auseinandersetzte, ein intensiveres Nachdenken, als er es bisher wahrgenommen hatte. *Empson wog seine Antwort ab: Ja oder nein.* Und dieser Augenblick, ließ sich Appleby von seiner Intuition sagen, der er einstweilen freien Lauf gegeben hatte, war der Wendepunkt im Fall St. Anthony's.

Empson sprach ruhig wie immer. »Ich habe Umpleby um kurz nach zehn angerufen. Es ging um belanglose Dinge.«

III

Tantripp, der Erste Pförtner, war schon als Junge in die Dienste von St. Anthony's gekommen. Er war ein intelligenter Mann und wußte offenbar, daß er helfen mußte, wo er konnte. Doch es war nicht zu übersehen, daß er schwer unter dem Gefühl zu leiden hatte, daß nun, wo Polizisten den *Fellows* des Colleges nachschnüffelten, das Ende der Welt gekommen war. Deshalb setzte Appleby mit einer Sachfrage an. »Ich möchte«, sagte er, »daß Sie mir erklären, wie die Telefonanlage des Colleges funktioniert.«

Es erwies sich als ein Thema, das Tantripp gern ausführlich behandelte. Das Telefon war erst lange nach ihm nach St. Anthony's gekommen, und es war eine Neuerung, der er kritisch gegenüberstand. Zudem war diese Neuerung vor kurzem wiederum erneuert worden, und das fand noch weniger seinen Beifall. Es gab ein Telefon für die Studenten im Vorraum der Loge, eines im Büro des Verwalters, eines in der Küche, einen Apparat in der Rektorenwohnung mit einem Nebenanschluß in dessen Arbeitszimmer sowie jeweils einen Anschluß in der Wohnung jedes *Fellows* des Colleges. Ursprünglich waren sämtliche Gespräche von Hand in der Pförtnerloge vermittelt worden. Das hatte durchaus gut funktioniert, doch das Vermitteln hatte fast die gesamte Aufmerksamkeit des diensthabenden Pförtners beansprucht. Deshalb war vor kurzem ein Wählsystem eingeführt worden, mit dem alle internen Gespräche automatisch geführt werden konnten. Um ein Gespräch nach draußen zu führen, mußte der Anrufer nach wie vor die Nummer des Pförtners wählen; doch jeden Apparat innerhalb des Colleges konnte er direkt erreichen, indem er die entsprechende Nummer wählte. Unglücklicherweise hatte sich das System anfangs als unzuverlässig erwiesen, und deshalb hatte die Belegschaft des Colleges es nicht recht, wie Tantripp es ausdrückte, »angenommen«.

Teils aus diesem Grunde, teils aus akademischem Konservatismus, teils aus akademischer Zerstreutheit kam es noch immer häufig vor, daß die *Fellows* des Colleges ihre internen Anrufe vom Pförtner durchstellen ließen.

»Hat Professor Empson«, kam Appleby ohne Umschweife zur Sache, »am Abend, an dem der Rektor ermordet wurde, seinen Anruf von Ihnen vermitteln lassen?«

»Jawohl, Sir«, antwortete Tantripp unglücklich, doch nicht widerstrebend, »das hat er. Er rief gegen 22 Uhr an.«

»Wissen Sie noch, was er sagte?«

»Er sagte: ›Stellen Sie mich bitte zum Rektor durch, Tantripp.‹«

»Und das hätte er auch ohne Ihre Vermittlung bekommen können?«

»Aber ja. Er hätte nur 01 zu wählen brauchen. Aber das ist einer von denen, die niemals selbst wählen.«

»Sind Sie sicher, daß es Professor Empson war? Sind Sie sicher, daß der Anruf aus seinem Zimmer kam?«

Tantripp schien verwirrt. »Also, Sir, ich nehme an, daß er aus seinem Zimmer kam. Ich kann's natürlich gleich an den Lampen auf der Schalttafel erkennen, wenn ich dran denke hinzusehen. Aber meist merke ich mir nur, wohin die Verbindung gehen soll. Es war Professor Empsons Stimme, aber wenn ich mir das überlege, er könnte von überall angerufen haben, von überall im College, meine ich. Aber er war's auf alle Fälle, denn ich bin später dann auf den Anruf zu sprechen gekommen.«

»Zu sprechen gekommen?«

»Jawohl, Sir. Sein Päckchen lag schon den ganzen Abend über hier, und als er um Viertel vor elf herkam, um es zu holen, ging mir auf, daß ich ihm, als er anrief, hätte sagen sollen, daß es da ist. Also habe ich ihm gesagt, es täte mir leid, daß ich nicht daran gedacht hätte, als er anrief und sich zum Rektor durchstellen ließ.«

»Er hat einfach nur abgewunken und gesagt ›Schon in Ordnung, Tantripp‹, oder etwas in dieser Art, und dann ging er wieder.«

»Wissen Sie noch, was Sie sonst an diesem Abend für Gespräche vermittelt haben?«

»Nur zwei, Sir. Der Rektor hat eine Leitung nach draußen verlangt. Ich weiß natürlich nicht, mit wem er sprach. Ich habe ihn nur mit der Vermittlung in der Stadt verbunden.«

»Um wieviel Uhr war das? Erinnern Sie sich bitte so genau wie möglich.«

»Es war kurz vor halb elf.«

»Und der andere Anruf?«

»Der kam vom Dekan, Sir. Es ging um einen jungen Herrn, der Ausgangsverbot bekommen hatte. Und ich weiß noch, daß es auf meiner Uhr hier fünf Minuten vor elf war, als er auflegte.

Ein paar Minuten verbrachte Appleby noch damit, Tantripp zu befragen, was er selbst an jenem Abend getan hatte. Gott hatte recht mit seiner Prophezeiung, daß er ein Alibi haben würde. Tantripp hatte keine Mühe zu belegen, daß er zur Tatzeit in seiner Loge gewesen war. Und der Dekan kam nun endgültig nicht mehr in Frage. Doch die Sache mit Empson ging Appleby nach wie vor durch den Kopf. Sie beschäftigte ihn noch immer, als er ein paar Minuten darauf durch die dunklen Innenhöfe spazierte. Es lag auf der Hand, warum Empson nicht hatte leugnen können, daß er mit Umpleby telefoniert hatte. Er hatte das Gespräch nicht nur von Hand vermitteln lassen, wodurch der Pförtner Bescheid wußte. Er hatte indirekt diesen Anruf bestätigt, als Tantripp später zufällig darauf zu sprechen kam. Und doch hatte er für einen Sekundenbruchteil überlegt, ob er ihn Appleby verschweigen sollte. Er hatte ein Verschweigen erwogen, das unweigerlich entdeckt worden wäre. Und das, obwohl man sich bei Empsons Hirn darauf verlassen konnte, daß es niemals, nicht einmal einen Sekundenbruchteil lang, etwas Unsinniges erwägen würde. Aber konnte denn tatsächlich etwas Böswilliges dahinterstecken? Für einen Anruf in böswilliger Absicht, warum hätte er denn da nicht den Wählmechanismus benutzen sollen, wo er unbemerkt geblieben wäre? Und doch wurde Appleby das Gefühl nicht los, daß er irgendwie ins Zentrum des Falles vorgedrungen war.

Es war schon nach 23 Uhr, und er hatte ganz automatisch den Weg zu seinem Zimmer eingeschlagen, um sich für die Nacht zurückzuziehen, die zweite Nacht, die er im College verbringen würde. Doch beim Gedanken an sein Zimmer dachte er wieder an Gott, und mit dem Gedanken an Gott kam die Erinnerung an dessen launige Empfehlung, man solle zusehen, daß man die Dienerschaft abhake. Den Ersten Pförtner hatte er eben erledigt. Und wieder passierte Appleby das Westtor und begab sich in den Obstgarten.

Die beschädigte Terrassentür zum Arbeitszimmer des Rektors war mit einem Vorhängeschloß gesichert worden, zu dem er einen Schlüssel hatte. Er ging hinein, zog die Vorhänge vor und schaltete das Licht ein. Das finstere Zimmer, die umherliegenden Knochen, die kalte Asche im Kamin, darüber die grotesk hingekritzelten Symbole der Sterblichkeit. Alles war nun eher häßlich und aufdringlich als unheimlich, es war platt, abgestanden, absurd, aber doch immer noch geheimnisvoll. Appleby verlor keine Zeit. Er schaltete das Deckenlicht aus und die einzelne Stehlampe ein, machte es sich in Umplebys Lehnstuhl bequem und läutete nach dem Butler. Binnen einer halben Minute stand Slotwiner vor ihm, als sei nichts geschehen, so ungerührt, als sei sein Herr noch am Leben und es sei nichts dabei, wenn er den Glockenstrang zöge. Doch diesmal verbeugte er sich vor Appleby, als wolle er damit sagen, daß dessen Rangplatz im College inzwischen außer Frage stehe. Er war, dachte Appleby, ein harter Bursche, keiner, der sich davon nervös machen ließ, daß aus dem Zimmer eines Toten nach ihm geläutet wurde. Appleby beschloß, ihn gleich zu Anfang ein wenig zu piesacken. »Slotwiner«, sagte er, »wir mußten auch Sie als Verdächtigen in Betracht ziehen.«

»Sie müssen jeden denkbaren Ansatz verfolgen, Sir.«

»Wir sind inzwischen darauf gekommen, daß der Schuß, den Sie und Mr. Titlow gehört haben, nicht der echte war.«

»Ja, Sir. Das war eine Möglichkeit, die ich stets im Hinterkopf hatte.«

»Tatsächlich! Dann müssen Sie sich ja einen Grund ausmalen, weshalb eine solche Täuschung arrangiert wurde?«

»Ich kann mir mehr als nur einen ausmalen, Sir. Aber ein möglicher Grund wäre, dadurch ein Alibi für Mr. Titlow oder für mich zu erlangen, wenn man einmal davon ausginge, daß einer von uns beiden der Täter wäre. Ich darf wohl annehmen, daß dieser Frage mit der gebotenen Gründlichkeit nachgegangen wird.«

Selbst wenn man seine Redeweise außer Betracht ließ, ging Slotwiner aus diesem Schlagabtausch als eindeutiger Sieger hervor. Appleby versuchte es mit einem offenen Wort. »Wenn der Rektor nicht durch den Schuß getötet wurde, den Sie und Mr. Titlow hörten, dann wurde er offenbar nicht hier im Arbeitszimmer umgebracht, sondern draußen im Obstgarten, wo der Verkehrslärm den Schuß übertönt hätte. Im Lichte dieser Annahme muß ich die Uhrzeiten überprüfen. Können Sie mir irgend etwas über sich sagen, was mir dabei von Nutzen sein könnte?«

Slotwiner dachte sorgfältig nach. »Ich verstehe, worauf Sie hinauswollen, Sir. Und ich glaube, ich habe zumindest teilweise ein

Alibi. Ich darf annehmen, daß Sie sieben oder acht Minuten veranschlagen, um dem Rektor hinaus in den Obstgarten zu folgen und später mit der Leiche und den Knochen zurückzukehren.«

Appleby bestätigte dies. In Wirklichkeit wußte er, daß mehr Zeit erforderlich gewesen wäre, um den Rollstuhl wieder zurück ins Gartenhaus zu bringen.

»Sir, ich glaube, ich war nach 22.30 Uhr keinen Zeitraum von dieser Länge allein. Der Zufall wollte es, daß Mrs. Hugg, die Köchin, unten in ihrer Küche mit der Lösung eines Kreuzworträtsels beschäftigt war. Und sie kam mehrere Male zu mir hinauf in meine Anrichtekammer, um sich Rat zu holen. Tier mit sieben Buchstaben, Anfangsbuchstabe P, dergleichen Dinge, Sir. Ich schlage vor, Sie befragen sie eingehend. Doch in der Zeit vor 22.30 Uhr, das heißt, wenn wir davon ausgehen, daß der Rektor nicht mehr unter den Lebenden weilte, als ich vorgab, ihm seine Erfrischung zu bringen, habe ich, fürchte ich, kein Alibi vorzuweisen.«

»Nur keine Sorge«, sagte Appleby ruhig. Er hatte mittlerweile beträchtliches Vertrauen in Slotwiner. »Nur keine Sorge. Es steht fest, daß der Rektor kurz vor 22.30 Uhr noch am Leben war. Zu jenem Zeitpunkt hat er noch telefoniert. Sie haben nichts davon mit angehört?«

Slotwiners Steifheit lockerte sich ein wenig. »Ich bin, wenn ich mir erlauben darf, das zu sagen, ausgesprochen erleichtert, Sir, das zu hören. Doch von dem Telefonat habe ich nichts bemerkt. Die Leitung war auf den Nebenanschluß des Rektors geschaltet, und er konnte telefonieren, ohne daß ich etwas gehört hätte. Er pflegte stets sehr leise in den Apparat zu sprechen, und in meiner Anrichtekammer am anderen Ende des Ganges wäre davon nichts zu hören gewesen. Überhaupt vernehme ich, wenn ich dort arbeite, oft nicht einmal die Stimmen aus diesem Zimmer. Aber ich muß noch auf etwas zu sprechen kommen, was ich tatsächlich gehört habe. Seit Sie mich zuletzt befragten, ist es mir wieder in den Sinn gekommen. Ich glaube, ich habe die Knochen gehört.«

»Die Knochen gehört?«

»Jawohl, Sir. Einige Zeit vor Mr. Titlows Ankunft trat ich aus meiner Anrichtekammer hinaus auf den Flur. Und ich erinnere mich noch, wie ein merkwürdiges Geräusch aus dem Arbeitszimmer drang. Es klang anders, als wenn der Rektor Bücher oder Stühle bewegte, und ich konnte es nicht recht zuordnen. Darf ich vielleicht vorschlagen, Sir ...« Als Appleby nickte, schritt der eben noch so würdige Slotwiner zur Tat. Im Nu war er über den Boden gekrochen und hatte einen Großteil der verstreuten Knochen eingesammelt. Er wickelte sie in eine Zeitung und drückte das Bündel Appleby in die Hand: »Und nun, wenn Sie so freundlich wären?« Damit verließ Slotwiner das Zimmer und schloß die Tür hinter sich. Appleby war gespannt und amüsiert. Er wartete, bis er einen Ruf aus der Ferne hörte, dann kippte er die Zeitung und ließ die Knochen fallen. Es gab ein Klappern, das überraschend laut war. Im nächsten Augenblick war Slotwiner wieder im Arbeitszimmer, nun regelrecht munter geworden. »Das, Sir«, sagte er, »war genau das Geräusch!«

Appleby stellte die entscheidende Frage. »Können Sie sagen, wann es war?«

»Einigermaßen, Sir, auf fünf Minuten genau. Es muß zwischen Viertel vor und zehn vor elf gewesen sein.«

Appleby gestattete sich einen Augenblick, um, so gut es auf die Schnelle ging, zu überdenken, welche Konsequenzen sich daraus ergaben. Dann wandte er sich mit weiteren Fragen wieder an Slotwiner. Doch sonst hatte dieser nichts gehört und wußte nichts Weiteres mehr beizusteuern, was noch Licht auf die Ereignisse des schicksalhaften Abends werfen konnte. Und auf die allgemeineren Fragen zum Verhältnis zwischen Umpleby und den diversen *Fellows* des Colleges reagierte er verschlossen. Dieser Teil der Befragung war Appleby unangenehm, doch bei Ermittlungen wie diesen gestattete er sich niemals, Gefühle mit ins Spiel zu bringen, und seine Hartnäckigkeit zeigte bald Erfolg. Slotwiner gab zu, daß ihm nicht verborgen geblieben war, welche Feindseligkeiten in den letzten Jahren in St. Anthony's geherrscht hatten, und erklärte sich am Ende bereit, von einem bestimmten Vorfall zu berichten, dessen Zeuge er noch vor kurzem gewesen war. Umpleby hatte eine Besprechung mit Titlow und Pownall in seinem Arbeitszimmer gehabt. Ob die Galle dabei reichlicher als sonst geflossen war, konnte Slotwiner nicht sagen. Aber der Rektor, der offenbar stets ein gewissenhafter Gastgeber gewesen war, hatte während dessen nach ihm geläutet, damit er den Nachmittagstee servieren solle. Slotwiner hatte den Eindruck gehabt, daß die Stimmung gespannt war, obwohl oder vielleicht gerade weil kein Wort gefallen war, solange er im Zimmer war. Doch als er einige Zeit darauf die Tür geöffnet hatte, um weiteren gebutterten Toast zu bringen, hatte er Pownall mit einer Vehemenz sprechen hören, die ihn innehalten ließ. Und in dieser Pause waren die denkwürdigen Worte Pownalls gefallen: »Magnifizenz, Sie können sich glücklich schätzen, daß man zwei braucht, um einen Mord zu begehen, denn Sie gäben eine erstklassige Leiche ab!« Woraufhin Slotwiner sich in seine Anrichtekammer zurückgezogen hatte, den gebutterten Toast noch in der Hand.

Appleby fragte sich, ob er ihn wohl gegessen hatte.

Kapitel 15

I

Am zweiten und letzten Morgen seines Aufenthalts in St. Anthony's wurde Appleby wie schon am Morgen zuvor mit einem frühen Besuch von Dodd begrüßt. Die Einbrecher saßen hinter Gittern, in einem meisterhaft gelegten Hinterhalt in den frühen Morgenstunden auf frischer Tat ertappt. Die Folge war, daß Dodd in übermütiger Stimmung war. Er tat, als sei er besorgt um Applebys Sicherheit in der voraufgegangenen Nacht gewesen, sah sich im Zimmer um, ob etwas von dessen persönlichen Besitztümern gestohlen worden sei, und dann wechselte er das Thema und erkundigte sich nach dem Fortschritt seiner Studien - wie die Vorlesungen seien und wann er sein Examen mache? Und schließlich fragte er, nachdem er all das unter großem Glucksen hervorgebracht hatte, wer denn Dr. Umpleby umgebracht habe.

Appleby war auf der Hut. »Nun«, antwortete er, »es könnte Ransome gewesen sein.«

»Ransome!«

»O ja. Ransome treibt sich schon seit Tagen hier in der Nähe mit einem falschen Bart herum. Genauer geasgt, war er es, der mir letzte Nacht den Schlag auf den Schädel versetzt hat.«

»Da!« rief Dodd mit Begeisterung. »Was habe ich Ihnen gesagt? Von wegen in Asien. Das sind gerissene Burschen!«

»Andererseits könnte es auch Titlow gewesen sein. Titlow könnte es gut gewesen sein.«

Dodd hatte schon genug über den Vorabend erfahren, um zu wissen, was er meinte. »Der Pistolenschuß wäre arrangiert gewesen?«

»Genau.«

Dodd stand vor Applebys Kamin. Man hatte den Eindruck, als nehme er an Volumen zu. »Es wäre denkbar«, sagte er, »daß wir ein wenig behilflich sein könnten.«

Appleby lächelte. »Sie haben mir noch etwas mehr von der Fleißarbeit, wie Sie das immer nennen, abgenommen?«

»Kellet war es. Ein gewissenhafter Bursche, dieser Kellett. Er hat sich heute morgen noch einmal umgesehen.«

»Ah! Wieder, während ich noch in den Federn lag. Und was hat Kellet diesmal aufgestöbert?«

»Kellet«, sagte Dodd mit ernster Stimme, »kam auf die Idee, sich in den Abflußrohren umzusehen. Es ist unglaublich, wie oft auf die eine oder andere Weise die Abflußrohre ins Spiel kommen. Also, er stocherte in einem Luftschacht oder so etwas im Obstgarten, und dabei fand er dies hier.« Dodd holte aus seiner Tasche ein zurechtgebogenes Stück kräftigen Drahts.

»Als Kellett es fand, war es so gebogen?«

Dodd nickte bestätigend, und nach einem Augenblick nahm Appleby den unausgesprochenen Gedanken auf. »Es kommt mir nicht lang genug für diesen Zweck vor. Ich wüßte nicht, wie ...«

»Man kann sich doch irgendeine Vorrichtung mit Gewichten und so weiter vorstellen?« schlug Dodd halbherzig vor.

»Man kann sich vorstellen«, erwiderte Appleby skeptisch, »daß ein Klempner damit ein Rohr oder einen Abfluß reinigt.«

»Und es dann in dem Abfluß *läßt*?«

»Klempner lassen doch immer Sachen liegen«, antwortete Appleby mit reichlich schwachem Humor. In Gedanken war er offenbar weit fort. Doch sogleich fügte er hinzu: »Sie haben schon Recht, ein Klempner würde es nicht im Rohr lassen, jedenfalls nicht so zurechtgebogen.«

»Wollen Sie es nicht nach Scotland Yard schicken und es fotografieren lassen?«

Appleby war verdutzt, dann lachte er. »Ob Ihr melancholischer Sergeant uns wohl Neuigkeiten bringt? Wir beide werden uns einstweilen den falschen Bart vornehmen.«

»Der und Asien«, sagte Inspektor Dodd.

Sie fanden Mr. Ransome in seiner angestammten Wohnung am Surrey Court, in schwierige telefonische Verhandlungen mit dem Wirt des ›Three Doves‹ verstrickt. Er erklärte ihm, daß er der Gast sei, der am Vorabend unter so unglücklichen Umständen abgeholt worden sei; daß er in Wirklichkeit Mr. Ransome vom St. Anthony's-College sei; daß alles in Ordnung sei; daß nichts Ernsthaftes vorgefallen sei; daß es nichts weiter als eine Wette gewesen sei; und man solle bitte sein Gepäck schicken – soweit

Ransomes Seite der Unterhaltung. Doch daß der neuerdings berüchtigte Name St. Anthony's im Zusammenhang mit einer so haarigen Geschichte fiel, rief am anderen Ende der Leitung offenbar Besorgnis hervor. Bis er sich seinen beiden offiziellen Besuchern zuwenden konnte, war Ransome bereits rot vor Wut und schnaubte. Doch er beruhigte sich sogleich und begrüßte sie mit einer Herzlichkeit, die unpassend wirkte, doch aufrichtig zu sein schien.

»Oh, also, dann nehmen Sie doch Platz! Es tut mir furchtbar leid wegen vorletzter Nacht. Ich hätte mich schon gestern abend entschuldigen sollen. Aber dieser Korb, das verdammte Ding, war so schrecklich unbequem, daß ich wirklich *wütend* war. Und dazu noch unmittelbar vor dem Essen! Habe ich Ihnen sehr wehgetan? Schrecklich, so etwas zu machen, ich weiß. Sie werden wohl Anzeige erstatten? Wirklich entsetzlich, tut mir so leid. Aber wenn die Arbeit auf dem Spiel steht, muß man sich schon dafür einsetzen, finden Sie nicht auch? Na ja, nicht bis ins Extrem, nicht bis zum Mord, das nicht, aber wenn man mal jemanden niederschlagen muß, also das schon, finden Sie nicht auch? Ich meine, versetzen Sie sich mal in meine Lage.«

Diese ungekünstelte, sprunghafte Art schien Ransomes üblicher Umgangston zu sein. Er war ein hellblonder junger Mann mit einem langen Gesicht, achtlos gekleidet, und er hatte eine Art, ebenso vage und wirr zu gestikulieren, wie er sprach. Daß eine so zerstreute Person Appleby mit genau der richtigen Wucht auf den Kopf geschlagen hatte, mußte reines Glück gewesen sein, und er war zweifellos nicht in der Lage, auf eigene Faust einen Einbruch zu planen, der gelingen konnte. Ein schönes, noch jugendliches Beispiel für den zerstreuten und launischen Professor, der vielleicht auch bewußt Kapital daraus schlug, daß er ein ›Original‹ war, denn genau das war Ransome. Oder, sagte Appleby sich besonnen, das war das Bild, das Ransome seinen Mitmenschen bot. Und nun, wo er spürte, daß Dodd zu einer tadelnden Rede über diesen tätlichen Angriff auf einen Kollegen ausholte, griff er rasch ein.

»Diesen kleinen Vorfall brauchen wir im Augenblick nicht zu besprechen, Mr. Ransome. Uns geht es hier um den Mord an Dr. Umpleby. Ihnen wird bereits aufgegangen sein, daß Sie in einer unglücklichen Lage sind. Sie hielten sich, wie Sie bereits zugegeben haben, zur Tatzeit heimlich und in Verkleidung in der Nähe des

Colleges auf. Und Sie standen nicht gerade auf freundlichem Fuße mit dem Ermordeten.«

Ransomes Bestürzung war nicht zu übersehen. »Aber hat Gott es Ihnen denn nicht erklärt: unseren Einbruch, die Alibis und so weiter? Und ist das denn nicht alles offen und ehrlich? Und es hat doch gar nichts mit dem zu tun, was *Sie,* wie Sie sagen, suchen, nicht wahr?«

»Was wir wollen, ist ganz einfach, Mr. Ransome. Sie müssen uns Rechenschaft darüber ablegen, was Sie am Dienstag abend zwischen halb elf und elf getan haben, damit Sie als Verdächtiger ausgeschlossen werden. Das gilt genauso für Gott und alle anderen.«

»Liebe Güte!« rief Ransome mit einer Naivität, die nun schon wirklich unglaubwürdig wirkte, »ich dachte, es wäre schon so gut wie erwiesen, daß der arme alte Haveland es war mit seinen Knochen und was weiß ich sonst noch . . .«

»Sie müssen versuchen, uns Rechenschaft über Ihre Schritte zu geben, oder zumindest wäre es ratsam und vernünftig, wenn Sie es täten. Inspektor Dodd wird jede Aussage zu Protokoll nehmen, die Sie zu geben bereit sind. Und ich muß Sie darauf aufmerksam machen, daß alles, was Sie sagen, vor Gericht gegen Sie verwendet werden kann.«

»Also wirklich! Sie müssen mir doch wenigstens ein wenig Zeit lassen, mich zu erinnern, nicht wahr?« Ransome blickte sich auf eine irritierte, aber noch immer sorglos unbeteiligte Art im Zimmer um. »Meinen Sie nicht, es wäre vernünftiger, wenn Sie und Ihr Kollege einfach Fragen stellten? Wenn Sie beim Thema blieben, wissen Sie.«

»Nun gut. Ich nehme an, Sie kamen am Dienstag abend vom ›Three Doves‹ hierher?«

»O ja, gewiß. Nach dem Abendessen. Bus am Ende der Straße, muß gerade halb elf gewesen sein, als ich hier ankam.«

»Und was haben Sie in der darauffolgenden Stunde getan, bevor Sie um 23.30 Uhr in der Absicht zum College gingen, sich dort umzusehen?«

Ransomes Antwort war ebenso prompt wie abwegig: »Ich wollte den Wert des euböischen Talents ausrechnen!«

Dodds Schnauben war wohl als Zeichen des Eindrucks zu werten, daß sich hier jemand mit dem Arm des Gesetzes seine Scherze erlaube. Doch Appleby blieb vollkommen ruhig. »Das euböische Talent, Mr. Ransome?«

»Ja. Natürlich eigentlich gar nicht mein Gebiet, aber im Bus kam mir plötzlich eine Idee. Boekh setzt, wie Sie wissen, das Verhältnis zum spätattischen Talent als 100 zu 72 an, und mir ging auf ...« Doch Ransome hielt zweifelnd inne. »Aber hören Sie, also ich weiß nicht, ob Sie das wirklich interessiert ...«

»Mich würde interessieren, *wo* Sie sich diesen Spekulationen hingaben.«

»Wo! Also hören Sie, spielt das denn wirklich eine Rolle? Aber ja, natürlich tut es das. Tut mir schrecklich leid, aber ich habe wirklich keine Ahnung mehr, wo es war. Glauben Sie mir, ich war wirklich vertieft, so vertieft, daß ich das mit dem Einbruch beinahe vergessen hätte. Und das war natürlich ungeheuer wichtig. Ich weiß noch, daß ich laufen mußte. Daran können Sie sehen, wie vertieft ich war, denn es war mir wirklich sehr wichtig, meine Sachen von diesem alten Scheusal zurückzubekommen. Also, wo könnte ich denn nur gewesen sein?«

»Wissen Sie vielleicht noch, wie Sie an Ihre Überlegungen herangegangen sind? Haben Sie sich zum Beispiel hingesetzt, um etwas aufzuschreiben?«

Ransome sprang plötzlich mit einer kindlichen Freude auf. »Aber ja«, rief er, »auf so eine Art Speisekarte. Da habe ich meine Berechnungen draufgekritzelt. Ja, ich bin gleich in eine Teestube gegangen, in diesen Laden an der Archer Street, der bis Mitternacht auf hat. Und ich war die ganze Zeit dort, bis ungefähr zwanzig nach elf. Ist das nicht wunderbar? Was für ein Glück!«

»Meinen Sie, die würden sich dort an Sie erinnern?«

»Ich bin sicher, das würden sie, auch wenn ich damals noch meinen Bart umhatte. Gab ein wenig Durcheinander. Sie haben mir indischen Tee gebracht. Das passiert einem nämlich oft in dieser Art von Läden«, schloß Ransome seine Rede mit einer Warnung ab.

»Nun, Mr. Ransome, vorausgesetzt, wir finden dort Bestätigung, werden wir Sie, glaube ich, nicht mehr weiter belästigen müssen. Nur noch eins. Wie sind Sie darauf gekommen, daß Mr. Haveland der Mörder sei?«

Ransome war entsetzt. »Also bitte! Glauben Sie nicht, ich dächte, daß Haveland der Mörder sei. Aber ich habe den Eindruck, das ist das Gerücht, das die Runde macht, wahrscheinlich, weil er schon einmal nicht ganz richtig im Kopf war.«

»Aber das ist doch schon lange her?«

»O ja, ziemlich lange. Obwohl er eine Art Rückfall hatte, als ich das letzte Mal hier war. War allerdings schnell vorüber. Guter Mann, Haveland, kennt sich aus in Arabien.«

»Können Sie mir etwas über diesen Rückfall erzählen, von dem Sie sprechen?«

»Oh, das muß ungefähr vorletzten Sommer gewesen sein. Er fühlte sich ein wenig angeschlagen und ist für eine Weile in ein Sanatorium gegangen - ganzes Stück weg von hier - ein gewisser Dr. Goffin, bei Burford - deshalb hat es keiner erfahren. Außer mir, wie der Zufall wollte: Ich habe ihn heimlich dort besucht. War alles schnell wieder vorbei.«

»Verstehe.«

»Hören Sie, Mr. Appleby, da ist noch eines, was mir furchtbare Sorgen macht. Kann ich meine Sachen behalten, ich meine, die Sachen, die wir bei dem alten Scheusal aus dem Safe geholt haben?«

»Mr. Ransome«, sagte Appleby ernst und zur Empörung Inspektor Dodds, der die Ohren gespitzt hatte, »ich gebe Ihnen den guten Rat, sprechen Sie über die bewußten Dinge nicht mit der Polizei, solange die Polizei nicht mit Ihnen darüber spricht. Guten Morgen.«

II

»Und Ihre Kommentare zum Text«, verkündete Mr. Gott, »sind der reine Unsinn.«

»Jawohl, Gott«, sagte Mike kleinlaut.

»Sehen Sie, Mike, eigentlich haben Sie nicht den geringsten *Verstand.*«

»Nein, gewiß nicht«, bestätigte Mike.

»Sie müssen sich einfach an das Geschwätz halten und es schön aufschreiben. Sie schreiben sehr schön.«

»Jawohl«, sagte Mike zweifelnd.

»Versuchen Sie nicht, sich Sachen auszudenken, dann werden Sie gut durchkommen. Ja, Sie werden es sogar weit bringen.«

Mikes Erwiderung versank in Schweigen und Tabakrauch. Das wöchentliche Ritual des Tutoriums, Krone des Universitätssystems, ging zu Ende. Der Aufsatz war gelesen und eingehend besprochen. Die letzten zehn Minuten saß man rauchend und schweigend beisammen, dann und wann fiel eine verstreute Bemerkung.

»Der fünfte November heute«, sagte Mike kurz darauf. Und da sein Erzieher dies offenbar nicht für eine bemerkenswerte Beobachtung hielt, fügte er noch hinzu: »Ganz schön blöd, dieses Guy-Fawkes-Getue, mit ihren albernen Feuerwerken und dem allem.«

»Keine Frage.«

»Wie Chicago bei den Säuberungen. Die Kanonen ballern.«

»Ganz genau.«

»Erinnern Sie sich noch an letztes Jahr, Gott? Titlow, der als stellvertretender Dekan fungierte, weil der Dekan verreist war, und Boosey Thompson. Wie der einen Feuerwerkskörper auf ihn losließ und wie Titlow dann hinstapfte und Booseys Knallfrösche konfiszierte?«

»Höchst unerfreulich«, antwortete Gott geistesabwesend. Und plötzlich bedachte er seinen Schüler mit einem strengen Blick: »Mike, wer hat Sie auf die Idee gebracht?«

»Mich auf die Idee ...?«

»Mike, Sie sind ein lieber Junge. Aber wie ich Ihnen eben schon erläutern mußte, Sie haben *keinerlei* Verstand. Wer hat Ihnen das eingeredet?«

»Also genau genommen war es David Edwards, der ...«

»David Edwards' Anregung«, sagte Gott, »wird den Autoritäten unterbreitet werden.«

Einige Minuten lang herrschte Schweigen, dann traute sich Mike zu sagen: »Das ist noch nicht alles. David meint, es ist ein Jammer, daß wir nicht mehr über die genauen Umstände erfahren, unter denen der arme Rektor ums Leben kam.«

»Was hat denn der Tod des armen Rektors mit David Edwards zu tun?«

»David glaubt, daß er eine nützliche Beobachtung beizusteuern hat, das heißt, wenn er eben sicher sein könnte, daß es wirklich eine nützliche Beobachtung *ist.*«

»Ich kann mir nicht vorstellen, daß er wirklich dermaßen um die Ecke denkt. Aber nun schon heraus mit dem, was er Ihnen da eingetrichtert hat.«

»Ich finde«, sagte Mike nachsichtig und respektvoll, »daß Sie reichlich unhöflich sind. Aber es geht um folgendes. Am Dienstag abend arbeitete David noch spät in der Bibliothek. Dr. Barocho war da und noch eine Reihe anderer Leute, und David saß oben auf einem der Schränke im Nordfenster – Sie wissen ja, daß die Leute sich immer auf die Schränke setzen –, und draußen war es natürlich stockfinster. Doch als David zufällig hinausblickte, sah er plötzlich einen Lichtstrahl, und er sah jemanden.«

Gott hatte seine Pfeife abgelegt. »Soll das heißen, er *erkannte* jemanden?«

»Ja. Er erkannte jemanden. In dem Licht, das aus der Glastür im Arbeitszimmer des Rektors fiel. Das Licht blitzte nur kurz auf, als der Betreffende herauskam . . .«

»Herauskam!«

»Ja; er kam zur Terrassentür des Arbeitszimmers heraus, und David hatte gerade eben Zeit, ihn zu erkennen. Hinterher hat er sich ein wenig gewundert, weil er nicht weiß, ob der Betreffende einen Schlüssel zum Obstgarten hat, und er fragte sich, wie er wohl wieder herauskommen wollte, wenn er keinen hatte. Aber natürlich war es jemand, bei dem man sich durchaus vorstellen konnte, daß er den Rektor aufsuchte. Deshalb wußte David nicht, ob es wirklich von Bedeutung war. Und wie er sagt, erfährt man so wenig über die Umstände, unter denen der arme Rektor ums Leben kam . . .«

»Um welche Uhrzeit war das?«

»Oh, kurz vor 23 Uhr.«

Eine Weile dachte Gott darüber nach. Dann fragte er: »Wen hat er gesehen?«

»David will es nicht verraten. Aber wir haben die Sache unter Kontrolle.«

»*Sie* haben die Sache unter Kontrolle!«

»So ist es, Gott – David und Inspektor Bucket und ich. Sehen Sie, David dachte, es *könnte* ja wichtig sein. Also hat er Nachforschungen angestellt. Und er hat etwas über denjenigen, den er dort gesehen hatte, herausgefunden. Er hat festgestellt, daß er einen hübschen privaten Ein- und Ausgang in das College hat, von dem niemand etwas weiß.«

Gott sprang auf. »Sie meinen einen Zugang zum Obstgarten?«

»O nein, das nicht. Nur einen Ein- und Ausgang in eines der Hauptgebäude.«

»Ihr verrückten Bengel! Warum habt ihr das nicht der Polizei gesagt? Wo steckt David Edwards jetzt?«

»Also genau genommen ist er ihm auf den *Fersen*. Und ich glaube, wenn Sie mich jetzt entschuldigen wollen . . .«

Und bevor Gott noch etwas sagen konnte, war Mr. Michel de Guermantes-Crespigny davon.

III

Es war ein recht erregter Bibliograph, der einige Minuten darauf Appleby und Dodd im Hof entgegenkam, um ihnen zu berichten, was er von seinem Schüler erfahren hatte. Dodd wußte, daß es unvernünftig war, die Möglichkeit, daß St. Anthony's am Ende doch kein Unterseeboot war, abzustreiten, und die Nüchternheit, mit der er zugab, daß es durchaus denkbar war, daß er etwas übersehen hatte, sprach für ihn. Er schlug vor, sofort eine neue und noch gründlichere Untersuchung zu beginnen, doch Gott wollte zuvor noch etwas zu bedenken geben.

»Selbst wenn es den Geheimausgang gibt, weiß man nicht recht, wie er zu unserer Geschichte passen soll. Denn wenn man unserem geschätzten Edwards glauben kann, liegt er nicht im Obstgarten, sondern irgendwo hier im Hauptteil des Colleges. Und er sah jemanden zur Terrassentür herauskommen, von dem er nicht wußte, ob er einen Schlüssel besitzt. Er muß aber doch gewußt haben, daß die vier, die im Gartenhaus wohnen, Schlüssel haben. Jemand anderes als diese vier und jemand, bei dem es nicht weiter verwunderlich wäre, daß er den Rektor besucht, mußte also aus dem Obstgarten herauskommen. Wie hat er das getan? Dafür scheint es doch keine Rolle zu spielen, daß es im Hauptgebäude vielleicht noch einen Geheimausgang gibt.«

»Zweifellos obskur«, sagte Dodd kurz angebunden. Er fand es unangebracht, einen Laien, selbst einen Lieblingsschriftsteller, als Kollegen zu behandeln. »Das Obskure überlasse ich Appleby hier, und ich kümmere mich darum, ob dieser junge Bursche die Wahrheit sagt.«

»Warum warten wir denn nicht«, schlug Appleby vor, »bis der gewitzte Edwards von seinen eigenen Ermittlungen zurückkehrt?«

Doch davon wollte Dodd nichts hören. Und er war eben im Begriff, Gott nachzueilen, den seine Dienstpflichten fortriefen, als eine weitere Komplikation in Gestalt des melancholischen Sergeanten erschien, in dessen verträumten Augen noch die in London verbrachte Nacht geschrieben stand. Der melancholische Sergeant hatte einen Brief für Appleby, und nachdem er ihn übergeben hatte, zog er sich fast ein wenig überstürzt zurück. Appleby wog den Umschlag, der etwas Amtliches hatte, einen Moment lang ungeöffnet in der Hand. »Na, Dodd, was meinen Sie? Auf meinem Rollstuhlgriff waren keine Fingerabdrücke zu finden. Hatten unsere Leute bei dem Schießeisen hier mehr Glück?«

»Nein«, antwortete Dodd mit Überzeugung. »Das hatten sie nicht.«

Appleby riß den Umschlag auf. Eine kurze Pause, dann sagte er leise:

»Abdrücke von Pownall.«

IV

Nachdem das am Vortag versäumte Sandwich an der Bar des Berklay verzehrt war, hatte Appelby sich zu einem Spaziergang am Fluß aufgemacht, um in Ruhe alles zu überdenken. Und er setzte mit jener Formel an, die er am Vortag auf halbem Wege zwischen Pownalls und Havelands Wohnung entwickelt hatte:

Er konnte beweisen, daß er es nicht hier und jetzt getan hatte. Aber er konnte nicht beweisen, daß er es nicht drüben und zwanzig Minuten später getan hatte, sofern er weiterhin als Täter in Betracht kam.

Er hatte, wie er sich erinnerte, noch eine Klausel hinzugefügt:

Tüchtig wie er ist, lud er den Revolver nach und sorgte dafür, daß er, wenn man ihn fand, den Eindruck erweckte, es sei nur einmal geschossen worden.

Und er hatte die Frage angeschlossen:

Die zweite Kugel?

In Gedanken strich Appleby die Frage nun und formulierte die Klausel neu:

Nicht nachgeladen; kein zweiter Schuß; nur der richtige Knallfrosch.

Doch schon im nächsten Augenblick meldete sich ein Echo der ursprünglichen Klausel:

Tüchtig wie er ist ... sorgte dafür ... daß man den Revolver fand ...

Da rieb sich etwas. Oder, konnte man sagen, da war nicht genug gerieben worden - ein kräftiges Rubbeln, das die letzten Spuren von Fingerabdrücken von der Waffe entfernt hätte. Pownall war ein linkischer Mensch - was das Körperliche anging. Und hier fand sich nun, nach soviel Raffinesse, eine entsprechende Ungeschicklichkeit des Geistes, die ihm zum Verhängnis würde. Vielleicht hatte er etwas unternommen, um die Abdrücke zu beseitigen, war aber nicht sorgsam genug dabei gewesen. Die Chemiker vollbrachten heutzutage wahre Wunder: Appleby mußte wieder an den Bericht, von dem er Deighton-Clerk erzählt hatte, über die deutschen Kriminologen denken, die Fingerabdrücke selbst durch Handschuhe feststellen konnten.

Würde alles zusammenpassen? Zunächst einmal Havelands Zeiten. Haveland war von 22.40 bis 22.50 Uhr bei Deighton-Clerk. Das war die Zeit, in der er nicht in Frage kam. *Er konnte beweisen, daß er es nicht hier und jetzt getan hatte.* Konnte Pownall Gewißheit gehabt haben, daß Haveland, so daß er dann ohne Alibi wäre *(er konnte nicht beweisen, daß er es nicht ...),* den Dekan bis 23 Uhr wieder verlassen hätte? Offenbar mußte er etwas gewußt haben, weswegen er sich dieses Punktes vollkommen sicher war. Zum Beisiel könnte er gut gewußt haben, daß Haveland nur *für einen Augenblick* zum Dekan hinübergegangen war. Wenn man sich vorstellte, daß Pownall *das* wußte und daß er Umpleby in seinem eigenen Zimmer im Gartenhaus erschossen hatte, um 22.40 Uhr ...

Doch Appleby revidierte dies sogleich. Selbst bei größtem Straßenlärm würde mit Sicherheit niemand einen Schuß direkt im Gebäude riskieren. Um 22.40 Uhr hatte Pownall Umpleby im Obstgarten erschossen. Und er hatte gewußt: *Haveland ist in diesem Augenblick beim Dekan.* Er hatte den Rollstuhl aus der Abstellkammer geholt, die Leiche hineingelegt, Havelands Knochen gestohlen, sie ebenfalls in den Stuhl gelegt und dann alles zusammen in sein eigenes Zimmer gefahren. Das konnte bis 22.45 Uhr gut erledigt sein. Dann hatte er gewartet. Und während er wartete, hatte er plötzlich bemerkt, wie es aus Umplebys Leiche, aus dem Kopf, wie er über die Seite des Stuhles herunterhing, tropf, tropf, auf den Teppich tropfte. Appleby schritt mit großen

Schritten voran und hatte alles um sich herum vergessen. Würde alles zusammenpassen? Als nächstes kam Barochos Talar ins Spiel – wenn sich nur beweisen ließe, daß sein Besitzer ihn in Pownalls Zimmer vergessen hatte! Pownall hatte ihn genommen und den Kopf damit umwickelt, die kleine blutende Wunde. Und dann, einige Minuten nach 22.50 Uhr, hatte er gehört, wie Haveland in sein gegenüberliegendes Zimmer zurückkehrte, hatte sich vielleicht sogar an seine Tür geschlichen, um sich zu vergewissern, daß er allein war und damit in jedem Falle ohne Alibi. Schon in der folgenden Minute hätte er sich mit seiner grausigen Fracht auf den gefahrvollen Weg zu Umplebys Arbeitszimmer gemacht. Dort wurden unverzüglich Knochen und Leichnam abgeladen; der ›Kanonenschlag‹, oder was es sonst an Produkten der Pyrotechnik gewesen sein mochte, im rechten Moment in Brand gesetzt; der leere Rollstuhl unverzüglich zurück in die Abstellkammer gebracht; der Revolver, allzu hastig abgewischt, dorthin geworfen, wohin Haveland ihn in seiner achtlosen oder verwirrten Art leicht selbst hätte werfen können.

Was paßte sonst noch dazu? Eines war an Pownalls Erzählung, mit der er seine verräterischen Machenschaften am Teppich hatte erklären wollen, auffällig gewesen: Sie hatte im gleichen Atemzug, in dem sie Pownall entlastete, auf Haveland als Täter verwiesen. Haveland, darauf war es hinausgelaufen, habe Umpleby umgebracht, habe begriffen, daß er in dem Versuch, es seinem Nachbarn in die Schuhe zu schieben, gescheitert war, und dann in einem plötzlichen Anfall von Geistesverwirrung jede Geheimhaltung aufgegeben und den Mord praktisch mit seinem Namenszug versehen, indem er die Knochen ausstreute. Und noch zwei weitere Umstände paßten. Pownall war es gewesen, der neben Empson noch davon gewußt hatte, daß Haveland die Verwünschung ausgestoßen hatte, der Rektor möge »in einem seiner abscheulichen Grabmäler eingemauert« sein. Pownall war es gewesen, der seinerseits Umpleby in einem Wutausbruch als »eine erstklassige Leiche« bezeichnet hatte.

Und nun zu der Frage, was *nicht* paßte. Hier ermahnte Appleby sich zur Vernunft. Es mußte nicht alles passen – das war der Unterschied zwischen seiner Arbeit und den Werken Gotts. In einem guten Roman mußte alles, was im Laufe der Erzählung *zur Sprache kam,* am Ende zueinander passen. Doch im Leben gab es immer etwas, was übrigblieb, kleine Rätsel, die nicht zu lösen waren, Einzelheiten, die niemals ihren Platz fanden. Und ganz besonders galt das, wie Appleby gelernt hatte, von *Eindrücken:* Dinge, von denen man zu einem bestimmten Zeitpunkt das Gefühl gehabt hatte, daß sie entscheidend für die Aufklärung des Falles sein würden, und die nach und nach an Bedeutung verloren. Und doch ... Am liebsten war es Appleby, wenn auch die kleinste Einzelheit paßte, wenn eine Beobachtung nach der anderen sich als passend zu den Fakten erwies.

Das herausragendste unter den Dingen, die nicht paßten, war Slotwiners Aussage, daß er die Knochen zwischen Viertel vor und zehn vor elf habe fallen hören. Das war ein wenig zu früh, wenn man davon ausging, daß Pownall erst aufgebrochen war, als er sicher sein konnte, daß Haveland von Deighton-Clerk zurück war. Aber man durfte auch nicht zuviel Gewicht auf eine Frage von zwei oder drei Minuten legen. Als zweites kam die noch unaufgeklärte Geschichte von Gotts Schüler. War das eine weitere falsche Fährte? Wenn die Beobachtung stimmte, die ihm auf solchen Umwegen zu Ohren gekommen war, daß er kein großes Vertrauen darauf setzen konnte, dann schien sie zu eng mit dem Fall verbunden, als daß es sich um einen unbedeutenden Zufall handeln konnte. Jemand, der nicht im Gartenhaus wohnte, war *um kurz vor elf* aus dem Arbeitszimmer gekommen. Und dieser Jemand kannte einen geheimen Zugang zu St. Anthony's. Das war eine Komplikation, die ihn nervös machte, und je eher der junge Mr. Edwards dazu Auskunft geben konnte, desto besser.

Und noch eines paßte nicht. Titlow war es gewesen, nicht Pownall, von dem derselbe *Undergraduate* zu berichten wußte, daß er auf den Tag genau vor einem Jahr die Feuerwerkskörper eines gewissen Boosey konfisziert hatte. Aber das spielte keine große Rolle: Die ganze Feuerwerkstheorie war überflüssig, ja sie war letzten Endes nichts weiter als eine vollkommen willkürliche Spekulation. Es war ebensogut denkbar, daß es sich um zwei echte Revolverschüsse gehandelt hatte, ja sogar um zwei Revolver. Je mehr Appleby seine Fakten überdachte, desto weniger schienen sie die Rekonstruktionen zu beeinträchtigen, die er eben aufgestellt hatte. Abgesehen von dem, was sich am Ende womöglich als Studentenulk erweisen würde, gab es im Grunde *überhaupt nichts* Nennenswertes, was dagegensprach. Nur gewisse Eindrücke, deren Stellenwert schwer zu bestimmen war, waren es noch, die ihn nach wie vor hartnäckig zweifeln ließen. Bevor diese, oder zumindest die schwerwiegenderen davon, nicht ihren Platz gefunden hatten, konnte diese Lösung, auch wenn sie *ausreichte,* Appleby nicht befriedigen.

Doch schon oft, sagte er sich immer wieder, hatte er gegen Ende eines Falles Einwände, die lediglich auf Gefühlen beruhten, verwerfen müssen. Warum widerstrebte ihm das diesmal so sehr? Es dauerte nicht lange, bis er, wie es ihm schien, zum Ursprung seiner Zweifel vorgedrungen war. Er war in St. Anthony's mit Menschen zusammengekommen, die ihn lebhafter als sonst beeindruckt hatten, und es tat ihm leid, auch nur einen davon aus den Augen zu verlieren. Auf dieser Ebene war das Bild von Pownall, wie er gegen Haveland intrigierte, einfach nicht lebendig genug: Etliche Facetten dieses Mannes, die er bei seinen Begegnungen mit ihm kennengelernt hatte, fanden keinen Platz darin, und ebensowenig jener Ausdruck, an dem er zu spüren geglaubt hatte, daß er nun endlich den Faden zu fassen bekomme, der ihn ins Zentrum des Falles führen werde. Appleby hatte ihn nun wieder deutlich vor Augen, den Sekundenbruchteil, in dem Empson so geheimnisvoll zwischen »ja« und »nein« gehangen hatte, geheimnisvoll, weil es um eine Angelegenheit ging, bei der ein Ausweichen undenkbar war. Und ähnliche Augenblicke hatte es bei Titlow gegeben, ja sogar bei Slotwiner. Slotwiner, der erschrak, als die Sprache auf Kerzen kam. Der Wachsfleck. Die *Deipnosophisten.* Ein Stück Draht. Irgend etwas an diesem Revolver. Damit hatte Appleby nun in Gedanken den Bogen zurück zu den harten Fakten geschlagen: Fakten, die, auch wenn sie nicht direkt Hinderungsgründe waren, so doch nicht *hineinpaßten.*

Er war ganz in seine Gedanken versunken den Pfad am Flußufer entlanggeschritten. Doch plötzlich ließ ihn etwas wieder seine Umgebung wahrnehmen. Es war die rhythmische, doch angestrengte Bewegung eines Achters, der flußaufwärts ruderte. Womöglich war es, spekulierte er, das Boot von St. Anthony's, und um sich ein wenig Erholung vom angestrengten Nachdenken zu gönnen, betrachtete er kritisch die Künste der Ruderer. Die Mannschaft schien eine längere Fahrt hinter sich zu haben; das Boot rollte ein wenig; der Steuermann, eine schrille und unangemessen rundliche kleine Person, tat sein Möglichstes, alles in Einklang zu halten. »Und zieht ... und zieht ... und zieht; *ein* ... aus, *ein* ... aus, *ein* ... aus.« Im nächsten Augenblick fuhr Appleby zusammen, denn eine tiefere Stimme brüllte unmittelbar hinter ihm: »Die Augen aufs Boot, Zwei!« Es war der Trainer, der auf seinem Fahrrad vorbeigeschossen kam. »*Zu spät,* Sechs, *zu spät,* Sechs. Eins ... zwei ... drei ... vier ... fünf ... sechs ... sieben ... acht ... neun ... zehn ... *Tiefer,* Sechs!«

Tiefer, Sechs! Auch das einer der Augenblicke, die ihm im Gedächtnis geblieben waren: die merkwürdige Art, wie Pownall darauf bestanden hatte, seinen Bericht mit der bis ins Kleinste gehenden Nacherzählung eines Traums zu beginnen. Wie konnte er glauben, das sei von Bedeutung, wenn er unschuldig war? Welche Absicht hatte er damit verfolgt, wenn er schuldig war? *Wenn* er schuldig war ... Und hier hatte Appleby nun die wirkliche Crux: Warum sollte dieser eher einfältige Althistoriker Umpleby erschießen? Warum sollte er das unaussprechliche Verbrechen begehen, die Tat einem Unschuldigen anzuhängen? Jene psychologischen Wahrscheinlichkeiten, über die zu sprechen Gott sich, wie der Anstand es ihm gebot, geweigert hatte. Das war es, was Appleby an diesem Fall wirklich ratlos machte. Es gab nur eines, das, wenn man es vernünftig betrachtete, im Kern dieser Angelegenheit stecken konnte, und dazu paßten die Fakten nicht. Es sei denn – es sei denn, der Schlüssel zu diesem Rätsel läge tatsächlich, wie er es zum Spaß zu Gott gesagt hatte, in jenem merkwürdigen Fingerzeig, den Titlow ihm gegeben hatte, in der Kant-Anekdote bei Thomas De Quincey.

Bald darauf verließ er den Fluß und setzte seinen Weg auf den eng sich windenden Landstraßen fort. Seine liebste Art nachzudenken war ein solch einsamer Spaziergang. Und als ihm nun aufging, wie allein er war, fiel ihm Dodds scherzhafte Bemerkung wieder ein, er solle sich vorsehen, daß er nicht bei einem Waldspaziergang einen neuen Schlag auf den Kopf bekomme. Das Risiko schien nicht groß zu sein, Appleby ließ einen launigen, anerkennenden Blick über die friedliche Landschaft ringsum schweifen. Und dabei fielen ihm nacheinander mehrere interessante Dinge auf.

Das erste war ein alter Herr, der auf einem Fahrrad vorüberkam. Kaum jemand, von dem man einen Angriff zu befürchten hatte, aber doch Gegenstand einiger Neugier, als Appleby in ihm erst einmal einen *Fellow* von St. Anthony's erkannt hatte. Es war der ehrwürdige Professor Curtis, der einen so geistesabwesenden Eindruck machte, daß Appleby nur staunen konnte, daß er nicht in aller Seelenruhe in den Graben radelte. Vielleicht war er in die Betrachtung eines interessanten Details der kuriosen Legende der

Gebeine von Klattau versunken. Vielleicht machte er sich auch Gedanken über das ebenso kuriose Schicksal der Aborigine-Gebeine Havelands. Doch er wirkte, dachte Appleby, nicht nur geistesabewesend, sondern auch merkwürdig erwartungsvoll - eine Vorfreude stand ihm ins Gesicht geschrieben wie bei einem kleinen Jungen, der auf eine Party geht.

Curtis war etwa hundert Meter weitergeradelt, ohne daß er Appleby bemerkt hätte, als dieser sich zufällig umsah und ein Auto erblickte, das eben um eine Kurve der Landstraße bog. Appleby schlüpfte in die Hecke, um es sich genauer anzusehen, denn für einen Polizisten hat es immer etwas Verdächtiges, wenn ein kräftiger Wagen mit einer Geschwindigkeit von zehn Kilometern die Stunde dahintrödelt. Es war ein auf dezente Weise prachtvoller De Dion; darin saßen drei aufgeregte junge Herren, die ihm vage bekannt vorkamen; und der Wagen wurde mit Absicht immer im gleichen Abstand zu dem gemächlich dahinradelnden Professor gehalten. Keine Frage, bei dieser Prozession handelte es sich um den Schüler Gotts und dessen Freunde ›auf heißer Spur‹. Es war eine Spur, die auch Appleby verfolgen konnte. Er ließ dem De Dion ein wenig Vorsprung, dann folgte er ihm mit strammem Wanderschritt. Der Novembernachmittag war kühl, und es blies ein leichter, doch scharfer Wind. So ließ sich dasjenige, was womöglich wichtig für seinen Fall werden würde, mit dem, was mit Sicherheit gut für seine Gesundheit war, aufs Angenehmste verbinden.

Doch es war kein langer Marsch. Nach fast zwei Kilometern fand Appleby den Wagen am Straßenrand abgestellt. Nachdem er noch etwa fünfzig Meter gegangen war, stieß er auf ein Häuschen, das ein wenig abseits der Straße in der Abgeschiedenheit eines großen Gartens hinter perfekt getrimmten Hecken lag. Als er ans Tor kam, sah er Curtis' Fahrrad neben der Haustür an die Wand gelehnt, und Curtis' Verfolger drängten sich malerisch an einem der Fenster. Doch noch in dem Augenblick, in dem dieser Anblick sich ihm bot, rappelten die jungen Herren sich auf und traten den Rückzug an, nicht überstürzt, als ob man sie entdeckt hätte, aber doch mit einer gewissen Eile, als ob ihnen etwas unangenehm sei. Am Tor liefen sie direkt in Applebys Arme. »Der Detektiv!« rief Mr. Bucket entsetzt. Der Detektiv musterte kritisch das Trio und nahm sich dann seinen Kandidaten vor. »Mr. Edwards?« fragte er forsch.

»Das bin ich.« Während der junge Mann dies bestätigte, drängte er sich noch ein wenig weiter vom Gartentor fort.

Appleby kam ohne Umschweife zur Sache. »Mr. Edwards, behaupten Sie, Sie hätten Professor Curtis gegen 11 Uhr am Dienstag abend aus Dr. Umplebys Arbeitszimmer kommen sehen?«

Mr. Edwards antwortete unverzüglich, als habe er sich schon vor langem zu dieser Antwort entschlossen: »Jawohl, das habe ich.«

»Sie sind sich sicher?« Wieder hatte Mr. Edwards die Antwort parat, und eine intelligente dazu. »Vollkommen sicher. Es war ja ziemlich unwahrscheinlich, daß ich jemanden sehen würde, und noch unwahrscheinlicher, daß ich ihn erkannt hätte. Aber ich habe ihn erkannt.«

»Und was geht nun hier vor?« Appleby machte eine Handbewegung zum Häuschen hin.

Doch hier war Edwards, genau wie seine beiden Freunde, ungewöhnlich verlegen. »Etwas, das uns, fürchte ich, nichts angeht. Genauer gesagt, Sir, handelt es sich, glaube ich, um einen Fall von *cherchez la femme.*«

Ohne falsches Zaudern schritt Appleby den Gartenpfad entlang zum Fenster. Was er zu sehen bekam, war ein Bild häuslicher Idylle. Professor Curtis trank seinen Tee vor einem großen Kaminfeuer; und was auf der Lehne seines Sessels saß und ihn mit Kuchen vollstopfte, war eine noch jugendliche, doch voll erblühte Dame, der einzige Blick auf das schöne Geschlecht, den der Mordfall St. Anthony's dem Leser zu bieten hat.

V

»Er hatte vollkommen recht«, wurde Appleby von Dodd begrüßt, als er ins College zurückkehrte, »er hatte vollkommen recht; das hätte ich sehen müssen.«

»Curtis' Schlupfloch meinen Sie?«

Dodd sah ihn verblüfft an. »Das wissen Sie schon?«

»Ich weiß, daß es mit Curtis zu tun hat, aber ich weiß nicht, was es ist. Verraten Sie's mir.«

»Also«, sagte Dodd, »es war ziemlich abwegig, aber trotzdem hätte ich nicht behaupten dürfen, St. Anthony's sei wasserdicht. Curtis' Wohnung blickt auf eine kleine Sackgasse hinaus, die von der St. Ernulphus Lane abgeht. Seine Fenster sind genauso vergittert wie alle anderen. Doch wenn man sich dort draußen umsieht, findet man gleich nebenan so eine Art Luke in der Wand, die in eine Kohlenkammer führt. Von innen ist sie mit Riegeln fest verschlossen. Und wenn man der Sache dann vom Hof aus nachgeht, sieht man, daß die Kammer sich über die ganze Tiefe des Gebäudes erstreckt und eine Tür zum Hof hat, die fest verschlossen ist. Der Pförtner hat den Schlüssel. Doch als ich glaubte, damit sei die Sache erledigt, habe ich nicht daran gedacht, wie seltsam solche alten Häuser oft gebaut sind. Und was, bitte schön, finde ich in Curtis' Wohnung, die ja gleich nebenan liegt? Eine private Tür direkt in diesen Raum. Sie war wahrscheinlich dazu gedacht, daß der Bewohner sich eine Schaufel Kohlen holen konnte, wenn er sie brauchte. Übrigens sind jetzt keine Kohlen dort drin. Es ist einfach nur ein leerer Raum, ordentlich und sauber. Und der alte Schlawiner brauchte nichts weiter zu tun, als da hineinzugehen, den Riegel der Luke zu lösen und in aller Stille davonzuschlurfen.«

Appleby lachte. »Ich bin mir zwar noch nicht sicher, daß er tatsächlich ein alter Schlawiner ist, aber ich habe den Verdacht, daß er uns noch einiges Interessante zu erzählen hat.«

»Sie haben mit ihm gesprochen?«

»Ich bin ihm auf meinem Spaziergang begegnet. Er hatte gerade anderes zu tun, aber ich habe mich für nachher in seiner Wohnung mit ihm verabredet. Noch irgendwelche Neuigkeiten hier?«

Dodd nickte. »Gott ist aus dem Rennen.« Er sagte es mit einem gewissen Bedauern, als ob er nur widerstrebend den Gedanken aufgebe, daß der hochberühmte Pentreith selbst in einen Mordfall verwickelt sein könnte. »Ein paar langweilige Routinerecherchen, da war der Fall erledigt. Eine gewisse Mrs. Preston arbeitet als Putzfrau im Büro des Proktors, und normalerweise kommt sie zwischen 7 und 9 Uhr morgens. Aber am Mittwoch wollte ihre Tochter heiraten, und deshalb hat sie ihre Arbeit schon am späten Dienstagabend gemacht, wobei sie sich vorsah, nicht von den Herren gesehen zu werden. Doch *sie* sah sie durchaus. Und sie sagt, daß sie Gott mehrfach zwischen dem Zeitpunkt, zu dem er eintraf, und demjenigen, zu dem der *Senior Proctor* zurückkehrte und Gott zu seiner eigenen Runde aufbrach, gesehen habe.«

»Nicht aufregend, aber eindeutig«, stimmte Appleby zu. »Und Ransome?«

»Ransome war tatsächlich in dem Teeladen. Hat offenbar einen Riesenwirbel gemacht, weil er den falschen Tee bekommen hatte, und als er ging, hatte er vergessen, ihn zu trinken. Bis Viertel nach elf oder kurz danach saß er da und kritzelte vor sich hin, dann sprang er plötzlich auf, als sei ihm etwas gerade erst wieder eingefallen. Paßt alles zusammen. Und was machen wir nun als nächstes?«

»Als nächstes machen, Dodd? Nichts mehr. Nur mit Curtis müssen wir uns noch unterhalten und dann eine Menge nachdenken. Mehr Beweismaterial werden wir wohl kaum bekommen.«

»Kein weiteres Beweismaterial?«

»Ich glaube kaum. Soweit ich es überblicken kann, wüßte ich nicht, woher, Curtis einmal ausgenommen, noch neue Indizien kommen könnten.«

»Also«, sagte Dodd zweifelnd, »natürlich, wenn Sie dieser Ansicht sind ...«

Im selben Augenblick klopfte es an die Tür, und ein Gehilfe des Pförtners brachte ein Telegramm. Appleby riß es auf – und Dodd weidete sich an dessen Gesichtsausdruck.

»Der Revolver«, sagte er. »Empsons Fingerabdrücke sind ebenfalls darauf.«

Kapitel 16

I

»Von jeher war ich der Meinung«, hob Professor Curtis an, »daß ich, wenn ich mich eines Tages in meinem hiesigen Lehramt zur Ruhe setzte, nichts Besseres tun könne, als eine Familie zu gründen. Nun hat es sich, wie Sie Gelegenheit hatten zu sehen, so ergeben, daß meine Heirat, wenn auch erst vor kurzem geschlossen, der Pensionierung vorausgegangen ist.«

Professor Curtis fuhr sich seelenruhig über den Bart und betrachtete seinen Besucher auf eine milde und weise, wissende Art. Es war eine Präambel, wie er sie auch vorausschickte, wenn er anschließend seinen Schülern die Geheimnisse der päpstlichen Kanzlei erläuterte.

»Sie werden es vielleicht ein wenig merkwürdig finden, Mr. Appleby, daß ich die Nachricht von diesem häuslichen Ereignis meinen Kollegen vorenthalten habe. Doch zunächst einmal darf ich, das werden Sie mir doch gestatten, einen Präzedenzfall anführen. Sie erinnern sich gewiß an den guten alten Lethaby, den Dekan an der Kathedrale von Plumchester? Er war *Fellow* ehrenhalber bei uns, und zehn oder zwölf Jahre lang kam er einmal die Woche in den *Common Room*. Doch erst, als er starb und Umpleby zu seiner Beerdigung ging, erfuhren, wir, daß er verheiratet gewesen war. Er hatte niemals ein Wort davon gesagt.

In meinem eigenen Falle sah ich gewisse Unannehmlichkeiten, die ich hier nicht weiter darzulegen brauche, deutlich voraus, hätte ich meine Entscheidung publik gemacht. Und deshalb habe ich mich entschlossen, für den Rest meiner Zeit, es sind doch nur noch wenige Trimester, Stillschweigen zu bewahren.«

»Mit dem Einverständnis von Mrs. Curtis natürlich«, fügte Appleby sanft hinzu.

»Mit dem Einverständnis, wie Sie ganz richtig sagen, meiner Gattin. Ein höchst schätzenswertes Geschöpf, Mr. Appleby, und ich bin glücklich, daß sie das Vergnügen hatte, Sie heute kennenzulernen. Doch all dies ist, von einem einzigen Umstand abgesehen, ohne Bedeutung für die entsetzlichen und unfaßbaren Ereignisse, auf die ich nun zu sprechen kommen muß. Lassen Sie mich diesen Umstand jetzt gleich anführen. Sie werden später sehen, wodurch er seine besondere Bedeutung bekommt. Meine Ehe geheimzuhalten, war, wie Sie sich gewiß vorstellen können, mit einer Reihe von Schwierigkeiten verbunden. Doch blieben sie im erträglichen Rahmen durch die Tatsache, daß ich durch einen Zufall gleich neben diesem Zimmer einen praktischen Ausgang aus dem College habe.«

»Ich weiß«, sagte Appleby, »die Kohlenluke.«

»Ganz richtig. Das ist ohne Zweifel der Zweck, dem sie ursprünglich diente. Schon seit langem verfüge ich, wie ich, glaube ich, Ihrem Kollegen auch schon gesagt habe, nicht mehr über einen Schlüssel zum College, und dieser Notausgang«, Curtis strahlte bei dieser witzigen Formulierung, »war mir von großem Nutzen. Indem ich diese Tür oder Luke, wie man wohl sagen sollte, die auf die Sackgasse hinausführt, abends unverschlossen ließ, bin ich gelegentlich auch schon auf diesem Wege unbemerkt wieder hineingekommen. Und nun«, fuhr Professor Curtis mit beträchtlichem Behagen fort, »komme ich zum erschütternden Teil meines Berichtes.«

Appleby zückte Notizbuch und Bleistift. »Ich werde Sie anschließend bitten, Ihre Aussage zu unterschreiben«, sagte er, »und ich muß Sie darauf aufmerksam machen ...«

Curtis nickte freundlich. »Gewiß, Mr. Appleby, gewiß. Und ich glaube, da bin ich, wie man zu sagen pflegt, mit dem Gesetz in Konflikt gekommen. Doch alles war so unglaublich, wirklich unglaublich, daß ich die letzten beiden Tage lieber abwarten wollte, wie die Dinge sich entwickelten. Ich glaube, das ist der richtige Ausdruck dafür: abwarten, wie die Dinge sich entwickelten.«

»Die Dinge hätten sich vielleicht schneller entwickelt, wenn Sie früher mit dem zu mir gekommen wären, was Sie zu sagen haben.«

»Da haben Sie ohne Zweifel recht, Mr. Appleby. Doch nun: *jetzt kommt's.*« Und nachdem er einen Augenblick mit der Würdigung dieser gewagten umgangssprachlichen Wendung verbracht hatte, begann Professor Curtis tatsächlich mit seinem, wenn auch etwas umständlichen, Bericht.

»Daß ich in den Besitz von Kenntnissen, wenn man denn ein so wirres Durcheinander von Eindrücken als Kenntnisse bezeichnen kann, über die Ereignisse des Dienstagabends gekommen bin, ist reiner Zufall. Das kam daher, daß ich wohl ein wenig nach 22 Uhr beschloß, Titlow einen Besuch abzustatten. Es war kein reiner Höflichkeitsbesuch. Eine unverständliche Stelle in einem karolingischen Manuskript machte mir schon seit längerem zu schaffen, und plötzlich kam mir der Gedanke, daß Titlow mir vielleicht weiterhelfen konnte. Er ist natürlich *alles andere* als ein Paläograph, aber er *ist* immerhin Experte für Epigraphie, nicht wahr? Es war immerhin *denkbar,* daß er mir einen Rat geben konnte. Der Gedanke beflügelte mich. Ich steckte mein Schriftstück in die Tasche und begab mich unverzüglich hinüber. Oder besser gesagt, ich ging *nicht* unverzüglich hinüber - und das, kein Zweifel, war mein Fehler.

Ich hatte schon den Obstgarten betreten, als ich auf den Gedanken kam, Umpleby um Rat zu fragen. Nicht daß ich«, fuhr Professor Curtis mit einiger Strenge fort, »viel von unserem verstorbenen Rektor *gehalten* hätte. Schon seit Jahren, so schien es mir, hatte er aus Kontroversen Dispute gemacht, und das ist ungehörig für einen Gelehrten, Mr. Appleby. Aber man kann nicht leugnen, daß Umpleby bemerkenswert intelligent war. Und da mein Problem mich wirklich außerordentlich beschäftigte und ich Licht in seinem Arbeitszimmerfenster sah, klopfte ich an die Terrassentür, ein wenig zu formlos, fürchte ich, wenn man bedenkt, daß wir nicht gerade auf freundschaftlichem Fuße standen. Kurz gesagt, ich trat ein und fragte ihn um Rat. Er war sehr entgegenkommend und vertiefte sich sogleich in mein Problem. Das immerhin muß man unserem verstorbenen Rektor bestätigen, daß er ein Mann war, der wirklich um den Fortschritt der Wissenschaft bemüht war. Gemeinsam saßen wir wohl an die zehn Minuten über dem Schriftstück.«

»Da wäre es«, hakte Appleby nach, »etwa 22.25 Uhr gewesen?«

»Etwa 22.25 Uhr. Umpleby gab mir ein oder zwei hilfreiche Anregungen, dann verabschiedete ich mich, um, wie ich es ursprünglich vorgehabt hatte, Titlow zu befragen. Ich ging, wie ich gekommen war, durch die Terrassentür, und das«, fügte Curtis hinzu, als sei ihm aus Pentreiths Romanen die angemessene Formel für solche Gelegenheiten im Gedächtnis geblieben, »war das letzte Mal, daß ich Umpleby lebend gesehen habe.

Dann ging ich unverzüglich zu Titlow. Oder besser gesagt, verzeihen Sie die unpräzise Formulierung, ich ging *nicht* unverzüglich zu Titlow. Denn auf halbem Wege zum Gartenhaus kam mir der Gedanke, daß es vielleicht von Vorteil wäre, zusätzlich zu dem fraglichen Dokument einige andere zur Hand zu haben, die ähnliche Schwierigkeiten aufwiesen. Also durchquerte ich den Obstgarten in der Dunkelheit, um durch das Osttor zu meiner Wohnung zurückzukehren und zu holen, was ich brauchte. Natürlich war mir die ärgerliche Tatsache vollkommen entfallen, daß diese Tore ja um Viertel nach zehn verschlossen werden. Ja, ich stieß auf das verschlossene Tor so unerwartet, daß nicht viel gefehlt hätte, und ich hätte mich verletzt. Daraufhin machte ich kehrt und ging wieder zum Gartenhaus: Wenn noch weitere Dokumente sich als notwendig erweisen sollten, dann konnte Titlow, der ja einen Schlüssel hatte, mit mir herüber in meine Wohnung kommen. Und als ich mich eben von neuem dem Gartenhaus näherte, da bemerkte ich das erste jener Ereignisse, die mich so sehr schockieren sollten.«

»Können Sie«, fragte Appleby mit ernster Miene, »die Uhrzeit dieses ersten großen Schocks bestimmen?«

»Ich glaube, das kann ich. Meine Sinne waren von da an sehr *geschärft,* und wie es scheint, hat mein Verstand in diese intensivere Wahrnehmung auch Dinge einbezogen, die zeitlich vorausgingen. Ich entsinne mich, daß die halbe Stunde schlug, unmittelbar bevor ich so plötzlich vor dem Osttor zu stehen kam. Und im Dunkel werde ich wohl drei Minuten gebraucht haben, meinen Sie nicht auch, bis ich wieder am Gartenhaus war.

Und das, Mr. Appleby, war der Augenblick, in dem ich Haveland bemerkte. Er stand kurz vor dem Eingang des Gartenhauses, vom Licht aus dem Flur zwar nicht deutlich, aber doch deutlich genug beleuchtet. Ich muß wohl seinen Gesichtsausdruck gesehen haben und entsetzt davon gewesen sein. Anders kann ich mir nicht erklären, daß ich wie angewurzelt stehenblieb. Denn erst in der folgenden Sekunde, dessen bin ich mir sicher, begriff ich, was er in der Hand hielt. Er hielt eine Pistole recht zaghaft mit beiden Händen. Er schien sie mit so etwas wie Faszination zu betrachten. Doch er hatte nur einen Moment innegehalten; im nächsten Augenblick verschwand er im Dunkeln, kehrte jedoch unmittelbar darauf zurück und ging wieder in das Gartenhaus.

Haveland wurde, wie Sie wissen, vor einiger Zeit von einem Nervenleiden heimgesucht, und mein erster Gedanke war, daß er im

Begriff sei, sich das Leben zu nehmen. In dieser Überzeugung wollte ich eben in das Gebäude eilen und ihm nachgehen, als ein verwirrender, ja entsetzlicher Gedanke von mir Besitz ergriff. *Ich hatte den deutlichen Eindruck, daß ich bereits einen Schuß gehört hatte.* Ich mußte ihn zunächst, als mein Verstand noch nicht durch Verdächtigungen aufgeschreckt war, als Teil jenes abscheulichen Verkehrslärms registriert haben, unter dem die Universität dieser Tage so sehr zu leiden hat. Doch nun begriff ich, daß es ein *Schuß* gewesen war. Ich konnte nicht sagen, *wann* ich ihn gehört hatte: Es hätte zu jeder Zeit sein können, nachdem ich das Arbeitszimmer des Rektors verlassen hatte.

Und dann, Mr. Appleby, tat ich etwas, für das man mich, fürchte ich, der Charakterschwäche zeihen muß. Ich weiß, daß ich Haveland sofort hätte zur Rede stellen oder doch wenigstens jemanden zu Hilfe holen müssen. Doch etwas Ängstliches in meiner Natur behielt die Oberhand, und ich zog mich in die Dunkelheit des Obstgartens zurück, um zu überlegen, was ich tun sollte. Schon da war ich verwirrt: Und wieviel größer sollte die Verwirrung noch werden!«

Hier hielt Professor Curtis inne und bedachte Appleby mit einem behaglichen Lächeln. Dann nahm er den Faden wieder auf.

»In großer Erregung ging ich vielleicht fünf Minuten auf und ab ...«

»22.39 Uhr oder 40«, sagte Appleby.

»Und am Ende beschloß ich, Titlow wegen dieser ganzen beunruhigenden Angelegenheit um Rat zu fragen. Titlow ist unser *Senior Fellow* und ein Mann von beträchtlicher, wenn auch flatterhafter Intelligenz. Es schien in seine Zuständigkeit zu fallen, und außerdem war er der richtige Mann, um sich ihm anzuvertrauen. Ich lenkte also meine Schritte von neuem in Richtung Gartenhaus und erblickte zum zweitenmal etwas *höchst* Beunruhigendes. Niemand anderes als Titlow selbst kam eben heraus und *zerrte etwas hinter sich her, was ganz eindeutig ein menschlicher Leib war.* Er schleppte es zu einer Stelle, die eben außerhalb des Lichtkegels lag, der aus dem Eingang des Gartenhauses fiel, warf es zu Boden wie, um diesen umgangssprachlichen Ausdruck zu verwenden, einen nassen Sack und verschwand dann wiederum im Gartenhaus. Ich war entsetzt.

Es betrübt mich«, fuhr Curtis fort, allem Anschein nach bester Laune, »wenn ich daran denke, daß auch diesmal nur zu offensichtlich ist, was meine Pflicht gewesen wäre, und daß ich sie auch diesmal nicht erfüllte. Es kann kein Zweifel bestehen, daß ich sofort zu dem Opfer hätte eilen und alles für den Betreffenden hätte tun müssen, was in meiner Macht stand. Doch mir grauste bei dem Gedanken, denn ich war überzeugt, daß der Leib, den ich nur einen Moment lang gesehen hatte, ein *toter* Leib gewesen war - und zudem war ich in großer Erregung. Ein weiteres Mal zog ich mich in den Obstgarten zurück, und es vergingen einige Minuten, bis ich mich genügend gefaßt hatte, um zur Tat zu schreiten. Ich begriff nun, daß es bei einem so schwerwiegenden Vorfall das einzig Vernünftige war, mich ohne Umschweife an den Rektor zu wenden. Wieder ging ich durch den Obstgarten und brachte den größten Teil des Weges zu seinem Arbeitszimmer hinter mich. Bedenken Sie, Mr. Appleby, daß der Schrecken all dieser Vorfälle vervielfacht wurde durch die undurchdringliche Düsternis, in der sie geschahen.

Dr. Umpley war nicht in seinem Arbeitszimmer - und erst als ich das feststellte, fiel mir in meiner Erregung wieder ein, daß er gesagt hatte, er werde gleich nach mir hinübergehen, um Empson einen Besuch abzustatten. Er mußte mir wenige Augenblicke, nachdem ich mich verabschiedet hatte, durch die Terrassentür gefolgt sein. Noch dämmerte mir nicht, was ihm zugestoßen war, doch ich begriff, daß mir nichts anderes übrigblieb, als sogleich zum Gartenhaus zurückzukehren. Ich trat wieder zur Tür hinaus und war ein paar Schritte gegangen, als ich bemerkte, daß etwas Geheimnisvolles in der Dunkelheit auf mich zukam. Inzwischen war ich bereits dermaßen aus der Fassung, daß ich sofort den Pfad verließ und keinerlei Laut von mir gab, der mich verraten hätte. Was auf mich zukam, erwies sich bald als eine Art Gefährt. Einen Augenblick darauf hatte es vor der Terrassentür von Umplebys Arbeitszimmer angehalten, und, den Geräuschen nach zu urteilen, geschah etwas, wozu eine große körperliche Anstrengung vonnöten war. Dann wurden einen Moment lang die Vorhänge zurückgezogen, so daß sich mir der flüchtige Blick auf ein weiteres grausiges Bild bot. *Pownall hievte aus einem Rollstuhl das, was offensichtlich Umplebys Leichnam war.* Im nächsten Moment war er mit seiner Last im Arbeitszimmer verschwunden.

Ich will nicht innehalten«, sagte Professor Curtis, der eben innegehalten hatte, um diesem gespenstischen Bild Raum zu gebührender Betrachtung zu gewähren, »ich will nicht innehalten und

Ihnen eingehender schildern, was ich in jenem Augenblick empfand. Ich sage nur, daß ich die Flucht ergriff. Und wieder verbrachte ich einige Minuten in der Dunkelheit des Obstgartens und rang mit den entsetzlichsten Seelenqualen. Endlich eilte ich zurück zum Gartenhaus, um Rat und, ich darf wohl beinahe sagen, Schutz bei Empson zu suchen. In dem Inferno, in dem ich gefangen saß – ich glaube nicht, daß dieser Ausdruck zu stark ist –, drängte sich mir der Schluß auf, daß nur ein einziger Mann noch bei klarem Verstand war. Ich stürmte hinauf zu Empsons Zimmer. Er war nicht da. Auch hier fand ich keine Hilfe. Es war mir unangenehm, in Umplebys Arbeitszimmer Zuflucht zu suchen, doch im Gartenhaus zu bleiben, war mir noch unangenehmer. In aller Eile suchte ich wiederum Zuflucht im Dunkel des Obstgartens, und dort formte ich das, was mir unter den Möglichkeiten, die mir blieben, der vernünftigste Plan schien. Ich würde ein paar Minuten warten, damit Pownall Zeit hatte, das Arbeitszimmer wieder zu verlassen, und dann würde ich hineingehen und die Bedienten des Rektors zu Hilfe rufen. Ich warf einen Blick auf meine Taschenuhr und beschloß, fünf Minuten zu warten. Dann schritt ich, mutig, darf ich wohl sagen, zum Arbeitszimmer . . .«

»Um welche Zeit war das?« Applebys Stimme zitterte vor Erregung.

»Es war zwei oder drei Minuten vor elf. Ich ging beherzt durch die Terrassentür und sah Umplebys Leichnam mit den verstreuten Knochen. Doch nur zu rasch stieß ich auf etwas, was mich noch mehr entsetzte als das. Am hinteren Ende des Zimmers, bei einem der drehbaren Bücherregale und so in irgendwelche Machenschaften vertieft, daß er mich gar nicht bemerkte, stand Empson!

Meine Willenskraft reichte noch eben, um von neuem klammheimlich aus dem Zimmer zu fliehen. Und dann war ich, um es mit einer saloppen Wendung zu sagen, mit meinem Latein am Ende. Ich saß, wie gesagt, in der Falle: Mein einziger Weg aus dem Obstgarten führte durch die Rektorenwohnung, und dieser war mir versperrt durch die Gegenwart Empsons. Die finstere Gegenwart Empsons, muß ich schon sagen. Es war ein wenig viel für einen Akademiker, Mr. Appleby, der sich bald zur Ruhe setzen will, begreifen zu müssen, daß er eingekerkert war in einem Collegegarten mit einer Horde wahnsinniger Mörder darin.«

Professor Curtis versank einen Moment lang in die friedliche Betrachtung dieser gelungenen Formulierung. Dann fuhr er fort.

»Was ich in der folgenden halben Stunde getan habe, davon werde ich Ihnen kaum einen zusammenhängenden Bericht geben können. Ich vernahm, kurz nachdem ich das Arbeitszimmer verlassen hatte, einen zweiten Schuß. Ich weiß noch, wie ich in schierer Verzweiflung durch den Obstgarten irrte. Ich konnte erst wieder einen klaren Gedanken fassen, als ich Stimmen vernahm, was, wie ich vermutete, einen allgemeinen Aufruhr bedeutete. Ich stand in der hintersten Ecke des Obstgartens, an dem kleinen Tor, das auf die Straße hinausführt - und plötzlich bemerkte ich, wie dieses Tor sich öffnete. Im Licht der Straßenlaterne sah ich einen mir unbekannten bärtigen Mann vorsichtig den Obstgarten betreten, und ich sah, wie er innehielt, als er die aufgeregten Stimmen hörte. Doch ich wußte, daß hier meine Gelegenheit war, sprang zum Tor, bekam es eben noch zu fassen, bevor es zufiel, und sah zu, daß ich davonkam. So schlecht war es bis dahin mit meinen Nerven bestellt, daß mir etwas anderes zu tun in jenem Augenblick gar nicht in den Sinn kam. Ein paar Minuten darauf kehrte ich erschöpft durch die Kohlenluke, wie Sie meinen Eingang so treffend nennen, in meine eigene Wohnung zurück. Und seither habe ich, wie ich zu Anfang sagte, gewartet, wie sich die Dinge entwickelten, gewartet, bis das, was ohne Frage eine abscheuliche Verschwörung war, ans Tageslicht kam.«

»Nein«, sagte Appleby, »eine Verschwörung war es nicht.«

II

Nach Curtis Barocho. Und von Barocho kam die Bestätigung.

Jawohl, er wußte nun endlich wieder, wo er seinen Talar vergessen hatte: Er hatte ihn in Pownalls Zimmer gelassen. Ja, seine peinlichen Fragen beim Abendessen waren an Titlow gerichtet gewesen. Es interessiere ihn einfach, wie die Menschen reagierten. Irgend etwas an Titlow habe nach dem Mord nach einem solchen Experiment geschrien.

»Aber Sie hatten doch sicher gehört, daß es den Indizien zufolge praktisch unmöglich war, daß Titlow der Mörder des Rektors war?«

»Nein. Ich wußte die Einzelheiten nicht. Aber das ist es nicht. Titlow würde keinen Mord planen.«

Daraufhin stellte Appleby die große Frage. »Die Titlows dieser Welt, würden sie einen Text fälschen?«

Barocho dachte darüber nach und verstand, worauf er hinauswollte.

»Die Titlows«, antwortete er endlich mit einer Geste, die, wie Appleby es gemeint hatte, die gesamte akademische Welt umfaßte, »würden niemals einen Text fälschen, denn ein Text gehört in jenes Reich reinen Wissens, das ihnen heilig ist. In diesem Reich tut man nichts um des eigenen Vorteils willen. Doch in der Alltagswelt draußen, da liegt das Wissen nicht klar zutage. Es ist oft verhüllt, bisweilen durch die Bosheit der Menschen, meist durch die Dummheit der Menschen. In der Welt draußen braucht man, um die Wahrheit zu finden, vielleicht die Waffen der Welt, und die Notwendigkeit wird rechtfertigen, daß man Gebrauch davon macht. Die Titlows stellen sich diese Welt, *Ihre* Welt vielleicht, Señor, nicht als etwas vor, wo die Wahrheit groß wahrgenommen wird, woran die Wahrheit großen Anteil hat. Sie leben fernab der Welt, zu weit ab von ihr für die heutige Zeit. Und wenn die Welt ihnen unvermittelt ihre Krisen aufbürdet, ihre Entscheidungen fordert, dann reagieren sie unsicher, unberechenbar, wie Kinder. Doch was Intelligenz, konsequentes Denken angeht, da halten *sie* die *Welt* für ein Kind. Und deshalb werden sie, auch wenn sie niemals einen Text fälschen werden, um ihn unter ihresgleichen zu verbreiten, zum Gebrauch der Welt eine vereinfachte Ausgabe herausbringen.«

Kapitel 17

I

Wieder glomm der lange Mahagonitisch im Schein der Kerzen in ihren Leuchtern aus massivem Silber; wieder ließ das flackernde Licht des Kaminfeuers die Gesichter längst verstorbener Gelehrter an den Wänden des *Common Room* aufblitzen; wieder waren das Rubinrot und Gold von Portwein und Sherry, das Glitzern der Gläser, die kleinen Regenbogen aus Obst unberührt abgetragen worden. Draußen in den Höfen von St. Anthony's herrschte noch dezente Ruhe, doch von der Straße jenseits der Mauern und von den benachbarten Colleges war immer wieder einmal das Prasseln und Knattern von Feuerwerk zu hören: Es war der Abend des Guy-Fawkes-Tages. Und wieder hatte Appleby am Kopf der Tafel Platz genommen, und die *Fellows* des Colleges waren um ihn versammelt. Es dauerte nicht lange, da ergriff Appleby das Wort.

»Spektabilität, meine Herren, ich habe Ihnen mitzuteilen, daß die Umstände, unter denen Ihr Rektor am vergangenen Dienstag abend ums Leben kam, aufgeklärt sind. Dr. Umpleby wurde von einem seiner Kollegen ermordet.«

Diese formale Ankündigung verfehlte ihre Wirkung nicht. Es herrschte vollkommene Stille. Alle außer Dr. Barocho, der den Blick erwartungsvoll über die Gesichter seiner Kollegen schweifen ließ, und Professor Curtis, der in seiner abwesenden Art ebensogut mit böhmischen Legenden oder karolingischen Urkunden beschäftigt sein konnte, saßen wie erstarrt vor Erwartung da.

»In wenigen Augenblicken«, fuhr Appleby fort, »werde ich einige von Ihnen auffordern, Erklärungen abzugeben, die den Sachverhalt darlegen werden. Doch ich glaube, dieser Sachverhalt wird Sie nicht ganz so sehr erschüttern, wie er es sonst vielleicht täte, wenn Sie mir gestatten, noch eine Bemerkung vorauszuschicken.

Für uns ist der Mord das schockierendste aller Verbrechen. Und genau das ist der entscheidende Punkt daran. Nichts ist bei den Erfahrungen, die ich im Laufe meiner Arbeit sammle, auffälliger als die überraschenden Auswirkungen, die der Schock eines Mordes auf das Verhalten der Menschen haben kann. Ein Mensch, der sich unvermittelt der Tatsache gegenübersieht, daß mutwillig getötet wurde, von dem plötzlich Handlungen, Entscheidungen gefordert werden, wird Dinge tun, auf die er niemals verfallen wäre, wenn er sich lediglich bei klarem Verstande *ausgemalt* hätte, wie er sich in einem solchen Falle verhalten würde. Denn mit Mord geht immer Furcht einher, und wenn unser Verhalten von der Furcht diktiert wird, dann beherrscht uns ein urtümlicheres Ich. Unter solchen Umständen wird unsere Vernunft eine Zeitlang zum Sklaven. Sie ist dann lediglich dazu da, unvernünftigen Dingen einen anderen Anstrich zu geben. Und bricht ein Mord plötzlich über eine so ruhige, in solcher Sicherheit geordnete Gesellschaft herein wie die Ihre, dann kann dieser Schock außerordentlich schwerwiegend sein: Einen Menschen, der sich von seinen Stimmungen leiten läßt, wird er vielleicht nicht minuten-, sondern stunden- oder sogar tagelang beherrschen. Ganz besonders ist es so, wenn die Furcht konkret und begründet ist, die Folge einer Gefahr, die auch der rationale Verstand nicht leugnen kann. Am Dienstag abend nahm die Furcht, wie Sie erfahren werden, einen merkwürdigen Lauf durch St. Anthony's. Aber auch wenn wir bisweilen von einem Schock oder vor Furcht außer uns sind, meldet sich doch früher oder später das normale Ich zurück. Wir überdenken, was wir getan haben, nach den normalen Maßstäben und stellen vielleicht fest, daß wir zugeben müssen, eine Zeitlang verrückt gewesen zu sein. Und nun will ich Sie nicht länger auf die Folter spannen und will statt dessen um die erste Aussage bitten. Mr. Titlow.«

II

»Ich war von Anfang an überzeugt«, begann Titlow, »daß Pownall Umpleby ermordet hatte. Und es dauerte nicht lange, bis ich den Eindruck gewann, daß er, um sich den Folgen seiner Tat zu entziehen, versuchte, das Verbrechen mir in die Schuhe zu schieben. Wären nicht das Entsetzen und, wie Mr. Appleby ganz richtig sagt, die Furcht gewesen, die jene zweite Überzeugung mir bereiteten, so hätte ich wohl früher die Wahrheit begriffen, was die erste der beiden anging. Die Wahrheit war, daß mir die Beweise für Pownalls Schuld *beinahe* schlüssig erschienen, doch nur beinahe. Als ich das erst einmal begriffen hatte, und das geschah gestern in den frühen Morgenstunden in einem Gespräch mit Mr. Appleby, da wußte ich, daß ich beichten mußte, was ich getan hatte. Und als ich eine solche Beichte heute nachmittag bei ihm ablegte, da war ich, wie er es ausdrücken würde, wieder an dem Punkt angelangt, an dem ich mein Verhalten nach normalen Maßstäben beurteilen konnte.

Hier also mein Bericht. Ich kehrte am Dienstag abend gegen halb zehn aus dem *Common Room* zurück und machte es mir bequem, um zu lesen, bis es Zeit für meinen üblichen Besuch beim Rektor war. Ich vertiefte mich so sehr in mein Buch, daß ich zwei wichtige Dinge geschehen ließ: Ich ließ mein Feuer fast ausgehen, und ich hatte keinen rechten Begriff mehr davon, wie spät es war. Die Folge des einen war, daß mir kühl wurde und ich mich erhob, um ein Fenster zum Obstgarten zu schließen. Die Folge des anderen war, daß ich ein unbestimmtes Gefühl hatte, es habe eben zehn geschlagen, wohingegen es in Wirklichkeit der Halb-elf-Schlag gewesen sein mußte. Ich lehnte mich einen Moment lang zum Fenster hinaus, um zu sehen, ob es regnete, und überlegte, ob ich auf meinem Gang zum Rektor einen Regenschirm mitnehmen sollte. Im selben Augenblick sah ich den Rektor selbst, wie er in den Lichtschein des Flures trat. Er wollte eben in das Gartenhaus treten, als jemand ihn aufhielt, indem er ihn aus der Dunkelheit des Obstgartens ansprach. Ich konnte es gerade noch hören; es war Pownalls Stimme, die eindringlich, doch leise sprach. ›Dr. Umpleby‹, rief er, ›sind Sie das?‹ Und der Rektor antwortete: ›Ja, ich gehe hinauf zu Empson.‹ Ich war verblüfft, als ich die Antwort hörte: ›Empson ist hier, Dr. Umpleby; er ist gestürzt. Würden Sie mir wohl behilflich sein?‹ Woraufhin Umpleby sich sogleich umwandte und im Dunkeln verschwand. Ich wollte rufen und selbst hinunterlaufen, um zu helfen, doch dann dachte ich mir, daß der Rektor und Pownall alles Erforderliche tun konnten und daß Empson nichts weniger lieb wäre als ein großer Aufruhr deswegen. So kehrte ich denn zu meinem Buch zurück. Doch ich wurde das unangenehme Gefühl nicht los, daß die Sache ein wenig absonderlich war: Warum sollte Empson im Dunkeln im Obstgarten unterwegs gewesen sein? Und nach einer Weile berunruhigte es mich, daß niemand die Treppe heraufgekommen war. Ich machte mir Sorgen, daß Empson womöglich zu schwer verletzt sei, als daß man ihn hinauf in sein Zimmer bringen könne. Nun beschloß ich, der Sache nachzugehen.

Ich trat hinaus auf den Flur und war verblüfft von dem, was ich hörte. *Empson war offenbar in seinem Zimmer.* Niemand war die Treppe hinaufgekommen, das wußte ich genau, und trotzdem war ein Irrtum unmöglich. Empson hat einen Dielenfußboden mit Teppichen darauf, und Sie können sich vorstellen, daß der Klang seiner Schritte mit dem Stock dazu einen Rhythmus ergibt, mit dem ich nur zu gut vertraut bin. Einen Moment lang stand ich fassungslos da. Dann ging mir auf, daß Pownall einen Fehler gemacht haben mußte, daß er voreilig gerufen hatte, bei dem Verletzten, den er gefunden hatte, handle es sich um Empson. Ich lief hinunter. Es hätte nun wohl nahegelegen, an Pownalls Tür zu klopfen. Ich weiß nicht, was für ein Gefühl von zunehmendem Befremden und von Besorgnis mich auf die Idee brachte, direkt hinaus in den Obstgarten zu gehen. Doch dort fand ich Umplebys Leichnam mit einem Revolver neben sich.

Der Schock, den Mr. Appleby so freundlich war anzuführen, war gewaltig. Einen Moment, nachdem ich die eindeutige Wunde entdeckt hatte, stand ich nur dabei und zitterte. Dann warf ich einen Blick auf meine Uhr. Es war 22.40 Uhr. In Wirklichkeit waren also erst etwa acht Minuten seit dem Verbrechen vergangen. Doch war mir dies nicht bewußt: ich hatte ja, als ich aufstand, um das Fenster zu schließen, geglaubt, es sei erst kurz nach zehn, und mein Zeitgefühl war nach wie vor verwirrt. Nur *einen* klaren Gedanken hatte ich von Anfang an, eine Gewißheit, genauer gesagt. Unter dem Vorwand, ihn zu Hilfe bei Empson zu rufen, hatte Pownall Umpleby in den Obstgarten gelockt und diese unaussprechliche Tat begangen. Dann erschien vor meinem inneren Auge in grellsten Farben eine Szene wieder, deren Zeuge ich erst vor wenigen Tagen gewesen war, eine Szene, in der Pownall zu Umpleby gesagt hatte, daß er das ›geborene Mordopfer‹ sei oder etwas in dieser Art. Und schon da begriff ich das entscheidende Faktum. Ich war der einzige Zeuge dessen, was vorgefallen war, sowohl an diesem Abend im Obstgarten als auch an dem Tage, an dem Pownall die Worte sprach, die ich Ihnen eben zitiert habe.

Fast ohne zu wissen, was ich damit überhaupt bezwecken wollte, hatte ich begonnen, Umplebys Leichnam, wobei ich ihn halb zerrte, halb trug, ins Gartenhaus zu bringen. Ich muß mir wohl vorgestellt haben, daß ich den Übeltäter zwingen würde, sich zu seinem Verbrechen zu bekennen, und deshalb schleppte ich ihn direkt in Pownalls Wohnzimmer. Es war dunkel dort, und ich schaltete das Deckenlicht ein. Ich ging hinüber zum Schlafzimmer. Wenn Pownall darinsteckte, würde ich ihn herausholen. Und da war er – und schlief. Ich glaube, mein Entsetzen darüber war es, was mich die Entscheidung zu meinem nächsten Schritt fassen ließ: Noch keine Stunde war vergangen seit seiner Tat, und da lag dieser Unmensch und schlief!

Ich stand da und überlegte eine lange Zeit, wie mir schien, doch in Wirklichkeit waren es vielleicht nur sechzig Sekunden. Pownall hatte Umpleby getötet, und Pownall war davongekommen. Auf dem Revolver würde man, das wußte ich, nichts finden. Und nichts belastete ihn außer meinen Erzählungen, also dem Bericht über ein paar drohende Worte, dem Bericht über ein paar vage Beobachtungen von einem Fenster im ersten Stock im Dunkeln. Und im selben Moment fiel mein Blick auf den Toten, und ich bemerkte, daß etwas ganz Entscheidendes geschehen war. Aus der Wunde rann Blut auf den Teppich. *Und das Blut war ein handfester Beweis.*«

Die Verblüffung der Gesellschaft, die um den langen Tisch versammelt war, verwandelte sich in Entsetzen. Deighton-Clerk faßte in Worte, was ihnen allen allmählich aufging: »Soll das heißen, Sie beschlossen, *selbst* dafür zu sorgen, daß Pownall belastet wurde?«

Titlow fuhr unbeirrt fort. »Ich verwies Mr. Appleby auf eine These Kants. Kant war der Ansicht, daß unter keinen erdenklichen Umständen eine Lüge zu rechtfertigen sei, nicht einmal, wenn sie dazu diente, vor einem Mörder den Aufenthaltsort seines Opfers zu verbergen. Doch als ich dort bei Umplebys Leiche stand, schien sich mir eine ganz andere Maxime aufzudrängen. Wenn man die Gerissenheit des Mörders nur mit einer Lüge überlisten konnte, dann war dies eine notwendige Lüge. Ich begriff, daß es ein moralisches Dilemma ...«

Einen Moment lang erscholl die Stimme des Dekans in leidenschaftlichem Tadel. In der Pause, die folgte, drangen die sporadischen Detonationen von draußen wie von einem Schlachtfeld herein. Und ruhig fuhr Titlow fort. »Deighton-Clerk hat vollkommen recht. Und auch Mr. Appleby hat recht: Ich war für kurze Zeit, daran kann kein Zweifel bestehen, in Wahnsinn verfallen. Ich fand mich in einer Situation, wie ich sie noch nie gekannt hatte und die doch unmittelbares Handeln erforderte. Ich war ganz besessen von dem Gedanken: Wenn ich nichts tat, dann war alles vorüber – dann gab es im Zimmer nebenan einen Mörder, der niemals gefaßt würde. Und wenn ich meinen Plan in die Tat umsetzte, den Plan, den die Blutflecken auf dem Teppich mir eingegeben hatten, war damit noch nichts Endgültiges und Unwiderrufliches getan. Wenn mir später auch nur der Schatten eines Zweifels käme, wenn reifliche Überlegung es mir empfahl, so konnte ich die Auswirkungen meiner Tat mit einem einzigen Wort ungeschehen machen. Ich war mir gewiß, daß ich den Mut aufbringen würde, das zu tun, und so war es auch. Doch das ist nun nicht mehr von Belang. Ich schritt zur Tat. Ich riß zwei Seiten aus Umplebys Kalender und ließ sie in einem Aschenbecher verbrennen, bis nur noch ein kleiner Rest mit Umplebys Handschrift übrigblieb. Ich zerrte den Leichnam wieder hinaus in den Obstgarten – das war unvermeidlich. Dann kehrte ich mit dem Revolver zurück.«

Titlow hielt inne. Es war eine Pause, die ein wenig theatralisch wirkte, wie ein kurzes Aufblitzen seiner ungezügelten Phantasie, die einen Moment lang die Situation entspannen wollte, in der er sich befand. »Etwas Entscheidendes war mir im Gedächtnis geblieben. Während des Feueralarms, den wir vor einigen Jahren hatten, war Pownall durch seinen außerordentlich festen Schlaf aufgefallen. Deswegen, fand ich, hatte mein Plan gute Aussichten auf Erfolg. Ich kehrte mit dem Revolver zurück, den ich mit meinem Taschentuch am Lauf hielt, und ging ins Schlafzimmer. Pownall schlief fest, die Hände außerhalb der Bettdecke. Ich faßte mit unendlicher Vorsicht sein rechtes Handgelenk und drückte den Pistolengriff leicht an seinen Daumen. Er rührte sich im Schlaf, doch ich war, wie ich meinte, wieder aus seinem Zimmer geschlüpft, ohne daß ich ihn geweckt hatte. Ich warf den Revoler in die Abstellkammer, wo er ohne Zweifel gefunden würde, und zog mich dann wieder nach oben in meine eigene Wohnung zurück. Doch das ist nur die halbe Geschichte. Und wenn ich noch eines Beweises für Pownalls Schuld bedurft hätte, dann hätte die zweite Hälfte ihn mir geliefert, und zwar mit einem Schock. Denn Pownall hatte den Spieß umgedreht.«

Eine gewisse Unruhe kam im *Common Room* auf, ein verstohlenes Hin- und Herrücken auf den Stühlen, hier und da ein Husten. Dr. Barocho hatte in weiser Voraussicht begonnen, sich gleich einen ganzen Stapel Zigaretten zu rollen. Lambrick versuchte, die Situation zu entspannen, indem er mit übertriebener Herzlichkeit einen neuen Scheit ins Kaminfeuer warf. Curtis betrachtete Appleby mit einem vagen Interesse, als ob er überlege, wo er ihn schon einmal gesehen habe. Titlow nahm seine Erzählung wieder auf.

»Ich kam zu dem Schluß, daß ich wohl besser auch weiterhin tun sollte, was ich stets getan hatte, nämlich um 23 Uhr hinübergehen, meine ich, und Umpleby aufsuchen. Wenn sich dann herausstellte, daß er nicht in seinem Arbeitszimmer war, konnte ich Alarm schlagen und vielleicht die Suche sogar auf Pownalls Wohnung lenken. Also erschien ich mit dem Glockenschlag an Umplebys Haustür. Ich hatte kaum ein paar Worte mit dem Butler gewechselt, als wir auch schon den Schuß aus dem Arbeitszimmer hörten. Wir stürzten beide hinüber. Ich konnte ja nicht anders, aber ich begriff sofort, daß ein Teufelswerk im Gange war.«

»Daß ein Teufelswerk im Gange war!« Das war der Dekan, der fasziniert seinen Kollegen betrachtete.

»Da lag der Leichnam, von Knochen umgeben. Ich wußte sofort, daß ich Pownall offenbar doch geweckt hatte und daß er irgendeinen Plan ausgeheckt hatte. Auf den ersten Blick richtete sich die Intrige gegen Haveland. Er wollte ihm den Mord in die Schuhe schieben. Aber ich war doch mißtrauisch genug, daß ich Slotwiner ans Telefon schickte und mich dann fieberhaft umsah. Es roch natürlich nach Schießpulver im Zimmer, aber da war noch ein anderer Geruch. Es roch nach einer schlecht getrimmten Kerze. Und dann begriff ich, daß Pownalls Intrige in Wirklichkeit *mir* galt. Das war teuflisch ausgedacht, und wenn ich nicht bis zum anderen Ende des Zimmer vorgedrungen wäre, hätte ich in der Falle gesessen. Mit einem einfachen Mittel hatte er es so hingestellt, als hätte ich nicht nur Umpleby umgebracht, sondern dabei auch versucht, jemand anderen zu belasten und für mich selbst ein unerschütterliches Alibi zu erlangen. Und zwar hatte er sich folgendes überlegt: Wenn Umpleby durch einen Schuß, den Slotwiner und ich gehört hatten, getötet wurde, dann konnten weder Slotwiner noch ich der Täter sein. Daraus folgte, daß, wenn ein solcher Schuß gehört würde und sich dann herausstellte, daß er *gefälscht* war, er gefälscht sein mußte, um ein Alibi für Slotwiner oder mich zu liefern. Wenn bei dieser Fälschung mit etwas gearbeitet wurde, was mit mir zu identifizieren war, dann sprächen die Indizien eindeutig gegen mich, oder doch eindeutig genug, daß ich schwer belastet würde. Was er ersonnen hatte, war dies: Auf einem der Drehregale in den Nischen am anderen Ende des Zimmers, hinter einigen Büchern verborgen, hatte er eine Vorrichtung aufgebaut, wie sie gut von mir hätte ersonnen sein können, um jenen Schuß vorzutäuschen. Ich fand einen Kerzenstumpf und einen ausgebrannten Knallfrosch von genau der Art, wie sie in dieser Minute ringsum gezündet werden, und von genau der Art, wie ich sie, wie allgemein bekannt war, heute genau vor einem Jahr von einem randalierenden Studenten konfisziert hatte. Mit ein wenig Übung konnte eine solche Vorrichtung von jemandem, der auf diese Weise ein Alibi vortäuschen wollte, ziemlich genau auf einen bestimmten Zeitpunkt eingestellt werden. Und Sie können sich vorstellen, was man gesagt hätte, hätte ich sie nicht entdeckt: nämlich daß ich nicht die Gelegenheit gehabt hätte, auf die ich gerechnet hatte, die Spuren meiner Machenschaften verschwinden zu lassen. Doch es ergab sich, daß mir Zeit blieb, Knallfrosch und Kerze in die Tasche zu stecken und die Bücher wieder an ihren Platz zu stellen, bevor Slotwiner zurückkehrte. Ich war mit knapper Not davongekommen.«

Damit war Titlow am Ende seiner verblüffenden Erzählung angelangt. Doch Appleby gewährte keine Atempause. »Professor Empson«, sagte er energisch.

III

»Ich wußte«, begann Empson, »daß Titlow Umpleby ermordet hatte.«

Den *Common Room* konnte nun nichts mehr erschüttern. Deighton-Clerk schien keiner weiteren Empörung mehr fähig zu sein; Ransome hatte offenbar Zuflucht bei neuerlichen Berechnungen des euböischen Talents gesucht; Curtis war eingenickt; Titlow selbst vernahm die Anschuldigung, ohne mit der Wimper zu zucken.

»Ich wußte«, sagte Empson, »daß Titlow Umpleby ermordet und daß er einen teuflischen Plan ausgeheckt hatte, den Mord einem Unschuldigen in die Schuhe zu schieben. Und ich wußte, daß ich selbst mich in einiger Gefahr befand. Die Tatsache allein, daß ich von Titlows Schuld wußte, hätte mich wohl nicht veranlaßt, so zu handeln, wie ich es tat, und ebensowenig, glaube ich, die Gefahr, die ich für mich selbst erkannte. Doch als ich sah, wie schamlos er das Unglück eines anderen Menschen nutzte, wie er diesen Menschen schuldlos an den Galgen bringen wollte, da schritt ich ohne jeden Skrupel zur Tat. Für meine Begriffe ist Titlow von jeher ein psychisch labiler Mensch gewesen, und mit diesem Gedanken im Hinterkopf durchschaute ich die Situation schneller, als ich es sonst getan hätte. Denn ich wußte nicht und weiß es bis heute nicht, welchen vernünftigen Grund Titlow gehabt haben sollte, Umpleby zu ermorden und die Schuld Haveland oder womöglich auch mir zuzuschieben. Doch das war allem Anschein nach sein Plan.

Es ist erstaunlich, wieviel man, solange man in einer vertrauten und sicheren Umgebung bleibt, wahrnehmen kann, ohne daß man deswegen Fragen stellt oder Besorgnis zeigt. Am Dienstag abend habe ich tatsächlich Titlow gesehen, wie er Umplebys Leiche durch den Obstgarten schleppte *und dachte mir nichts dabei.* Das scheint unglaublich. Doch es ist die Wahrheit, und es geschah folgendermaßen. Gegen 22.40 Uhr beschloß ich, zur Pförtnerloge zu gehen und zu sehen, ob ein Päckchen mit Korrekturfahnen angekommen war, das ich erwartete. Es waren Fahnen von meinem neuen Buch, und die Erwartung lenkte meine Gedanken auf gewisse Passagen, mit denen ich unzufrieden war. Damit war ich beschäftigt, als ich aus dem Gartenhaus trat. Aber ich war doch nicht so sehr in Gedanken versunken, daß ich Titlow nicht gesehen hätte und daß ich nicht gesehen hätte, was er tat. Er war ein Stück abseits von mir im Obstgarten, nicht allzuweit, denn der Lampenschein hinter mir genügte, um zu beleuchten, womit er zugange war: Er schleppte einen leblosen Menschenkörper zum Gartenhaus. Wie gesagt, ich dachte mir kaum etwas dabei. Genauer gesagt, verzerrte mein Verstand das Bild, das sich mir bot, so weit, daß eine leichte und sozusagen normale Erklärung möglich wurde. Titlow, dachte ich mir, hatte jemanden stockbetrunken im Obstgarten gefunden und war ihm nun behilflich, auf sein Zimmer zu kommen. Wenn man auch nur einen Moment lang darüber nachdenkt, kommt einem das schon für sich genommen überraschend vor, und die Tatsache, daß ich eine solche Deutung erfinden und ihr Glauben schenken konnte, statt daß ich innehielt, weil mir etwas wirklich Beunruhigendes begegnet war, ist, wissenschaftlich gesehen, hochinteressant, wenn auch keineswegs außergewöhnlich. Ich beschloß halbherzig, auf dem Rückweg bei ihm vorbeizuschauen und zu sehen, ob ich helfen konnte. Und dann ging ich einfach weiter zur Pförtnerloge, in Gedanken ganz mit jenen Passagen meines Buches beschäftigt, die mir Sorgen machten.

Doch was als nächstes geschah, ist, glaube ich, von noch größerem wissenschaftlichem Interesse. Der Pförtner, der, wie Sie wissen, ein höchst korrekter Mann ist, deutete im Gespräch an, daß er kurz zuvor ein Telefonat von mir zum Rektor durchgestellt habe, was nicht der Fall war. Normalerweise hätte ich einfach angenommen, der Mann habe sich vertan. Vielleicht hätte ich mir die Mühe gemacht nachzuforschen, wie der Irrtum zustandegekommen war; doch wahrscheinlicher war, daß ich, da ich ja hinreichend mit eigenen Gedanken beschäftigt war, die Sache auf sich hätte beruhen lassen. Doch in diesem Falle war ich auf Anhieb *beunruhigt,* ausgesprochen beunruhigt sogar. Es war eine verblüffende Reaktion. Und als ich einen Moment darüber nachdachte, *wobei ich annehme,* der wissenschaftliche Blickwinkel brachte mich darauf, begriff ich, daß eine Verbindung zwischen diesem beunruhigenden Gefühl *und dem, was ich soeben im Obstgarten gesehen hatte,* bestand. Zwischen den beiden ein wenig verwirrenden Vorfällen war es zu einer Verbindung gekommen, und was sie hervorbrachte, war nicht Irritation, sondern Panik. Sogleich korrigierte mein Verstand das Zerrbild dessen, was ich gesehen hatte.

Ich begriff nun, was Titlow in Wirklichkeit getan hatte: Er hatte klammheimlich eine Leiche durch den Obstgarten geschleppt. Ebenso wurde mir sogleich die dunkle Bedeutung jenes geheimnisvollen Telefonanrufs klar. Eine instinktive Vorsicht gab mir ein, gegenüber dem Pförtner den Anruf nicht zu leugnen. Eilends verließ ich die Loge, und mein Kopf war in Aufruhr. Mit Macht hatte der Gedanke von mir Besitz ergriffen, daß in der Stille dieses Colleges, wo ich den größten Teil eines ereignislosen Lebens verbracht hatte, plötzlich Gefahr lauerte. Es war eine absurde Vorstellung. Doch das Absurde daran war etwas, was nur mein Verstand wahrnahm; die *Realität* des Schreckens war unmittelbar und überwältigend, etwas, das ein Gefühl verbreitete wie Eis in den Adern.

Es wäre schwer zu sagen, was mich nun dazu bewog, mich so zu verhalten, wie ich es tat. Ich mußte wohl erkannt haben, *wen* Titlow da geschleppt hatte, und diese Erkenntnis war unmittelbar im Unterbewußten verschwunden. Doch wie dem auch gewesen sein mag, als ich ganz mechanisch meine Schritte zurück zum Gartenhaus lenkte, klopfte ich an die Terrassentür des Rektors und ging hinein. Und was ich dort zu sehen bekam, gab mir genug Anlaß zum Entsetzen. Umpleby lag auf dem Boden, sein Kopf grotesk mit einem Talar verhüllt. Ich ging solgeich zu ihm hinüber und fühlte sein Herz: Er war tot. Als ich mich aufrichtete, bemerkte ich die grausigen Kreidezeichnungen und die Knochen.

In einer solchen Situation würde auch ein träger Verstand fieberhaft arbeiten. Ich glaube, es waren nicht einmal dreißig Sekunden vergangen, bis ich alles begriffen hatte. Titlow mit Umplebys Leiche; er hatte keinen Alarm geschlagen; dieses Tableau mit den Knochen, von denen ich wußte, daß sie von Haveland stammten, das alles konnte nur eines bedeuten: Titlow versuchte, das Verbrechen Haveland anzulasten. Titlow zog aus Havelands Schwäche, die seit Jahren so gut wie vergessen war, das, was wohl der übelste Nutzen sein mußte, den ein Mensch daraus ziehen konnte. Doch er hatte in Unkenntnis der psychologischen Tatsachen gehandelt. Ich wußte, daß es ein wissenschaftliches Faktum war, daß Haveland Umpleby niemals ermorden und durch die Knochen mit Absicht seine Identität preisgeben könnte. Selbst wenn ich Titlow nicht auf frischer Tat ertappt hätte, hätte ich mich nicht täuschen lassen. Doch nur zu oft sind wissenschaftliche Tatsachen keine Tatsachen vor dem Gesetz.

Dann wanderten meine Gedanken wieder zurück zu dem falschen Telefonanruf, denn nichts anderes war es offenbar. Auch da war nur eine einzige Deutung denkbar: Ich sollte irgendwie selbst mit hineingezogen werden. Und nun ging mir auf, wie dringend die Angelegenheit war. Wenn ein Mann von Titlows Fähigkeiten sich etwas so Verrücktes ausgedacht hatte, dann hatte er es sich mit Sicherheit gut ausgedacht. Welche weiteren Schläge er insgeheim vorbereitet, was er sonst noch an zwingenden Beweisen präpariert hatte, das konnte ich nicht wissen. Ich wußte nur, daß die Entdeckung vielleicht lediglich noch eine Frage von Minuten war. Innerhalb dieser Minuten mußte ich handeln. Nach kurzer Überlegung war mir klar, daß es nur *einen* Ausweg gab, der sicher genug war. Das Verbrechen mußte überzeugend dem Scheusal angelastet werden, das es begangen hatte.«

Empson, der dies alles mit trockener Stimme vorbrachte, hielt einen Moment inne. Und Deighton-Clerk stieß unter Mühen hervor: »Empson, *auch Sie* wollen uns eröffnen . . .?«

»Daß ich getan habe, was Sie ebenfalls getan hätten«, antwortete Empson, »sofern Sie auf die Idee gekommen wären. Stellen Sie sich doch vor, in welcher Lage ich war. Durch reinen Zufall war ich auf eine hinterlistige Intrige gestoßen, deren Opfer offensichtlich Haveland und ich werden sollten, in welchem Maße oder welchem Verhältnis auch immer. Ich hatte keinen Grund zu der Annahme, daß ich, wenn ich zu jenem Zeitpunkt einfach nur Alarm geschlagen hätte, Titlow das Handwerk hätte legen können. Und daß die Polizei einem so kunstvollen Plan eines solchen Mannes auf den Grund gehen würde, hatte ich nur wenig Hoffnung. Niemand hätte, glaube ich, voraussehen können, daß man uns einen Beamten mit Mr. Applebys Scharfsinn schicken würde.

Ich dachte mir einen Plan aus, genau den Plan, den Titlow in der kunstvollen Geschichte, die er uns eben erzählt hat, Pownall unterschieben wollte. *Es mußte auf Anhieb klar sein, daß Titlow der Mörder Umplebys war:* Das war die Prämisse, mit der ich begann. Und wenn ich auch nicht direkt beweisen konnte, daß Titlow Umpleby getötet hatte, konnte ich doch, so überlegte ich, zeigen, daß er hätte *vermeiden* wollen, entlarvt zu werden. Ich konnte dafür sorgen, daß er ertappt würde, wie er ein Alibi fälschte. Ich verließ mich darauf, daß er tun würde, als sei nichts geschehen, und um 23 Uhr zu seinem üblichen Besuch bei Umpleby erscheinen würde. Wenn ich vortäuschen konnte, daß Umpleby in dem Augenblick ermordet würde, in dem Titlow mit dem Butler auf dem Flur stünde, *und es so einrichten könnte, daß diese Täuschung anschließend in jedem Falle entdeckt würde,* dann hätte ich mein Ziel erreicht gehabt.

Und in jenem Augenblick kam mir die Erinnerung an einen Zwischenfall, der sich genau heute vor einem Jahr ereignete. Titlow hatte in seiner Funktion als stellvertretender Dekan einige Feuerwerkskörper von einem Studenten konfisziert. Und wie ich ihn kannte, hatte er diese Feuerwerkskörper nach wie vor in einer Schublade in seinem Zimmer. Nur wenige Sekunden, nachdem mir das klargeworden war, war mein Plan fertig.

Ich verließ das Arbeitszimmer, ging durch das Tor in den Innenhof und von dort hierher in den verlassenen *Common Room:* Ich holte einen Kerzenstummel von einem der Leuchter hier auf dem Tisch. Und mit diesem eilte ich zurück in meine eigene Wohnung, ließ die Tür offenstehen und horchte, was Titlow gegenüber tat. Es dauerte nicht lange, bis er, wie ich gehofft hatte, herauskam:

Ganz offensichtlich wollte er so tun, als ob er zu seinem üblichen Besuch bei Umpleby erscheine. Sobald er um die Biegung der Treppe verschwunden war, ging ich hinüber in sein Zimmer und fand binnen kurzem, wonach ich suchte: einen einfachen Feuerwerkskörper. Dann eilte ich Titlow nach und war wieder im Arbeitszimmer, bevor dieser auch nur das Westtor erreicht haben konnte. Damit blieben mir etwa anderthalb Minuten Zeit. Ich lief zum hinteren Ende des Arbeitszimmers, zündete meine Kerze an, stellte sie oben auf eines der Drehregale in den Nischen dort und verbarg sie hinter einigen Büchern, die ich in aller Eile aus dem Regal nahm. Dann wartete ich einfach, bis ich hörte, wie der Butler die Haustür öffnete, brannte die Zündschnur des Knallfrosches an der Kerze an, was später natürlich einen einfachen, doch praktischen Zeitzünder vortäuschen sollte, legte auch den Knallfrosch hinter die Bücher und lief, so schnell es mein Bein mir ermöglichte, aus dem Zimmer ... Ich glaube nicht, daß ich einen Fehler dabei gemacht habe.«

»Mr. Pownall«, sagte Appleby.

IV

»Meine Handlungen am Dienstag abend«, sagte Pownall, »wurden ausschließlich von der Tatsache diktiert, daß ich wußte, daß Haveland Umpleby ermordet hatte und versuchte, das Verbrechen mir in die Schuhe zu schieben.«

Deighton-Clerk unterdrückte ein Stöhnen; Barocho nickte anerkennend; Curtis erwachte und nahm eine Prise. Und bedächtig, mit merkwürdig sanfter Stimme, den Kopf in seiner üblichen schrägen Haltung und die Hände leicht aneinandergelegt, erzählte Pownall seine Geschichte.

»Empson hat in seiner hanebüchenen Darstellung der Vorfälle davon gesprochen, wie man auf etwas Seltsames stoßen kann, ohne daß man, besonders wenn man arglos ist, darüber nachdenkt. Das trifft auch darauf zu, wie meine eigenen Erlebnisse am Dienstag abend begannen. Wie jeder hier weiß, pflege ich außerordentlich früh zu Bett zu gehen, oft schon gegen halb zehn. Am Dienstag war es ein wenig später als sonst: Es muß kurz vor 22 Uhr gewesen sein, als ich mein Zimmer verließ, um mir warmes Wasser aus der Küche zu holen. Als ich hinaustrat, hörte ich, wie jemand gegenüber in Havelands Zimmer telefonierte. Ich hörte lediglich eine Stimme, die sagte: »Sind Sie das, Dr. Umpleby?«, und dann ging ich weiter. Doch es war Empsons Stimme gewesen, und ich war ein wenig überrascht, daß er von Havelands Zimmer aus telefonierte. Ich werde wohl etwa eine halbe Minute in der Küche gewesen sein, und während dieser Zeit hatte ich den Flur immer im Blick. Auf dem Rückweg hörte ich nichts mehr, denn die Tür von Havelands Zimmer war inzwischen geschlossen. Doch ich sah etwas, das mich auf Anhieb verwirrte und von dem ich eigentlich hätte bemerken müssen, wie seltsam es war. Als ich auf dem Weg in mein Zimmer die Treppe hinaufblickte, sah ich Empson selbst. Er kam eben herunter zu dem Treppenabsatz auf halbem Wege, offenbar, um sich aus dem Kohlenkasten dort eine Schaufel Kohlen zu holen. Ich fragte mich, wie er wieder hinaufgekommen war, ohne daß ich es bemerkt hatte. Doch ich dachte nicht lang oder nicht angestrengt genug darüber nach, um zu erkennen, daß dies, rein physisch gesehen, unmöglich gewesen wäre.

Ich begab mich ohne weiteres zu Bett und schlief, wie es meine Art ist, unverzüglich ein. Doch der merkwürdige Vorfall beschäftigte meine Gedanken noch, und ich glaube, er kehrte in meinen Träumen wieder. Ich träumte davon, wie jemand mit einer seltsamen, unnatürlichen Stimme sprach, und in denselben Traum war das verwoben, was, wie ich nun überzeugt bin, das Geräusch des Schusses war, der Umpleby tötete. Und dann träumte ich, wie jemand oder etwas meine Handgelenke festhielt. An dieser Stelle erwachte ich und wußte, wie ich Mr. Appleby erklärt habe, daß jemand in meinem Zimmer gewesen war.

Ich weiß nicht, wie ich die Geschichte, die wir von Titlow zu hören bekommen haben, deuten soll, doch die Dinge, von denen er sprach, nämlich die Blutflecken und die Blätter aus dem Kalender, fand ich sogleich in meinem Zimmer. Und als ich daraufhin nach draußen lief, fand ich die Leiche des Rektors dort liegen. Können Sie sich vorstellen, wie lebensecht man sich bisweilen einer Stimme erinnert? In diesem Augenblick hörte ich in meinem Inneren wieder genau jene Stimme, die ich zuvor am Abend gehört hatte, und ich begriff nun und war mir dessen vollkommen sicher, daß ich nicht Empsons Stimme gehört hatte, sondern Haveland, wie er Empsons Stimme nachahmte. Mit dieser Verstellung, das war nun offensichtlich, hatte Haveland Umpleby aus dessen Arbeitszimmer hinüber in den Obstgarten gelockt. Und nachdem er ihn dorthin gelockt hatte, erschoß er ihn und versuchte dann, wobei ich nicht überschauen konnte mit welchen Mitteln, das Verbrechen mir anzulasten.

Haveland war ein Mörder. Das brachte mir eine aufschlußreiche Begebenheit wieder in den Sinn, von der Empson mir erzählt hatte. Wir haben sie alle vorgestern abend gehört: Ich spreche von der verrückten Verwünschung, die Haveland ausgestoßen hatte: Er wünsche, daß Umpleby in einem seiner grausigen Grabmäler begraben sei. Das brachte mich auf die Idee: Ich wußte nun, wie ich davonkommen und dabei noch dafür sorgen konnte, daß die Gerechtigkeit ihren Lauf nahm.

Ich lief hinüber in Havelands Wohnung. Er war nicht da. Ich holte die Knochen, lief mit ihnen in die Abstellkammer und verstaute sie am Fußende des Rollstuhls. Dann schob ich den Stuhl hinaus in den Obstgarten, hievte den Leichnam hinein, schlang ihm Barochos Talar um den Kopf und zog mich dann mit meiner Fuhre in mein eigenes Wohnzimmer zurück. Ich schaffte es mit knapper Not. Ein paar Sekunden darauf hörte ich, wie Haveland zurückkehrte. Sobald er seine Tür hinter sich geschlossen hatte, war ich wieder draußen und schob den Rollstuhl, so rasch ich konnte, hinüber zum Arbeitszimmer des Rektors. Den Rest können Sie sich selbst zusammenreimen. Es waren gerade sechs Minuten vergangen, seit ich Umplebys Leichnam und die Intrige gegen mich entdeckt hatte, da hatte ich in seinem Arbeitszimmer auf anschauliche Weise das umgesetzt, was sein wahrer Mörder ihm ausdrücklich gewünscht hatte, als er von den grausigen Grabmälern sprach. Ich nahm an, daß das als Beweis genügen würde.«

Wieder herrschte Schweigen im *Common Room;* Schweigen, bis der Dekan es brach. »Mr. Appleby, was haben Sie zu diesem Wust an Widersprüchen vorzubringen? Und wo steckt Haveland? Er fehlt bei unserer Versammlung.« Automatisch wanderten aller Augen an das Fußende der Tafel, wo dieser zwei Abende zuvor Appleby gegenüber gesessen hatte. Doch Havelands Platz hatte nun Ransome eingenommen – der die forschenden Blicke, denen er sich so plötzlich ausgesetzt sah, mit einem erschrockenen »Also wirklich!« kommentierte. Mit ruhiger Stimme beantwortete Appleby die Fragen Deighton-Clerks.

»Es gibt keine Widersprüche, Spektabilität. Wir haben, was die Taten jedes einzelnen angeht, die reine Wahrheit vernommen. Wie der Zufall es wollte, war am Dienstag abend ein Mitglied des

Lehrkörpers im Obstgarten zugegen, das eine Reihe von Vorfällen beobachtete, die genau mit dem übereinstimmen, was hier ausgesagt wurde. Das, was ich von jenem Herrn erfuhr, ermöglichte es mir, die drei Geständnisse zu fordern, die Sie soeben gehört haben.

Dies, Spektabilität, sind die Fakten. Ich wiederhole, daß jeder nun endlich mir die Wahrheit gesagt hat, so wie er sie versteht. Aber sie ließen sich alle drei von widersprüchlichen Annahmen über das leiten, was tatsächlich vorgefallen war, widersprüchliche Annahmen, die zunächst auf die Machenschaften des Mörders selbst, dann auf die folgenschwere erste Vermutung Mr. Titlows zurückzuführen waren. Sie fragen nach Mr. Haveland. Haveland, der Mörder Ihres Rektors, nahm sich am Abend das Leben, um sich der Verhaftung zu entziehen.«

V

»Haveland tötete Umpleby«, fuhr Appleby fort, »doch er hatte nicht die mindeste Absicht, seine Signatur auf diesem Werk zu hinterlassen. Daß er so etwas niemals getan hätte, dafür war Professor Empson bereit, mit aller Autorität seiner Wissenschaft einzustehen. Doch Professor Empson war, obwohl er mit Leidenschaft gegen das ankämpfte, was seiner Meinung nach eine gemeine Intrige gegen Haveland war, nicht bereit, die grundsätzliche Frage nach Havelands geistiger Gesundheit zu erörtern; denn offenbar glaubte er, daß dies die Aufmerksamkeit des Laienverstandes von dem einen wissenschaftlichen Faktum ablenkte, das, wie er fand, in diesem Falle von Bedeutung war: *Haveland war niemand, der sich absichtlich verraten hätte.* Doch wie sich herausstellen sollte, war das entscheidende Faktum ein ganz anderes. Das entscheidende Faktum war dieses: Havelands geistige Verwirrung war von jener Art, bei der zumindest ein gewisser vernünftiger Zug stets erhalten bleibt. Nehmen Sie sein Motiv zum Beispiel. Er hatte, wie ich von Ihnen, Mr. Deighton-Clerk, erfahren habe, gute Aussichten, die Nachfolge des Rektors anzutreten, und ebensolche Aussichten hatte, wie ich aus einer Bemerkung von Professor Curtis weiß, die Inspektor Dodd mir weitergab, Professor Empson. Als Haveland auf die Idee kam, Umpleby zu töten und den Mord Empson in die Schuhe zu schieben, denn das war sein ursprünglicher Plan, da handelte er aus jener Verbindung von Unzurechnungsfähigkeit im moralischen Sinne und logischem Verstand heraus, die typisch für Menschen seines Schlages ist.

Er hatte ein bemerkenswertes Talent, Stimmen nachzuahmen: Hier in diesem Raum schockierte er Sie vorgestern abend damit, daß er einen Moment lang Mr. Deighton-Clerks Worte nachäffte. Und es war geschickt genug gemacht, um jemandem aufzufallen, der sich für solche Dinge interessiert. Als er um 22 Uhr Umpleby anrief, gab er sich also als Empson aus, und er ließ das Gespräch vom Pförtner von Hand vermitteln, damit es registriert wurde. Umpleby kam kurz nach halb elf hinüber zum Gartenhaus im Glauben, zu einer Verabredung mit Empson zu kommen. Havelands Plan war ebenso einfach wie vollkommen. Er lauerte im Obstgarten, bis der Rektor erschien, und lockte ihn, indem er ihn zum zweitenmal mit einer falschen Stimme täuschte, derjenigen Pownalls diesmal, ins Dunkle. Und im Schutze des Verkehrslärms der Schools Street erschoß er ihn und ließ den Revolver neben der Leiche liegen. Er hatte, wie ich beweisen kann, dafür gesorgt, daß sich auf diesem Revolver Empsons Fingerabdrücke befanden. Nach seiner Tat ging er unverzüglich zum Dekan und stattete diesem einen ganz normalen Besuch von etwa zehn Minuten ab. Und anschließend kehrte er ohne Umwege auf sein Zimmer zurück. Damit waren seine Unternehmungen abgeschlossen. Die Stärke seines Planes lag, wie gesagt, gerade darin, daß er so einfach war.

Mr. Titlow fand die Leiche um 22.40 Uhr und kam bedauerlicherweise zu dem Schluß, daß Mr. Pownall der Mörder sei. Und daraufhin ergriff er jene unerhörten Maßnahmen, die sicherstellen sollten, daß Pownall seiner gerechten Strafe nicht entging. Doch indem er das tat, weckte er Pownall. Und als dieser den Mord entdeckte, schloß er als erstes und korrekt, daß Haveland der Täter war, und als zweites und fälschlich, daß Haveland es gewesen sei, der ihm, Pownall, den Mord in die Schuhe schieben wolle. Mit anderen Worten, er hatte recht mit der Schlußfolgerung, die er aus dem Telefonat, das er mit angehört hatte, zog, aber er konnte nicht ahnen, daß Titlow die Verhältnisse inzwischen kompliziert hatte. Den Plan, den er sich daraufhin zurechtlegte, setzte er unverzüglich in die Tat um und hatte Leiche und Knochen im Arbeitszimmer arrangiert, bevor es 22.50 Uhr war – gerade rechtzeitig, daß Professor Empson sie entdeckten konnte. Und Empson, der gesehen hatte, wie Titlow den Leichnam ins Gartenhaus schleppte, und der durch die Entdeckung des gefälschten Telefonats aufgeschreckt worden war, schloß, daß Titlow der Mörder Umplebys sei und den Plan habe, Haveland und dazu vielleicht noch ihn selbst ins Verderben zu stürzen. Daraufhin entwickelte er seinen eigenen Plan, der Titlow wiederum belasten sollte - doch dieser, als er ins Arbeitszimmer des Rektors stürmte, entdeckte die Vorrichtung, die den Schuß vorgetäuscht hatte, noch rechtzeitig, um sie fast spurlos zu beseitigen.

Die Folge all dieser klugen Gedanken, meine Herren«, schloß Appleby lakonisch seinen Vortrag, »waren Ermittlungen, die sich nicht gerade unkompliziert gestalteten. Die gerichtliche Untersuchung der beiden Todesfälle wird ergeben, daß Dr. Umpleby durch die Tat eines Wahnsinnigen ums Leben kam. Mehr ist dazu, glaube ich, nicht mehr zu sagen.«

Es folgte die längste Pause, die bisher eingetreten war. Dann nickte Deighton-Clerk Titlow zu, und Titlow drückte auf einen Klingelknopf. Die Tür des inneren Salons öffnete sich.

»Der Kaffee ist serviert!«

Kapitel 18

Es war spät. Der gelbe Bentley, den man als Zeichen offizieller Anerkennung auf die kurze Mitteilung hin geschickt hatte, daß der Fall gelöst sei, wartete am Tor. Appleby, schon im Mantel, Dodd, noch immer ein wenig verdattert, und Gott, voller Anerkennung, tranken in dessen Zimmer Brandylikör aus gewaltigen Gläsern. Und Appleby faßte zusammen.

»Umpleby wurde ermordet, unmittelbar nachdem die Schlüssel zum Obstgarten ausgetauscht worden waren, mit anderen Worten unter Umständen, die nur einem kleinen Kreis von Personen Zugang zu ihm ermöglichten. Es gab mehrere mögliche Erklärungen für diesen auffälligen Punkt. Eine denkbare Erklärung war, daß die Möglichkeiten des Zugangs nicht so waren, wie sie zu sein schienen: daß der Mörder einen uns unbekannten Zugang hatte und die augenscheinlichen Bedingungen benutzte, uns zu verwirren. Eine andere Möglichkeit war, daß er zu seinem Spaß die Dinge so arrangiert hatte, wie sie waren: daß er einer aus jener Gruppe war, auf die die Umstände deuteten, und uns auf diese Weise einen fairen Start ermöglichen wollte. Und eine dritte Möglichkeit war, daß er zu jener Gruppe gehörte und das Verbrechen einem anderen aus dieser Gruppe *anlasten* wollte und den ersten Schritt dadurch tat, daß er den Kreis der Verdächtigen auf diese Gruppe reduzierte. Diese Theorie vom Mord, der einem anderen in die Schuhe geschoben werden sollte, hat sich natürlich als Schlüssel zu dem ganzen Fall erwiesen. Alles, was wir an Indizien fanden, paßte dazu, nur daß wir viel zu *viele* Indizien fanden.

Zunächst wies alles darauf hin, daß der Mord Haveland angelastet werden sollte. Und bald schon brachte ich mit dieser Idee den Namen Pownall in Verbindung. Pownall legte es darauf an, auf Haveland zu *deuten:* Er hatte in einer Szene auf Haveland gewiesen, von der sich später herausstellen sollte, daß sich in ihr das

Grundmuster des ganzen Falles zeigte; und später wies er auf Haveland, als er mir eine Geschichte erzählte, die sein eigenes merkwürdiges Verhalten erklären sollte. Der Verdacht schien nahezuliegen, daß Pownall in dieser Geschichte auf raffinierte Weise die Tatsachen auf den Kopf stellte. Nach seiner Darstellung hatte Haveland Umpleby ermordet und dann versucht, den Mord ihm anzuhängen, und seine Signatur in Form der Knochen habe er der Leiche erst in einem Anfall von Wahnsinn hinzugefügt, als sein Plan vereitelt wurde. In Wirklichkeit, so kombinierte ich, war Pownall der Mörder Umplebys und wollte das Verbrechen Haveland in die Schuhe schieben. Als sich herausstellte, daß sowohl Tatzeit als auch Tatort nicht diejenigen waren, die sie zu sein schienen, glaubte ich, nun ein einleuchtendes Motiv für diese beiden Täuschungen zu sehen. Indem er die Zeit fälschte, sorgte Pownall dafür, daß Haveland kein Alibi hatte; indem er den Ort fälschte, sorgte er dafür, daß Havelands in einem unbedachten Augenblick ausgestoßene Verwünschung auf eindrucksvolle Weise in Erfüllung ging.

Ich habe mich lange mit dieser vergleichsweise einfachen These von Pownall als Mörder getragen. Aber sie schien mir nicht gut genug. Zum Beispiel war ein wichtiger Punkt der Revolver, der so freundlich gewesen war aufzutauchen. Ich hätte erwartet, daß er irgendwie präpariert gewesen wäre als ein weiteres Glied in der Indizienkette, die Haveland belasten sollte. Doch im Gegenteil waren Pownalls Fingerabdrücke darauf. Wenn Pownall damit Umpleby erschossen hatte, dann war er geradezu unglaublich achtlos gewesen. Und auch als ich Pownall dann befragte, hatte ich wieder ein eindeutiges Gefühl, das Gefühl, daß seine Antworten eine komplizierte Mischung aus Wahrheit und Erfindung waren. Diese Kompliziertheit und vieles andere dazu, von dem ich den Eindruck hatte, daß es mit dem Fall zu tun haben mußte, berücksichtigte meine bisherige Hypothese nicht.

Ich war zum Beispiel überzeugt, daß auf diese oder jene Weise sowohl Titlow als auch Empson etwas damit zu tun hatten. Beide hatte ich befragt, und ich hatte dabei den Eindruck gewonnen, daß sie etwas Wichtiges sagten. Titlow, der doch stets als sprunghafter Mensch erschien, setzte offenbar alles daran *zu glauben, daß eine bestimmte Person der Täter war.* Auf kuriose Weise vermischte er es mit geschichtsphilosophischen Betrachtungen. Sein Verstand war offenbar in einer für ihn untypischen Weise verwirrt. Doch worauf es hinauslief, war dies: Wenn es irgend etwas Unglaubwürdiges an der Idee gab, daß Mr. X Umpleby ermordet hatte, dann hatte er, Titlow, daran zu arbeiten. Und dann gab er mir den seltsamen Hinweis auf Kant: Ich sollte dessen These auf den Kopf stellen, daß die Pflicht zur Wahrheit Vorrang habe vor der Pflicht, die Gesellschaft vor einem Mord zu bewahren.

Das war nun etwas, was jede Hypothese über das Verbrechen deuten und miteinbeziehen mußte. Und das galt ebenso für die Ergebnisse meiner Unterhaltung mit Empson. Auch Empson glaubte an einen Mr. X. Er war schockiert, daß entgegen allen Ewartungen von Wissenschaft und Erfahrung X der Mörder Umplebys sein sollte. So zumindest deutete ich seine Haltung. Und natürlich war sein Mr. X nicht Haveland; geradezu leidenschaftlich versicherte er mir, daß Haveland unschuldig sei. Noch zwei andere Punkte fielen mir auf. Als ich darauf zu sprechen kam, daß der Schuß, den man aus dem Arbeitszimmer gehört hatte, vielleicht ein falscher Schuß gewesen sei, wollte er unbedingt wissen, ob sich Spuren einer Vorrichtung gefunden hätten, die für einen solchen falschen Schuß gesorgt hätte: Genauer gesagt, wollte er hören, ob es etwas gab, was Titlow belastete. Der zweite Punkt war, daß er, als er mir Auskunft über den Telefonanruf geben sollte, zögerte. Das war mir unverständlich, bis sich herausstellte, daß auf dem Revolver nicht nur Pownalls, sondern auch Empsons Fingerabdrücke waren. Diese Enthüllung eröffnete natürlich die Möglichkeit, daß der Mord Empson in die Schuhe geschoben werden sollte und daß der Anruf ein falscher Anruf gewesen war; beides wären dann Versuche gewesen, ihn zu belasten. Warum hatte Empson den Anruf *beinahe* geleugnet, obwohl er doch wußte, daß die zu erwartende Aussage des Pförtners dies als Lüge entlarven würde? Ich verfiel auf die Antwort: weil er wußte, daß ein solcher Anruf als falsche Spur zu ihm gelegt worden war, und überlegte, ob er dies sagen sollte. Und nun verstand ich auch, wie Empsons Fingerabdrücke auf den Revolver gekommen sein konnten. Ich erinnerte mich, daß der Revolver, wenn ich es so ausdrücken darf, mir vom ersten Augenblick an etwas hatte sagen wollen. Es war eine zierliche kleine Waffe mit einem schlanken, geschwungenen Elfenbeingriff, der auffällige Ähnlichkeit mit dem Griff von Empsons Stock hatte. Ich konnte mir vorstellen, wie jemand sie tatsächlich an einen Stock band und Empson in einem jener dunklen Vorräume einen Moment lang in die Hand drückte, um ihn dann mit einer Entschuldigung für das Versehen wieder fortzuziehen. Die Folge wären beinahe mit Sicherheit einige leichte und sehr unvollkommene Fingerabdrücke, noch unvollkommener gar als die Abdrücke, die Titlow so vorsichtig von dem schlafenden Pownall genommen hatte. Doch selbst die schwächsten Abdrücke, der Abdruck eines vollkommen trockenen Fingers auf einer glatten Oberfläche, können heutzutage zur Identifizierung präpariert werden. Und im vorliegenden Falle war ein technischer Fortschritt der Kriminologie nicht einmal, sondern gleich *zweimal* genutzt worden. Das sollten wir, was die ›wissenschaftliche‹ Polizeiarbeit angeht, vielleicht auch als eine Warnung verstehen.

Dann kam der verbogene Draht, den Kellett in einem Abflußloch gefunden hatte. Darauf hätten Sie eigentlich kommen sollen, Dodd. Es war ein zusammengedrückter Vetter jenes Drahtgebildes, das ich vor Ihren Augen zurechtgebogen hatte, um mögliche Fingerabdrücke auf dem Revolver zu schützen! In einem kleinen Käfig wie diesem konnte man den Revolver tragen und sogar abfeuern, ohne daß darauf befindliche Abdrücke verlorengingen oder verwischt wurden.

Inzwischen war also eine schon geradezu peinliche Fülle an Indizien zusammengekommen, bei denen es durchweg möglich oder sogar wahrscheinlich war, daß sie gefälscht waren. Gegen Haveland: die Knochen. Gegen Empson: Fingerabdrücke und ein falscher Telefonanruf. Gegen Pownall, sofern man davon ausging, daß seine Geschichte ein Quentchen Wahrheit enthielt: die Blutflecken, die Seiten aus dem Kalender und wiederum Fingerabdrücke. Titlow schien der einzige Bewohner des Gartenhauses zu sein, den niemand mit einer falschen Spur hatte belasten wollen. Also habe ich es eine Weile mit ihm als alleinigem Täter versucht. Ich spielte mit dem Gedanken, er habe den Mord seinen drei Kollegen im Gartenhaus gemeinsam in die Schuhe schieben wollen. Dann versuchte ich es mit einem anderen Ansatz, mit der Idee, es sei ihm um die Sicherheit seines eigenen Alibis gegangen. Ich bezog Edwards' Anregung mit dem Feuerwerk und meine eigene Beobachtung des Wachsflecks auf dem Bücherregal mit ein. Doch das gefiel mir nicht recht, und schon bald begann ich, ich glaube letzten Endes nur, damit das Muster symmetrisch wurde, die Möglichkeit zu erkunden, daß der Wachsfleck vielleicht das einzige Überbleibsel einer falschen Spur war, die jemand zu Lasten Titlows gelegt hatte. Ich verfolgte diesen Gedanken sogar bis zu dem vorgetäuschten

Schuß, den ja jemand inszeniert haben konnte, um ihn zu belasten. Doch das waren, das wußte ich, reine Spekulationen.

Was ich hatte, waren die vier Bewohner des Gartenhauses, die in eine kuriose Kette von Ereignissen verwickelt waren. Ich versuchte, dafür eine *Richtung* zu bestimmen. Vorhin habe ich gesagt, daß schon ganz zu Anfang Pownall auf Haveland gezeigt hatte. Und zwar im *Common Room* an meinem ersten Abend. Doch das waren nicht die einzigen Andeutungen, die an jenem Abend fielen. Es wäre nicht zuviel gesagt, wollte man sagen, daß die Luft voller Andeutungen war. Eine Analyse dessen, was gesagt oder angedeutet wurde, ergab folgendes: Pownall hatte auf Haveland gedeutet, Haveland auf Empson, Empson auf Titlow und Titlow wiederum auf Pownall. Etwas Symmetrischeres als das konnte man sich nicht vorstellen: Damit hatten wir nun wirklich eine Kette, und wir hatten auch eine Richtung, in der sie lief. War es möglich, einen Anfangspunkt zu finden? Gab es irgendwo eine Verbindung zwischen diesen Fingerzeigen und den bekannten oder vermuteten Richtungen, die die falschen Spuren nahmen? Ich fand nur einen einzigen Berührungspunkt: Havelands Andeutungen waren gegen Empson gerichtet, und ich hatte Grund genug, in Haveland sowohl denjenigen zu vermuten, der Empsons Stimme nachgeahmt hatte, da er das Talent dazu besaß, als auch denjenigen, der Empsons Fingerabdrücke auf den Revolver praktiziert hatte, hatte er doch nachgefragt, ob der Revolver gefunden worden sei.

Also versuchte ich es mit einem neuen Ansatz: *Haveland hatte Umpleby umgebracht und versuchte, den Mord Empson in die Schuhe zu schieben.* Das sollte sich als die richtige Lösung erweisen. Doch ich zog daraus eine weitere Folgerung, die sich als falsch erwies: *Titlow hegte den Verdacht, daß Haveland der Täter sei, und hatte die Knochen ausgestreut um sicherzustellen, daß er seiner Strafe nicht entging.* Und, dachte ich, mittlerweile waren ihm zu Recht schwere Skrupel gekommen, ob ein solches Vorgehen moralisch verantwortbar war, und er wartete ungeduldig auf eine Bestätigung seiner Vermutung. Doch diesen Gedanken mußte ich sogleich wieder verwerfen, denn Titlows Andeutungen hatten ja nicht auf *Haveland* abgezielt, sondern auf *Pownall.*

Doch was ich, da ich nun einmal so weit gekommen war, nicht ohne weiteres verwerfen wollte, war die Idee von Havelands Schuld. Denn so paradox das war: Die Vorstellung, daß jemand Indizien gegen Haveland gefälscht hatte, beseitigte nun den Haupthinderungsgrund, Haveland tatsächlich als Täter zu sehen. Die Indizien, die gegen Haveland ausgelegt waren, schützten ihn letzten Endes, weil die Fälschung *nicht überzeugend* war: Haveland war, wie Empson zu berichten wußte, keiner von denen, die ihre Tat, so wie es hier nahegelegt wurde, mit ihrer Unterschrift versehen hätten.

Und Haveland war ja von Anfang an ein naheliegender Kandidat für die Tat gewesen. Jeder Detektiv, der in einer Gruppe von Menschen nach einem Mörder sucht, spitzt die Ohren, wenn er von psychischen Verwirrungen in der Vorgeschichte hört. Im wirklichen Leben findet man die Mörder in der Regel nicht unter den Hauptwachtmeistern oder den Kabinettsmitgliedern: Sie sind unter den abnormeren Vertretern des Menschengeschlechts zu suchen. Jeder, der mit einem Mord konfrontiert wird, kann sich mehr oder weniger absurd verhalten, doch einen Mord zu begehen, das ist, sagen wir, Spezialistenarbeit. Ich glaube, Deighton-Clerk hatte erkannt, daß Haveland der Mörder war, und auf eine Weise, die, wie Empson sagen würde, wissenschaftlich hochinteressant ist, kaschierte er in seinen Gedanken diese Erkenntnis auf der Stelle. Die erste *spontane* Bemerkung, die Deighton-Clerk mir gegenüber machte, zeigte mir, womit sein Verstand unterbewußt beschäftigt war: Umpleby und Haveland hatten sich gegenseitig nicht ausstehen können.

Damit hatte ich so ziemlich mein Pulver verschossen. Ich konnte nun noch, indem ich die Kette Haveland - Empson - Titlow - Pownall - Haveland verfolgte, mir ein wenig mehr Klarheit verschaffen, konnte vielleicht sogar an einen Punkt kommen, an dem es mir gelang, aus den einzelnen ein wenig ungeschminkte Wahrheit herauszubekommen. Doch von einem war ich so gut wie überzeugt: Ich würde weder Haveland noch sonst jemanden jemals auf der Anklagebank sehen. Was immer diese vier Männer auch getan haben mochten, sie hatten miteinander ein solches Knäuel an Komplikationen geschaffen, daß sie auch mit dem ungeschicktesten Strafverteidiger nichts mehr zu befürchten hatten.«

Appleby erhob sich und stellte sein Glas ab. »Daß Titlow kommen und beichten würde, damit hatte ich halb gerechnet, doch mein Beobachter im Obstgarten, der ungenannt bleiben soll, das war das eine bißchen Glück, das es mir ermöglichte, doch noch alles zu entwirren. Und daß Haveland den Ausweg gewählt hat, den er nahm, ist im Sinne aller nur zu begrüßen. Damit hält sich der

Skandal hier im College in Grenzen; zwar bringt es das Schatzamt um einiges an Gebühren, doch andererseits erspart es einem geplagten Polizisten eine Menge schlafloser Nächte.«

Appleby gab Dodd einen Klaps auf die Schulter und ging zur Tür. Dann wandte er sich mit einem Lächeln an Gott. »Wir werden uns wiedersehen, hoffe ich. Einstweilen habe ich noch ein Abschiedsgeschenk für Sie.«

»Und das wäre?«

»Einen Titel für ein Buch, das Sie vielleicht niemals zu Ende bekommen werden. Er heißt *Zuviel Licht im Dunkel.*«

Nachwort

Der Leser, der Michael Innes' »Zuviel Licht im Dunkel« nach beendeter Lektüre - hoffentlich befriedigt - aus der Hand legt, ist soeben Zeuge der Entstehung eines neuen Untergenres des Detektivromans geworden: des *donnish mystery,* wie diese Spielart der Gattung im Englischen genannt wird. *Dons* sind die in den Colleges in Oxford residierenden, forschenden und lehrenden Gelehrten, und so heißt *donnish* zum einen schlicht »gelehrt«, hat aber auch den Nebenton des Kauzigen und des Verschrobenen, wobei zu beachten ist, daß Gelehrsamkeit in England nie als Pedanterie erscheinen darf, sondern mit einer gewissen Lockerheit einherzugehen hat. Im Milieu dieser tief gebildeten und zugleich hochspezialisierten, von der übrigen Welt durch hohe Collegemauern abgesonderten Kaste ist der Detektivroman schon immer ein beliebtes intellektuelles Spiel gewesen, und so lag es nahe, dieses reizvolle Milieu auch einmal zum Schauplatz eines Verbrechens und seiner Aufklärung zu machen.

Urmutter solcher auch *campus mysteries,* Universitätskrimis, genannter Werke ist natürlich Dorothy Leigh Sayers mit ihrem ein Jahr vor Michael Innes' »Death at the President's Lodging« (1936) Oxford-Krimi »Gaudy Night« von 1935. Während die inzwischen in ihrem Weltruhm wohl unangefochtene Königin des Detektivromans ihrem Gesamtkonzept gemäß auch den Universitätskrimi dem psychologischen und dem Gesellschaftsroman annähert, wählt der jüngere Michael Innes den entgegengesetzten Weg: Er begründet die Schule der »Farceurs«, wie der Kriminalautor und herausragende Kritiker Julian Symons sie genannt hat. Autoren, für die Morde und Mörderjagd zur Quelle eines endlosen Amüsements werden. Zu seinen Bewunderern und Schülern zählen Edmund Crispin alias Robert Bruce Montgomery und in DuMont's Kriminal-Bibliothek Robert Robinson (»Die toten Professoren«,

Band 1043) und Charlotte McLeod vor allem mit ihrer Serie um Professor Shandy und die Landwirtschaftliche Hochschule von Balaclava. John Innes Mackintosh Stewart, in Edinburgh 1906 geboren, ist selbst Literaturwissenschaftler von hohen Graden mit einer makellosen akademischen Karriere, die ihn nach dem mit Ehrenpreisen abgeschlossenen Studium in Edinburgh und Oxford über die Universitäten Leeds und Adelaide in Australien zurück nach Oxford führte. Unter seinem wirklichen Namen schrieb er unter anderem den Schlußband der renommierten »Oxford History of English Literature« über acht moderne Autoren. In seinen unter dem Pseudonym Michael Innes publizierten Detektivroman aber, deren erster hier vorliegt, trägt er der Tatsache Rechnung, daß das reiche Schaffen seiner älteren Kolleginnen und Kollegen Agatha Christie, D. L. Sayers, S. S. Van Dine, Ellery Queen und John Dickson Carr den Detektivroman zu einer kunstvollen Gattung hat werden lassen, »deren Reiz in der Variation liegt«, wie Bertolt Brecht in dieser Zeit bewundernd notiert. Keiner der in dieser Liga hoch oberhalb der schlechtgestrickten sensationshaschenden Thriller eines Edgar Wallace oder eines Philip C. Oppenheim mitspielen will, wagt es, eine Feder in die Hand zu nehmen oder eine Schreibmaschine zu berühren, ohne die inzwischen elaborierte Theorie des Genres, seine Geschichte und die Werke seiner Kollegen zu kennen. 1935 war John Dickson Carrs »The Hollow Man« erschienen (»Der verschlossene Raum«, DuMont's Kriminal-Bibliothek, Band 1042), der erstmals diesem Sachverhalt Rechnung trug. Um einen Mord im hermetisch verschlossenen Raum und einen weiteren auf offener Straße ohne Waffe und Täter aufzuklären, hält Dr. Fell seinen berühmten Vortrag über das Problem des verschlossenen Raumes, indem er die Varianten und Möglichkeiten dieses Themas mustergültig systematisiert. Als Chief Inspector Hadley kritisch fragt, was das denn solle, schließlich seien sie in der Wirklichkeit und nicht in einem Roman, gibt Dr. Fell seine berühmte Antwort: »Natürlich sind wir Gestalten in einem Detektivroman, und wir führen keinen Leser an der Nase herum, wenn wir behaupten, daß wir das nicht sind.«

Von dieser ›Künstlichkeit‹ im Sinne des 18. Jahrhunderts, wo das Wort lobend das Kunstvolle und das Artifizielle zugleich meint, zu der sich Carr so offen bekennt, macht Michael Innes seit seinem Debüt dankbar Gebrauch. Alles in seinem Erstling scheint aus der Genre-Tradition und nicht aus der Wirklichkeit zu stammen, wobei er Fehler seiner Vorgänger vermeidet. Sein Seriendetektiv Inspector John Appleby ist bei seinem ersten Auftreten jung genug, um ihm über die folgenden Jahrzehnte hinweg eine glaubwürdige private Entwicklung und eine gloriose Scotland Yard-Karriere zuwachsen zu lassen, während der als Pensionär beginnende Poirot, wenn der Vorhang über ihm und seinem letzten Fall fällt, etwa 130 Jahre alt sein muß. John Appleby, später auf Grund seiner Verdienste zu Recht Sir John Appleby, gehört zum Typ des Gentleman-Detektivs, wie ihn etwas outriert Sayers' Lord Peter und S. S. Van Dines Philo Vance, aber auch Margery Allinghams Albert Campion, Josephine Teys Allan Grant und Ellery Queen verkörpern. Er hat selbst das College besucht und bewegt sich im Oxbridge-Milieu der von Innes erfundenen fiktiven Universitätsstadt mitten zwischen Oxford und Cambridge wie ein Fisch im Wasser. Er ist belesen wie die *Dons,* kann deren literarische Anspielungen aufnehmen und deren lässiges Glasperlenspiel mit Jahrhunderten abendländischer Tradition mitspielen. Einen solchen Detektiv gibt es natürlich nicht beim Yard, so etwas wie Appleby gibt es nur in »Gottes Unsinn«, wie ein *Don* zu Recht bemerkt.

Im jungen Dozenten Dr. Gott hat sich J. I. M. Stewart persönlich ein sehr selbstbewußtes Denkmal gesetzt: Unter dem Pseudonym Gilbert Pentreith schreibt er Detektivromane, die Appleby zu den besten der Gegenwart zählt und die nach der Charakteristik denen ähneln, die Innes gerade zu schreiben beginnt. Aber nicht nur Appleby und viele der Kollegen des krimischreibenden *Don* lesen Detektivromane, auch der örtliche Inspector Dodd ist Krimifan. Er vertritt, wie könnte es anders sein, den andern Typ des Polizeidetektivs, wie er Liebhabern des Genres vertraut ist, den soliden, bodenständigen Polizisten, der mit eiserner Geduld Alibis überprüft, Schlüssel nachzählt, geduldig Verhöre protokolliert und seine anerkennenswerten Erfolge überwiegend auf dem Gebiet der mittelschweren Kriminalität hat. Gleich zu Beginn informiert er Appleby, daß der vorliegende Fall eher zu dem eleganten Yard-Mann und Collegeabsolventen passe als zu ihm, dem routineverhafteten ›Dorfpolizisten‹. Es handle sich nämlich um den allen Krimilesern tief vertrauten Fall des ›Geschlossenen Mordes‹, dessen Grundtyp das eingeschneite Herrenhaus sei, das niemand verlassen oder betreten konnte und in dem dennoch der Hausherr ermordet worden sei. Varianten seien das Flugzeug, der Ozeandampfer, der Ballonkorb und das U-Boot.

Im Falle des St. Anthony's College handelt es sich nach Dodds Worten sogar um ein U-Boot im U-Boot, in dessen Innerstem niemand Geringeres als der Präsident ermordet worden ist: Nicht nur das ganze College ist nachts abgeriegelt, der Gebäudeteil mit der Wohnung des Präsidenten, in der der Mord geschah, ist noch einmal in sich abgeschlossen und nur für die wenigen Inhaber eines bestimmten Schlüssels zugänglich. Und ganz zufällig hat das Opfer selbst am Tag zuvor alle Schlösser erneuern lassen und den Berechtigten die neuen Schlüssel persönlich ausgehändigt. Somit war der Tatort, wie es sich für ein gutes U-Boot gehört, doppelt wasserdicht. (Daß Appleby - und nicht Dodd - dennoch im Verlauf der Ermittlungen einen besonders skurrilen Geheimgang findet, ist ein Gag, der folgenlos bleibt.)

Scotland Yard wird über allerhöchste Kanäle so ungewöhnlich früh eingeschaltet, weil die Mordumstände so makaber sind und der Zeitpunkt der Ermordung des Präsidenten denkbar unglücklich gewählt wurde: Zwei Monate vor der Feier des 500jährigen Bestehens wird der Präsident unmittelbar nach dem Hören eines Schusses erschossen aufgefunden, um seinen Kopf ist der akademische Talar eines spanischen Gasts des College gewickelt, auf den Kamin sind Totenköpfe geschmiert und um den Ermordeten herum liegen menschliche Gebeine verstreut.

Da Appleby ein Gentleman ist, kann das College ihn gefahrlos als Gast beherbergen und zum rituellen gemeinsamen Abendessen einladen. Bei dem ebenso rituellen anschließenden geselligen Beisammensein entspinnt sich vor Appleby, noch bevor er mit den offiziellen Verhören beginnen kann, ein merkwürdiges Spiel, das stark an das Kindervergnügen ›Schnapp hat den Hut verloren. X hat ihn‹ - ›X hat ihn nicht, Y hat ihn‹ usw. erinnert - oder an ›Schwarzer Peter‹: Ein Kollege beginnt, zu insinuieren, ein anderer wisse wohl etwas, der leugnet, bringt einen dritten ins Spiel, der, ohne eine direkte Anschuldigung vorzubringen, die Frage subtil gewendet an einen vierten weitergibt.

Aber Appleby werden so nicht nur durch Innuendo Verdächtigungen zugespielt, sondern nach und nach auch materielle Clues, so daß er plötzlich das Gefühl hat, zuviel Licht im Dunkel zu sehen, wenn auch ein verwirrend schillernd changierendes Licht. Der beste Hinweis, den er erhält, ist auch für den Gebildeten rätselhaft: Die Lösung läge - und dort liegt sie auch! - bei einer invertierten Kant-Stelle in de Quinceys »Mord als schöne Kunst betrachtet«.

Mord als schöne Kunst betrachtet – besser kann man Innes' Spiel mit der Gattung nicht kennzeichnen. Die besten Traditionen der Gattung werden in dem, was man heute Intertextualität nennt, herangezogen: Poe (mehrfach, offen und verdeckt), Collins, Buchan, Doyle – und die an Peripetien reiche ›Bibel des Genres‹, wie er genannt wird, »Trents letzter Fall«. Holmes' berühmter Ausspruch »Hier haben wir einen Gegner, der unserer Klinge würdig ist« wird gleich mehrfach überboten. Appleby weiß, daß er dem größten Fall seiner bisherigen Karriere gegenübersteht. Jeder, mit dem er es hier zu tun hat, ist nicht nur hochintelligent, sondern hat auch die rigiden Denkschulen der verschiedenen im College vertretenen Disziplinen durchlaufen. Wen Appleby auch was fragt, stets hat er das Gefühl, das Gegenüber rechne blitzschnell alle Implikationen aller denkbaren Antworten durch, bevor er sich auf eine für ihn ungefährliche festlegt.

Niemand Geringeres als Jorge Luis Borges lobte die Innovationskraft des Debütanten gleich bei Erscheinen des Romans: Der traditionelle Plan der Baulichkeiten, den man in den zwanziger und dreißiger Jahren so liebte, ist beigegeben, aber außer für die ›U-Boot‹-Grundsituation spielt er keine Rolle. Appleby findet seine Lösung durch psychologisches Vorgehen, und Borges befindet: »Das Studium menschlicher Charaktere, das dieses Buch bietet, ist weit vergnüglicher als das Studium des Plans eines mehrstöckigen Gebäudes, wie es die Romane von S. S. Van Dine anzubieten pflegen.«

Volker Neuhaus

DUMONT's Kriminal-Bibliothek

»Knarrende Geheimtüren, verwirrende Mordserien, schaurige Familienlegenden und, nicht zu vergessen, beherzte Helden (und bemerkenswert viele Heldinnen) sind die Zutaten, die die Lektüre der DUMONT's ›Kriminal-Bibliothek‹ zu einem Lese- und Schmökervergnügen machen.

Der besondere Reiz dieser Krimi-Serie liegt in der Präsentation von hierzulande meist noch unbekannten anglo-amerikanischen Autoren, die mit repräsentativen Werken (in ausgezeichneter Übersetzung) vorgelegt werden.

Die ansprechend ausgestatteten Paperbacks sind mit kurzen Nachbemerkungen von Herausgeber Volker Neuhaus versehen.«

Neue Presse/Hannover

Band 1001	Charlotte MacLeod	**»Schlaf in himmlischer Ruh'«**
Band 1002	John Dickson Carr	**Tod im Hexenwinkel**
Band 1003	Phoebe Atwood Taylor	**Kraft seines Wortes**
Band 1004	Mary Roberts Rinehart	**Die Wendeltreppe**
Band 1005	Hampton Stone	**Tod am Ententeich**
Band 1006	S. S. van Dine	**Der Mordfall Bischof**
Band 1007	Charlotte MacLeod	**». . . freu dich des Lebens«**
Band 1008	Ellery Queen	**Der mysteriöse Zylinder**
Band 1009	Henry Fitzgerald Heard	**Die Honigfalle**
Band 1010	Phoebe Atwood Taylor	**Ein Jegliches hat seine Zeit**
Band 1011	Mary Roberts Rinehart	**Der große Fehler**
Band 1012	Charlotte MacLeod	**Die Familiengruft**
Band 1013	Josephine Tey	**Der singende Sand**
Band 1014	John Dickson Carr	**Der Tote im Tower**
Band 1015	Gypsy Rose Lee	**Der Varieté-Mörder**
Band 1016	Anne Perry	**Der Würger von der Cater Street**
Band 1017	Ellery Queen	**Sherlock Holmes und Jack the Ripper**
Band 1018	John Dickson Carr	**Die schottische Selbstmord-Serie**

Band 1019	Charlotte MacLeod	**»Über Stock und Runenstein«**
Band 1020	Mary Roberts Rinehart	**Das Album**
Band 1021	Phoebe Atwood Taylor	**Wie ein Stich durchs Herz**
Band 1022	Charlotte MacLeod	**Der Rauchsalon**
Band 1023	Henry Fitzgerald Heard	**Anlage: Freiumschlag**
Band 1024	C. W. Grafton	**Das Wasser löscht das Feuer nicht**
Band 1025	Anne Perry	**Callander Square**
Band 1026	Josephine Tey	**Die verfolgte Unschuld**
Band 1027	John Dickson Carr	**Die Schädelburg**
Band 1028	Leslie Thomas	**Dangerous Davies, der letzte Detektiv**
Band 1029	S. S. van Dine	**Der Mordfall Greene**
Band 1030	Timothy Holme	**Tod in Verona**
Band 1031	Charlotte MacLeod	**»Der Kater läßt das Mausen nicht«**
Band 1032	Phoebe Atwood Taylor	**Wer gern in Freuden lebt . . .**
Band 1033	Anne Perry	**Nachts am Paragon Walk**
Band 1034	John Dickson Carr	**Fünf tödliche Schachteln**
Band 1035	Charlotte MacLeod	**Madam Wilkins' Palazzo**
Band 1036	Josephine Tey	**Wie ein Hauch im Wind**
Band 1037	Charlotte MacLeod	**Der Spiegel aus Bilbao**
Band 1038	Patricia Moyes	**». . . daß Mord nur noch ein Hirngespinst«**
Band 1039	Timothy Holme	**Satan und das Dolce Vita**
Band 1040	Ellery Queen	**Der Sarg des Griechen**
Band 1041	Charlotte MacLeod	**Kabeljau und Kaviar**
Band 1042	John Dickson Carr	**Der verschlossene Raum**
Band 1043	Robert Robinson	**Die toten Professoren**
Band 1044	Anne Perry	**Rutland Place**
Band 1045	Leslie Thomas	**Dangerous Davies . . . Bis über beide Ohren**
Band 1046	Charlotte MacLeod	**»Stille Teiche gründen tief«**
Band 1047	Stanley Ellin	**Der Mann aus dem Nichts**
Band 1048	Timothy Holme	**Morde in Assisi**
Band 1049	Michael Innes	**Zuviel Licht im Dunkel**
Band 1050	Anne Perry	**Tod in Devil's Acre**

Band 1043

Robert Robinson

Die toten Professoren

Eigentlich ist Inspektor Autumn ja nach Oxford gekommen, um die Zerstörung einer wertvollen Milton-Ausgabe des Warlock College zu untersuchen. Aber dann wird das Dach der Kapelle des College unvermutet um eine Stifterfigur bereichert: die Leiche des toten Vizekanzlers Manchip. An Motiven mangelt es nicht, denn der Tote war äußerst unbeliebt. Doch für welchen Täter soll Autumn sich entscheiden: neidische Kollegen, russische Spione, eifersüchtige Liebhaber oder gar außerirdische Invasoren? Als er schließlich mit nackten Tatsachen konfrontiert wird, ist Inspektor Autumn mehr als beeindruckt!